Auto-édité.
N° ISBN : 978-2-491308-01-8
Dépôt légal : Juillet 2019
Achevé d'imprimer en Juillet 2019 par Lulu Press, Inc. 627 Davis Drive, Suite 300, Morrisville, NC 27650, États-Unis.

Le Voyage Initiatique

Série Shamaan

Préface

Bienvenue à vous chère lectrice, cher lecteur.
J'ai découvert l'excellent site XHOROMAG (aujourd'hui rendez-vous au 1) en faisant des recherches sur des livres dont vous êtes le héros, et j'ai pris conscience que des nostalgiques des livres jeux de mon enfance existaient et écrivaient eux-mêmes des aventures à faire partager aux autres.
Ces Livres Dont Vous Etes Le Héros, qui nous occupaient tant d'heures, plongés dans nos mondes imaginaires à défier dragons et sorciers.
J'ai donc décidé de me lancer dans la rédaction d'une aventure dont vous êtes le héros. L'existence du soft Advelh, facile d'accès et pratique pour ce type de livre, m'a aussi fortement poussé à écrire. L'histoire de mon livre est née d'une passion pour les indiens d'Amérique du Nord, de leurs coutumes à leur philosophie de vie, de leur art à leur magie mystique. Une enfance nourrie aux jeux vidéo et au cinéma de toutes les générations est aussi source d'inspiration pour cette aventure. Je voudrais remercier The Oiseau, créateur du site Xhoromag pour son aide précieuse tant sur le plan informatique que pour ses conseils expérimentés en matière d'avh. Remerciements également à tous les membres du forum qui m'ont apporté leur aide ainsi qu'aux membres du forum confrère « La taverne des aventuriers ». Enfin, je tiens aussi à remercier ma femme pour son soutien de tous les instants, mon ami et guide spirituel Roy, pour nos longues conversations mystico-rock 'n' roll et un grand merci à mes parents pour m'avoir donné la chance de pouvoir lire depuis mon plus jeune âge, d'avoir ouvert mon esprit et de m'avoir toujours conseillé dans le bon sens pour toutes les choses de la vie...

Pour finir, j'ai voulu cette histoire simple mais efficace, comme un bon film qui se savoure ; le voyage est à votre portée, l'aventure aussi. J'espère que vous prendrez autant de plaisir à lire que j'en ai eu à écrire...

*** Sunkmanitu ***

Sommaire

Règles du jeu :

Ce livre n'est pas un livre comme les autres en ce sens que vous ne suivez pas une histoire contée, vous la vivez et la créez au fil de la lecture. Les paragraphes ne s'enchaînent pas dans leur ordre numérique mais des choix vous sont proposés en fin de paragraphe. Chacun de vos choix vous conduira à un paragraphe numéroté et vous progresserez ainsi dans votre périple. Dans cette histoire le héros c'est vous.
Les règles du jeu sont basées sur un mélange de plusieurs séries connues, dans les grandes lignes, avec un système de combat particulier...

Avant tout, munissez-vous d'un crayon, d'une gomme, de 2 dés traditionnels à 6 faces, et quelques feuilles de papier...

Votre feuille d'aventure et votre feuille de combat :

Vous devrez noter sur votre feuille d'aventure vos totaux d'agilité, d'endurance, de chance, de bravoure, de peur et de chamanisme. Vous devrez noter également l'équipement que vous transportez ; les armes aussi devront être notées sur votre feuille d'aventure.

Une deuxième feuille est consacrée à la partie combat ; vous y noterez tous les ennemis combattus, les paragraphes spéciaux concernant les armes (voir plus loin chapitre armes), les dégâts et tout ce qui concerne le combat.

Vous trouverez ces deux feuilles vierges à la fin de ces règles. Elles peuvent être photocopiées à loisir.

1/ Vos Aptitudes :

Agilité : correspond à votre capacité à éviter les attaques, à vous mouvoir rapidement, ou à éviter un accident. Les points d'agilité sont notés PA.

Endurance : correspond à votre état physique. Plus il est haut plus vous êtes en forme, plus il s'approche de zéro, plus vous êtes faible. S'il atteint zéro, vous êtes mort et vous devrez consulter le paragraphe 18. Les points d'endurance sont notés PE.

Chance : correspond à vos capacités à vous sortir d'un mauvais pas, à éviter un combat par le dialogue ou à éviter certaines situations délicates. Les points de chance sont notés PC.

Bravoure : correspond à votre niveau de courage, vous débutez avec un niveau de 10. Vous pourrez augmenter votre total au cours de votre aventure en réalisant des actes héroïques, et le diminuer en commettant des actes lâches. Votre but étant de faire grimper votre bravoure à un total de 20 et de ne jamais atteindre 0 (voir paragraphes spéciaux, plus loin). Les points de bravoure sont notés PB.

Chamanisme : correspond à votre pouvoir chamanique. Vous débutez avec un total à zéro. Ce total augmentera au fil des expériences chamaniques vécues, il diminuera pour tout manquement au code d'honneur des Sioux. Ce pouvoir, dont la maîtrise est le but ultime de votre aventure, vous sert à communiquer avec les esprits, parler aux animaux, invoquer la puissance des éléments... Les points de chamanisme sont notés PS (S pour Shamaan !).

2/ Comment déterminer vos totaux de départ :

Agilité : Lancez un dé et ajoutez 6 au score obtenu, c'est votre agilité en début d'aventure. Votre total sera compris entre 7 et 12. Ce total peut varier au cours de votre aventure.

Endurance : Vous disposez de 12 points. Vous pouvez lancer deux dés et multiplier le résultat obtenu par 3, c'est le bonus à ajouter à votre total initial. Vous aurez donc un total d'endurance en début d'aventure compris entre 18 et 48. Deux lancers autorisés pour conserver le meilleur lancer. Ce total variera au cours de votre aventure et ne peut pas dépasser votre total de départ, sauf cas exceptionnel spécifié.

Chance : Lancez un dé et ajoutez 8 au score obtenu, c'est votre chance en début d'aventure. Votre total sera compris entre 9 et 14.
Ce total variera au cours de votre aventure.

Comment tenter votre chance ou votre agilité ? :

Il vous sera sûrement demandé au cours de votre quête de tenter votre agilité ou votre chance.
Pour tenter votre agilité, il vous suffira de lancer deux dés et de comparer votre résultat à votre total actuel d'agilité. Si le résultat est supérieur à votre total vous n'êtes pas assez agile, vous vous rendrez alors au paragraphe spécifié. Si votre résultat est inférieur ou égal à votre total actuel, vous êtes agile et là aussi vous vous rendrez au paragraphe spécifié.
Pour tenter votre chance, il vous suffira de lancer deux dés et de comparer votre résultat à votre total actuel de chance. Si le résultat est supérieur à votre total actuel vous êtes malchanceux, vous vous rendrez alors au paragraphe spécifié. Si votre résultat est inferieur ou égal à votre total actuel, vous êtes chanceux et là aussi vous vous rendrez au paragraphe spécifié. Dans tous les cas, une fois votre chance tentée vous devrez soustraire un point à votre total. Que vous ayez été chanceux ou non...Vous vous rendrez compte que tenter sa chance devient vite risqué...

3/ Equipement de départ :

Vous débutez votre aventure avec :
- un couteau de chasse (arme)
- un arc (arme)
- 10 flèches (compte pour 2 objets)
- un carquois (compte pour 1 objet)
- une pierre à feu (ne compte pas pour 1 objet)
- un pendentif sculpté dans un os de bison

Pour information, sachez que toute flèche tirée doit être déduite de votre équipement, sauf cas précisé. Il en est de même pour toutes les munitions d'armes à feu.

Vous ne pourrez transporter avec vous que 9 objets et 3 armes. L'équipement à choisir vous sera présenté lors de l'introduction.

4/ Combats :

Dans la série Shamaan, de nombreux combats pourront être évités par le dialogue ou la ruse. Plusieurs choix vous seront proposés tout au long de votre aventure pour **ne pas** combattre. Cependant si vous vous sentez l'âme d'un guerrier sachez qu'il existe plusieurs modes de combats. Les combats au corps à corps (CC) et les combats à distance (AD).
Pour chaque combat dans votre aventure, il vous sera précisé du ou des types de combat que vous pourrez livrer, et vous devrez choisir avec quelle arme vous allez combattre. Utilisez la feuille de combat vierge prévue à cet effet.

Vous devez absolument choisir votre arme avant chaque combat.

Vos caractéristiques sont les suivantes :
Avec vos poings, une arme blanche ou arme apparentée (pierre, arc ...) il vous faudra obtenir un 5 pour frapper.
Avec n'importe quel revolver, un 6 sera nécessaire ; pour utiliser une carabine ou un fusil, il vous faudra un 7.
Avec le fusil cal.50 et cal.56, vous devrez obtenir 8 pour toucher un ennemi.

- **Un combat classique dans ce livre ce présentera comme suit** :

Loup gris
Endurance : 15
Combat CC (corps à corps)

Le loup frappe avec un 6, et inflige 2 PDS (points de dommages supplémentaires) s'il obtient 12 en portant un coup, en raison d'un coup de crocs dévastateurs.

Dans ce cas précis vous devez affronter le loup au corps à corps avec l'arme de votre choix (mains nues ou celle de corps a corps que vous transportez)
Une liste détaillée des armes, des points de dégâts occasionnés par celles-ci, et de leur durée de vie est abordée plus loin dans les règles du jeu.
Le choix de vous battre aux poings ou avec un couteau de chasse par exemple ne dépend que de vous (encore une fois le sujet armes est abordé plus loin, vous comprendrez pourquoi il n'est pas toujours judicieux d'utiliser une arme...)

Prenons donc le cas de ce loup gris, nous allons attaquer au couteau ; pour tout combat la méthode est la même :

1- Il faut déterminer qui frappe le premier. Lancez deux dés **pour vous même,** lancez deux dés **pour votre adversaire**, celui qui obtient le plus grand score attaque. En cas d'égalité recommencez.

2- Imaginons que vous obteniez le plus haut score et donc attaquiez.

3- Vous relancez les dés pour porter un coup. Il vous faut un 5 (car vous attaquez au couteau). Vous obtenez 10 aux dés. Vous parvenez à blesser le loup.

4- Vous blessez l'adversaire. Pour chaque point obtenu au dessus de 5, vous lui causez un dommage. Ici par exemple : +5 auxquels vous ajoutez les 2 points de dommages supplémentaires octroyés par le couteau.
Vous deviez obtenir 5 pour frapper, vous obtenez 10 donc vous infligez 5 PD + 2PDS à votre adversaire. Vous retirez ces points de dommages de son total d'Endurance.

5- C'est au tour de votre adversaire de tenter de vous porter un coup. Lancez alors les dés pour votre adversaire qui frappe avec un 6. Il obtient 7. Il vous inflige donc 1 Point de dommage. Vous perdez 1 PE. Continuez ainsi jusqu'à ce que l'un de vous deux soit mort (total de PE = 0).

• **<u>Combattre avec des armes à feu :</u>**

John Baley's
Endurance : 21
Combat CC, AD

John frappe avec un 5 et dispose d'un revolver Smith et Wesson calibre.38 (+3 PDS, NA 6) avec 17 balles de réserve, il attaquera au corps à corps avec un poignard (+2 PDS).

Les PDS correspondent aux points d'endurance supplémentaires que vous perdrez (en plus du résultat obtenu aux dés) si votre ennemi vous blesse.
NA (nombre d'assauts) signifie que John pourra tirer 6 fois avec le revolver avant de devoir recharger.

Choisissez tout d'abord votre arme. Par exemple un Colt cal.38 (+3PDS, NA 6, PSA 32). À la différence d'un combat au corps à corps, **lors d'un combat à distance vous pouvez tout à fait changer d'arme et donc de distance avant la fin du combat, mais sachez qu'une fois au corps à corps, vous ne pourrez plus vous éloigner.**

Le PSA est le Paragraphe Spécial Associé, pour cette arme et uniquement pour VOUS, si vous obtenez 12 aux dés lorsque vous portez un coup.

1- Il faut déterminer qui frappe le premier. Lancez deux dés **pour vous même,** lancez deux dés **pour votre adversaire**, celui qui obtient le plus grand score attaque. En cas d'égalité recommencez.

2- Imaginons que vous obteniez le plus haut score et donc attaquiez.

3- Vous relancez les dés pour porter un coup. Il vous faut un 6 (car vous attaquez avec un revolver). Vous obtenez 10 aux dés. Vous parvenez à blesser John.

4- Vous blessez l'adversaire. Pour chaque point obtenu au dessus de 6, vous lui causez un dommage. Ici par exemple : +4.
Vous deviez obtenir 6 pour frapper, vous obtenez 10 donc vous infligez 4 PD à votre adversaire. Vous pouvez en plus ajoutez les 3 Points de Dommages Supplémentaires causés par le revolver.
Donc vous enlevez 4+3 = 7 Points d'Endurance du total de John (vous auriez pu obtenir juste 6 aux dés, dans ce cas votre coup aurait porté mais vous n'auriez infligé à votre adversaire que les Points de dommages supplémentaires causés par votre arme, enfin si vous obteniez moins de 6, votre coup aurait manqué votre adversaire mais vous devez déduire une balle de votre barillet).

5- Reprenez à l'étape 1 et cette fois votre adversaire obtient l'initiative de combat ; il tente de vous porter un coup. Lancez maintenant les dés pour votre adversaire qui frappe avec un 5. Il obtient 7, il vous inflige donc 2 Points de dommages plus 3 Points de Dommages Supplémentaires dus au revolver. Vous perdez donc 2+3 = 5 PE.
Continuez ainsi jusqu'à ce que l'un de vous deux soit mort (total de PE = 0).
Si vous veniez à épuiser vos munitions (les 6 balles contenues dans le barillet du revolver), vous devrez recharger votre arme. Pour ce faire, lancer un dé et retranchez le résultat obtenu de votre total d'Endurance. Votre adversaire a profité de ce moment pour vous blesser. Si John vide son barillet, même procédure durant son rechargement vous le blessez. Tirez un dé et retranchez le résultat obtenu de son total de PE.

Une alternative s'offre à vous pour éviter de recharger : avancer vers John et attaquer au corps à corps en changeant d'arme. Vous devrez passer au corps à corps également si vous tombiez à cours de munitions totalement (celles transportées et celles de votre arme).

Si John épuise toutes ses munitions (celle de l'arme et celle qu'il transporte), il s'approchera pour se battre au corps à corps.
Si vous ne voulez pas combattre au corps à corps (dans ce cas précis où le corps à corps s'impose par manque de munitions de l'adversaire), considérez que votre adversaire a foncé vers vous et que vous l'avez tué.
Vous devez garder un compte précis des munitions tirées par votre adversaire ainsi que les vôtres. La feuille de combat résume tout. Par exemple :

Adversaire : **John Connor's**
Frappe avec : **5**
Endurance : **21**
Corps à corps : **poignard, 2 PDS**
À distance : **revolver s&w, 3 PDS, balles dans barillet 6**
Munitions : **19**

• **Combattre plusieurs adversaires :**

Vous pouvez être en situation où vous devrez affronter plusieurs ennemis, si le paragraphe ne précise rien vous affrontez les adversaires les uns après les autres, dès que vous avez tué le premier, le second prends sa place, ou vous pouvez les affronter en alternance, un coup chacun :

Cow boy ivre « John Baley's »
Endurance : 20
Combat cc
frappe avec 6, mains nues

Cow boy ivre « Willy one eye »
Endurance : 21
Combat cc
frappe avec 6, bouteille +1PDS

Pianiste « Brad 11th finger »

Endurance : 15
Combat cc, ad
frappe avec 8, mains nues et pistolet Derringer, 2 coups, + 2PDS.

Dans cet exemple vous pouvez affronter John en premier puis si vous le battez, vous attaquez, Willy et enfin Brad. Vous remarquez que le pianiste peut être attaqué à distance, donc si vous souhaitez attaquer John aux poings, tuer Willy au couteau et finir par Brad au revolver, c'est tout a fait possible dans votre combat.
Dans n'importe quel combat vous avez la possibilité « d'approcher » votre adversaire au corps à corps et inversement. Votre adversaire suit le mouvement.

• **Combattre plusieurs adversaires en même temps** :

C'est le cas le plus difficile pour vous, vous devez dans ce cas précis vous battre avec le premier adversaire comme dans le combat classique précédent, mais vous devez relancez les dés entre chaque assaut pour le 2e adversaire et pour vous, ainsi que pour le 3e adversaire et pour vous.
Si vous obtenez un score plus haut que chacun de vos adversaires, ils vous manquent.
Si vous obtenez un score inferieur, ils vous blessent et vous perdez invariablement 2 PE par adversaire qui réussi à vous atteindre.
Explications :
Vous combattez John de manière traditionnelle.
Durant votre combat, Willy et Brad vont tenter de vous frapper.
Vous gagnez un assaut contre John.
Vous devez lancez 2 dés pour Willy et 2 dés pour vous. Vous obtenez un score plus haut que Brad vous avez évité son attaque.
Même procédé avec Brad mais cette fois ci il obtient un score plus haut que le vôtre, il vous fait perdre 2 PE sans tenir compte des armes utilisées.
Vous comprendre bien vite qu'un combat simultané peut vite vous conduire à la mort...

• **Logique de combat** :

Votre adversaire cherchera toujours à vous tuer le plus rapidement possible, dans le cas d'un combat contre un humain (par opposition à l'animal), votre ennemi cherchera à faire de gros dégâts immédiatement. S'il possède un fusil, un revolver et un couteau, c'est dans cet ordre précis qu'il videra progressivement les munitions de ses armes pour vous tuer. C'est dans ce genre de situation que vous pouvez décider d'abandonner un combat à distance pour finir votre ennemi au corps à corps ; il subira des dégâts minimes (en théorie) mais pour le coup vous aussi !

Le tableau ci-après résume toutes les caractéristiques à connaître pour les armes de cette aventure.

PDS signifie : Points de Dommages Supplémentaires.
NA signifie : Nombre d'Assauts avant rechargement.
PSA signifie : Paragraphe Spécial Associé si vous obtenez 12 aux dés contre **un Humain.**
TC signifie : type de combat exprimé en distance. CC pour corps à corps, AD pour à distance.
FA signifie : frappe avec. Le chiffre correspond au chiffre que VOUS devez obtenir pour toucher votre adversaire avec cette arme.

ARMES	PDS	NA	PSA	TC	FA
Mains nues	0	X	22	CC	5
Pierre	+2	X	24	CC	5
Couteau	+2	X	26	CC	5
Hachette	+2	X	28	CC	5
Arc	+4	Flèches	40	AD	5
Revolver cal.32/.34	+2	6	32	AD	6
Revolver cal.36/.38	+3	6	32	AD	6
Revolver Cal 40	+4	6	34	AD	6
Revolver Cal.44	+5	6	34	AD	6
Fusils/carabines cal.40	+4	5	34	AD	7
Fusils/carabines cal.30.30/45.60	+6	5	38	AD	7
Fusil cal.12	+7	2	246	AD	7
Fusil cal.56	+8	1	245	AD	8
Fusil cal.50	+8	1	36	AD	8

6/ Carte de la région :

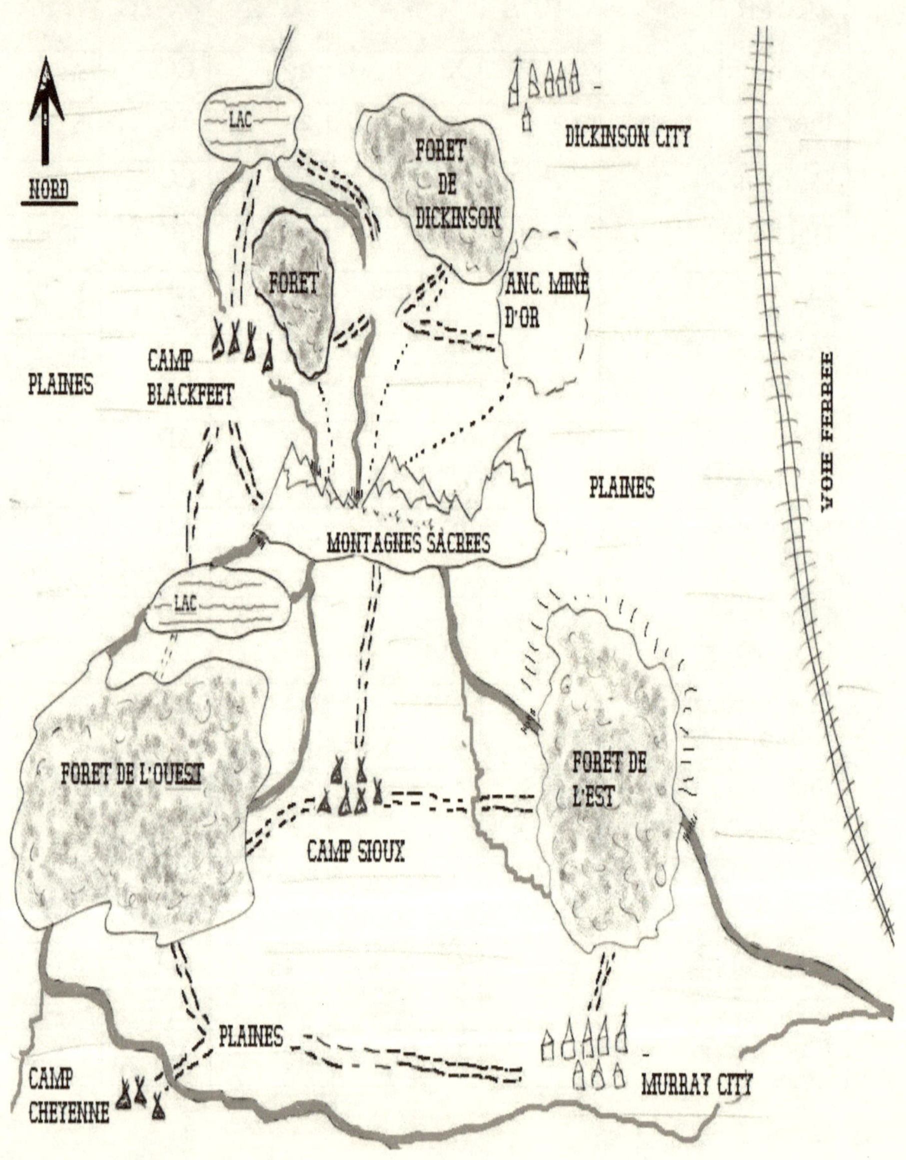

7/ Paragraphes spéciaux :

Ces paragraphes correspondent à des **évènements spéciaux** qui risquent de se produire durant votre aventure, **il est conseillé de les recopier** dans un coin de votre feuille d'aventure **pour les avoir toujours sous les yeux durant votre périple**. Notez le numéro du paragraphe que vous êtes en train de lire et rendez vous aux paragraphes correspondants :

- Si votre Endurance, à tout moment, durant l'aventure atteint un total de zéro, vous devrez consulter le paragraphe **18.**
- Si votre Bravoure atteint zéro, vous consulterez le paragraphe **75.**
- Si votre Bravoure atteint 20, vous consulterez le paragraphe **65.**

Paragraphes spéciaux associés :

Notés PSA, ces paragraphes spéciaux associés sont un petit bonus de la série Shamaan. Vous pourrez consulter ces paragraphes spéciaux uniquement lorsque vous obtiendrez un 12 durant les assauts d'un combat. Et uniquement contre **un adversaire humain.**
Pour conserver l'effet de surprise, ne les consultez pas avant...

Voici aussi quelques petits malus de la série Shamaan !

- Si au cours d'un combat **à mains nues** votre ADVERSAIRE obtient 12 aux dés, vous irez voir le paragraphe **42.**

- Si au cours d'un combat dans lequel vous utilisez une arme (**mais pas une arme à feu**), votre ADVERSAIRE obtient 12 aux dés, consultez le paragraphe **20.**

- Enfin, si au cours d'un combat dans lequel vous utilisez **une arme à feu**, votre ADVERSAIRE obtient 12 aux dés, allez vite lire le paragraphe **44.**

Et maintenant rendez-vous au 1.

FEUILLE DE COMBAT

<table>
<tr><td>Adversaire :
Frappe avec :
Endurance :
Corps à corps :
À distance :
Munitions :</td><td>Adversaire :
Frappe avec :
Endurance :
Corps à corps :
À distance :
Munitions :</td></tr>
<tr><td>Adversaire :
Frappe avec :
Endurance :
Corps à corps :
À distance :
Longue distance :
Munitions :</td><td>Adversaire :
Frappe avec :
Endurance :
Corps à corps :
À distance :
Longue distance :
Munitions :</td></tr>
<tr><td>Adversaire :
Frappe avec :
Endurance :
Corps à corps :
À distance :
Longue distance :
Munitions :</td><td>Adversaire :
Frappe avec :
Endurance :
Corps à corps :
À distance :
Munitions :</td></tr>
</table>

FEUILLE D'AVENTURE

Aptitudes :

Endurance (PE) :

Agilité (PA) :

Chance (PC) :

Chamanisme (PS):

Bravoure (PB) **:**

Armes transportées (trois en tout maximum) :

Corps a corps (CC) :

Dégâts :

Parag. Spécial :

À Distance (AD) :

Dégâts :

Parag. Spécial :

Munitions en cours :
Munitions de réserve :

<u>Équipement transporté</u> (9 objets maximum) :

-
-
-
-
-
-
-
-
-

Divers (notes et objets ne comptant pas pour équipement) :

1

19e Siècle, Nord des Etats Unis. De nombreuses tribus indiennes (ou natives pour être exact) peuplent le sol du nouveau continent. Ces tribus forment la Nation indienne qui est composée de bon nombre de peuples aux coutumes et dialectes différents. Votre famille est celle des Sioux, divisée en trois grands groupes, les Lakotas, les Dakotas et les Nakotas. Vous êtes un Sioux de la tribu des Lakotas. Un peuple fier, composé de guerriers et de chasseurs. Votre tribu s'est établie ici, dans cette région du Nord Dakota, il y a quelques décennies maintenant. Les migrations incessantes des bisons au fil des saisons, vous ont emmené au pied de cette chaîne montagneuse surnommée les Montagnes Sacrées. Votre tribu a toujours vécu au rythme des migrations animales, et pour cause, les animaux tels que les bisons, les cerfs ou les élans sont la source d'alimentation principale de votre camp et vous utilisez depuis toujours les peaux pour confectionner les vêtements, les toiles de tipi et les instruments de musique cérémoniels. Vos ancêtres ont établi le camp définitif dans ces plaines car les bisons ont stoppé naturellement leur migration en arrivant aux Montagnes Sacrées : à l'automne les animaux descendent dans les plaines où ils trouvent de quoi se nourrir et de quoi se protéger du froid hivernal (les épaisses forêts de l'Ouest et de l'Est forment des remparts naturels contre le froid...). Lorsque le printemps montre ses premiers rayons de soleils, ils remontent vers les Montagnes Sacrées où personne ne vient les déranger et profitent paisiblement des pâturages verdoyants.

Vous êtes né ici, au pied des ces montagnes et vous vous appelez Tatanka, ce qui signifie dans votre langue, bison. Vous avez hérité de ce surnom — car c'en est un — de manière tout à fait simple :

Votre mère devait vous accoucher un soir du mois de Février (mois de la lune qui fait casser les arbres). Elle patientait dans un tipi du camp, votre père à ses cotés et un homme médecine pour les aider. Au moment même où vous avez poussé votre premier cri, un fait extraordinaire s'est produit. Un bison s'est fait attaqué par un loup dans la plaine ; l'animal avait reçu plusieurs coups de crocs du loup mais était parvenu à s'enfuir. Pris de panique – le bison était tout jeune –il fonça vers votre camp et chargea tout se qui se trouvait devant lui. Un redoutable chasseur du camp avait bondit sur sa route pour l'attraper mais le bison dans un ultime

élan de survie, pris le tipi de vos parents pour cible ! Il y pénétra, fit tout voler en éclats et finit par se trouver prisonnier sous les épaisses peaux formant la toile du tipi. Aucune personne présente dans le tipi ne fût blessée et depuis cet instant vos parents vous appelèrent :
Tatanka.

Vous avez grandi dans ces plaines, vos rudiments de chasseur et de pêcheur vous les avez appris dans ces forêts. Très vite vous avez développé un sens aigu de l'observation et de la dissimulation, vous sembliez faire corps avec la nature dans laquelle vous évoluiez. Les Anciens du camp ont vite repéré en vous des capacités spéciales. Puis au fil des années votre corps a changé et vous êtes devenu solide comme un rocher, vous passiez le plus clair de votre temps à grimper des falaises de calcaire dans les Montagnes avec vos frères de camp, vous nagiez des heures durant dans les eaux cristallines du lac au Nord Ouest du camp. Ce lac aux mille reflets, ce lac qui finalement a contribué à développer votre musculature et à faire de vous, aujourd'hui un jeune mais redoutable guerrier. D'ailleurs les guerres de tribus vous les avez vécues lors de votre 17ème année. La tribu ennemie des Blackfeet, voulait s'approprier votre camp pour chasser le bison et s'établir définitivement dans ces plaines. Après un long conseil tribal, le chef de camp Blackfeet déclara la guerre à votre tribu. Personne ne compris pourquoi. Vous avez donc pris les armes pour la première fois contre d'autres Natifs américains et le combat opposa 82 guerriers Sioux à 110 guerriers Blackfeet. Il ne rentra que 58 guerriers Sioux dans votre camp, mais les Blackfeet abandonnèrent le combat. Vous aviez gagné.
Puis peu à peu des familles de votre camp partirent pour le territoire Canadien, las de ces guerres tribales. Vous n'êtes restés qu'une minorité en comparaison de ce qu'a été votre tribu à son apogée.
Quelques années plus tard, vinrent les premières confrontations entre les hommes Blancs et les tribus natives. Ils estimaient que vos coutumes ne faisaient pas partie de « leur » monde civilisé, vous furent blâmés, écartés des villes, attaqués et souvent massacrés. Mais de grands groupes ethniques tels que la famille des Sioux ou vos cousins Apaches d'Arizona et du Nouveau Mexique

ne comptaient pas se laisser faire par les envahisseurs. Des guerres éclatèrent entres blancs et natifs. Puis les tensions retombèrent et vos ancêtres s'éloignèrent naturellement des villes qui prospéraient déjà trop et qui faisaient fuir toute espèce animale.

Année après année, vous êtes parvenus à vivre à coté les uns des autres mais une certaine animosité existe toujours entre certains blancs immigrés et vous, qui étiez sur ce sol, sur votre sol, depuis plusieurs siècles...

CHAPITRE UN : INITIATION

Premier Jour :

Un vent léger fait bouger les feuilles des peupliers qui bordent votre campement. Le soleil brille depuis quelques heures déjà et vous êtes réveillé depuis l'aube... Une grande journée s'annonce pour vous...
Votre départ pour les Montagnes Sacrées est imminent. Hier, Tunkashila, votre grand père, vous a emmené près de la rivière, plus au sud, et vous vous êtes assis tous les deux au bord de l'eau :
— Tatanka, demain c'est le jour de ton départ. Tu devras affronter ou éviter tous les dangers qui se présenteront à toi durant ta quête... Pour devenir un chaman, comporte toi en homme : écoute ton cœur, écoute ton âme, écoute les voix des anciens...
Tu devras franchir de nombreux obstacles, parcourir le territoire sur lequel tu as grandi et souvent combattu, et tu devras sûrement puiser au fond de toi le courage nécessaire afin de rencontrer le Vieux Chaman.
Voici ce que votre grand-père, Tunkashila, vous a dit la veille de votre départ...

Vous êtes debout, dos à votre camp, vos longs cheveux noirs flottent au vent. Vous fixez l'horizon, plus au Nord vous pouvez distinguer les Montagnes Sacrées, but ultime de votre voyage. Vous ne savez pas trop comment aborder ce Vieux chaman, quelle

questions lui poser, comment lui demander de vous transmettre son savoir, êtes vous prêt, et surtout êtes vous digne ?
Vous prenez une profonde inspiration et vous vous dirigez vers le tipi de votre père de sang, Cheval-blessé ; il est en train de tendre une peau de castor sur un cerclage de bois, sûrement une branche de saule trouvée au bord de la rivière, il vous aperçoit, redresse la tête et vous lance :
— Alors fils, le grand voyage approche ?
Puis il sourit doucement et se remet au travail. Vous avancez de quelques pas et vous lui demandez :
— Peux-tu répondre à une question ?
Il vous regarde à nouveau et dit :
— Ne la pose pas, je connais déjà la question ! Et il ajoute,
— Tu vas me demander pourquoi c'est toi qui dois recevoir cet enseignement chamanique et pas un autre du camp, n'est ce pas ?
Un bref hochement de tête de votre part, confirme ce que vous demande votre père,
— Et bien, Tatanka, tu as été choisi car les anciens vous ont observé, toi et tes frères de camp, et de tous les jeunes guerriers, tu es le plus valeureux, le plus courageux, et surtout le plus sensible...Un enseignement chamanique n'est pas à la portée de tous, et la transmission du savoir que tu devras prodiguer à ton tour n'est pas une chose aisée...Tu devras utiliser tes connaissances pour tous les tiens et ceci jusqu'a la fin de ta vie d'homme...
Vous buvez les paroles de votre père, vous le remerciez et faites demi tour pour vous diriger vers le tipi de votre autre père, de camp celui-ci, afin de choisir un équipement adéquat pour votre voyage.

Vous êtes à quelques mètres seulement du tipi de Cerf-qui-saute, lorsque celui ci vient à votre rencontre :
— Bonjour Tatanka ! Je t'ai trouvé quelques petits objets qui te seront fort utiles dans ta quête, viens dans mon tipi, je vais te les montrer. Vous suivez Cerf-qui-saute vers son habitation ; un magnifique tipi brun et bleu, orné d'un motif représentant un cerf rouge qui bondit sur un homme, cette scène de chasse représente le jour où Cerf-qui-saute a gagné son surnom. Il chassait avec son frère, lorsqu' ils se firent surprendre par un magnifique cerf adulte qui envoya les deux hommes à terre, Cerf-qui-saute ra-

massa une branche morte à ses cotés, et lorsque le cerf voulu bondir pour achever les deux hommes, Cerf-qui-saute planta sa lance de fortune dans le flanc de l'animal, il lui perfora le poumon et l'animal tomba. Depuis ce jour son surnom fût Cerf-qui-saute en hommage à cet instant de bravoure.
Lorsque vous entrez dans le tipi, vous remarquez une belle pipe-calumet posée près du feu, vous remarquez aussi que tout un tas d'objets petits et gros sont disposés sur une couverture en peau de bison. Sûrement les objets à votre intention...
Cerf-qui-saute vous invite à vous asseoir près de la couverture, il vous dit :
— Tatanka ! Tu es un homme aujourd'hui, je t'ai vu naître, je me suis battu aux cotés de ton père, Cheval-blessé, je t'ai vu grandir, nous t'avons élevé, nous autres les hommes du camp, et maintenant c'est moi qui ai le devoir de te faire choisir ton équipement... Alors voici ce dont tu peux disposer pour débuter cette quête, tu ne peux emporter avec toi qu'un total de 9 objets et 3 armes, tu disposes déjà de :

- Un couteau de chasse (CC)
- Un arc (AD)
- Un carquois pouvant contenir 20 flèches maximum (1 objet)
- 10 flèches (2 objets)
- Une pierre à briquet (ne compte pas pour objet)
- Un pendentif sculpté dans un os de bison (ne compte pas pour objet)
- De la viande séchée pour l'équivalent de 5 PE, à utiliser quand vous le désirez, sauf au cours d'un combat (les provisions ne comptent jamais pour des objets).

Voici ce que je te propose d'ajouter :

- 10 flèches supplémentaires (2 objets)
- Des hameçons et du fil (1 objet)
- De la corde (environ 9 mètres, compte pour 1 objet)
- Un bandeau (1 objet)
- Un calumet + herbe à calumet (pour environ 4 séances de fumage, + 1PB lorsque utilisé, 1 objet)
- Une peau de cerf (+5PE immédiats, compte pour 1 objet)

- Dent de grizzly en amulette (+ 1PB, compte pour 1 objet)
- Une plume d'aigle (+ 1PB, compte pour 1 objet)
- Colt calibre .38, (+3PDS) avec 6 balles (arme AD)
- Colt calibre .44, (+5PDS) avec 6 balles (arme AD)
- 6 balles .38 (1 objet)
- 6 balles .44 (1 objet)
- carabine Winchester .30-30, avec 5 balles (arme AD)
- 5 balles de Winchester (1 objet)
- Chapeau de cow-boy (1 objet)
- Etoile de sheriff (1 objet)
- Une poire à poudre noire, pleine (1 objet)
- 10 plombs calibre .50 (1 objet)
- Viande séchée (+5 PE lorsqu'elle sera consommée, 1 objet).

Vous pouvez choisir pour une valeur de 6 objets, en plus de ceux dont vous disposez déjà, mais sans jamais dépasser 9 objets (au total sur votre feuille d'aventure) et 3 armes. N'oubliez pas de noter votre équipement sur votre feuille d'aventure. Enfin Cerf-qui-saute vous déconseille fortement de vous séparer de votre couteau de chasse, et de votre arc. Le premier est une arme de corps à corps très utile ainsi qu'un outil précieux. Quant à l'arc, il est rapide, silencieux, utile pour la chasse, la furtivité et bien d'autres choses...

Vous prenez congé de Cerf-qui-saute en le remerciant chaleureusement, il vous souhaite bonne chance et retourne dans son tipi. Vous traversez le camp, en disant au revoir d'un signe de main à tous vos frères, pères, mères et sœurs, sans un mot. Vous approchez de la sortie du camp lorsqu'une voix familière vous parvient :

— Tatanka, dit une vieille voix fatiguée, il me reste quelque chose à te dire.

Votre grand père, Tunkashila vous rejoint et vous dit :

— Tu ne dois pas t'inquiéter pour le vieux chaman, ne te pose pas de questions, vis ta vie, avance en écoutant ton cœur, et surtout sois toi même, si le Conseil ne s'est pas trompé, tu seras digne d'être chaman...Vas, mon garçon et vois la Vie, la vraie...

Sans une parole vous tournez les talons et vous vous mettez en route pour votre voyage ; vous pouvez consulter à tout moment la

carte de la région pour savoir où vous vous situez ; pour l'instant vous marchez en direction du Nord. Vous apercevez les Montagnes Sacrées au loin, les montagnes où vous avez chassé, grandi et appris la vie aux côtés de votre mère la Terre. Dans ces montagnes des petites falaises — hautes comme de beaux séquoias — étaient votre défi pour être des guerriers !
Avec vos frères de camp, vous grimpiez jusqu'en haut, et vous plongiez dans la rivière en criant comme des aigles ...
Vous aviez même failli vous noyer le jour où votre tête avait heurté une branche qui flottait entre deux eaux, heureusement votre ami Grandes-mains vous avez repêché...
Vous repensez à tous ces souvenirs lorsque vous percevez un son au loin, vous tournez la tête vers l'Est et vous voyez John-deux-loups qui accourt dans votre direction ; arrivé à votre niveau, il vous dit essoufflé:
— Tatanka ! Je sais que tu dois quitter le camp aujourd'hui mais la piste qui conduit aux Montagnes Sacrées est barrée. Les Bisons sont arrivés et tous les chemins sont bloqués. Je viens des forêts de l'Est et là-bas aussi c'est bloqué. Je suis désolé mon ami, mais je crois que tu vas être retardé dans ton voyage ...

Si vous voulez sans plus attendre partir vers le but ultime de votre quête, les Montagnes sacrées, sans tenir compte de l'avertissement de John-deux-loups, **rendez-vous au 215**.
Si vous voulez marchez vers le lac d'où vous pourrez rejoindre les Montagnes Sacrées facilement, **rendez-vous au 312**.

2

Vous tombez dans la mousse au pied d'un tronc de sapin. Vous vous relevez sans la moindre blessure mais cette rencontre inopinée vous incite à penser qu'une rencontre avec un animal plus gros ou plus dangereux serait une chose risquée, surtout avec ces conditions climatiques. Vous ne voulez pas persévérer dans ce sous-bois traître, glacial et dense. Vous sortez d'entre les arbres et **vous vous rendez au 8**.

3

Vous accélérez le pas au fur et à mesure que la côte se raidit. Vous êtes pressé de sortir de ce labyrinthe de roche, de mousse et terre.

Vous sentez que le bout du tunnel vous conduira à l'air libre. Un air froid, glacial mais vous n'en pouvez plus de respirer dans cette ambiance qui sent le moisi et la terre humide.

Vous remarquez soudain que le plafond bouge... Pas la roche mais ***quelque chose*** au plafond bouge... Vous ne discernez pas bien ce qui se trame dans la semi obscurité mais cela vous semble organique, vivant... Soudain vous sentez une présence vous effleurer les cheveux. Puis une deuxième, rapidement une troisième. Vous avez dérangé une colonie de chauve-souris qui ne tardent pas à paniquer et s'envolent de tous les cotés dans cet étroit couloir. Vous devez combattre ces animaux comme un ennemi unique :

Colonie de chauve-souris
Endurance : 10
Combat CC, AD

Les chauve-souris frappent avec un 3 mais ne vous infligent qu' 1PD, sans tenir compte du score obtenu au dessus de 3. Par contre il vous faudra obtenir un 6 pour les atteindre et ceci sans tenir compte de l'arme que vous utilisez. Il vous suffit de les atteindre deux fois pour qu'elles s'enfuient dans les profondeurs des cavernes. Si ces charmants petits animaux ne vous tuent pas, **rendez-vous en courant au 374.**

4

Vous regardez les cavaliers un à un dans les yeux et vous dites :
— Je vous jure que je ne le connais que de nom, ce Pat Smith. Mais pourquoi est-ce si important ? demandez-vous avant d'aller plus loin dans les aveux...
Le seul cavalier portant un chapeau brun vous envoie un formidable coup de crosse de carabine qui vous fait tomber au sol. Vous perdez 2 PE.
Un cavalier à la barbe noire comme du charbon et portant des lunettes fines aux montures argentées vous répond :
— Parce qu'il est sec comme un ruisseau d'Arizona ! Il a aidé un de ses amis à s'enfuir de la prison de Murray, cette nuit, et son copain a dû trouver normal de le zigouiller en guise de remercie-

ment. Il est allongé près de la rivière, à une demi-heure de cheval plus à l'Ouest. Ce sont les corbeaux qui nous ont mis sur la piste. Toute la nuit, on a cherché ces deux bâtards.
Le chef des cavaliers ajoute :
— Et comme ce fils de pute qui s'est enfuit est un sacré chien galeux, on voulait le retrouver avant qu'il n'atteigne le territoire canadien, au Nord.
Les cavaliers font demi-tour sans dire un mot et s'éloignent dans un épais nuage de poussière et d'herbes. Vous l'avez échappé belle ! **Rendez-vous au 112.**

5

La balle de Bryan vous atteint dans le bras, vous hurlez de douleur. La décharge de plombs du fusil à canon scié de Bonn, vous frappe de plein fouet dans le dos. La violence de l'impact est telle que vous entendez vos vertèbres craquer. Vous tombez sur le sol à demi inconscient, vous entendez Bryan maugréer en s'approchant de vous :
—Encore un putain de peau rouge.
Vous sentez l'acier du canon de son fusil contre votre tempe : vous n'entendez pas le son de la détonation qui vous emporte la tête.
Vous terminez votre quête dans une clairière du Dakota, sous une lune voilée.

6

L'animal vous toise d'un œil hostile, se lève sur ses pattes arrière et pousse un grognement très significatif ! Votre père vous a enseigné que le combat contre un ours ordinaire peut être évité, mais rares sont les hommes qui ont eu la chance d'éviter un combat contre un grizzly et rares sont ceux qui peuvent en témoigner !...
Vous allez devoir affronter cet animal :

Grizzly
Endurance : 20
Combat CC

Le grizzly frappe avec un 7, il n'est donc pas très agile. Mais s'il obtient un double 1, il vous mordra férocement et vous infligera 4 PDS.
N'oubliez pas de choisir votre arme avant le combat qui vous oppose à ce grizzly et gardez sous l'œil le tableau des armes ainsi que la liste des paragraphes spéciaux. Si vous survivez à ce combat dantesque, **rendez-vous au 444**.

7

Vous progressez difficilement sur cette piste faite de roche et de givre. Le vent souffle de plus en plus fort et vous avez du mal à garder votre équilibre, vous évitez par deux fois une chute sérieuse et votre moral commence à s'affaiblir sérieusement. Vous vous sentez seul, perdu et sans le moindre chemin de secours...
Si vous voulez continuez sur cette voie, **rendez-vous au 265**.
Si vous voulez revenir sur vos pas et prendre vers l'Ouest, **rendez-vous au 130**.
Enfin si vous voulez faire une pause et demander l'aide du Grand Esprit, il vous en coûtera 1 PS, **rendez-vous au 171**.

8

Vous avancez vers l'Ouest avec ce vent de plus en plus violent dans votre dos. Vous progressez sur deux cents mètres sans apercevoir l'ombre d'un sentier, d'une faille dans la falaise, le moindre indice qui pourrait vous conduire au sommet. Un bruit assourdissant couvre de plus en plus le bruit du vent au fur et à mesure de votre progression. Vous ne tardez pas à arriver devant un spectacle grandiose mais infranchissable :
Une cascade large d'environ cinq à six mètres tombe à pic sur au moins cent cinquante mètres et coupe la piste que vous suivez. Il vous reste les deux chemins de la bifurcation, plus en arrière, ou la piste vers l'Est si vous n'avez pas déjà essayé.
Pour la bifurcation, **rendez-vous au 354.**
Pour la piste de l'Est, **rendez-vous au 7**.
Enfin vous pouvez vous approcher de la cascade si vous désirez chercher du regard un quelconque chemin en contrebas. **Rendez-vous alors au 17**.

9

Vous libérez la corde de votre arc. La flèche fend l'air en produisant un son strident semblable au cri d'un aigle. La pointe s'enfonce sans mal dans la nuque de Chico qui s'effondre sans un mot sous le regard horrifié de Tuco, immédiatement, celui-ci porte la main à sa ceinture pour dégainer son revolver. Il vous reste une fraction de seconde avant que Tuco ne vous aperçoive dans le buisson : voulez vous tenter un autre tir à l'arc ? **Rendez-vous dans ce cas au 214,** ou bien préférez-vous reculer en restant abaissé et changer de position ? **Rendez-vous alors au 405.**

10

Vous arrivez devant l'entrée de la nouvelle galerie et vous vous y engagez. Vous progressez sur une cinquantaine de mètres lorsque la luminosité commence sérieusement à baisser. Quelques mètres de plus et si l'obscurité devient plus intense, c'est le demi-tour obligatoire. Vous n'avez pas le temps de finir d'y penser que votre pied droit s'enfonce dans un trou masqué par de la mousse, vous trébuchez et chutez au sol ; malheureusement le sol est glissant et la pente forte.

Une glissade effrénée sur le ventre débute et tous vos efforts vous l'arrêter restent vains. Vous finissez par déboucher au dessus d'un torrent dont le grondement sourd vous effraye...

PLOOUF !

La puissance de l'eau vous ballotte dans tous les sens et vous avez un mal énorme à garder votre respiration. Plusieurs roches sous-marines qui vous entaillent de toutes parts et soudain la lueur au bout du torrent... La lueur de la vision...

Quelques secondes plus tard vous faites une chute vertigineuse de plusieurs centaines de mètres. Votre corps n'est qu'un amas de chairs meurtries et d'os brisés lorsqu'il percute le sol, en bas de la falaise. Ici s'achève votre aventure, au pied d'une cascade.

11

Vous n'avez pas fait 30 mètres que vous vous retrouvez sous les stalactites de la galerie précédente. Vous devez donc rebrousser chemin et **vous rendre au 3.**

12

Vous examinez la situation : de nombreuses caisses sont empilées partout sous la tente, sur l'une d'elles il vous semble lire à la lueur d'un éclair «Gun Powder»...
De la poudre à canon ! Une tente remplie de caisses de poudre !!
Vous regardez votre ami et en vous approchant vous lui dites :
— T'as vu ce qu'elles contiennent ? Je pense qu'on peut faire un beau feu de joie avec tout ça...
— Je vais faire une petite ouverture dans une des caisses et répandre de la poudre partout...
— Vas-y ! Corbeau-qui-Danse éventre quatre caisses de poudre et fait sauter les lattes de bois. Vous regardez vers votre ami et vous le voyez le sourire aux lèvres en train de disperser la poudre noire en une longue traînée devant toutes les caisses.
— Viens Tatanka, c'est le moment de sortir et courir !
Vous jetez un coup d'œil furtif au dehors et vous repassez par l'ouverture dans la toile de tente. Corbeau-qui-Danse vous emboîte le pas et sort sa pierre à feu. Il frotte celle ci sur la lame de son couteau et la poudre s'enflamme instantanément. Vous partez en courant comme deux faons poursuivis par un ours ; au bout de quelques secondes une explosion fracassante se fait entendre dans votre dos. Une lueur jaune orangée teinte le campement et une forte odeur caractéristique se répand dans toutes les allées. Vous avez juste le temps de vous retourner pour apercevoir des débris retomber lourdement aux alentours de la tente qui vient d'être pulvérisée. Vous gagnez 2 PB et 1 PC. Vous pouvez **vous rendre au 457.**

13

— De toutes façons vous n'aviez aucune chance contre
nous... Lance le chef du groupe Blackfeet.
Vous voyez Petit-Nez porter la main à son revolver et vous donnez un coup de pied à son cheval, qui sursaute et oblige votre ami à reprendre les rennes.
— Je sais, dites-vous intelligemment, vous êtes de valeureux guerriers et nous ne voulons pas risquer de vous combattre...
Les cavaliers éclatent de rire et l'un d'eux ajoute :
— Ces Sioux, tous des lâches !

Sur ces mots le chef Blackfeet tire sur les rennes de sa monture et d'un coup de talon se lance au galop vers l'Est. Les cinq autres cavaliers l'imitent et en quelques minutes le groupe est loin derrière vous. Corbeau-qui-Danse se tourne vers Petit-Nez et lui dit :
— Tu veux vraiment tous nous faire tuer toi ?!
— J'ai horreur des Blackfeet, je ne supporte pas le ton de supériorité qu'ils prennent avec nous... Six ou plus, j'aurais pu en tuer quatre à moi tout seul...
— Avec une jambe dans le plâtre ?! Ajoutez-vous ironique, allez en avant mes amis.
Vous lancez vos chevaux au galop et vous repartez en direction du passage à gué. **Rendez-vous au 97.**

14

Vous pensez au rêve que vous avez fait hier soir, cette cabane, ces objets, comme si votre âme et celle du chaman avaient fusionné durant un bref instant... Peut être est-ce le vieux bonhomme qui est venu voler votre esprit pour vous montrer quelque chose par ses yeux... Toutes ces questions trottent dans votre tête et occupent votre esprit. Soudain un léger craquement se fait entendre au dessus de votre tête. Vous levez rapidement les yeux vers les falaises mais vous ne voyez rien d'anormal. Une petite pierre tombe à quelques mètres devant vous, fait habituels sous des parois aussi hautes, à pic, et fréquentées par de nombreux animaux qui les font tomber en promenant sur les sentiers. Par sécurité vous levez à nouveaux les yeux et cette fois vous voyez quelque chose de tout à fait anormal, un ombre qui grossit dans le ciel et qui se rapproche à vive allure. Cet objet, pierre ou autre va s'écraser sur vous. Tentez votre agilité, si vous réussissez, **rendez-vous au 76**. Si vous échouez, **rendez-vous au 432**.

15

Le loup continue de grogner mais ne bouge pas, il veut sûrement défendre le territoire qu'il lui reste – à défaut d'avoir une meute à protéger.

Vous continuez votre progression et vous arrivez finalement en haut de la pente, traîtresse et dangereuse.
Rendez-vous au 300.

16

Vous pensez à toute vitesse dans votre esprit, vous pourriez être plus rapide que le grizzly, c'est risqué mais possible... Vous prenez une profonde inspiration et vous sautez d'un bond arrière dans le vide. **Tentez vore chance**, si vous réussissez, **rendez-vous au 85**. Si vous échouez, **rendez-vous au 103.**

17

Vous avancez doucement et quasiment accroupi vers le bord du précipice. Le vent violent vous fait perdre l'équilibre à plusieurs reprises. Vous scrutez consciencieusement les quelques roches plates en contrebas mais aucun sentier ne semble se dessiner. Vous décidez donc d'abandonner les recherches de ce côté, ajoutez 1PB à votre total. Il vous reste les deux chemins de la bifurcation, plus en arrière, ou la piste vers l'Est si vous n'avez pas déja essayée.
Pour la bifurcation, **rendez-vous au 354.**
Pour la piste de l'Est, **rendez-vous au** 7.

18

Votre vue se trouble, vos oreilles bourdonnent... Vous êtes pris de vertiges, vous vous allongez sur le dos, les yeux levés vers le ciel... Vous priez le Grand Esprit et pensez que votre voyage vers d'autres dimensions est en train de débuter... Votre cœur ralentit son rythme, vos poumons se remplissent d'air de plus en plus difficilement, mais vous êtes prêt, votre courage et votre bravoure n'auront pas été suffisants pour achever votre initiation, pire votre vie est en train de vous glisser lentement entre les mains, vous allez mourir...
Ça y est vous êtes dans l'obscurité, vous ne sentez plus rien, mais vous êtes bien, vous flottez, comme si votre corps ne touchait plus le sol, votre esprit s'élève dans le ciel, à la rencontre de l'aigle sacré et vous partez pour un voyage éternel. Votre aventure « terrestre » s'achève ici...

19

Votre pied glisse sur une pierre couverte de mousse, vous manquez de vous casser une cheville et vous finissez dans l'eau avec un PLOOUF retentissant ! Vous vous efforcez de maintenir la tête hors de l'eau, mais par deux fois vous avalez de l'eau, vous perdez 4 PE ; vous parvenez finalement de l'autre coté de la rivière. Vous la remontez sur quelques mètres, rassemblez votre équipement et vous prenez la direction du Nord. Vous marchez une bonne heure en regardant tout autour de vous, cherchant un indice, une trace, n'importe quoi qui puisse vous mettre sur la piste de vos amis. Vous apercevez enfin la première des trois clairières de chasse. **Rendez-vous au 304**.

20

Votre adversaire est plus rapide qu'un éclair dans la nuit, en un mouvement il parvient à vous porter un coup que vous ne pouvez pas éviter. Une douleur intense vous traverse le corps et le système nerveux, vous êtes sonné. Vous perdez immédiatement 5 PE, pire, dans sa fureur combative, votre adversaire parvient à vous désarmer et envoie voler votre arme à plusieurs mètres. Vous devez donc poursuivre votre combat à mains nues, vous pourrez toutefois récupérer votre arme en fin de combat. Retournez maintenant au paragraphe d'où vous venez.

21

Vous passez entre les deux sapins et vous entamez une descente abrupte sur quelques mètres. Vous ne voyez pas que sous l'épais manteau neigeux se cache un rocher, sur lequel vous trébuchez. Vous perdez l'équilibre et partez en avant sans aucun moyen de vous rattraper ; votre tête heurte le sol et vous perdez connaissance. Le froid aura raison de votre vie en quelques heures. Vous n'étiez pas prêt pour recevoir l'enseignement chamanique ; la fougue de la jeunesse l'a emporté sur la raison et la sagesse. Votre quête s'achève sur un sentier des Montagnes Sacrées.

22

Vous bondissez sur votre adversaire avec la ferme intention d'en finir au plus vite, et justement, une telle détermination dans votre geste surprend votre ennemi qui marque un temps d'arrêt. Erreur fatale ! Vous passez votre bras autour de sa nuque, votre main droite passe sous son menton, votre main gauche attrape le haut de son crâne – sa tête est immobilisée – vous n'avez qu'une fraction de seconde pour agir… « Schkrak ! » Voici le son que produisent ses vertèbres cervicales lorsque votre mouvement circulaire lui brise la nuque. Votre adversaire, les yeux révulsés, s'effondre dans un bruit sourd. Vous venez de gagner le combat en une attaque ! Vous gagnez 1 point de bravoure. Retournez au paragraphe d'où vous venez.

23

Vous parvenez à vous hisser au sommet de la corniche avec difficulté. Vos mains sont meurtries et vous saignez. Si vous possédez un bandeau, servez vous-en pour stoppez l'hémorragie, si ne possédez pas de bandeau pour perdrez 4 PE, sur les trois prochains paragraphes. Vous reprenez votre escalade et vous arrivez enfin sur la rive droite de la rivière supérieure. Ajoutez 1 PB à votre total et 1 PC. **Rendez-vous ensuite au 459.**

24

Le temps semble ralentir tout à coup, vous voyez votre adversaire se déplacer avec une lenteur extrême. Vous pourriez presque aller le toucher et revenir à votre place sans qu'il n'ait pu bouger… Alors profitant de cet espace-temps bénéfique vous vous jetez sur lui en le frappant violemment à la tête, au nez, aux arcades… Votre pierre s'abat sur la tête de votre adversaire avec la violence d'une pluie d'hiver. En un instant, votre main est rouge du sang de votre adversaire. L'ennemi tombe sans un bruit, une mare rougeâtre se répand sur le sol, les os de son crâne sont à nu, par endroits. Vous avez tué votre ennemi en un assaut, guidé par la puissance destructrice de votre Mère la Terre vivant dans cette pierre. Vous gagnez 1 PB et 1 PS pour avoir eu une communication avec la Terre. Retournez au paragraphe d'où vous venez.

25

Vous passez devant les Blackfeet et vous longez la corniche surplombant la rivière sur votre droite. L'eau est maintenant à une dizaine de mètres plus bas et le moindre écart, la moindre glissade pourrait vous coûter la vie. Vous marchez sur une quarantaine de mètres lorsque vous arrivez à une cascade. L'eau descend avec une force terrifiante et l'écume qui se dégage de ces chutes vous mouille autant qu'une pluie d'automne. Vous ne pouvez pas bifurquer vers la gauche car des rochers énormes bloquent tout accès, votre seule option est l'escalade de la paroi qui borde la cascade. Vous vérifiez vos ceintures d'armes, votre équipement et vous entamez l'ascension périlleuse. **Rendez-vous au 297**.

26

Votre agilité au combat avec une arme blanche n'est plus à démontrer, très jeune vous avez sauvé votre ami, durant une chasse, d'une attaque de loup. Vous vous étiez interposé entre lui et l'animal et aviez frappé trois fois le loup.
Maintenant, votre ennemi est face à vous et vous n'avez qu'une chose en tête : qu'il baisse sa garde. Vous tournez l'un autour de l'autre, vous vous étudiez, l'un l'autre, et soudain vous percevez un relâchement de son coté, vous saisissez cette opportunité et vous sautez sur votre adversaire. En un geste mêlant adresse et force, vous frappez, en un bref mouvement horizontal, la poitrine de votre ennemi qui hurle de douleur et recule d'un pas. Vous esquivez une de ses attaques – désespérée et totalement désordonnée – et vous parvenez à frapper une nouvelle fois votre ennemi. Cette fois ci c'est la gorge qui reçoit un formidable coup de lame, une gerbe de sang vous éclabousse le visage, vous sentez la chaleur du sang sur votre peau. Vous ne voulez pas laisser souffrir votre adversaire vous lui assenez donc un troisième coup – fatal – en plein cœur. Les yeux de votre adversaire se ferment aussitôt et il s'écroule de tout son poids. Vous venez une fois de plus de frapper trois coups, trois coups mortels comme lors de l'acte héroïque dans votre enfance. Vous gagnez 1 PB. Vous pouvez retournez au paragraphe d'où vous venez.

27

Vous arrivez enfin à voir Meyer mais trop tard ! Son cheval s'agite, signe que son maître n'est pas loin, en un éclair il se relève et récupère son fusil. Il se recouche aussitôt entre les trois autres chevaux, toujours attachés aux arbres...
Si vous voulez maintenant tirer sur Villagomez, **rendez-vous au 64.**

Si vous préférez tirer sur les chevaux, **rendez-vous au 384.**

28

Vous avancez prudemment vers votre adversaire qui vous examine longuement ; personne ne sait à ce stade du combat d'où va provenir l'attaque et qui va frapper le premier. Et bien vous décidez que le premier à frapper ce sera vous ! Vous tentez une attaque basse en un mouvement circulaire droite-gauche ce qui oblige votre adversaire à faire un bond en arrière ; vous profitez de cette manœuvre défensive de sa part pour enchaîner un mouvement oblique montant avec le dos de votre hachette. Le marteau (*partie au dos de la lame*) vient faire éclater la mâchoire inférieure de votre adversaire, qui tombe sur le sol. Sonné par la douleur et la violence du choc il ne parvient pas à se remettre sur pied immédiatement, vous en profitez pour passer sur le coté de votre adversaire et en poussant un cri de guerre, vous enfoncez une bonne moitié de la lame de votre hachette dans le crâne de votre ennemi. Une giclée de sang mêlé à des fragments d'os, macule le sol autour de lui.

Vous retirez – péniblement – la lame de sa tête et vous vous agenouillez à ses cotés. Vous remerciez le Grand Esprit pour vous avoir donné la force et l'audace de vaincre. Vous gagnez 1 PB, et vous pouvez retournez au paragraphe d'où vous venez.

29

Le sanglier grogne en vous fonçant dessus, tête baissée, les défenses prêtes à vous tailler en pièces. Vous attendez le dernier moment en espérant pouvoir éviter le monstre ; à deux mètres de vous le sanglier ralentit sa course, trotte et tombe mort à vos pieds. Il rend son dernier souffle en posant sa tête à quelques centimètres de vos pieds. Vous contournez l'animal et remerciant intérieurement Wicaca Omani pour l'efficacité quand aux poisons utilisés pour ses flèches. **Rendez-vous au 277.**

30

Votre bras se charge d'une force dont vous ignoriez l'existence, votre main se resserre sur le manche de votre Tomahawk, votre adversaire ne voit pas que vous êtes comme le serpent, prêt à frapper à tout moment... Vous décidez d'être le premier ; d'un

geste furtif vous frappez votre adversaire une première fois, il hurle de douleur, essaie de vous frapper à son tour, mais par un formidable geste défensif, non seulement vous esquivez son attaque mais vous parvenez à bondir devant lui tout en lui portant un coup de Tomahawk au niveau de la gorge. Votre coup a fait mouche. Vous retombez sur le sol, dos à votre adversaire, certain que votre dernier coup a été fatal.
Vous entendez un bruit lourd derrière vous ainsi qu'un gargouillis assez étrange. Vous faites volte-face et vous voyez le corps de votre adversaire gisant sur le sol, sa tête se trouvant à un mètre du corps, un flot de sang rouge vif s'échappe de ce qui reste de sa gorge. Vous venez de décapiter votre adversaire avec votre Tomahawk. Vous gagnez 1PB, et vous pouvez retournez au paragraphe d'où vous venez.

31

Vous ne tardez pas dans le coin, tous ces combats vont attirer l'attention de la foule et vous ne voulez pas avoir de souci avec le Sheriff Brown. Vous vous faufilez de ruelles en ruelles et parvenez à sortir de la ville sans éveiller de soupçons. Vous décidez de vous remettre en route pour la forêt de l'Est. Vous faites une halte près d'une fontaine à quelques centaines de mètres de la ville, vous pouvez nettoyer vos blessures (vous regagnez alors 4 PE). **Rendez-vous au 278.**

32

Votre adversaire joue avec vos nerfs. Il se cache, se montre, se cache à nouveau, tout ce qui peut vous rendre fou tant sa lâcheté et sa peur sont visibles et palpables...
Vous vous mettez à l'abri à votre tour pour préparer votre attaque, votre adversaire presque à découvert, pointe son arme dans votre direction... Vous inspirez profondément et sortez en un éclair de votre abri : votre ennemi n'a pas le temps de réagir, vous appuyez sur la détente et vous voyez votre balle frapper dans la poitrine de l'ennemi, un nuage de brume rouge sort au moment de l'impact, suivi d'un râle de votre adversaire qui s'étale sur le sol, inconscient... Il ne tardera pas à mourir. Vous gagnez 1PB et vous pouvez retourner au paragraphe d'où vous venez.

33

Vous ne voyez plus Meyer, il est trop bien abrité, la nuit est trop sombre pour voir quoique ce soit. Par contre Jenkins n'a pas la même chance, la lune se dévoile quelques secondes, un reflet sur les verres de ses lunettes, suffit à trahir sa présence :
PAAWW ! PAAWW ! Vous envoyer deux balles dans la direction de l'éclat lumineux.
Vous entendez un SCHTOK, symbole d'une balle dans un tronc d'arbre. Par contre le SCHPLORF visqueux qui suit une fraction de seconde plus tard ne vous trompe pas :
une balle a atteint Jenkins.
Vous voyez une silhouette sortir de derrière un arbuste. Elle avance d'un pas désordonné, dans le clair de lune vous avez du mal à identifier le visage, et pour cause, toute la mâchoire inférieure n'existe plus, un coulis rouge tâche les vêtements clairs de Jenkins. Il s'écroule, à genoux d'abord, puis sur le ventre, mort.
Vous allez devoir engager un combat classique contre le chef du Clan :

Adam « The blooder » Meyer
Endurance : 14
Combat CC, AD

Meyer frappe avec un 6 et possède un Fusil Colt revolving, sorte de fusil à barillet, le même que celui équipant les revolvers. Son fusil tire du calibre .56 (+6PDS). Il n'a eu le temps de prendre que son arme, les munitions sont sur sa monture, hors d'atteinte. Il possède en outre un revolver Smith et Wesson model 2, calibre.32, six coups (+3PDS). Avec une quantité de balles à sa ceinture suffisante pour tout le combat. Il se battra au corps à corps avec un poignard (+2PDS).
Si vous sortez victorieux de ce combat de géants, **rendez-vous au 106**.

34

Une détonation de votre arme, un nuage de fumée banche à l'odeur caractéristique et votre adversaire décolle du sol sous la puissance de l'impact. Plus aucun mouvement, plus aucun signe de vie, vous vous approchez de l'ennemi en restant prêt à tirer à

nouveau. Arrivé à sa hauteur vous comprenez ce que vous avez fait :
Ce qui lui tenait lieu d'œil droit n'est plus qu'un vaste trou rempli de gelée rougeâtre qui s'écoule sur les joues et le sol. L'arrière du crâne doit être complètement pulvérisé. Vous avez visez juste, et vous avez tué votre adversaire en un assaut. Vous gagnez 1 PB et vous pouvez retournez au paragraphe d'où vous venez.

35

Vous portez le bec de la flûte à vos lèvres et vous fermez les yeux. Tunkashila, votre grand-père vous a appris à jouer de la flûte indienne lors de votre dixième année. Vous alliez près du lac au Nord Ouest de votre camp, vous avez appris les mélodies populaires de votre tribu et quelques airs cérémoniels comme la danse du soleil ou les vœux de bonheur au nouveau-né. Vous décidez à cet instant de jouer l'air que jouait votre grand père lorsqu'il partait méditer près de la Cascade du Loup Gris. À peine les premières notes sortent de l'instrument qu'un sentiment de plénitude vous envahit. Vous ne pensez plus à rien, vous videz votre esprit de toute onde négative ou toute question néfaste à votre quête... Soudain vous avez la sensation bizarre d'être épié. Vous ouvrez les yeux et arrêtez de jouer, vous regardez attentivement dans toute la cabane mais vous ne voyez rien ni personne. Vous refermez les yeux et soudain, une image apparaît devant vos yeux :
Un visage souriant, le visage d'un vieux bonhomme aux longs cheveux blancs, qui sourit et ouvre la bouche pour parler. Vous n'entendez aucun son, mais à la place de mots, un voile de fumée blanche sort de sa bouche. Le visage rit encore une fois et s'évapore dans le néant. Vous ouvrez les yeux en vous relevant d'un bond dans la pièce. Si vous ne l'avez pas déjà fait, vous pouvez aller voir vers la cascade dans l'espoir de trouver le Vieux Chaman, **rendez-vous alors au 56**. Si vous préférez fumer le calumet en priant le Grand Esprit, **rendez-vous au 172.**

36

Vous détestez cette arme, vous détestez sa forme et vous haïssez ceux qui l'ont rendue populaire : les chasseurs de bisons.

Ces mêmes chasseurs de bisons contre qui votre peuple a si souvent combattu, ces chasseurs de bisons qui tuent pour les billets verts sans aucun respect pour l'animal.
Aujourd'hui vous avez cette arme entre les mains et vous savez que vous n'avez pas droit à l'erreur, en effet vous ne pouvez tirer qu'une seule fois avec ce type d'arme... Vous ajustez votre ennemi, prenez une grande inspiration, tenez fermement crosse et poignée et appuyez sur la détente :
BBOOOMMM !
Un bruit sourd et long s'échappe de votre arme, un recul phénoménal manque de vous casser l'épaule. Une épaisse fumée blanche s'échappe du canon du fusil. Et le plomb ? Le plomb se dirige vers votre ennemi, jusqu'à sa tête...
SCHPLARFFF !
C'est le bruit que fait la tête de votre adversaire lorsqu'elle explose sous l'impact du plomb calibre .50, le corps décolle du sol tant le choc est violent. La tête n'est plus qu'une demi-tête délimitée par ce qui reste du nez et des oreilles, toute la partie haute est pulvérisée partout autour, en petits éclats d'os et taches rouges.
Vous gagnez 1PB et retournez au paragraphe d'où vous venez.

37

Le cerf est assez éloigné de vous, vous pouvez tenter deux tirs à distance, avant d'engager un combat au corps à corps.

Cerf âgé
Endurance : 19
Combat : deux assauts AD, puis CC

Le cerf vous frappera au corps à corps s'il obtient un 6. Il vous portera un coup de bois dévastateur, s'il obtient 12, qui vous infligera 5PDS.
Si vous arrivez à tuer le maître des forêts, **rendez-vous au 305.**

38

Votre adversaire est dans la ligne de mire, vous savez qu'en un éclair le combat peut tourner à votre avantage, vous attendez donc une erreur tactique de votre ennemi... Il est à l'abri... Sou-

dain il laisse dépasser un peu son épaule, vous serrez fermement votre arme, prêt à faire feu, lorsqu'il sortira la tête et le buste hors de son abri :
PEEWWW !
Son arme vole dans les airs, vous avez juste eu le temps de voir du rouge, beaucoup de rouge, et puis plus rien... Votre adversaire n'a pas souffert, sa tête a été perforée par la balle, du front jusqu' à l'arrière du crâne, un trou propre et net !
Un flot continu de sang s'écoule de sa blessure.
Un tir de duelliste !
Vous gagnez 1 PB et retournez au paragraphe d'où vous venez.

39

Vous avez du mal à vous remettre de ces révélations, mais votre quête doit continuer et sans plus tarder. Vous resserrez vos ceintures et diverses bandoulières et vous tentez de réfléchir, malgré le froid glacial, à la destination que vous allez choisir.
Ted vous a dit que 3 chemins s'offraientt à vous :
vous pouvez chercher le Vieux Chaman dans les forêts à l'Est du camp Blackfeet, vous pouvez tenter une recherche dans les forêts à l'Ouest de Dickinson City, en dernier lieu vous pouvez chercher autour des anciennes mines d'or.
Vous avancez plein Nord dans une bonne épaisseur de neige qui vous ralentit considérablement ; par chance le vent ne souffle plus mais le ciel est blanchâtre et vous ne distinguez pas bien les éventuels chemins devant vous.
Vous êtes maintenant bien loin de la cabane et vous voyez se profiler les arêtes de la paroi Nord qui conduisent au point culminant des Montagnes Sacrées.
Ted vous a dit qu'un étroit passage descend à travers cette paroi et se sépare en une multitude de sentiers qui conduisent tous au pied de la montagne.
Vous ne tardez pas à apercevoir ce dernier, qui est une véritable gorge entre deux impressionnantes parois sur lesquelles la neige colle comme de la résine sur un arbre.
Vous lancez un dernier coup d'œil en arrière, un sentiment d'honneur monte en vous en pensant à tout le chemin que vous avez parcouru jusqu'ici, à la fierté de vos parents, de votre grand

père, de vos semblables et les paroles de Ted vous reviennent à nouveau « un peu de mon fils vit en toi...».
Vous commencez la descente sur le sentier recouvert par la neige.
Rendez-vous au 339.

40

Votre arc ! Votre fidèle ami depuis votre enfance. Vos flèches sacrées, avec un empennage en plumes de corbeau... Votre adversaire essaye sans succès de vous atteindre mais vous vous déplacez tel un puma : avec rapidité et souplesse... Brusquement votre adversaire s'arrête dans sa « danse » de combat :
vous lui décochez une flèche qui vient se ficher dans sa gorge, avec un grand SCHHHOUM... Votre adversaire reste paralysé, la douleur, la peur et la surprise ... Il tombe à genoux en lâchant son arme et porte les mains à sa gorge d'où s'échappent des jets de sang... Il prend la flèche à deux mains mais n'a pas la force de la retirer, il s'écroule de tout son poids et meurt dans les secondes qui suivent... Vous gagnez 1 PB et 1 PS pour avoir utilisé les plumes du corbeau en guide. Retournez maintenant au paragraphe d'où vous venez.

41

Le temps d'un éclair. Votre bras bouge, votre main saisit le revolver et le pointe vers votre ennemi, le tout en un instant. Vous appuyez sur la détente. Un nuage de fumée blanche. Une détonation assourdissante qui se répercute sur les murs boisés de la plupart des bâtiments de la ville. Votre adversaire est projeté en arrière sous la violence de l'impact. Il tombe au sol et ne bouge plus, vous avancez prudemment vers lui, aucun signe de vie. Vous voyez une coulée rouge – qui s'échappe de la gorge de votre adversaire – se mélanger avec la terre de la rue.
Bien visé, Tatanka ! Une balle en pleine gorge ça peut refroidir n'importe qui, même Brad Kilmister le tireur le plus rapide du Dakota. Une poignée d'hommes sans vergogne sont déjà en train de voler les habits et les armes du mort... Son corps finira sûrement dans les plaines pour nourrir les corbeaux et autres charognards. Vous retournez dans le saloon, direction le barman, vous pouvez ajouter 1 PB à votre total. **Rendez-vous au 243.**

42

Votre ennemi, dans un formidable geste, parvient à vous porter un coup avant même que n'ayez pu réagir, un coup d'une violence inouïe qui vous enlève 4 PE. Vous reculez devant un tel déploiement de force ; vous n'êtes plus tout à fait sur de vouloir combattre, puis votre honneur de Sioux vous ramène à la raison, vous avancez d'un pas déterminé vers votre ennemi prêt à en finir avec lui pour de bon. Retournez au paragraphe d'où vous venez et tirez les dés pour déterminer à nouveau vos forces d'attaque respectives.

43

Malgré la charge impressionnante et dévastatrice des bisons, vos deux amis parviennent à échapper au troupeau sans blessure. Vous les rejoignez quelques instants plus tard, à pied ; votre cheval n'a pas survécu, le coup de corne du bison lui à été fatal. Vous êtes malgré tout parvenu à éviter quelques attaques qui auraient pu vous coûter la vie. Malheureusement, une jeune femelle vous a chahuté sur quelques mètres vous faisant perdre 4 PE. Vous montez derrière Corbeau-qui-Danse pour laisser tout le confort à Petit-Nez et vous dites :

—Si vous n'étiez pas là, je serais bon pour marcher jusqu'à ce soir !....

Vos amis sourient et vous reprenez votre route vers le Nord. **Rendez-vous au 303**.

44

Votre adversaire attaque, rapide comme un serpent à sonnettes, il parvient à vous toucher le premier, ce qui vous enlève 4 PE. Surpris par une telle rapidité, vous essayer d'esquiver une éventuelle deuxième attaque en vous mettant à l'abri ; dans la précipitation vous perdez l'arme que vous utilisiez. Votre seule option est le combat au corps a corps. Les armes perdues au cours du combat peuvent être ramassées en fin de combat. Retournez donc au paragraphe d'où vous venez pour relancer les dés et déterminer à nouveau vos forces d'attaque respectives.

45

Vous restez au milieu du sentier qui borde la rivière et vous voyez un deuxième cavalier suivre le premier, deux hommes, couverts de manteaux en peau, col en fourrure, toque à queue de renard pour le plus vieux, sac en cuir porté en bandoulière pour le second.
— Bonjour messieurs, dites vous d'un ton ferme.
— Salut à toi ! Vous répond le plus âgé.
— 'lut, enchaîne le deuxième.
Les deux cavaliers s'arrêtent à votre niveau et le jeune demande :
— Tu sais pas où y'aurais du renard dans le coin ?
— Si, répondez-vous, vers le Sud-Est. Il y a une sorte de forêt de buisons épineux, les renards adorent se cacher là-bas... Il y en a des tas !
Le plus vieux reprend :
—Au Sud-Est ? Bon. Alors on va partir pour le Sud-Est.
Les deux hommes talonnent leurs chevaux et disparaissent le long de la rivière.
Vous venez de les envoyer droit dans le labyrinthe de Hauts Buissons. Ils ne sont pas prêts d'en sortir ! Vous gagnez 2PB. Vous reprenez votre route vers le Nord, **rendez-vous au 364**.

46

Une première balle vous atteint dans l'épaule, ce qui vous fait lâcher votre arme et vous projette en arrière presque en position horizontale. Dans votre vol plané, la deuxième balle vous atteint juste sous le menton. Elle traverse votre langue, votre palais et vos fosses nasales. Inutile de vous dire qu'elle finit sa course dans votre tête. Vous ne sentez même pas que vous retombez sur le sol, mort. Votre quête s'achève dans une clairière des forêts de l'Est et vous venez d'ajouter une victime au palmarès des Vipères...

47

Vous pénétrez dans le tipi de Tchankila-hè, vous voyez des braises rougissantes dans un cercle de pierres, au centre du tipi. Deux grosses pierres plates sont posées à même les braises. Vous apercevez un calumet sur une peau de biche avec de l'herbe à fumer juste à coté, plusieurs peaux de bisons, d'ours et d'élans sont posées çà et là sur le sol. Des bijoux en os sont suspendus

aux structures du tipi. Tchankila-hè vous invite à vous asseoir, il s'assoit en tailleur juste devant le feu, vous vous trouvez à coté de lui. Il prend une spatule de bois et enlève les pierres plates des braises, il les dépose sur le sol à coté du foyer, entre vous et lui et prend de l'eau dans un seau ; avec une sorte de louche il déverse cette eau sur les pierres brulantes et une épaisse vapeur blanche se dégage.
Une chaleur humide et étouffante envahit alors le tipi. Il recommence cette opération une dizaine de fois en prononçant des paroles dont vous ne comprenez pas le sens. Puis il prépare le calumet, vous le tend et vous dit :
– Prends ce calumet, jeune guerrier ! La vapeur dans le tipi et le pouvoir des herbes vont te donner les réponses que tu attends... Hé, hé, hé !
Il est vrai que vous commencez à transpirer abondamment dans ce tipi, la vapeur qui l'a envahit vous prend tout le corps. Vous tirez une bouffée sur le calumet. La fumée est douce et légère. Vous voyez Tchankila-hè qui vous observe et sourit. Vous tirez une deuxième bouffée puis vous rendez la pipe au vieil homme.

Quelques minutes plus tard, tout commence à tourner autour de vous. Le seul son que vous entendez avant de perdre connaissance est le petit rire coutumier de Tchankila-hè :
– Hé, hé, hé !
Rendez-vous au 252.

48

Vous regardez le trappeur droit dans les yeux et vous avancez d'un pas vers lui. Vous ne riez pas. Votre visage est passé d'une expression soumise à une expression dominante. Le trappeur se méfie de cette approche, trop tard ! Votre poing droit lui a écrasé le nez comme on écrase un champignon pourri. Une gerbe de sang gicle à l'impact. Il cherche à vous frapper dans un mouvement désordonné mais vous esquivez sans aucun souci et vous le contournez en lui volant le revolver qu'il porte à la ceinture, à droite. Vous vous emparez de l'arme – un superbe Colt Navy – en acier bleuté, avec crosse en ivoire. Un calibre .36, pensez vous en sous-pesant l'arme. Vous attrapez le trappeur par le cou avec

votre main gauche et vous lui plaquez le canon sur la tempe droite. Vous regardez la foule et lancez d'une voix forte :
— Qu'en pensez-vous ? Je le tue ou je le laisse vivre ?
La foule est médusée par une telle rapidité et une telle agilité dans vos gestes. Un vieux bonhomme, cow boy fatigué, vous crie :
— De mon temps on l'aurait plombé !
Un autre plus jeune reprend :
— Tue-le ce chacal, il a presque tué ton ami !
Allez-vous laisser la vie sauve a cet homme ou bien l'exécuter en place publique ?
Si vous décidez de le laisser vivre **rendez-vous au 363**.
Si vous voulez en finir, **rendez-vous au 177**.

49

Vous prenez votre élan et vous sautez vers l'autre rive. Malheureusement, votre pied glisse au moment du saut et vous tombez lourdement dans le torrent ; le choc avec l'eau glacée vous fait perdre instantanément 4PE. Vous avez une difficulté énorme à rejoindre la rive, plus bas et vous sortez de l'eau, transi de froid. Vous ne voulez pas faire de feu pour ne pas être repéré mais le froid vous engourdit les membres. Vous perdez encore 2PE. Choisissez maintenant entre :
- Pousser le tronc jusqu'à l'eau et vous en servir d'embarcation de fortune pour descendre les rapides, **rendez-vous au 105.**
- Utiliser un collier avec une pierre bleue si vous le possédez, **rendez-vous dans ce cas au 287.**

50

Vous approchez d'un tipi blanc-beige orné de nuages gris qui déversent une pluie couleur or. Une vieille femme est en train de préparer un repas, elle vous fait signe de vous servir si vous voulez, vous regagnez alors 3 PE. Choisissez maintenant votre destination :
Vous pouvez parler au chef du village, **rendez-vous alors au 196.** Sinon vous pouvez quittez le camp directement, **rendez-vous alors au 417**.

51

<u>Deuxième jour :</u>

Vous vous réveillez dès les premières lueurs de l'aube. Vous préparez votre équipement et vous décidez d'aller voir jusqu'à la lisière de la forêt afin d'évaluer vos chances de rejoindre les Montagnes sacrées aujourd'hui. Vous en profitez pour prélevez des fruits sauvages que vous avalez en quelques secondes.
Grosse déception en arrivant en bordure de forêt, vous apercevez sans mal que le troupeau de bisons n'a pas encore été dispersé et vous ne pouvez toujours pas atteindre les Montagnes Sacrées. **Rendez vous au 159**.

52

Vous arpentez un chemin, du moins ce que vous pouvez en voir tant le manteau neigeux est épais, qui descend en pente douce entre les sapins. Les branches plient sous le poids de la neige et vous ne voyez pas bien loin devant vous tant les flocons tombent serrés. Vous ne pouviez pas imaginer à quel point ces montagnes peuvent être différentes par beau temps et par temps de neige. Vous repensez à une journée où vous étiez partis avec Corbeau-qui-Danse, chasser le cerf tandis le brouillard vous avait surpris. Vous étiez resté bloqué toute la journée près de la Dent de l'Ours, en pensant ne jamais pouvoir regagner le camp. Vous entendiez les animaux courir aux alentours sans jamais les voir, une vraie journée éprouvante pour vos jeunes nerfs...
Vous avancez prudemment car vous ne voulez ni vous tordre une cheville sur une roche cachée, ni glisser et risquer de vous blesser. Vous progressez ainsi durant près d'une heure et le temps semble devenir plus clément, la neige ne tombe plus et le ciel s'éclaircit peu à peu. Vous remarquez aussi que les sapins s'espacent de plus en plus ce qui vous laisse apercevoir la vallée et les collines où se trouve l'ancienne mine d'or. Vous ne remarquez pas qu'un tronc est à demi enseveli par la neige et vous trébuchez. Tentez votre agilité, si vous réussissez, **rendez-vous au 289**. Si vous échouez, **rendez-vous au 306**.

53

Vous grimpez sur une branche de sapin sans faire le moindre bruit, puis vous avancez prudemment sur la plus grosse d'entre elles, à califourchon comme sur un cheval. Au milieu des bran-

chettes de cet arbre et grâce aux centaines d'aiguilles de sapin, vous êtes quasi-invisible. Vous dominez la situation et vous voyez deux hommes en habit de cow-boy en train de se disputer :
— Putain d’incapable ! Je t'avais dit qu'il fallait le buter ce putain de peau-rouge, maintenant on est dans la merde !
— Ecoute James, je suis désolé mais c'est pas moi qui ai tiré sur son fils. Si tu avais rentré un peu ta langue dans ta foutue bouche, tu aurais évité le combat avec le père et tu n'aurais pas eu à tirer sur le fils ...
— Il m'a attaqué ce marmot, il devait avoir 12 ans et il m'a attaqué. Ils ont la guerre dans les gènes ces chiens.
— Oui il t'a attaqué pour défendre son père. Et maintenant tu me dis que j'aurais dû buter le gosse !
— On aurait dû buter le père et le fils, tu entendu ses paroles avant qu'on s'enfuit ?
« *Vous deux ne pourrez pas courir assez vite vous échapper aux flèches de ma tribu, votre scalp ornera mon bâton de guerre. Je vous retrouverai et je vous tuerai...»*

Soudain vous voyez en contrebas une silhouette se faufiler, à plat ventre parmi les herbes hautes et s'arrêter à une dizaine de mètres des deux cow-boys. La silhouette se tourne vers vous et vous reconnaissez le bandeau typique des Cheyennes. L'homme vous fait signe de le rejoindre. Vous redescendez de l'arbre avec l'agilité d'un cougar et vous rejoignez le Cheyenne. **Rendez-vous au 471.**

54

Vous avancez avec prudence sur le sentier pierreux. Vous apercevez des écureuils qui sautent de branche en branche et se combattent avec amusement. Soudain vous entendez un craquement de branche derrière vous. Vous faites volte-face et vous vous retrouvez nez à nez avec un énorme cerf. Ce dernier doit être assez vieux au vu de la taille impressionnante de ses bois. Il gratte le sol de son sabot et souffle. Il montre des signes d'agressivité à votre encontre ; vous pouvez engager un combat, **rendez-vous pour ce faire au 37**. A moins que vous ne possédiez une pierre blanche et que vous souhaitiez en faire usage, **rendez-vous alors au 420**.

55

Vous vous agenouillez et restez quelques minutes à contempler cet animal occupé à décortiquer des pignes. Soudain, l'écureuil s'arrête de manger, relève la tête, vous regarde et envoie la pigne dans votre direction ! Il vient de vous lancer son repas !
Amusé et curieux à la fois, vous ramassez la pigne en prenant soin de ne pas faire de geste brusque, et vous faites semblant de croquer dedans... L'écureuil descend alors de son arbre, en glissant sur le tronc et vient vers vous en faisant trois petits bonds. Il stoppe et remue sa belle queue panachée, vous tendez doucement la main vers lui en lui rendant la pigne. Méfiant il s'approche, puis recule et fonce à nouveau vers votre main, vous arrache le reste de son repas et s'éloigne de quelques mètres. Voulez-vous en profiter pour essayer d'attraper cet animal pour vous en faire un repas ? **Rendez-vous dans ce cas au 349**. Ou voulez-vous attendre, immobile, pour voir où ce jeu va vous conduire ? **Rendez-vous alors au 360**.

56

Vous ressortez de la cabane, le pas lourd, l'esprit un peu désemparé. Vous voyez la cascade qui descend doucement contre la paroi de roche grise. Vous arrivez au niveau de la retenue d'eau qui se trouve au pied de la chute, mais ici non plus, pas de Chaman. Vous regardez l'eau couler et courir doucement vers le bord du plateau pour s'enfuir vers la falaise et la vallée... L'eau... Libre... Agile... Forte... Les ondulations à sa surface vous font penser à autant de serpents transparents et insaisissables. Comme ce mystérieux bonhomme que vous poursuivez sans savoir qui il est, ni comment et où le trouver... Soudain un visage semble de dessiner dans les méandres de l'eau à vos pieds... Vous esquissez un mouvement de recul et vous voyez les contours du visage se préciser, le visage vous regarde et sourit. Puis sa bouche s'ouvre et un nuage de fumée s'en échappe. Cette fumée s'échappe aussi du cours d'eau ! Vous reculez vivement devant cet exploit mais vous ne rêvez pas, l'eau fume !... Et tout disparaît soudainement... Vous retournez à la cabane et vous avez désormais la possibilité de jouer de la flûte si vous en ressentez le besoin, **rendez-vous alors au 35**, ou vous pouvez vous asseoir au sol et fumer le calumet en priant le Grand Esprit, **rendez-vous alors au 172**.

57

Un pas de plus, deux pas...
Schhraaackkk !
Voilà le bruit que fait le tronc lorsqu'il s'ouvre en deux, vous perdez l'équilibre et tombez à l'eau. Tentez votre agilité, si vous réussissez, **rendez-vous au 85**. Si vous échouez, **c'est un plongeon au 403**.

58

La pente n'est pas très prononcée et s'enfonce vers le cœur de la montagne où la chaleur et la moiteur sont de plus en plus étouffantes. Vous progressez assez facilement, guidé par les parois phosphorescentes qui produisent une lumière diffuse mais suffisante pour ne pas se perdre. Vous avancez durant un bon quart d'heure en prenant soin de ne pas faire trop de bruit, un animal sauvage pourrait très bien avoir élu domicile dans cet abri sûr et chaleureux. Votre estomac commence sérieusement à vous faire mal, il faudrait songer à manger quelque chose. Vous remarquez qu'une grosse araignée jaune beige attend patiemment sur sa toile. C'est un repas certes peu ragoûtant mais vous ne savez pas très bien combien de temps vous allez évoluer dans ces cavernes... Si vous désirez manger cette araignée, **rendez-vous au 410**. Si cette bestiole ne vous inspire pas confiance ou si vous avez mangé récemment, vous pouvez **continuez votre route au 60.**

59

Pat Smith, Pat Smith ! Bien sur c'est l'homme que vous avez tué dans la nuit. Vous ne voulez pas vous attirez d'ennui avec la loi alors vous répondez l'air innocent :
-Je connais un Pat Smith de Smith's Barber shop à Maiden city, mais juste de nom...
Le chef des cavaliers vous fixe du regard sans sourciller. Vous ne baissez pas les yeux et le fixez aussi.

Lancez deux dés et ajoutez 6. Si le résultat obtenu est supérieur ou égal à votre total actuel de bravoure, **rendez-vous au 131**. Sinon r**endez-vous au 387**.

60

La galerie finit par se séparer en deux chemins, le premier part vers la droite et remonte en passant sous d'énormes stalactites, l'autre tourne brutalement à gauche, continue de descendre et va en s'élargissant. Si vous voulez remonter, **rendez-vous au 219**. Si vous voulez continuer à descendre, **rendez-vous au 466.**

61

Vous faites un bond formidable depuis votre rocher, mais le bord de la corniche est plus tranchant que vous ne le pensiez : vous vous entaillez profondément les mains. Déduisez immédiatement 4 PE de votre total d'endurance. Vos genoux viennent frapper contre la paroi et vous poussez un cri de douleur. Vous parvenez à vous hissez au sommet de la corniche avec une grande peine. Vos mains vous font mal et vous saignez ; si vous possédez un bandeau, servez-vous en pour stoppez l'hémorragie, si ne possédez pas de bandeau pour perdrez 2 PE, sur les trois prochains paragraphes. Vous reprenez votre escalade et vous arrivez enfin sur la rive droite de la rivière supérieure. Ajoutez 1 PB à votre total et 1 PC. **Rendez-vous ensuite au 459.**

62

Vous mettez le cerf mulet dans votre ligne de mire, vous prenez une profonde inspiration, vous vous calez contre un tronc de bouleau et au moment où vous alliez décocher votre flèche, un jeune faon apparaît entre les buissons. Vous préférez tirer sur un animal plus petit, au vu de vos besoins. Ajouter 1 PS à votre total actuel.
Une flèche atteint l'animal dans le flanc droit, au niveau du poumon. Vous savez que cette blessure ne tue pas l'animal sur le coup mais le tue sur quelques mètres, sans aucune échappatoire. Effectivement, le faon fait un bond, puis deux et s'effondre dans les buissons. Le cerf adulte disparaît en quelques sauts inquiets. Vous approchez pour évaluer votre prise. C'est un jeune qui pèse dans les dix kilos. Vous récupérez votre flèche, vous traînez

l'animal jusqu'au bord de l'eau, vous le videz, vous préparez un feu de bois et vous faites griller une bonne partie de l'animal. Ce repas vous ajoute 4 PE. Vous pouvez garder deux morceaux, les plus grillés, que vous faites fumer dans un épais tapis de cèdre. Ces repas peuvent être pris à tout moment (sauf au cours d'un combat), ils vous redonneront 3 PE chacun (notez tout ça sur votre feuille d'aventure). Vous vous couchez les yeux rivés vers un ciel sombre et sans étoiles. **Rendez-vous au 286.**

63

Vous pénétrez dans l'épaisse forêt et votre progression n'est pas aisée tant l'obscurité est forte. Vous entendez hululer des chouettes et d'innombrables bruits résonnent dans cette ancien bois. Soudain il vous vient une idée qui pourrait vous aider à entrer dans le campement en toute sécurité :
Invoquer les animaux des bois pour qu'ils chargent vers les soldats !
Cette prière vous a été apprise plus tôt dans l'après midi et vous coûtera une perte de 6 PS et 5 PE.
Si vous décidez de faire cette offrande au Grand Esprit, **rendez-vous au 458.**
Si vous ne voulez pas ou ne pouvez pas offrir un tel sacrifice, **rendez-vous au 422.**

64

PAAWW ! Une balle de votre arme projette Villagomez deux mètres plus loin. Atteint dans l'oreille, il ne bouge plus de l'endroit où il a atterri, son heure ne va pas tarder...
PEEEWWW ! PEEEWWW !
On vient de tirer deux coups dans votre direction, tentez votre agilité deux fois :
Si vous réussissez deux fois, **rendez-vous au 443.**
Si vous réussissez une seule fois, **rendez-vous au 275.**
Enfin si vous échouez deux fois, **rendez-vous au 46.**

65

Votre courage explose en vous, une puissance semblable à celle d'un grizzly inonde votre poitrine ; vos bras se chargent d'une agilité et d'une souplesse semblables aux ailes d'un aigle et vos cuisses se durcissent comme celle du bison qui charge. Vous êtes prêt à tout affronter, un ennemi, dix, cents ! Vous ajoutez 8 PE et 1 point de chamanisme. Retournez au paragraphe d'où vous venez.

66

Vous êtes dans l'obligation de rebrousser chemin, au moins pour cette journée, et votre quête sera donc retardée d'un jour. En attendant, vous décidez d'aller voir du côté du lac, au Nord-Ouest, **rendez-vous au 312**.

67

Vous attendez quelques instants et les cavaliers arrivent à votre niveau. Neuf cavaliers portant Stetson noirs pour la plupart, pantalons, cache-poussière, et chemises noires, vous encerclent rapidement ; la garde rapprochée du Sheriff de Murray city. Des hommes impitoyables, méchants et sournois. L'un deux vous toise d'un air rieur :
— Oh, le rouge ! Qu'est ce que tu fous à tourner autour de la ville comme ça ?!
Un deuxième cavalier reprend :
— Il a perdu sa route, peut être que tu veux qu'on te ramène chez ta maman ?!
— Fermez-là ! interrompt l'un des cavaliers, sûrement le chef de la bande pensez-vous...
— Dis-moi, le sauvage, le nom de Pat Smith ça te dit quelque chose ?
Si ce nom vous est familier (ou si vous connaissez cet homme), **rendez-vous au 59**, si vous n'avez jamais entendu parler de cet homme, **rendez-vous au 228**.

68

Vous commencez à sentir la faim vous tenailler le ventre. Vous n'avez pas longtemps à chercher avant de trouver un buisson qui produit des fruits délicieux. Vous en mangez une bonne quantité, de quoi vous rassasier. Vous trouvez un séquoia assez grand, vous grimpez plusieurs grosses branches et vous vous installez pour la nuit. **Rendez-vous au 136.**

69

Vous vous réveillez avec un vent frais qui augure une journée toute en grisaille, le ciel est couvert ; peut être un peu de pluie pour aujourd'hui. Vous avalez quelques fruits sauvages et vous vous engagez dans la forêt. Vous savez que vos amis, s'ils chassaient lorsqu'ils ont été blessés ou attaqués, chassent toujours au même endroit : une des trois clairières au cœur de la forêt. Une vaste étendue herbeuse, où bon nombre d'animaux viennent manger tranquillement. Plusieurs arbres offrent des abris sûrs pour les chasseurs, pour peu qu'un arc soit utilisé, on peut rester embusqué des heures durant.
Vous progressez très difficilement parmi les épines acérées des buissons ; au moins ni hommes ni animaux ne viendront vous chercher ici...
Vous débouchez enfin sur une partie claire, sans arbustes, d'où vous voyez trois petits sentiers. Si vous voulez suivre celui qui part vers la gauche, **rendez-vous au 226**.Si vous voulez continuer devant vous, **rendez-vous au 72**. Si vous voulez repiquez vers droite, **rendez-vous au 389**.

70

Malgré la charge impressionnante et dévastatrice des bisons, vos deux amis parviennent à échapper au troupeau sans blessure. Vous les rejoignez quelques instants plus tard, votre cheval a survécu à un coup de corne d'un bison. Vous-même êtes parvenu à éviter quelques attaques qui auraient pu vous coûter la vie. Malheureusement, une jeune femelle vous a chahuté sur quelques mètres vous faisant perdre 4 PE. Vous plaisantez avec vos amis :
— Je vous ai vu disparaître comme des petites fillettes, seriez-vous en train de devenir des Blancs ?
Vos amis sourient et vous reprenez votre route vers le Nord. **Rendez-vous au 303**.

71

CHAPITRE TROIS : LA REVELATION

Une forêt d'érables... Des feuilles jaunes et rouges tapissant le sol comme un épais matelas... Un ruisseau coule à quelques mètres devant vous et ondule tel un serpent géant... Vous regardez autour de vous en faisant des mouvements extrêmement lents... Le temps semble être ralenti...

Vous avancez de quelques pas pour reprendre conscience de votre corps, vous ne savez pas comment vous êtes arrivé ici. Vous ne savez même plus où vous étiez l'instant précèdent. Un gros nuage noir obscurcit la clairvoyance de votre raisonnement. Vous remarquez que le vent dans les feuilles ne produit pas de bruit, les branches bougent, se frottent les unes contres les autres mais ne produisent aucun son. Vous vous agenouillez vers le ruisseau et vous constatez le même phénomène avec le bruit de l'eau.

— Voilà ce qu'entendent les non-initiés ! Cette voix vous fait sursauter et vous cherchez d'où elle peut bien provenir.

— Tu ne me verras pas, du moins pas maintenant... Tatanka, tu commences à présent ton enseignement chamanique...

Vous êtes certain que quelqu'un vous parle, ici, dans cette forêt pourtant muette.

— Tu as accompli des exploits depuis ton départ du camp. Tu as bravé de nombreux dangers... Tu n'as pas déçu le Conseil des Anciens alors c'est à mon tour de ne pas te décevoir. Je suis Wicasa Omani, ce qui signifie l'homme voyageur. Je vais t'enseigner tout ce que tu dois savoir pour ressentir le pouvoir du Chaman. Je vais développer tes sens, je vais sonder le fond de ton âme, de ton cœur. Ton corps sera mis à rude épreuve, tu pourras y laisser la vie... Mais à la fin de cet enseignement tu pourras être un Chaman.

Vous tentez de parler pour répondre mais vos lèvres semblent collées...

— Ne parle pas. Je lis dans ton esprit comme dans un livre ouvert. Il te reste quelques épreuves à accomplir pour arriver jusqu'à moi... Et à ce moment précis tu comprendras l'ampleur de ta quête, son sens et les responsabilités que tu devras endosser...

Les arbres seront tes conseillers, les rochers tes frères, les fleurs tes complices.

Tu trouveras dans le vent un messager.

Tu trouveras dans la Terre une mère.

La pluie te purifiera l'âme.

Les ours, les loups, les bisons seront tes propres enfants et tu seras le leur.

Une vie entière de connaissance, de savoir, de voyage t'attends...Viens me retrouver... Suis ton âme et tu arriveras jusqu'à moi...
Il n'y a plus aucun bruit dans cette forêt. La voix s'est tue. Progressivement vous percevez des sons que vous avez du mal à interpréter. Des paroles mélangées, un tissu de non sens...Vous patientez quelques instants et les bruits s'amplifient. Soudain un son plus net que les autres parvient à vos oreilles distinctement :
—Tatanka ! Tatanka ! Votre nom est prononcé de plus en plus fort et il semble venir de partout autour de vous. Vous avancez vers un érable de belle taille et vous appuyez votre main contre l'écorce.
— Bienvenue jeune novice ! Une voix ! Encore ! Mais différente de celle de Wicasa Omani, plus rauque, plus imposante.
— Tatanka, ne cherche pas qui te parle je suis là, juste sous ta main...
Vous reculez d'un bond et regardez l'arbre. Il ressemble à n'importe quel arbre de n'importe quelle région du pays. Pas d'yeux, pas de bouche.
— Non, je n'ai pas de bouche mais je peux te parler et tu peux m'entendre... C'est un des pouvoir que ton enseignement te permettra d'approfondir... La télépathie. Parler par l'esprit. Mais rassure-toi, nous ne parlerons ensemble que si tu le demandes, nous sommes des êtres calmes et patients !
Vous reculez encore d'un mètre. Cette fois vous êtes convaincu que l'érable vient de vous parler ! Vous tombez à genoux les yeux pleins de larmes ; vous voyez un joli écureuil brun sur une petite pierre à quelques mètres sur la gauche. Il remue sa belle queue panachée et vous croyez l'entendre dire :
-Tatanka, tu t'y habitueras vite !
Vous perdez connaissance et vous tombez au sol, le visage dans les feuilles.
Rendez vous au 369.

72

Le chemin va en s'élargissant de plus en plus, auriez-vous trouvé un chemin agréable au milieu de ce labyrinthe inviolable ? Vous arpentez le sentier pendant une bonne demi-heure, il est bordé de sapins magnifiques dans lesquels vous apercevez quelques écureuils joueurs, qui sautent de branches en branches. Vous percevez soudain un sifflement dans votre dos. Vous faites volte-face mais vous ne voyez rien. Puis le sifflement retentit de nouveau, vous levez les yeux vers le ciel, rien. Soudain un animal surgit de nulle part saute pour vous attaquer, vous avez à peine le temps d'identifier un cougar. Vous effectuez une roulade sur le coté mais il vous griffe cruellement à la jambe et vous perdez 2 PE. Vous ne pouvez combattre ce félin qu'au corps à corps :

Cougar
Endurance : 8
Combat CC

Le cougar porte un coup avec un 5 et vous inflige +2PDS si il obtient 3, 6, 9, 12 aux dés. Ses griffes sont acérées comme une lame. Si vous sortez vainqueur de ce combat éprouvant, pansez vos blessures et **rendez-vous au 175**.

73

Jenkins parvient à vous atteindre avec une balle de calibre .36 qui vous enlève immédiatement 3 PE. Vous plongez vers un buisson dans l'espoir de vous y cacher ne serait-ce qu'un instant, mais Jenkins et Meyer parviennent à récupérer leurs fusils et ont le temps de s'abriter derrière les arbres qui bordent la clairière. La lune apparaît et disparaît dans le ciel au rythme des nuages qui la voilent. Ce clair-obscur va donner un climat irréel à ce combat, et quel combat ! :

Adam « The blooder » Meyer
Endurance: 20
Combat CC, AD
Jeremy « The shotgun » Jenkins
Endurance: 15
Combat CC, AD

Vous affrontez les deux hommes l'un après l'autre, et dans l'ordre que vous voulez.
Meyer frappe avec un 6 et possède un Fusil Colt revolving, sorte de fusil à barillet, le même que celui équipant les revolvers. Son

fusil tire du calibre .56 (+6PDS). Il n'a eu le temps de prendre que son arme (chargée de 3 balles), les munitions sont sur sa monture, hors d'atteinte. Il possède en outre un revolver Smith et Wesson model 2, calibre.32, six coups (+2PDS). Avec une quantité de balles à sa ceinture suffisante pour tout le combat. Il se battra au corps à corps avec un poignard (+2PDS).
Jenkins frappe avec un 8 et possède un shotgun calibre 12, avec 2 balles (+6PDS), qu'il pourra recharger 2 fois. Il possède aussi deux Colt Navy cal.36, chargé de 6 balles (+3PDS). Lui aussi possède assez de munitions pour tout le combat. Si vous aviez à l'affronter en corps à corps, il vous attendra avec une épée de cavalerie (+3PDS).
Pour toute la durée du combat déduisez 3 Points de dégâts chaque fois que vous êtes touché, en raison de votre dissimulation dans les buissons.
Tenez bien le compte des munitions durant le combat (les vôtres et celle de vos adversaires) car vous pourrez récupérer les armes que vous désirez en fin de combat.
Si par pur miracle pour sortez victorieux de ce combat de géants, **rendez-vous au 106**.

74

Vous vous engagez sur le sentier qui grimpe contre la paroi. Vous voyez que les quelques sapins qui étaient disséminés sur la piste jusqu'à présent sont remplacés par des buissons bas et plus enclins à résister aux vents violents qui assaillent les Montagnes Sacrées tout au long de l'année. Vous progressez assez facilement sur une cinquantaine de mètres et vous arrivez devant un obstacle de taille : un rocher gigantesque, haut comme plusieurs hommes bloque le chemin. Vous ne savez pas ce qui ce trouve de l'autre côté, ni même si le sentier est toujours existant. Vous pouvez revenir sur vos pas pour choisir une autre destination, **rendez-vous alors au 354**.Vous pouvez tenter l'escalade du rocher mais avec ce givre et ces vents plus que forts, l'aventure s'annonce bien dangereuse. Si vous optez pour l'escalade, **rendez-vous au 248**.

75

Votre peur est incontestablement votre pire ennemi en ce moment, vous doutez de votre quête, êtes vous prêt à recevoir ce pouvoir chamanique avec un esprit aussi fragile ? Toutes ces questions tournent dans votre tête et votre peur s'amplifie de plus en plus. Essayez de trouver au fond de vous le peu de courage qu'il vous reste pour relever la tête et marcher fièrement comme votre père et votre grand-père avant vous... En attendant votre peur vous affaiblit tellement que vous perdez 8 PE, c'est le lourd tribut à payer pour être un lâche... Retournez au paragraphe d'où vous venez.

76

Vous effectuez une roulade sur la droite et vous évitez de justesse de vous faire écraser. Un SCHPOOM massif se fait entendre lorsque l'objet s'écrase au sol. Vous regardez ce
qui a failli vous tuer et vous constatez qu'il s'agit d'un cerf à queue blanche. Il a du glisser sur un sentier pas très sûr, n'a pas réussi à se rattraper et a fini sa chute sur votre route ! Vous pouvez découper la peau de ce cerf si vous n'en avez pas déjà une, cette protection pourrait vous être utile pour les hauteurs glaciales des Montagnes Sacrées. Si vous désirez prendre cette peau, ajoutez 1 objet dans votre liste et vous pourrez ensuite **vous rendre au 335**.

77

Vous ajustez le plus grand et le plus épais des deux hommes. Vous suivez sa tête dans votre ligne de mire. Puis soudain, vous lâchez la corde de votre arc. Un « SCHTOOM » massif se fait entendre lorsque votre flèche transperce la gorge de l'inconnu. Un bruit sourd confirme que l'homme s'est effondré. Le deuxième homme se couche aussitôt sur le sol et tire dans votre direction sans parvenir à vous toucher. Il fait quelques roulades sur le coté. Vous ne le voyez plus mais vous ne voulez pas sortir des buissons qui vous offrent un abri sûr et sombre. Vous entendez l'homme s'enfuir en courant et lorsque vous sortez des buissons, il a disparu. Vous approchez du cadavre et le retournez de la pointe du pied :
Pat Smith !

Un barbier de Maiden city, ville du Sud de la région. Que faisait-il là ? Où allait-il ? Vous ne le saurez jamais. Et vous ne comprendrez jamais pourquoi vous avez tiré ce soir
là ... Vous perdez 2 PB. Vous retirez la flèche de la gorge de l'homme étendu devant vous (*ne la déduisez donc pas de votre équipement*), mais vous savez que les hommes qui trouveront le corps et remarqueront les traces de flèches, mettront ça sur le dos des Peaux-rouges. Vous retournez vous coucher sous le grand saule pleureur et vous vous rendormez.
Rendez-vous au 318.

78

Huitième Jour :

Un rayon de soleil vous réveille de bonne heure, si vous avez dormi avec une couverture en peau animale, regagnez jusqu'à 6 PE, si vous avez dormi sans couverture, vous perdez 8 PE, le froid nocturne combiné à l'altitude vous a engourdi pieds et mains et votre gorge vous fait horriblement mal. Vous ne prenez même pas le temps de manger quelque chose, le froid vous oblige à vous mettre en route au plus vite. Vous prenez donc la direction du Nord-Ouest pour atteindre l'arête principale en haut des Montagnes sacrées. Une bonne heure de marche avec un dénivelé important est nécessaire pour enfin apercevoir une paroi assez haute, une soixantaine de mètres, qui borde toute l'arête du sommet. La piste sur laquelle vous débouchez, n'excède pas trois mètres de large et à cette altitude, les courants d'air ascendants sont souvent violents et synonymes de déséquilibre. Le danger est de plus, bien réel, car des formations de gelée sont présentes un peu partout sur le sol et dans les interstices de la roche, preuve que la température a dû chuter bien bas cette nuit. Les arbres présents sur ces montagnes vous protègent quelque peu du vent froid et sec mais sa rudesse met votre physique à l'épreuve.
Il existe un unique sentier menant au sommet, il doit démarrer de cette piste et monter droit à travers cette falaise, ce sentier peut être une gorge, une grotte ou un simple chemin de montagne. Vous avez le choix des directions à prendre pour entamer la recherche de ce chemin.
Si vous optez pour l'Ouest, **rendez-vous au 354**.

Si vous préférez l'Est, **rendez-vous au 7**.

79

Corbeau-qui-Danse sort son couteau ; après un regard qui en dit long, il plante sa lame dans la toile et crée une ouverture d'un mètre de haut. Vous bondissez tous les deux dans la tente et vous décochez deux flèches, au jugé. Tentez un lancer de dés comme pour un assaut normal, si vous obtenez au moins 5, **rendez-vous au 205**. Sinon, **rendez-vous au 373**.

80

Le sanglier n'hésite pas une seconde et vous envoie un puissant coup de défense qui vous fait perdre l'équilibre. Vous tombez au sol en sentant une chaleur intense se répandre dans votre cuisse gauche. Par réflexe vous regardez vos jambes et vous voyez votre tunique percée au milieu de la cuisse avec une grosse tache rouge qui se répand dans le tissu. Le sanglier ne perd pas de temps et vous donne un violent coup de tête dans les côtes. Vous parvenez à attraper l'animal par le cou et à le coucher au sol. Il se débat et vous tournez sur le sol tous les deux jusqu'à venir frôler la chute d'eau ; le courant est si fort que vous êtes happé, l'animal et vous, vers le bas de la cascade. Le sanglier s'enfonce le premier dans l'eau mais votre souci n'est plus là. Votre tibia heurte un rocher sous l'eau et la douleur vous fait perdre connaissance. Le froid, la noyade ou votre sang qui n'en finit pas de couler, auront raison de votre vie dans les minutes à venir. Votre initiation chamanique s'arrête dans un torrent des Montagnes Sacrées.

81

Vous essayez de visualiser la course des bisons et surtout les espaces entre eux. Vous prenez une profonde inspiration et vous vous lancez dans cette traversée folle. Vous évitez un mâle, puis un autre, deux jeunes bisons manquent de vous renverser, vous ne voyez pas la femelle qui vous charge sur la gauche, vous ne sentez que la violence de l'impact qui vous projette dans les airs ; vous retombez lourdement au sol avec une douleur qui vous étreint la poitrine : vous perdez 4 PE. Vous apercevez un rocher au milieu de ce tumulte, d'une hauteur raisonnable pour que vous puissiez vous y abriter un instant. Tentez votre agilité. Si vous êtes agile, **rendez-vous au 250**, sinon, **rendez-vous au 256.**

82

Vous déduisez 2PS et 3PE. Vous prenez doucement la pierre noire pendue à votre cou et vous la serrez fermement entre vos doigts.
Vous prononcez ensuite l'incantation :
— Cké makà, tchek't'èo. Tak'letwi Wasicu tak'pi è...
Les deux hommes ne bougent pas d'un millimètre, vous essayez une communication avec Tuco qui semble plus anxieux que Chico :
«Tuco, ne sois pas stupide... Ce brave Chico va se servir de toi jusqu'à la frontière et ensuite il te liquide... Tue-le, prends le magot et fuis vers le Canada.»
Tuco ne semble pas réagir à vos pensées, vous insistez :
«C'est toi qui as pris tous les risques dans cette affaire, le magot te reviens...»
Tuco change soudain de visage et pointe son arme vers Chico. Celui ci surpris pointe alors son revolver vers Tuco et lui demande :
— Ola amigo ! Tou es dévénou fou ? Baissé ton armé, c'est sensiblé ces flingués...
— Yé vais rien baisser dou tou ! Tou vas mé filer ton flingue et yé vé partir avec lé magot, entier !
— Coño, Cabron ! Tou crois pas qué tou vas mé faire lé coup ! PAAWW ! PAAWW ! Chico tire alors sur Tuco qui tire aussi par réflexe. A deux mètres l'un de l'autre, les calibres .44 ne pardonnent pas. Chico atteint Tuco dans le ventre. Ce dernier est violemment propulsé en arrière et vient percuter un tronc. Tuco dans le même temps, parvient à toucher Chico à la tête. Celui-ci s'effondre de tout son poids sur le sol détrempé. Les deux hommes sont morts. **Rendez-vous au 394.**

83

La cabane est somme toute modeste, une structure en pierres, toit en pierre plate type ardoise, vous remarquez qu'une magnifique petite cascade descend avec douceur de la paroi qui domine ce plateau, quelques mètres plus loin. Plusieurs tas de pierres sont entassés ça et là, tous de tailles et de formes différentes. Certains tas ressemblent à des animaux, d'autres ne sont simplement que des monticules informes, ou dont vous ne comprenez pas la signification. Des bâtons ornés de plumes, de perles et d'osselets sont plantés comme autant de sentinelles immobiles, gardiennes de ce plateau rocheux. Les osselets cliquètent sous l'effet du vent qui souffle en continu ici et vous rappelle le bruit du serpent à sonnette d'Arizona. Le Vieux Chaman doit être un drôle de bonhomme pour vivre ici, reclus, loin de toute vie «humaine»... Vous avancez parmi les pierres et les quelques formations herbeuses desséchées qui persistent sur ce plateau. Pas un arbre, pas un buisson, pas une fleur, l'endroit est vraiment sinistre... Votre gorge se noue au fur et à mesure que vous approchez de la cabane ; aucune présence, aucun mouvement. Cet endroit est aussi désert qu'inquiétant, vous remarquez une petite fenêtre qui vous fait face sur le côté de la cabane. Si vous souhaitez vous approchez de cette fenêtre pour regarder discrètement à l'intérieur, **rendez-vous au 185**. Si vous préférez vous présenter devant la porte et frapper normalement, **rendez-vous au 158.**

84

Vous plongez un pied dans l'eau et vous ne savez pas exactement si l'eau vous gèle ou vous brûle tant elle est froide. Vous hésitez un moment avant de poser le deuxième pied sur la roche plate qui fait office de plateforme. Vous perdez encore 1PE. Vous prenez une profonde inspiration et vous priez le Grand Esprit. Vous plongez dans le bassin. **Rendez vous au 436.**

85

Vous arrivez dans l'eau comme un aigle pêcheur fonçant sur un saumon. Vous esquivez un mauvais rocher qui vous effleure la tête, vous réussissez à maintenir votre tête hors de l'eau, ce qui n'est pas chose aisée, tant le courant est fort. Au bout d'une centaine de mètres à combattre dans les rapides vous arrivez dans une zone plus calme. Vougagnez l'une des rives et vous vous mettez au soleil pour sécher. **Rendez vous au 378**.

86

Vous esquivez de justesse le cerf mais vous chutez sur une grosse racine émergeant du sol, vous perdez 2 PE. Ce sous-bois ne vous dit rien qui vaille, vous ne voyez pas très bien entre les troncs, et vous pensez qu'une rencontre avec un animal plus gros serait peut être une chose risquée pour vous, surtout avec ces conditions climatiques. Vous sortez du sous-bois et **vous vous rendez au 8.**

87

Le trappeur ne sait plus quoi faire : vous frapper ou rire avec les gens. Vous, vous savez quoi faire. Si vous profitez de cet instant d'inattention de sa part pour lui assener un coup, **rendez-vous au 48**. Sinon vous pouvez attendre de voir sa réaction, **rendez-vous alors au 122**.

88

À peine avez-vous fait quelques mètres dans la forêt qu'un bref mouvement attire votre attention parmi les buissons. Un cerf mulet est en train de manger tranquillement. Pour l'instant, il ne vous a ni vu, ni senti.
Si vous possédez une arme à feu et que vous souhaitiez vous en servir, **rendez-vous au 414.**
Si vous préférez utiliser votre arc, **rendez-vous au 361**.

89

Vous attendez le dernier moment, prêt à tirer sur tout ce
qui vous attaquerait, chèvre ou aigle, mais à votre surprise, la chèvre de montagne se dresse sur ses pattes arrière pour donner des coups de cornes à l'aigle qui en veut à son petit. Un combat mêlant, cornes, bec et serres s'ensuit, ce qui vous laisse l'occasion de vous faufiler sur les blocs suivants jusqu'au dernier.
Votre courage vous ajoute 1PB. Vous reprenez le chemin des Gorges du Grand Vent. **Rendez-vous au 266.**

90

— Je suis en route pour rencontrer le Vieux Chaman qui habite dans les hauteurs de ces montagnes, dites-vous le ton assuré.

— Le Vieux Chaman n'habite pas les hauteurs de ces montagnes, il les hante... Le Vieux Chaman est partout dans ces montagnes, il vit dans les arbres, dans l'eau et même dans la roche... vous dit l'archer.
— Tu dois être un Sioux pur et sensible si tu as pour mission de le rencontrer, vous dit un des deux autres hommes.
L'archer reprend :
— Le mieux que tu aies à faire est de rebrousser chemin car par ici tu t'exposes à de graves dangers. Il te faut escalader la paroi contre la cascade, la moindre chute te serait fatale... Tu peux toujours essayer de rejoindre le sommet par ici, ton chemin sera beaucoup plus court, mais tu risque de mourir...
Vous remerciez les trois hommes qui se remettent à pêcher en lançant leurs lignes dans l'écume de la rivière. Vous avez le choix de repartir d'où vous venez et de vous rendre au sommet en suivant votre instinct, **rendez-vous au 96**. Vous pouvez aussi tentez l'escalade pour vous raccourcir la route, **rendez-vous alors au 25.**

91

Vous observez attentivement cette petite cabane perdue au milieu de ce labyrinthe. Perdue ou volontairement cachée ? Cette question tourne dans votre esprit un bon moment. Qui peut bien vivre ici ? Vous voyez de la fumée sortir de la cheminée, vous en déduisez que l'occupant doit être dans les parages, et peut être même à l'intérieur. Vous vous baissez et courez discrètement vers une des fenêtres. Vous vous adossez au mur. Que comptez-vous faire ?
Vous pouvez regarder doucement à l'intérieur, par cette fenêtre, **rendez-vous alors au 249**.
Vous pouvez aussi, vous déplacer jusqu'à la porte d'entrée et frapper, simplement, **rendez-vous alors au 255.**

92

Vous prenez la direction d'où vient le cri et vous entendez à intervalles réguliers ce même cri. Vous vous frayez un chemin parmi les fougères et autres buissons bas et vous avancez tant bien que mal entre les érables. Au bout d'une trentaine de mètres vous débouchez sur un sentier à peine visible, qui doit être emprunté uniquement par des animaux tant l'herbe du sentier est à peine écrasée. Un jeune élan est couché sur le sol au pied d'un arbre. Il semble avoir une patte prise dans un piège de type piège à ours. Sûrement un chasseur courageux qui préfère piéger les ours au lieu de les affronter... En attendant c'est un élan qui s'est fait piéger et il souffre. Que voulez vous faire, achever l'élan en **vous rendant au 153** ? Essayer de le libérer en **vous rendant au 210** ? Ou revenir sur vos pas et **vous rendre au 124** ?

93

Vous prenez un bon appui et vous faites un bond vers la corniche en poussant un cri de guerre. Vous voyez la corniche approcher et vous vous agrippez au rebord, avec toute la force dont vous disposez. Vous ne traînez pas en position de balancier sous la corniche et vous hissez au sommet de celle-ci. Vous regardez vers la cascade et vous apercevez la rivière – du moins l'écume qui s'en dégage – plusieurs dizaines de mètres plus bas. Il ne fallait vraiment pas rater votre saut ! Vous reprenez votre ascension en grimpant de rochers en rochers et vous commencez à sentir des crampes dans vos cuisses. Heureusement le haut de la cascade n'est plus très loin donc vous devriez déboucher sur la berge de la rivière supérieure d'ici quelques mètres. Encore deux rochers passés victorieusement, et vous arrivez sous un gros pin. Vous faites une halte et vous vous retournez pour voir le panorama :

La forêt s'étend à perte de vue sous vos pieds, à l'Est comme à l'Ouest. Vous ne distinguez pas bien l'horizon en raison de l'humidité ambiante qui règne ici.

Vous reprenez votre escalade et vous arrivez enfin sur la rive droite de la rivière supérieure. Ajoutez 2 PB à votre total et 1 PC. **Rendez-vous ensuite au 459.**

94

Vous lâchez la corde et lorsque vous atterrissez, une douleur atroce parcourt votre cheville et votre tibia. Votre pied est tombé en porte-à-faux sur une pierre givrée et vous vous êtes tordu la cheville. Vous perdez 5 PE. Souffrant mais toujours téméraire, vous reprenez la direction de la bifurcation et du sentier qui part en contrebas, **rendez-vous au 396**.

95

Vous prenez la direction du Nord-Est en vous enfonçant dans l'épaisse forêt d'érables. Le sentier monte beaucoup, la côte est rude mais au bout de quelques dizaines de mètres, vous sortez soudainement de la forêt pour déboucher devant un spectacle magnifique : les Gorges du Grand Vent.
Cette formation rocheuse est en fait un long canyon, haut d'environ soixante mètres, et qui doit faire dans les cinq cents mètres de long. Ce surnom vient du fait qu'il y a toujours un terrible courant d'air qui s'engouffre dans ce couloir rocheux, même si aucun vent ne souffle ailleurs. Ce passage est très dangereux en raison des nombreuses roches qui tombent des hauteurs et qui représentent un danger mortel pour quiconque, homme ou animal, traverse ces gorges. Il vous faut pourtant emprunter cette voie pour rejoindre le sommet. Vous prenez votre courage à deux mains et vous pénétrez dans les Gorges du Grand Vent. **Rendez-vous au 192.**

96

Vous vous éloignez quelque peu des abords de la rivière mais le bruit ambiant vous indique que l'eau n'est pas loin. Vous arpentez un semblant de chemin, sûrement un passage de cerf ou de chèvre de montagnes, qui vous semble interminable tant il fait des lacets. Vous marchez sur cette sorte de piste durant une bonne demi-heure. Vous atteignez un plateau qui s'oriente vers l'Ouest, dégagé de tout arbre et vous distinguez clairement que le seul chemin possible pour continuer à monter est un chemin qui longe la corniche au bord des falaises. Vous traversez cette clairière en vous demandant si vous avez bien fait de choitsir ce itinéraire. **Vous pouvez vous rendre au 459**.

97

Vous apercevez, au bout d'un long moment, le fameux passage dans la rivière qui va vous permettre de rejoindre le pied des Montagnes Sacrées. Vous ralentissez votre allure et vous vous engagez dans les eaux peu profondes de la rivière. Vous sentez que malgré le peu d'eau qu'il y a, votre cheval lutte pour maintenir son équilibre et pour garder une allure stable. Vous parvenez à franchir le passage et vous repartez en galopant vers les mon-

tagnes. Vous traversez les plaines – d'un calme reposant, presque hypnotique – où des dizaines de bisons paissent tranquillement ; vous apercevez deux jeunes mâles en train de s'amuser près d'un groupe de femelles.
Soudain vous entendez un coup de feu. Des chasseurs embusqués dans un de ces bouquet de peupliers, pensez-vous. Le troupeau de bisons est pris de panique, les animaux qui étaient couchés se redressent d'un bond, les autres sont déjà lancés au pas de course et le troupeau se dirige dans votre direction.
Petit-Nez lance :
—Accrochez-vous, ça va remuer !
Vous cramponnez les rennes de votre cheval et vous talonnez une nouvelle fois pour accélérer la course. Quelques secondes plus tard les bisons sont sur vous, un nuage de poussière et d'herbes se lève sur leur passage. Ils fuient sans regarder devant eux : ils chargent. Tentez votre agilité, si vous réussissez **rendez-vous au 70**. Si vous échouez, **rendez-vous au 321**.

98

La galerie vous donne le tournis tant elle fait des lacets. La luminosité joue avec vos nerfs ; sur vingt mètres, la lumière est forte comme un soleil d'été, les vingt mètres suivants se passent dans une obscurité de nuit sans lune. Vous finissez par arriver dans une vaste caverne circulaire, bien éclairée, dont les plafonds sont hérissés de stalactites. Un chemin passe au centre de la pièce et s'enfonce droit devant vous vers une autre galerie. Vous pouvez traverser cet endroit pour rejoindre la prochaine galerie, **rendez-vous alors au 337**. Vous pouvez aussi revenir sur vos pas en empruntant l'autre chemin au début de la caverne, **rendez-vous alors au 58.**

99

SHHIUU, SHHIUU !
Le premier soldat – celui qui se tient de dos – reçoit votre flèche dans la nuque et s'effondre sur le sol. Le deuxième soldat reçoit la flèche de votre ami en plein front et tombe lui aussi de tout son poids. Vous vous empressez de sortir de vos abris et vous tirez les deux corps derrière les troncs. Aucun signe d'affolement dans le camp, personne ne sait que vous êtes là. Vous avancez à pas de

loup vers la grande tente où vous devez rejoindre les trois autres éclaireurs. Soudain une détonation se fait entendre quelques dizaines de mètres plus au Sud. Les soldats en faction ont réussi à répliquer à l'attaque de vos compagnons. **Rendez-vous au 258.**

100

Votre peur irrationnelle vous étouffe, votre esprit devient confus. Vous avez le sentiment que vous ne serez jamais digne de recevoir le Pouvoir Chamanique. Vous enlevez 1PB à votre total actuel et **vous vous rendez au 156**.

101

Vous examinez attentivement l'arc qui ressemble, somme toutes, à n'importe quel arc Sioux traditionnel à ceci près :
Sa prise en main est immédiate, il est très léger et d'une maniabilité hors pair ! Vous admirez le carquois en bois recouvert de peau de cerf (il peut contenir 30 flèches en tout). De nombreuses perles ornent tout l'objet et forment un dessin représentant un aigle au plumage étincelant. Des petits os (*de lapin vous semble-t-il*), cousus sur une bande de cuir forment une lanière autour de la bouche du carquois. Des plumes diverses décorent la bandoulière de ce dernier. Les flèches tirées par cet arc (*il y en a 15 au total dans ce carquois*), infligent 5 PDS à n'importe quel adversaire. Ted vous explique que Wicasa Omani a enduit les pointes de ces flèches de trois poisons très puissants, ce qui lui permet de chasser de gros animaux et de les tuer sans les faire souffrir. Le premier poison est un venin paralysant qu'utilise une araignée de la région. Le deuxième poison est aussi un venin, celui d'un tout petit serpent, qui a un effet neurotoxique. Enfin la dernière substance utilisée est un mucus fabriqué par une petite grenouille, que vous appelez dans votre peuple, la grenouille-du-sommeil. C'est une substance anesthésiante.
Si vous obtenez **un double 1, un double 3 ou un double 6** lors d'un combat contre un humain, vous êtes autorisé à consulter le paragraphe spécial associé, en l'occurrence pour cette arme, **le paragraphe 392** (notez le sur votre feuille d'aventure). **Retournez maintenant au 281** et faites d'autres choix.

102

Vous partez vers le Sud sans vous retourner et vous entendez des coups de feu, puis plus rien. Les armes ont parlé. Vous parvenez à rejoindre l'extrémité Sud de cette zone et vous vous dirigez vers le camp Cheyenne. Vous voulez rendre visite à un vieil ami. **Rendez-vous au 156**.

103

Vous n'êtes pas assez rapide pour évitez l'attaque du grizzly. Il réussit à vous porter un puissant coup de griffe sur la cuisse, juste avant que vous ne sautiez dans le vide. Une douleur incroyable vous parcourt de la cuisse jusqu'à la nuque. Vous perdez 4 PE. De plus son attaque vous a déséquilibré dans votre saut. **Tentez votre chance**, si vous êtes chanceux **rendez-vous au 85**. Si la malchance s'abat sur vous, **rendez-vous au 421**.

104

Vous serpentez entre les cèdres et les sapins, quelques croassements de corbeaux viennent rompre le silence inquiétant de cette forêt. Vous pensez à vos deux amis qui sont peut être morts à l'heure qu'il est. Vous chassez ces mauvaises pensées de votre tête et vous **vous retrouvez au 322**.

105

Vous poussez le tronc jusqu'au bord de l'eau et déjà vous sentez la puissance du courant. Vous resserrez vos ceintures et différents sacs, ramassez une longue branche et vous entamez la descente du torrent. **Rendez-vous au 441.**

106

Un soulagement. C'est le sentiment profond qui envahit tout votre être. Le clan des Vipères n'existe plus. Les hommes qui répandaient la terreur dans tous les Etats-Unis gisent à vos pieds, dans une mare de sang. Leurs yeux figés et inexpressifs reflètent tout de même une haine et une noirceur palpables à distance. De mauvais esprits dans de mauvais corps pensez-vous. Vous pouvez choisir les armes des Vipères que vous ajouterez à votre équipement :

Meyer possédait :
- un Fusil Colt revolving, sorte de fusil à barillet, le même que celui équipant les revolvers, calibre .56 (+8PDS, *psa 246*), il y a des munitions sur le sol vous trouvez 7 balles (1 objet).
- un revolver Smith et Wesson model 2, calibre.32, six coups (+2PDS, *psa 32*) avec une ceinture contenant 12 balles (1 objet).
- Il se battait au corps à corps avec un poignard (+2PDS, *psa 26).*

Jenkins possédait :
- un shotgun calibre 12, avec 2 balles (+7PDS, *psa 247*), vous trouvez sur son corps 4 balles (1 objet).
- deux Colt Navy cal.36, chargé de 6 balles (+3PDS, *psa 32*). Lui aussi disposait d'une ceinture contenant 24 balles (2 objets).
- Pour le corps à corps c'est une épée de cavalerie qui enlève 3 PE, *psa 26.*

Villagomez possédait :
- une carabine Winchester calibre.40 (+4 PDS, *psa 34*) avec 10 balles (1 objet).
- un Colt Frontier calibre .40 (+4 PDS, *psa 34*) et vous trouvez éparpillées 5 Balles de plus (ce calibre .40 convient aussi à la Winchester et vice versa).
- Pour le corps à corps il utilisait un couteau à la lame recourbée, typique des égorgeurs (+3PDS, *psa 26*).

Harrison possédait :
- une carabine Kennedy calibre.45-60 (+4PDS, *psa 38*) chargée de douze balles (donc ne compte par pour objet mais uniquement pour arme).

Et il possédait un couteau de chasse, manche en érable du Canada, +2PD, *psa 26.*

Vous regardez les quatre cadavres étendus dans l'herbe. La lune jouant à cache à cache avec les nuages donne à ces corps l'aspect de fantômes.

Vous pouvez modifier vos totaux actuels comme suit :
Bravoure : + 3 Points
Chamanisme : + 2 Point

La lune montre à nouveau son visage, comme pour vous remercier d'avoir éliminé cette menace qu'était le Clan des Vipères. Vos longs cheveux se balancent au gré du vent léger et frais qui souffle dans la clairière, vous êtes vivant parmi les morts, comme un fantôme égaré, éclairé par une douce lumière bleutée qui renforce encore la laideur du sang ennemi sur vos mains, vos vêtements, vos armes.
Vous faites quelques pas pour sortir de ce cimetière. Vous ne tardez pas à trouver un refuge sûr pour y dormir un peu, si vous êtes blessé, vous pouvez panser vos blessures avec un peu de terre glaise, ainsi vous regagnerez 6 PE. Vous vous couchez les yeux rivés sur le ciel, sombre et puissant. Demain vous retrouvez vos amis, c'est décidé... **Rendez-vous au 370**.

107

Vous commencez votre ascension en prenant garde de bien assurer vos prises et vos mouvements car le givre n'est pas un bon compagnon dans cette situation... Vous fatiguez plus rapidement que d'habitude, l'altitude combinée au froid vous coupe le souffle. Vous atteignez néanmoins la plateforme et vous restez assis quelques minutes, tout recroquevillé sur vous même, ce bref instant de répit vous fait regagner 1PE. Vous reprenez votre escalade et vous arrivez péniblement en haut du bloc. Vous ajoutez 1PB à votre total actuel et regagnez 1PC pour votre exploit et votre ténacité. Malheureusement le spectacle que vous voyez en contrebas vous attriste plus qu'il ne vous réjouit :
Il n'y a pas de sentier. La végétation a repris ses droits depuis des années à en juger par l'épaisseur de mousse sur les rochers. Par contre de votre position vous voyez un chemin qui s'enfonce dans la falaise, vers le sommet, donc direction Nord. Vous essayez de suivre des yeux le chemin à l'envers pour trouver d'où il arrive et à première vue, il provient d'une grotte qui passe sous la piste principale que vous empruntiez avant la bifurcation. Le sentier qui partait en contrebas doit être la voie du succès. Vous faites demi-tour, heureux d'avoir découvert cet indice capital, mais un souci majeur se pose à vous. **Rendez-vous au 263.**

108

Ajoutez déjà 1 PB à votre total actuel. Vous gardez les yeux rivés vers l'énorme bloc de pierre qui fonce vers votre position, vous attendez... Le rocher rebondit une première fois sur une corniche, prend de la vitesse, s'écarte de la paroi et vient percuter un éperon rocheux une dizaine de mètres au dessus de vous. Le rocher revient droit vers la plateforme où vous l'attendez. Tentez maintenant votre chance, si vous réussissez, **rendez-vous au 282**. Si vous échouez, **rendez-vous au 353**.

109

— Bien mon jeune ami ! Te voilà donc fin prêt pour ta rencontre avec Wicasa Omani. Comme je te l'ai dit tout à l'heure, Wicasa est parti cueillir cette fameuse herbe appelée Wichita. Je ne sais exactement où elle pousse mais pour avoir vécu longtemps auprès de Wicasa, je peux t'indiquer des pistes probables...
Vous hésitez un instant, pensant que Ted vous tend un piège amical. Vous répondez :
— Merci Ted, mais si je dois trouver Wicasa par moi même, je réussirais...
— Tatanka, c'est fort honorable de ta part mais tu risques de chercher longtemps dans la région sans jamais rencontrer le Chaman.
Comprenant que Ted souhaite vraiment vous aider, vous le laissez poursuivre :
— Tu as trois choix possibles pour orienter tes recherches, les forêts à l'Est du camp Blackfeet, les forêts à l'Ouest de Dickinson city ou la zone de l'ancienne mine d'or. Mais reste sur tes gardes durant ton périple, la région Nord est le territoire des Blackfeet, s'ils épargnent un Chaman Sioux, ils te tueront sans hésiter...
Vous déglutissez deux fois à l'idée de croiser la route de ces valeureux guerriers, mais vous savez vous dissimuler et rien ni personne ne vous arrêtera dans votre quête spirituelle.
Ted se lève, se dirige vers la trappe, disparaît dans le sous-sol et revient avec une petite fiole en terre cuite. Il ouvre le flacon, sent l'odeur dégagée et vous tend la fiole :
— Tiens bois ça ! Je te préviens le goût est horrible. Je ne m'y suis jamais habitué !...

Vous n'osez même pas sentir le contenu de ce petit flacon, vous prenez une grande inspiration et vous avalez d'un trait tout le contenu du flacon.
Une sensation bizarre envahit vos narines et votre gorge. Non pas que le goût soit infect, mais plutôt étrange : amer, fort, alcoolisé et horriblement froid alors que la fiole était à température ambiante.
— Alors ?! Lance Ted amusé.
— Alors, c'est horrible, dites vous en vous essuyant la bouche d'un revers de manche. Mais au juste j'ai bu quoi ?!
— Un fortifiant à base de... Tu veux vraiment le savoir ?!
— Oui, dites-vous, maintenant que j'ai bu, tu peux y aller !
— Herbes diverses, plantes médicinales, corne de bison pillée et réduite en poudre, abats de corbeaux et... le meilleur ingrédient, excréments d'ourson !...
— Bien ! Dites-vous l'air amusé, et bien au moins je sais le goût que ça a maintenant.
Mais ce que vous ignorez c'est ce que cette boisson chamanique vous a apporté :

• Total de chamanisme à son niveau actuel plus 8 points.
• Si votre total de bravoure est inférieur à 10, vous l'augmentez jusqu'à 10.

Tirez ensuite deux dés :
si vous obtenez de 2 à 4 : votre chance retrouve son total de départ,
si vous obtenez de 5 à 8 : votre agilité retrouve son total de départ,
si vous obtenez de 9 à 12 : votre endurance retrouve son total de départ.

Vous ne vous êtes jamais senti autant courageux et vaillant. Vous avez l'étrange impression que vous pourriez défier tout un régiment de soldats.
Ted pose le flacon sur la table basse, se dirige vers une des fenêtres et allume sa pipe. Une épaisse fumée laiteuse se répand dans la cabane. Il regarde fixement l'extérieur. La neige tombe toujours à gros flocons mais le vent ne souffle plus.

— Voilà mon garçon, je t'ai tout dit, je t'ai donné ce que tu as choisi. Désormais, ton destin, ta vie et celle de ta tribu dépendent de tes choix et de tes actes. Pars maintenant si tu veux atteindre le bas de la face Nord avant ce soir. Je te souhaite de réussir. Et si je ne te revois plus jamais, heureux de t'avoir rencontré. Ted se tourne complètement vers la fenêtre comme s'il ne voulait plus vous voir. Vous ajoutez :
— Merci Ted, pour tout ce que tu viens de faire et tout ce que tu m'as dit. Ted, ca va ?
— Oui... C'est juste que soudain ta voix me penser à celle de mon fils... Un jeune chasseur de ton âge, un peu plus jeune peut être...
— Comment s'appelle-t-il ? Demandez-vous, surpris que Ted dévoile un fragment de sa vie personnelle.
— S'appelait... Il s'appelait Chester... Je suis arrivé trop tard ce jour là, des guerriers natifs l'avaient tué.
— Des natifs ? Reprenez-vous.
— Oui, un accident de chasse, une flèche qui n'a pas suivi la trajectoire prévue et qui est allé tuer mon fils... Je n'ai rien pu faire pour le sauver. C'est à la suite de ça que j'ai quitté les plaines pour vivre, ici, seul dans ces montagnes. C'est ici que j'ai rencontré Wicasa Omani. Nous sommes devenus amis très rapidement. Et c'est grâce à lui, à son enseignement, que la vie me paraît toujours sereine. Je voulais tuer tous les natifs du Dakota, mais j'ai appris à les aimer, à vivre avec eux. J'ai appris le pardon et maintenant je vous considère comme ma propre famille.
— Je suis désolé pour ton fils, Ted.
— Le plus incroyable dans cette histoire ; et Wicasa me l'a appris il y a seulement quelques jours, avant que tu n'arrives, c'est que l'homme qui a tué mon fils s'appelle Cheval-blessé, c'est ton père Tatanka...
Vous sentez vos jambes se dérober, votre corps vacille et votre gorge devient sèche comme le désert d'Arizona.
— Mais... Bredouillez-vous... Mon père... Il a... Les mots vous manquent.
— J'ai pardonné. Je tenais absolument à t'aider dans ta quête, pour que ton père goûte au bonheur de voir son fils accomplir une grande chose. Si ton père est heureux je le serais aussi. Tu es un peu une partie de mon fils...

Ted se retourne vers vous et vous voyez deux longs filets de larmes couler sur ses joues. Il s'approche, vous serre dans ses bras puissants et vous invite à sortir de la cabane.
— Va mon garçon, et prépare-toi à une vie d'aide, de responsabilité et de dévouement... Vous n'avez pas le temps de dire un mot de plus que Ted «the tree» Chapman ferme la porte de la cabane vous laissant seul dans le silence de la neige.
Rendez-vous au 39.

110

Vous vous enfoncez dans la forêt qui est essentiellement composée de sapins, de cèdres et de séquoias. Le long de la rivière qui traverse la forêt d'Ouest en Est, se trouvent des bouleaux et des saules pleureurs. Vous marchez deux heures sans apercevoir âme qui vive sur cette large piste utilisé par les chasseurs, blancs ou indiens. Vous êtes attiré par un détail qui vous frappe l'œil : quelque chose brille entre deux troncs de cèdres.
Si vous voulez vous approchez de plus près, **rendez-vous au 380**. Si vous préférez continuer à marcher, **rendez-vous au 68**.

111

— Ah, ah, ah ! S'exclame le chasseur. VOTRE territoire... Ce sont les règles énoncées par le conseil tribal il y des dizaines d'années... Les Anciens ne sont plus là aujourd'hui, le nouveau conseil tribal c'est nous !
— Donc vous voulez vraiment recommencer les guerres de territoire, meurtrières et inutiles, comme nos grands pères avant nous ? Demandez-vous d'un ton sec.
Le chasseur sourit du coin des lèvres, puis réfléchit un instant et regarde les autres Blackfeet. Sans dire un mot, il tire sur les rennes de sa monture d'un coup sec et vous dit :
— Le Grand Esprit est avec vous, aujourd'hui... Il talonne sa monture qui part au galop vers l'Est. Les autres chasseurs vous dévisagent quelques secondes, sourient, puis partent en suivant leur chef.
Le chef de groupe ne voulait pas se battre, il a peut être senti que vos intentions n'étaient pas hostiles, ou peut être que le Grand Esprit était vraiment à vos cotés.
Rendez-vous au 97.

112

Vous reprenez votre route vers la forêt. Vous pensez de plus en plus à ce qui a pu arriver à vos amis.
Cela fait de nombreuses années que les blancs vous haïssent. Vous êtes obligés de supporter certaines choses sous peine de partir en prison. Mais là ce n'est plus la même histoire, vos amis ont peut être été passés à tabac par des fumiers de la pire espèce. Vous accélérez le pas en vous jurant de les retrouver coûte que coûte. Vous longez un bois composé de magnifiques peupliers, leurs feuilles envoient des éclats argentés au rythme du vent. Vous arpentez un petit sentier caillouteux qui vous conduit au sommet d'une butte. Arrivé en haut vous vous couchez au sol d'un mouvement éclair :
Vingt Blackfeet, ennemis des Sioux, sont en train de chasser dans la plaine devant vous. Le combat n'est même pas envisageable contre vingt farouches guerriers. Aucun moyen de les contourner, terrain à découvert sur plusieurs centaines de mètres. **Rendez-vous au 473**.

113

Le calumet que vous tend Ted est tout simplement magnifique. Il est recouvert d'une fourrure de renard argenté sur toute la longueur de tuyau. Le fourneau est d'un noir profond et brillant. De nombreux osselets pendent sous le fourneau, reliés entre eux par une mince lanière de cuir. Une magnifique plume de perdrix est fixée par sa base juste devant la pipette. Ted vous explique que ce calumet a été utilisé de nombreuses fois par Wicasa lors de séances de méditation. Il est donc particulièrement chargé en ondes positives. Chaque fois que vous déciderez de fumer ce calumet, vous regagnerez 1PS et 3 PE. Ted vous offre une bourse de cuir qui contient assez d'herbe pour 4 séances. **Retournez au 281** pour y faire d'autres choix.

114

En un éclair, le quatrième et dernier homme du Clan des Vipères dégaine son revolver et tire. Sa balle érafle votre ventre et vous blesse légèrement, vous perdez 2 PE. SHHIUUU ! Votre flèche lui perfore l'épaule. Vous effectuez un plongeon dans les buissons sur votre gauche. PAAWWW ! PAAWW ! Jenkins tire à vue dans les buisons mais vous rate, vous devez combattre :

Jeremy « the shotgun » Jenkins endurance : 8 (il est blessé) Combat CC, AD

Jenkins frappe avec un 7 mais ne peut utiliser qu'un seul de ses deux colt Navy cal .36 (+3PDS) en raison de son épaule blessée. Il possède assez de munitions pour tout le combat. Si vous deviez l'affrontez au corps à corps, il vous attendrait avec une épée de cavalerie (+3 PDS).
Si vous sortez vainqueur de cet affrontement, **rendez-vous au 106.**

115

La flûte que vous tenez entre les mains est sculptée dans un os, humain semble-t-il. Ted vous apprend que cette flûte a traversé les âges et que son pouvoir est immense. Elle est utilisée depuis trois générations par des chamans qui se la sont transmise au fil du temps. Jouer une certaine mélodie avec cette flûte permet d'invoquer la pluie et de faire déverser de l'eau sur toute la région. L'invocation de cet élément vous coûtera 2PS et 3PE. Cette pluie peut être utile en cas de traversée de désert, pour se dissimuler grâce à l'orage ou tout simplement pour faire croître une culture. Vous n'arrivez pas à savoir d'où provient cet os et Ted se garde bien de vous le dire... **Retournez au 281** pour y faire d'autres choix.

116

Vous n'en croyez pas vos yeux tant cette partie du lac est claire, la rivière qui s'y jette est d'un bleu turquoise semblable à la pierre des Navajos, vous pouvez pêcher si vous possédez un hameçon et du fil, **rendez-vous dans ce cas au 209**. Si vous voulez pêcher à l'arc et que vous en possédiez un avec des flèches, **rendez-vous alors au 350**. Enfin si vous ne possédez ni l'un ni l'autre de ces objets, vous devrez vous contentez de manger quelques baies et quelques champignons (vous pouvez regagner 2PE). Une fois votre repas pris, vous restez là assis parmi les arbres et repensez à votre futur voyage, vous remettez du bois dans le feu et **fermez l'œil jusqu' au 237**.

117

Vous perdez 2PS et 3PE. Vous tenez fermement la pierre jaune entre vos doigts et vous concentrez vos pensées sur les lampes à pétrole qui éclairent la tente.
– Cké makà, tchek't'èo. Hena hè, it'a kèo hapi... Vous attendez quelques instants et vous voyez les lampes à pétrole vaciller sur leur pied. Vous essayer de donner toute votre force psychique à ces objets pour les faire entrer en lévitation. Au prix d'un effort prodigieux trois lampes se soulèvent et flottent dans les airs. La lumière vacillante fait se retourner deux soldats qui restent bouche bée devant un tel spectacle. Vous pensez alors très fort à ces hommes et les lampes vont se fracasser sur eux. Le pétrole chaud s'enflamme instantanément embrasant deux soldats, qui se roulent sur le sol pour s'éteindre. La troisième lampe vient éclater contre l'armoire renfermant les différents alcools médicaux. Vous avez tout juste le temps de vous coucher au sol qu'une chaude déflagration vient faire gonfler la toile de tente. Des hurlements suivent aussitôt après et vous voyez tous les occupants de la tente sortir en courant et titubant, enflammés de la tête aux pieds. Corbeau-qui-Danse esquisse un sourire et dit :
– Voilà du bon cochon grillé !
Vous ne partagez pas forcément le même humour que votre ami mais vous comprenez aisément sa colère en pensant à tous ce que ces hommes auraient fait à vos femmes et enfants. Vous quittez cette allée sans tarder. **Rendez-vous au 283.**

118

Vous vous débarrassez de tout votre équipement, que vous envoyez de l'autre coté de la rivière. Vous entrez à mi-cuisse dans l'eau et vous sentez la force du courant faire pression sur vos jambes. Vous plongez. Tentez votre agilité, si vous réussissez, **rendez-vous au 253**. Si vous échouez, **rendez-vous au 357**.

119

Vous descendez avec prudence les quelques rochers qui vous conduisent à la crique, dix mètres plus bas. Vous remarquez des reflets argentés sous l'eau et vous vous mettez en quête de pêcher ces poissons. Vingt minutes plus tard, un beau saumon grille sur un feu de bois. Vous avalez votre repas, en étant bercé par le chant de la rivière (regagnez jusqu'à 2 PE), puis vous vous endormez les yeux rivés sur le ciel. **Vous vous réveillerez au 51.**

120

Vous tenez votre main prête à porter la première attaque au moindre geste suspect de l'ours. Ce dernier s'avance assez lourdement vers vous et s'arrête à environ un mètre. Vous commencez à regretter votre geste d'attente et vous vous dites qu'à cette distance, s'il bouge, vous êtes mort... Il se dresse sur ses pattes postérieures et pousse un grognement dont vous sentez le souffle sur votre visage. Si vous voulez sortir votre arme et attaquer l'ours, **rendez-vous au 229**. Si vous voulez rester immobile et que vous vouliez baisser la tête pour ne plus affronter le regard du monstre, **rendez-vous au 365**. Enfin si vous voulez sauter dans la rivière qui se trouve cinq mètres plus bas, dans votre dos, **rendez-vous au 16**.

121

Vous approchez d'un saloon, sûrement le plus grand de toute la ville et vous sentez votre gorge se nouer. Un indien Sioux dans un saloon de Murray city, faut-il être fou, ou avoir un grand courage ?!

Vous passez les deux portes battantes du saloon et vous entrez dans la pièce principale. Le silence... Plus personne ne parle lorsque vous avez franchi le seuil de la salle... Puis tous les gens présents vous regardent, et les discussions reprennent, ainsi que la mélodie au piano. Vous remarquez une table au fond à gauche où quatre hommes jouent au poker. Deux prostituées sont en train de les séduire. Sur la droite un pianiste sirote tranquillement un verre, tout en jouant quelques classiques. Plusieurs tables sont occupées par des cow-boys. L'une d'elles, au milieu de la pièce, est le lieu d'une dispute entre une mère et son petit garçon. Une odeur de tabac et de transpiration flotte dans l'air. Vous remarquez aussi que le barman est affairé à essuyer des verres. Vous ne savez pas trop comment vous y prendre pour demander de l'aide ou des renseignements.

Vous pouvez lancer d'une voix forte en vous adressant à tout le saloon :
—Bonjour, je recherche des amis quelqu'un peut-il m'aider ? **Rendez-vous au 251.**
Vous pouvez vous diriger vers le pianiste, **rendez-vous alors au 240**.
Vous pouvez aller voir le barman, **rendez-vous au 453**.
Enfin vous pouvez aller voir les quatre joueurs de carte et les deux prostituées, **rendez-vous dans ce cas au 464**.

122

Il regarde autour de lui en voyant les gens continuer à rire. Il repose ses yeux sur vous et tout en vous tenant par les deux épaules, vous projette un mètre en arrière en vous donnant un violent et rapide coup de tête sur le nez. Mal, vous avez très mal. Et vous n'y voyez plus très bien ... la douleur vous fait pleurer... Le seul détail que vous percevez est un reflet argenté qui s'approche de vous. Et une deuxième douleur vous parcours aussitôt tout le corps. Le trappeur vous a lancé un poignard, qui vous atteint dans le ventre. Vous vous recroquevillez sur vous même, en gémissant. Vous ne sentez même pas la balle de .44 vous atteindre dans la nuque. Votre tête explose littéralement sur le sol. Votre aventure s'arrête ici.

123

Vous examinez le Tomahawk avec attention. Le manche ressemble a du bouleau à en croire les veines du bois et sa couleur claire. La lame est parfaitement affûtée et porte une gravure qui représente une empreinte de loup. Chaque creux de l'empreinte comporte une pierre rouge parfaitement polie et se confondant avec la lame. Après avoir regardé quelques instants vous pensez que les pierres rouges sont des rubis. La partie arrière, communément appelée marteau est un fourneau semblable à ceux qu'il y a sur les calumets traditionnels. Le pommeau en bas du manche est amovible et laisse apparaître une pipette pour pouvoir utiliser ce Tomahawk comme calumet. Cette arme inflige 3 PDS à tous vos adversaires. Si vous obtenez **n'importe quel** double lors d'un combat contre un humain ou un animal, vous êtes autorisé à consulter le paragraphe spécial associé, en l'occurrence pour cette arme, le paragraphe 30. De plus vous pourrez fumer les herbes se trouvant dans le fourneau, une seule fois, sauf au cours d'un combat, pour regagner 8 PE, sans dépasser le total maximum d'Endurance. **Retournez maintenant au 281** pour y faire un autre choix.

124

Vous poursuivez votre chemin sous les érables. Vous marchez depuis quelques minutes lorsque vous remarquez que les arbres commencent à s'espacer, laissant filtrer les rayons du soleil à travers les feuilles. Quelques sapins commencent aussi à faire leur apparition au milieu des érables. Vous vous sentez soudainement épié. Une impression bizarre que quelqu'un ou quelque chose vous scrute, tapi dans les buissons... Si vous voulez continuez à marchez de façon normale, **rendez-vous au 445**. Si vous voulez effectuer une roulade et rester au sol prêt à vous servir d'une arme, **rendez-vous au 399**.

125

Vous réussissez à atteindre la berge sans trop de difficulté. Vos amis accostent et abandonnent le canoë. Vous remerciez intérieurement l'homme qui a laissé son canoë en amont de la rivière, sans son aide involontaire, vos amis ne seraient peut être plus là. Vous avancez prudemment dans la forêt qui commence à s'éclaircir de plus en plus. Vous débouchez finalement sur la plaine qui vous reconduira à Murray city. Vous soupirez en pensant que la ville n'est pas loin et que vos amis pourront enfin se reposer et se faire soigner. Vous vous remettez en route en aidant Petit-Nez qui souffre de plus en plus. **Rendez-vous au 375.**

126

Vous perdez 2PS et 3PE. Vous tenez la pierre rouge entre vos doigts, vous fermez les yeux et répétez à voix basse :
—Cké makà, tchek't'èo. Wakan tanka, makà mitrawi, makà suwatu...
Vous attendez quelques instants et vos yeux fermés laissent apparaître des images nettes comme en plein jour. Des animaux sauvages, des hommes aux visages grimaçants, une cascade, et vous

parvenez finalement à visualiser les 3 chemins devant vous dont 2 restent flous devant vos visions, celui vous conduisant aux plaines, et celui vous menant à l'ancienne mine d'or.
Cette dernière image vous incite à prendre le chemin dont la vision est nette, direction Ouest. **Rendez-vous maintenant au 472.**

127

Vous remontez la rive jusqu'au rocher aperçu précédemment. Vous grimpez jusqu'en haut et vous regardez le cours d'eau :
Vu d'en haut, vous pouvez tenter un saut qui vous ferait atterrir de l'autre coté du torrent sur un épais tapis de neige et d'herbes, vous pourriez ainsi continuer votre chemin tranquillement. Le seul problème est que votre saut doit être suffisamment long et vous devez être sûr que sous le manteau neigeux, de l'autre coté, ne se cache pas une pierre traître qui vous casserait les os à coup sûr.
Si vous voulez tout de même sauter courageusement, tentez votre agilité, si vous réussissez, **rendez-vous au 231**. Si vous échouez, **rendez-vous au 49.** Enfin si vous préférez renoncer et que vous optez pour une autre solution, il vous reste deux choix :
- Pousser le tronc jusqu'à l'eau et vous en servir d'embarcation de fortune pour descendre les rapides, **rendez-vous au 105.**
- Utiliser un collier avec une pierre bleue si vous le possédez, **rendez-vous dans ce cas au 287.**

128

Vous êtes face à l'entrée de la caverne. De nombreuses histoires vous ont été contées durant votre enfance au sujet de ce labyrinthe de calcaire, de ruisseaux souterrains et de ses Milles Lueurs. Tunkashila, votre grand-père vous a dit que de nombreux guerriers Blackfeet venaient s'abriter ici durant les guerres contre les Sioux. Ils ont réussi à survivre et à sortir de ce labyrinthe grâce aux sortes de mousses qui poussent contre les parois et qui transforment l'air ambiant en lumière phosphorescente. Cette grotte a donc gagné le nom de « caverne aux Mille Lueurs ». Vous avancez prudemment dans la gueule de roche et attendez quelques instants que vos yeux s'habituent à la luminosité ambiante. Vous marchez le long d'une galerie large de quelques

mètres et qui descend légèrement. Un doux son d'eau qui coule vient peu à peu remplacer le hurlement du vent. L'atmosphère y est assez agréable, ni trop chaude ni trop froide et une douce odeur de terre humide flotte dans l'air. Vous arrivez bientôt à une bifurcation. Deux galeries s'offrent à vous :
L'une monte un peu et part vers la droite, si vous voulez la suivre, **rendez-vous au 324**.
L'autre galerie s'enfonce un peu plus vers les entrailles de la montagne et part sur votre gauche, pour empruntez cette voie, **rendez-vous au 58**.

129

Vous devez poursuivre ce combat comme suit :

1er soldat blessé
Endurance : actuelle
Combat CC, AD

Soldat dans le dos
Endurance : 14
Combat CC, AD

Vous devrez suivre les règles du combat contre plusieurs adversaires l'un après l'autre.
Le soldat qui vous a pris à revers vous touche s'il obtient 6. Il possède un revolver Remington cal .40 (+4PDS), chargé de 6 balles. Il attaque au corps à corps avec un piquet en fer qui traîne dans la tente (+3PDS).
Si vous sortez vainqueur de ce guet-apens, **rendez-vous au 12.**

130

Vous ne savez plus du tout si votre esprit contrôle encore votre corps. Vous faites demi-tour pour changer radicalement de direction, un sentiment de tristesse et de honte vous envahit soudain. Est-ce le froid ? Est-ce la solitude ? Ou est-ce seulement la puissance de ces montagnes qui est en train de vous tester ? Vous n'en savez rien mais vous partez vers l'Ouest et vous perdez 2PB.
Rendez-vous au 354.

131

Le cavalier baisse les yeux devant la noirceur et la profondeur de votre regard, il vous dit :
— Il est mort... Sûrement un règlement de compte.
— Mort ? Mais comment en êtes-vous sûr ? Demandez-vous l'air moqueur, conscient de votre supériorité psychique.
Un cavalier à la barbe noire comme du charbon et portant des lunettes fines aux montures argentées vous répond :
— Parce qu'il est sec comme un ruisseau d'Arizona ! Il a aidé un ami à lui à s'enfuir de la prison de Murray, cette nuit ; et son copain a dû trouver normal de le zigouiller en guise de remerciement. Il est allongé près de la rivière, à une demi-heure de cheval plus à l'Ouest. Ce sont les corbeaux qui nous ont mis sur la piste. Toute la nuit, on a cherché ces deux bâtards.
Le chef des cavaliers ajoute :
— Et comme ce fils de pute qui s'est enfuit est un sacré chien galeux, on voulait le retrouver avant qu'il n'atteigne le territoire canadien, au Nord.
Sur ces mots, il tire sur les rennes de son cheval, qui fait demi-tour. Les autres cavaliers emboîtent le pas de leur chef. Vous les voyez s'éloignez dans un épais nuage de poussière et d'herbes. Vous l'avez échappé belle ! **Rendez-vous au 112**.

132

A peine votre ennemi a mordu la poussière que deux autres hommes, visiblement amis du premier arrivent en courant et voient le cow boy au sol. Vous profitez de leur surprise et vous vous enfoncez dans une impasse où vous aviez remarqué une échelle menant aux toits. Vous grimpez à l'échelle à toute vitesse, mais un des deux hommes a déjà dégainé son arme et tire vers vous. Tentez votre agilité, si vous réussissez, **rendez-vous au 455**. Si vous échouez **rendez-vous au 346**.

133

Vous tournez en rond depuis un bon quart d'heure quand finalement vous débouchez sur une clairière où vous vous apercevez une cabane en rondins. Une cabane dans ce dédale d'épines et de branches !

Vous avancez prudemment vers cette petite habitation. **Rendez-vous au 91**.

134

Vous vous abritez derrière votre cheval dont la cuisse droite saigne abondamment. Il est couché sur le flanc et souffle toute sa douleur, ses naseaux écument. Vous apercevez – dans le voile de poussière devant vous – vos amis éviter les bisons avec leurs chevaux pour finalement les voir disparaître, hors de vue. Vous devez partir d'ici avant qu'un bison plus maladroit que les autres ne vous piétine purement et simplement. Vous fixez un point sur votre gauche et vous vous élancez au milieu des bêtes affolées. Vous évitez un coup de corne, deux, une femelle vous frôle, vous effectuez une roulade avant pour échapper au coup de sabot d'un mâle énorme et lorsque vous vous redressez pour reprendre votre course, vous ne pouvez pas éviter le jeune mâle qui vous percute de plein fouet. Une chance pour vous que ses cornes ne soient pas encore formées. Son crâne vous projette tout de même deux mètres en arrière et votre chute est lourde et douloureuse.
Vous perdez 4 PE. Vous vous efforcez de vous relever rapidement avant qu'un coup ne vous achève et vous parvenez à vous extirper de ce flot bestial. Vous rejoignez vos amis quelques instants plus tard, à pied. Votre cheval n'a pas survécu, le coup de corne du bison lui à été fatal. Vous montez derrière Corbeau-qui-Danse pour laisser tout le confort à Petit-Nez et vous leur dites :
— Si vous n'étiez pas là, je serais bon pour marcher jusqu'à ce soir !....
Rendez-vous au 303.

135

Le joueur de poker redresse enfin la tête et vous regarde l'air amusé :
— Ahh ! Un homme qui as des couilles et qui ose me répondre, à moi, Brad Kilmister, le plus grand tireur du Dakota !
Vous pensez avoir fait une grave erreur en ayant répondu à cet habitué des duels de rue. Ils sont en général très méchants et surtout très bêtes. Vous attendez une réponse de sa part. Et la réponse arrive :

— Mes amis n'y sont pour rien dans cette querelle, c'est entre toi et moi. Puis il rabaisse sa tête vers sa main de cartes et dit :
— Je suis en veine aujourd'hui, tu veux qu'on aille dehors se battre ?

Si vous possédez une arme de type revolver, et que vous vouliez répondre à son duel qui risque de vous coûter très cher, vu la renommée de votre adversaire, **rendez-vous tout de même au 451.**
Si vous voulez mettre un terme à cet affrontement verbal en tuant par surprise le joueur prétentieux, **rendez-vous au 147.**

136

Vous vous réveillez avec un vent frais qui augure une journée toute en grisaille. Le ciel est couvert, peut être un peu de pluie pour aujourd'hui. Vous avalez quelques fruits sauvages et vous vous enfoncez dans la forêt. Votre progression est ralentie par les buissons épineux qui bordent le labyrinthe de l'Ouest, sortes d'acacias bas aux épines plus longues. Vous savez que vos amis, s'ils chassaient lorsqu'ils ont été blessés ou attaqués, chassent toujours au même endroit, une des trois clairières au cœur de la forêt. Une vaste étendue herbeuse, où bon nombre d'animaux viennent manger tranquillement. Plusieurs arbres offrent des abris sûrs pour les chasseurs, pour peu qu'un arc soit utilisé, on peut rester embusqué des heures durant. Cela fait une bonne demi-heure que vous marchez lorsque vous arrivez à une bifurcation. Un chemin s'enfonce vers le Nord. Un autre sentier continue vers le Nord Est.
Si vous optez pour le nord, **rendez-vous au 322.**
Si vous voulez prendre la direction du Nord Est, **rendez-vous au 279.**

137

Vous êtes sous l'auvent de la cabane et la neige tombe en flocons de la taille d'œufs de perdrix. Cet hiver va être rude et long, pensez-vous, en sentant un frisson vous parcourir la colonne vertébrale... Vous pouvez suivre les indications de Ted et partir vers la cascade ou bien si vous sentez la colère monter en vous, après tout ce que vous avez enduré, depuis votre départ du camp, vous

pouvez aussi retournez dans la cabane pour récupérer votre équipement, vos armes et partir sur le champ chercher le Vieux Chaman sans tenir compte de la préparation mentale conseillée par Ted.
Si vous optez pour une jolie baignade matinale, **rendez-vous au 426.**
Si vous ne voulez plus perdre une seule seconde, retournez – énervé – dans la cabane en **vous rendant au 166**.

138

Vous rampez dans les herbes hautes et slalomez entre les troncs des arbres. Arrivé à une distance d'environ 5 mètres de la scène de dispute, vous vous camouflez sous un épais buisson épineux et vous entendez alors :
— Sale fils de pute ! Je t'avais dit qu'il fallait le buter ce putain de peau-rouge, maintenant on est dans la merde !
— Ecoute James, je suis désolé mais c'est pas moi qui ai tiré sur son fils. Si tu avais rentré un peu ta langue dans ta bouche, tu aurais évité le combat avec le père et tu n'aurais pas eu à tirer sur le fils ...
— Il m'a attaqué ce marmot, il devait avoir 12 ans et il m'a attaqué. Ils ont la guerre dans les gènes ces chiens.
— Oui il t'a attaqué pour défendre son père. Et maintenant tu me dis que j'aurais dû buter ce Cheyenne !
— On aurait dû buter le père et le fils, tu entendu ses paroles avant qu'on s'enfuit ?
« Vous deux ne pourrez pas courir assez vite vous échapper aux flèches de ma tribu, votre scalp ornera mon bâton de guerre. Je vous retrouverai et je vous tuerai...»

Vous comprenez alors que les deux cow-boys se sont battus avec un Cheyenne dont le fils a reçu une balle. Ils sont maintenant poursuivis et ne savent plus quoi faire. Vous sentez soudain une présence dans votre dos. Vous voyez une ombre se faufiler, à plat ventre parmi les herbes hautes, et s'arrêter à une dizaine de mètres des deux cow-boys. La silhouette se tourne vers vous, et vous reconnaissez le bandeau typique des Cheyennes. L'homme vous fait signe de le rejoindre. Vous ne voulez pas éveillez l'attention des deux hommes et vous rejoignez le Cheyenne sans faire un bruit. **Rendez-vous au 471.**

139

Vous tirez sur les rames de toutes vos forces pour échapper le plus vite possibles à ces brutes. Les trois autres Vipères ont rejoint leur chef et vous tirent dessus à leur tour. Vous entendez des SCHPLOUUF dans l'eau autour de votre embarcation.
— Ils nous ont retrouvé ces minables, s'écrie Petit-Nez.
Les détonations s'enchaînent à un rythme effréné. Tirez un dé. C'est le nombre de balles qui vous atteignent, pour chacune d'elles, retranchez 3PE de votre total d'endurance.. Vous vous éloignez de plus en plus de la berge et les tirs sont de moins en moins précis. Vous ne distinguez bientôt plus les Vipères lorsque vous vous enfoncez dans la forêt.
Si les blessures ne vous ont pas tué, **rendez-vous au 180.**

140

Vous sortez votre arc et préparez une flèche. Vous tendez la corde et vous lâchez tous les deux vos flèches vers les deux soldats. Tirez deux dés, et retranchez deux points du résultat obtenu. Si vous obtenez 4 ou plus **rendez-vous au 99.** Dans le cas contraire, **rendez-vous au 162.**

141

Vous avez du mal à rester calme et serein tant les eaux tumultueuses font du bruit. Cette rivière arrive directement des profondeurs de la montagne, ses eaux sont claires mais le courant est très puissant ; vous avancez entre les troncs et les rochers couverts d'une épaisse mousse végétale, humide et spongieuse. Vous suivez le chemin qui se rapproche des bords de la rivière et vous commencez à sentir que la pente se renforce lorsque vous devez redoubler d'efforts pour ne pas glisser sur le tapis de mousse. Vous grimpez sur une cinquantaine de mètres et vous finissez par arriver sur un dégagement orienté Est-Ouest. C'est une petite piste sûrement empruntée par les animaux et autrefois les chasseurs, qui préfèrent aujourd'hui chasser en empruntant le sentier Nord. Vous pouvez continuer vers l'Ouest en vous enfonçant dans la forêt, **rendez-vous dans ce cas au 320**. Si vous préférez continuer à grimper en gardant la rivière comme repaire sur votre droite, prenez le sentier Est et **rendez-vous au 284**.

142

Vous restez tapi dans les buissons et les deux hommes finissent par sortir de votre champ de vision. Vous n'entendez plus de bruit et vous sortez de votre abri. Les deux hommes sont loin dans la plaine, et se dirigent vers les forêts de l'Ouest. Vous ne saurez sûrement jamais ce qu'ils faisaient là, ni d'où ils venaient... Certaines fois, les choses de la nuit doivent rester propriété de la nuit... Vous vous recouchez au pied du grand saule pleureur et vous vous rendormez. **Vous vous réveillerez au 318.**

143

Vous ne laissez pas le temps à Jenkins de dégainer son arme. SHHIIUU ! Votre flèche traverse la bouche de Jenkins et ressort par la nuque. Il tombe à genoux face à vous. Il vous fixe de ses yeux sans vie. Vous le faites tomber en le poussant d'un coup de pied dans l'épaule.
Vous avez éliminé le Clan des Vipères. **Rendez-vous au 106.**

144

Vous prenez une grande bouffée d'air frais et vous poussez un hurlement semblable à celui d'un loup. Vous entendez Jenkins dire :
—Putain de merde ! Il manquait plus que ces cons de loups maintenant...
—T'as peur d'un chien ? Demande Harrison.
—Non. Mais ces saletés ne me rassurent jamais quand elles rôdent autour de moi la nuit quand je dors. Jenkins ne finit pas sa phrase qu'il est déjà debout, l'arme au poing et se dirige vers vous, sûrement pour faire partir le loup...
Vous roulez discrètement sur le coté pour changer de buisson. Arrivé au niveau de votre ancienne position, Jenkins regarde dans le noir infini de la forêt, il met son arme en joue devant lui. PAAOOW ! PAAOOW ! Deux décharges de calibre 12 dans les arbres. Il retourne s'asseoir auprès de ses compagnons. Vous hurlez à nouveau. Les quatre hommes se lèvent comme un seul. Ils se regardent sans dire un mot. Puis Meyer prend la parole :

— S'il y a une meute, on va les abattre avant de se coucher. Je veux pas servir de repas aux loups...
Chacun des quatre hommes se disperse vers les extrémités de la clairière.
Le plus proche de vous est Harrison, sur sa gauche Jenkins et de l'autre coté à environ 15 mètres, Meyer et Villagomez.
Si vous voulez attaquez Harrison silencieusement et immédiatement, **rendez-vous au 239**.
Enfin si vous vous sentez l'âme d'un tireur duelliste ultra rapide, vous pouvez tentez d'abattre les quatre hommes, **rendez-vous alors pour le savoir au 218.**

145

Dès que l'ours vous voit d'assez près il se redresse sur ses pattes postérieures et pousse un grognement qui résonne entre les troncs des pins et couvre le bruit ambiant de la rivière. Un combat de titan s'annonce entre vous et cet adversaire coriace :

Grizzly
Endurance : 19
Combat CC

Le grizzly frappe avec un 7. Mais s'il obtient un double 1, il vous mordra férocement et vous infligera 4 PDS.
Si vous survivez à ce combat difficile et que vous ne possédiez pas de peau de cerf, vous pouvez découper la peau de l'animal pour vous en faire une protection contre le froid, vous roulez la peau en boudin que vous attachez solidement dans votre dos, en bandoulière (compte pour 1 objet). **Rendez-vous au 187**.

146

— Un de mes amis a disparu dans cette partie de la montagne, il y a trois jours, je voudrais le retrouver...
— Tu ne retrouveras personne dans ce coin, ici la montagne t'avale et ne te recrache jamais... vous dit l'archer. Tu ferais mieux de repartir d'où tu viens et de rentrer chez toi...
Vous n'avez pas d'autres choix que de faire demi-tour et repartir par le sentier principal, ces Blackfeet n'ont visiblement pas envie de discuter. **Rendez-vous au 96.**

147

Vous attendez quelques secondes avant de répondre :
— Je n'ai pas besoin de veine ni d'autre chose pour savoir que je suis plus intelligent, plus rapide et plus méchant que toi... *Beaucoup* plus méchant...
Ces derniers mots font relever la tête de « Carré d'As », il vous lance un regard teinté d'incompréhension et de méchanceté. C'est maintenant que vous décidez d'agir. Vous empoignez sa tête que vous percutez violemment sur le rebord de la table, son nez éclate comme un fruit trop mûr. Aveuglé par la douleur et le sang, il cherche à dégainer un de ses Remington calibre .36, mais vous lui assenez un coup de coude au niveau de la gorge qui lui coupe tout élan. Vous le jetez au sol. Il se tient la gorge pour essayer de reprendre son souffle. Vous lui envoyez deux coups de pieds dans les côtes, il crache du sang. Il ne bouge plus. Vous regardez furtivement du coin de l'œil qu'aucun de ses camarades de jeu ne vous attaque en traître et vous montez sur la table de jeu – aucun des trois autres joueurs ne bougent – vous sautez alors à pieds joints sur la tête de votre adversaire. Un SHCRAACK sourd se fait entendre. Sa nuque vient de casser. Vous regardez les trois autres hommes et vous vous dirigez vers le bar. **Rendez-vous au 243**.

148

Vous continuez sur une centaine de mètres cette piste qui n'offre pas vraiment d'opportunité de rejoindre un quelconque accès vers le sommet. Les arbres sont de plus en plus grands, ce qui vous masque les failles éventuelles de la paroi. Il va être difficile de trouver un chemin en regardant entre les troncs. Si vous voulez pénétrer dans le sous-bois qui longe la paroi pour vous en approcher, **rendez-vous au 334**. Si vous préférez poursuivre vers l'Ouest, **rendez-vous au 8**. Enfin si vous avez invoqué le Grand Esprit précédemment, **rendez-vous au 419.**

149

Vous avez choisi la voie de la colère.

— TEEEDD ! Hurlez-vous dans la cabane. Je voudrais récupérer mon équipement et partir maintenant. Je vais le trouver ce cha-

man sans recourir à tous ces artifices. Votre appel sec et ferme reste sans réponse.
– TEEEEDD !!!
– Je ne suis pas sourd, répond Ted en remontant l'escalier du sous-sol. Tu veux donc partir maintenant, sans aucune préparation ? Bien, si c'est toi choix, je n'ai pas l'intention de t'arrêter. Récupère ton arc, tes flèches et ta pierre à briquet, ça sera suffisant pour ta mission. Bonne route mon garçon. Il se retourne et s'enfonce de nouveau dans le sous-sol. Surpris de sa réaction vous restez quelques secondes sans bouger. Si vous souhaitez vous raviser **vous pouvez vous rendre au 426** pour une jolie baignade glaciale ; si vous avez la ferme intention de tenir tête à Ted, partez sans plus tarder et **rendez-vous au 412**.

150

A peine la louve tombe lourdement au sol qu'un des louveteaux, le plus téméraire et sûrement le plus âgé, vous attaque à son tour. Il bondit sur vous avec la ferme intention de vous mordre, vous faites un roulé boulé sur le coté et vous parvenez à l'éviter. Il faut maintenant lui faire face :

Louveteau gris
Endurance : 5
Combat CC, AD

Le louveteau attaque avec un 8, il ne vous inflige pas de dégâts supplémentaires et fuira au bout de 3 assauts.
Si vous sortez vainqueur de cet affrontement, **rendez-vous au 174**.

151

Une détonation assourdissante se répercute sur les murs boisés de la plupart des bâtiments de la ville. Vous ressentez une vive douleur dans la poitrine. La tête vous tourne et vous tombez à genoux. Vous regardez vers votre torse, une tache sombre se dessine sous votre tunique beige. Vous avez reçu une balle en plein poumon. Votre souffle se fait court et vous sentez le sang dans votre bouche. Vous distinguez Brad Kilmister qui s'approche de vous en souriant.

—Je te l'avais dit, tu ne finiras pas la journée. Sur ces mots, il vous assène un coup de pied sur l'épaule, ce qui vous fait tomber sur le coté, allongé. La dernière chose dont vous vous souviendrait c'est les mains des hommes sans foi qui vous déshabillent et vous pillent alors que vous agonisez. Ils vont même jusqu'à voler votre pendentif de naissance, un bison sculpté dans un os. Votre aventure s'achève dans la rue principale de Murray city, ville de bandits du Dakota du Nord.

152

Vous marchez depuis environ un quart d'heure lorsqu'un mouvement furtif attire votre œil vers les arbres, sur votre gauche. Vous essayer d'apercevoir ce qui bouge dans les sapins, oiseau, écureuil, chouette... Vous avancez à pas de loup vers l'un de ces grands sapins noirs et vous voyez un écureuil gris qui est immobile sur une branche, environ à cinq mètres de haut. Si vous possédez une arme et que vous vouliez tirer sur cet écureuil, **rendez-vous au 349**. Si vous voulez essayer de vous approcher d'avantage pour voir la réaction de l'animal, **rendez-vous au 55**, enfin si vous ne voulez pas vous préoccuper de cet insignifiant et minuscule rongeur, **continuez votre route en vous rendant au 203**.

153

Vous approchez prudemment de l'élan, vous savez que même blessé, un élan reste dangereux à cause de ses bois. Il est de bonne taille, c'est un jeune qui s'est pris dans ce piège. Il souffle et halète très rapidement. Sa patte arrière gauche est blessée, peut être cassée. Vous sortez une de vos armes pour achever l'animal lorsqu'un bruit attire votre attention sur votre gauche. Un craquement sec, comme du bois qu'on casse, puis plus rien. Soudain les buissons se mettent à bouger ; un bruit lourd se fait entendre en même temps que les buissons s'agitent. Vous réalisez trop tard ce qui court dans votre direction :
Un grizzly !
Il a du être attiré par les cris de l'élan et il vient se pour un bon repas, malheureusement, vous êtes dans sa ligne de mire. Vous voyez le grizzly sortir des buissons en poussant un grognement terrifiant. Il fonce sur vous sans hésiter, vous devez combattre :

Grizzly
Endurance : 13
Combat CC

Le grizzly frappe avec un 7. Mais s'il obtient un double 1, il vous mordra férocement et vous infligera 4 PDS.
Si vous survivez à ce combat difficile et que vous ne possédiez pas de peau de cerf, vous pouvez découper la peau de l'animal pour vous en faire une protection contre le froid, vous roulez la peau et vous l'attachez solidement dans votre dos, en bandoulière (compte pour 1 objet). **Rendez-vous ensuite au 333.**

154

Vous prenez congé de votre ami, vous le remerciez longuement et vous redescendez les marches qui vous conduisent dans la rue.
A peine arrivé en bas, un homme d'une quarantaine d'années, le teint mat et la barbe hirsute, s'approche de vous d'un pas décidé, une fois à votre hauteur il vous lance :
—Oh toi là ! Qu'est ce que tu fous chez moi ?
Surpris vous demandez :
—Pardon mais chez vous ??
Vous avez à peine le temps de finir votre phrase que vous recevez un crochet du droit dans la mâchoire. Vous perdez 2 PE. Le cow-boy excité se retrousse les manches, prêt à récidiver. Vous pouvez donner une bonne leçon à cet homme, **rendez-vous alors au 194**, ou bien essayer de lui faire entendre raison, **rendez-vous alors au 379**.

155

Vous ne tardez pas à trouver quelques baies revigorantes. Une cueillette diverse mais efficace et vous ajoutez même une poignée de champignons que vous faites griller sur un petit feu de bois. Vous décidez de vous reposer ici pour la nuit ; chercher vos amis dans l'obscurité ne serait pas très judicieux. Vous regagnez 2 PE et vous vous endormez plus tard dans la soirée, sous un ciel plutôt sombre et sans étoiles. **Rendez-vous au 69.**

156

Vous ne tardez pas à arriver en vue du camp Cheyenne. Cette tribu et la vôtre sont amies depuis de nombreuses années. Vous avez lutté ensemble contre les tribus ennemies, contre les Visages pâles qui voulaient exterminer les bisons et contre tous les exploitants véreux de la Mine d'or au Nord-Est des Montagnes Sacrées. Un de vos amis d'enfance, Petit-Nez, vit dans ce camp et vous décidez de lui rendre visite. Vous distinguez bientôt un premier tipi, sobre, orné de différents motifs comme des soleils, des nuages et des tomahawks (hache indienne). Puis un deuxième, un troisième ; le camp se compose d'environ une quarantaine de tipis tous réunis en cercle autour du feu central et du totem. Vous savez que l'accueil et l'hospitalité des Cheyennes est légendaire. Une jeune femme s'approche de vous et vous dit :
— Salut à toi, Frère Sioux, je suppose que tu veux parler à Petit-Nez ? Vous répondez par l'affirmative. Elle poursuit :
— Il est parti chasser hier vers les forêts de l'Est. Un éclaireur nous a dit que les bisons, tout au Nord, avaient fait fuir un grand nombre de cerfs et d'élans, justement dans les forêts de l'Est. Il n'est toujours pas rentré. Mais en ce moment des chasseurs blancs qui ne nous aiment pas beaucoup ont tendance à confondre les cerfs et nous...
— Il est parti seul ? Demandez-vous inquiet.
— Non. Avec un autre ami à toi...
— Qui ? Reprenez-vous d'un ton énervé.
— ...Corbeau-qui-Danse...

Ce nom résonne dans votre tête comme un tambour lors d'un pow-wow. Vos deux amis d'enfance sont partis chasser ensemble, dans une forêt proche d'un village blanc et à l'heure qu'il est, ils sont peut être déjà morts. Vous pouvez parler au chef du village, **rendez-vous alors au 196.** Sinon vous pouvez quittez le camp directement, **rendez-vous alors au 417**.Vous pouvez aussi manger quelque chose si vous devez regagner des points d'endurance, **rendez-vous dans ce cas au 50.**

157

Vous contournez le lac et vous arrivez à proximité de la rivière, vous commencez à chercher des champignons sous les différents arbres qui composent cette forêt, ainsi que des traces éventuelles de lapin sauvage, lorsque vous entendez un grognement derrière vous. Vous faites volte-face et vous voyez approcher un Grizzly ! Un beau male adulte, d'une belle taille, qui devait venir pêcher et qui ne vous a pas senti ; néanmoins il vous barre toute retraite et vous accule contre la rivière. Si vous voulez combattre le grizzly, prenez votre courage à deux mains et **foncez au 6**. Si vous préférez attendre pour voir si l'animal va se calmer, **rendez-vous au 120**. Enfin vous pouvez tenter un saut dans les eaux rapides de la rivière, **sautez alors jusqu' au 206.**

158

Vous faites face à une porte massive. Du sapin ou du pin. Plusieurs troncs de jeunes arbres ont été assemblés, collés et attachés de manière artisanale mais le final semble très solide. Un auvent protège quelque peu l'entrée de la cabane. Toute cette habitation semble faire corps avec la nature environnante, de la pierre, du bois et quelques cordes forment l'essentiel de sa structure. Vous avalez votre salive et vous frappez contre la porte. Pas de réponse. Vous essayez à nouveau. Toujours pas de réponse. Si vous souhaitez vous annoncer, **rendez-vous au 456**. Si vous souhaitez essayer d'entrer, **rendez-vous au 288**.

159

Vous savez au fond de vous même que vous pourriez être bloqué ici pour un bon moment, mais vous ne pouvez pas regagner votre camp, votre enseignement chamanique a commencé et vous devez agir seul jusqu'à la fin. A ce moment là, seulement, vous serez autorisé à rentrer chez vous. Vous allez donc attendre que vos frères bisons aient fini leur déplacement saisonnier dans la plaine et vous pourrez ensuite sans souci regagner les Montagnes Sacrées. Pour l'instant vous pouvez explorer la forêt au Sud du lac, **rendez-vous au 342,** ou bien longer cette même forêt, sans y pénétrer, jusqu'au Sud, **rendez-vous alors au 193.**

160

Vous vous dirigez vers un bouquet de sapins qui pourra vous offrir un abri sûr pour cette nuit. Avant de pénétrer sous ces arbres vous jetez un coup d'œil vers les Montagnes. Vous pouvez obser-

ver trois chemins bien distincts qui partent du bas des Montagnes Sacrées et qui sembleraient rejoindre les hauteurs :
Un sentier part vers le Nord-Ouest et longe une corniche sur une centaine de mètres, puis monte en serpentant entre les rochers qui bordent une rivière. Il semble se diriger ensuite vers les bords de falaises du Nord-Ouest. Un deuxième sentier monte droit vers le Nord et s'enfonce dans la forêt d'érables qui peuple toute la partie basse des montagnes. Vous voyez ce sentier ressortir bien plus haut et passer sous les falaises Nord. Sûrement le chemin le plus long... Enfin, un troisième et dernier sentier démarre en direction du Nord -Est, il monte brutalement sur une cinquantaine de mètres et disparaît entre les énormes rochers calcaires du passage dit « les gorges du Grand Vent ». Ce sentier est à coup sûr le plus court pour arriver au sommet mais aussi le plus risqué... Vous devez pour l'instant chercher un abri pour cette nuit et vous pénétrez sous les sapins sur votre droite. **Rendez-vous au 285.**

161

Le grizzly s'éloigne encore de quelques mètres, vous relevez la tête et vous voyez l'animal qui se retourne vers vous en vous regardant fixement. Vous ne baissez plus les yeux, il sait maintenant que vous n'êtes pas un danger potentiel pour lui. Il secoue la tête trois fois, grogne puis disparaît entre les arbres. Vous gagnez 2 PB pour votre formidable courage face à ce qui aurait pu être un terrible adversaire. **Rendez-vous au 378.**

162

SHHIUU, SHHIUU ! Le premier soldat – celui qui se tient de dos – reçoit votre flèche dans la nuque et s'effondre.

Le deuxième soldat reçoit la flèche de votre ami en pleine poitrine mais a le temps de reculer vers un arbre derrière lequel il s'abrite. Corbeau-qui-Danse ne peut pas tirer d'où il est ; il ne peut pas vous rejoindre non plus sous peine de se faire blesser. Vous devez engager un combat contre ce garde :

Soldat de garde
Endurance: 17
Combat AD

Le soldat vous touche avec un 6 et possède une carabine Winchester cal 30.30 (+6PDS) chargée de 5 balles. Il possède en outre un revolver Colt Navy cal.38 (+3 PDS) chargé de 6 balles. Il ne pourra pas recharger ses armes en raison de la faible protection que lui offre son abri.
Si vous êtes vainqueur, **rendez-vous au 258.**

163

Vous vous éloignez discrètement mais rapidement de la clairière où les Vipères comptent passer leur nuit. Vous sentez une tristesse inexplicable monter en vous. Vous êtes triste de ne pas avoir eu le courage de tuer ces quatre vauriens. Vous ôtez 8PB à votre total actuel. Vous ne tardez pas à trouver la deuxième clairière, plus petite mais plus arborée. La nuit commence vraiment à tomber maintenant. Vous n'y voyez plus grand chose et vous décidez de vous installer là pour ce soir. Après avoir mangé quelques fruits et légumes sauvages, vous vous endormez honteux de votre manque de courage. **Vous vous réveillerez au 370.**

164

Vous marchez le long de la rivière sur quelques centaines de mètres, il ne va pas être simple d'approcher du campement. Même à cinq guerriers, la discrétion parfaite n'existe pas, à moins que ...
Vous vous souvenez soudain d'un chant que votre grand père vous avez appris lorsque vous étiez tout jeune. Le chant de la pluie...
Le coût d'invocation d'un tel évènement demande un lourd sacrifice : 6 PS et 5 PE.
Si vous possédez une flûte en os, vous pourrez appeler la pluie mais pour un coût de 2 PS et 3 PE.
Si vous êtes prêt à faire ce sacrifice, **rendez-vous au 328.**
Si vous ne voulez pas ou ne pouvez pas offrir un tel sacrifice, **rendez-vous au 422.**

165

Vous envoyez tout votre équipement sur la rive opposée pour vous vous alléger et vous entamez une traversée en bondissant de rochers en rochers. Tentez votre agilité, si vous êtes suffisamment agile vous parvenez à bondir **jusqu'au 232**. Si vous échouez, **rendez-vous au 19**.

166

Vous avez choisi la voie de l'inconscience.

Vous envoyez un bon coup de pied dans la porte d'entrée, qui vient frapper contre le mur de côté. Vous entrez et marchez d'un pas décidé vers votre équipement. Avec grande stupeur vous remarquez que Ted a déjà enlevé beaucoup de vos objets et de vos armes. Il est encore dans le sous-sol. Si vous souhaitez l'appeler, **rendez-vous au 149**. Si vous voulez prendre l'arc, 10 flèches et votre pierre à briquet sur le champ, faites le et sortez sans dire au revoir **en vous rendant au 412.**

167

Vous tailladez la cuisse gauche du cheval de Custer qui pousse un hennissement plaintif avant de se laisser tomber dans l'herbe boueuse de la plaine. Custer chute lourdement et se blesse au bras. Il se relève tant bien que mal et dégaine son épée, prêt à en finir avec vous :

Lieutenant-colonel George A. Custer
Endurance : 36
Combat CC

Le colonel vous atteint s'il obtient 7. Il se bat avec sa fidèle épée de cavalerie (+4PDS) et se battra jusqu'à la mort. De votre coté, il vous faut un 4 pour toucher Custer, et vous frappez avec le couteau de chasse de Corbeau-qui-Danse (+2PDS). Deux particularités pour ce combat :

- Si vous obtenez plus de 8 lors de votre assaut, le couteau de votre ami, inflige non pas 2PDS mais 4.
- Vous pouvez transformer vos points de Bravoure et de Chamanisme en Points d'endurance à ajouter à votre total d'endurance, 1 PB/PS pour 1 PE.

Si vous triomphez de ce vaillant combattant **rendez-vous au 315.**

168

A peine avez vous fait quelques mètres dans la direction que vous indiquait l'écureuil, que vous apercevez un faon couché sur un épais tapis de mousse verte. Vous approchez doucement de l'animal qui semble dormir. Arrivé à sa hauteur une bien triste image s'offre à vos yeux :
Le faon est couché sur son flanc droit, mort. Un long filet rougeâtre s'échappe de son ventre et vous remarquez qu'une de ses pattes est cassée : sûrement un chasseur blanc qui à voulu épater ses amis en tirant sur le faon à une distance non mortelle, l'a blessé, et n'a jamais retrouvé sa victime qui est venue mourir ici... Le faon est encore chaud... L'écureuil vous a indiqué le chemin vers votre repas. Vous gagnez 1PS pour avoir communiqué avec cet écureuil joueur ; vous faites un feu de camp, mangez ce faon délicieux (regagnez jusqu'à 3 PE) et ne tardez pas en vous endormir au milieu des sapins. **Rendez-vous au 51**.

169

Une formidable esquive vous fait éviter la décharge de plombs de Jenkins, et la balle assassine de Meyer. En effet cette dernière frôle votre tête. Vous retranchez 1 PB à votre total. PAAWW ! PAAWW ! Vous ripostez immédiatement par deux tirs sur Jenkins, l'adversaire le plus proche de vous et le plus à découvert. Les deux balles l'atteignent avec un bruit de craquement. Ses deux genoux viennent d'exploser. Il s'affaisse. PAAWW ! La troisième balle lui atteint la poitrine et l'achève.

Vous devez combattre le Chef de Clan dans un combat traditionnel :

Adam « The blooder » Meyer
Endurance : 12
Combat CC, AD

Meyer frappe avec un 6 et possède un Fusil Colt revolving, sorte de fusil à barillet, le même que celui équipant les revolvers. Son fusil tire du calibre .56 (+6PDS). Il n'a eu le temps de prendre que son arme, les munitions sont sur sa monture, hors d'atteinte. Il possède en outre un revolver Smith et Wesson model 2, calibre.32 , six coups (+3PDS). Avec une quantité de balles à sa ceinture suffisante pour tout le combat. Il se battra au corps à corps avec un poignard (+2PDS).

Si vous sortez victorieux de ce combat de géants, **rendezvous au 106**.

170

PAAAWW !

Une violente douleur vous frappe dans le dos en même temps qu'une détonation se fait entendre dans le saloon. Une balle de .38 vient de vous atteindre au poumon gauche. Vous tombez lourdement sur le sol, l'équilibre rompu par la violence du choc. Vous luttez pour vous relevez, vous vous agrippez péniblement à une table et vous vous retournez vers l'homme qui a tiré dans votre dos.

— Tu n'es pas ... un homme... dites-vous le souffle coupé.

— Au contraire, moi je ne tourne jamais le dos à un homme qui me défie. Il sourit, pointe son arme vers vous et la dernière chose que vous voyez et l'incroyable blancheur de son sourire.

PAAAWW !

Une deuxième balle vous atteint en plein front. Vous ne ressentez même pas la douleur. La partie arrière de votre crâne explose et laisse échapper un nuage de sang, d'os et de cervelle. Votre seul tort à été de tourner le dos à un homme fourbe par nature. Votre quête se termine sur le sol poussiéreux d'un saloon de Murray city.

171

Vous vous agenouillez et vous vous recroquevillez sur vous même. Vous faites le vide dans votre esprit et demandez l'aide du Grand Esprit... Vous n'aviez jamais fait ça auparavant, prier, simplement, comme un homme face à l'inconnu, face un inconnu paternel... Vous fermez les yeux, vous sentez le vent venir mordiller vos joues, mais vous êtes imperturbable. Vous ne savez pas quoi demander, ni comment le demander, alors tout simplement vous demandez votre route, un signe quelconque qui puisse vous mettre sur la voie... Le froid vous assaille de plus en plus et il vous est très difficile de rester concentré... Vous ouvrez les yeux à nouveau en espérant que vos prières seront entendues par le Grand Esprit. Vous avez le sentiment que poursuivre vers l'Est n'est pas la bonne solution aussi vous faites demi-tour et partez en direction de l'Ouest. **Rendez-vous au 354.**

172

Vous examinez attentivement les différents petits tas d'herbe posés à même la table autour du calumet. Vous reconnaissez de la sauge, de l'écorce de saule rouge et de la sweet grass, herbe des prairies qui pousse dans toute la région. Vous remarquez aussi que le calumet contient de l'herbe dans son fourneau, comme si quelqu'un l'avait laissé là à votre intention. Des tas d'herbe sont disposés tout autour de la pipe sacrée en haut, en bas, à gauche et à droite. Vous avez identifié trois des quatre tas d'herbes mais le quatrième, celui du haut, vous est inconnu. Le calumet est posé au centre des ces quatre tas comme au centre d'une boussole. Vous vous asseyez devant la table, prenez le calumet et vous enflammez un petit fagotin de brindilles avec lequel vous embrasez l'herbe dans le fourneau. Une douce odeur se répand dans la cabane. Vous fermez les yeux et vous tirez une longue bouffée de fumée. Vous appréciez le goût de ce mélange mystérieux qui vous rappelle un peu la sauge. Vous tirez une bouffée de plus et vous patientez quelques minutes. Votre esprit commence à se détendre... Vous ne cherchez pas à voir des images vous attendez simplement qu'elles viennent... Une bouffée de plus et vous sentez votre corps qui vacille. Tout semble tourner autour de vous... Un instant de panique s'empare de votre être mais vous parvenez à garder votre calme... Vous savez que les herbes ont un puissant pouvoir, guérisseur autant qu'hallucinogène... Vous vous sentez flotter... Encore une bouffée ... Vous ne sentez plus vos membres... Vous entendez au loin le calumet tomber sur le sol de la cabane... Et vous perdez connaissance... **Rendez-vous au 71.**

173

Vous ne mettez pas bien longtemps avant d'arriver au bord de la rivière, de nouveau. Le courant est assez fort mais la profondeur ne doit pas excéder les deux mètres. L'eau est limpide et de température supportable. Il vous faut traverser ce cours d'eau, les clairières de chasse sont plus au Nord. Si vous voulez tenter une traversée à la nage, **rendez-vous au 118.** Si vous optez pour une traversée en sautant de rochers en rochers, **rendez-vous au 165**.

174

Le dernier loup s'enfuit en voyant deux membres de sa famille mourir sous vos coups. Vous préférez ne pas trop tarder dans ce coin, la vraie meute n'est peut être pas loin... Vous reprenez votre route vers le Nord où un sentier commence à se dessiner sur le sol, sûrement une piste de chasseur ou d'animal.
Vous entendez au loin un bourdonnement sourd. Si vous voulez continuer sur cette voie, **rendez-vous au 267**, si vous voulez bifurquer vers l'Ouest une nouvelle fois, **rendez-vous au 104**.

175

Une épaisse végétation vous barre bientôt la route vous obligeant à vous mettre à quatre pattes pour progresser. Vous restez peut être un quart d'heure dans cette position et vous arrivez finalement dans un espace plus clairsemé où vous pouvez vous relever. Vous avancez sur une centaine de mètres lorsque vous vous trouvez devant une bifurcation ; si vous prenez à gauche, **rendez-vous au 133**, si vous tournez à droite, **rendez-vous au 199**.

176

Vous ne bougez pas et la balle vous passe à quelques centimètres. Vous répliquez par une balle bien ajustée. PAAWW !
SCHPLARFFF ! La tête de Meyer encaisse la balle de plein fouet, milieu du front. Un trou béant à l'arrière laisse échapper une gerbe de sang et d'os.
Votre position ne vous couvre plus et vous devez affronter Jenkins, le dernier restant du clan :

Jeremy « The shotgun » Jenkins
Endurance : 15
Combat CC, AD

Il frappe avec un 8 et possède un shotgun calibre 12, avec 2 balles (+6PDS), qu'il pourra recharger 2 fois. Il possède aussi deux Colt

Navy cal.36, chargé de 6 balles (+3PDS). Lui aussi possède assez de munitions pour tout le combat. Si vous aviez à l'affronter en corps à corps, il vous attendra avec une épée de cavalerie (+3PDS).

Tenez bien le compte des munitions durant le combat (les vôtres et celle de votre adversaire) car vous pourrez récupérer les armes que vous désirez en fin de combat.
Si vous êtes vainqueur de ce rude combat, **rendez-vous au 106.**

177

Une gerbe de sang suit la détonation du Colt. La tête du trappeur éclate en projetant du sang et des fragments d'os tout autour. Vous avez du sang sur les mains, le visage et jusqu'à la ceinture – un sentiment de honte vous envahit. Vous auriez pu éviter de tuer cet homme, vous auriez pu lui faire comprendre autrement mais ce qui est fait est fait, il ne battra plus personne. La foule s'est tue, silence de mort autour de la fontaine. Vous traversez cette masse humaine sans un mot, sans un regard échangé. Vous perdez 2PB. Vous pouvez regagner le saloon, **rendez-vous au 121**, ou aller voir votre ami le docteur Gary Nichols, **rendez-vous alors au 386**.

178

Quatre gros blocs de pierre rectangulaires, hauts de 40 centimètres environ, sont disposés face à face, en forme de croix, au centre de la clairière. Au milieu de ces quatre blocs se tient un monticule de petits galets de rivière sur lequel on a déposé diverses herbes et plumes de tous genres. Sur deux des quatre blocs, se tiennent assis deux natifs très âgés. Le vieil homme que vous suiviez se retourne vers vous et vous invite à vous asseoir sur la pierre la plus proche de vous. Il fait de même sur la dernière pierre libre. Vous observez attentivement les trois hommes qui vous observent aussi. Vous ne savez pas pourquoi vous êtes assis là, ce que veulent ces Anciens et ce que vous devez leur dire, vous prenez une profonde inspiration et vous engagez la conversation :

— Je suis Tatanka, du camp Sioux, au Sud des Montagnes Sacrées. Je peux savoir pourquoi je suis ici avec trois hommes au grand savoir ?
— Tu es sur le point de franchir l'étape la plus importante de ta quête spirituelle...
— Croire en ton but...
— Et trouver en toi la force nécessaire pour devenir chaman...
Les trois hommes vous assaillent de ces trois phrases sans ouvrir une seule fois la bouche. Ils utilisent et maîtrisent la télépathie comme personne.
— Et je suis censé réussir quelle épreuve pour pouvoir prétendre à mon initiation ?
— Tu ne dois pas réussir d'épreuve... Tu dois être toi même, cherche au fond de ton âme, au fond de ton cœur et tu réussiras tout ce que tu entreprendras...
— Le reste n'est que du matériel...
Le vieil homme que vous avez suivi jusqu'ici ouvre enfin la bouche et s'adresse à vous :
— Tatanka, je suis Gota' hè, chaman du peuple Blackfeet,
— Je suis Larmes-du-Ciel, chaman des Cheyennes,
— Et moi je suis Wicasa Omani, chaman des Sioux et celui que tu cherches depuis dix jours !
Vous ne rêvez pas ! Devant vous se tiennent les trois puissants chamans des trois nations natives du Nord Dakota. Et l'un d'eux est Wicasa Omani, le Vieux Chaman des Montagnes Sacrées, le but ultime de votre quête, enfin !
Les trois chamans rient en chœur en voyant votre stupéfaction et Wicasa Omani ajoute :
— Tatanka, nous sommes réunis ici dans cette clairière mystique car nous devons prier longuement Wakan Tanka, notre Grand Esprit. Tu vas nous aider dans ces prières et si tu le désires tu pourras peut être aider les guerriers, ce soir lors de l'attaque du campement militaire...
Larmes-du-Ciel se lève et se dirige vers le tas de pierres au centre de votre assemblée. Il enflamme les herbes qui dégagent une fumée blanche presque transparente. Les plumes s'embrasent instantanément en crépitant. Gota' hè vous demande :
— Es tu prêt jeune Sioux ?

Un signe de tête pour toute réponse confirme votre volonté. **Rendez-vous au 188.**

179

Vous accélérez l'escalade du bloc et dans la précipitation vous dérapez deux fois, ce qui vous coûte 3 PE. Arrivé en haut du roc, vous vous adossez à la paroi et vous voyez le rocher vous frôler avant de s'écraser quelques mètres plus bas dans un bruit de tonnerre. Quelques pierres continuent de dégringoler de la falaise et l'une d'elle vous blesse au bras, enlevez encore 1 PE de votre total actuel. Vous escaladez le dernier des blocs et vous continuez votre route dans les Gorges du Grand Vent. **Rendez-vous au 266**.

180

Durant un quart d'heure vous voguez sur les eaux claires de la rivière, de magnifiques érables colorés bordent les berges ; plus loin vous passez entre deux énormes rochers qui semblent se refermer sur vous. Le canoë glisse silencieusement sur l'eau au son des chants d'oiseaux. Au bout d'une centaine de mètres, vous sentez le courant devenir plus fort, vous commencez alors à ramer vers les rives. Tentez votre agilité. Si vous réussissez, **rendez-vous au 125**. Sinon, **rendez-vous au 290**.

181

Vous sautez derrière un épais buisson très feuillu et vous vous agenouillez, les sens en alerte. Un cavalier passe dans votre champ de vision puis un deuxième. Les deux hommes arrêtent leurs montures qui s'abreuvent immédiatement à la rivière. Le premier cavalier que vous avez vu est un homme d'une cinquantaine d'années, lourdement vêtu, portant toque et col en fourrure. Une carabine Remington pend en bandoulière dans son dos. Le deuxième homme, plus jeune, est vêtu lui aussi d'un épais manteau en peau, avec col en fourrure. Lui porte un sac en bandoulière du type de ceux qu'utilisent les hommes médecine Indiens. Vous entendez ce que les deux hommes se disent :

— Okay, on va longer la rivière vers l'Est et on reprendra le Nord plus loin. On trouvera bien quelques renards ou visons...

— Ouais... Le castor c'est bien mais je pense que le renard et le vison peuvent nous rapporter un bon paquet de dollars !

— Un paquet ? Mais avec le nombre d'animaux qu'on a éradiqué on va couler des jours heureux jusqu'à notre
mort !...

Vous comprenez que ces deux individus sont des braconniers qui font le commerce de peaux animales.
Un sentiment de colère monte en vous.
Vous pouvez restez tapi dans le buisson jusqu'à ce que les deux braconniers quittent les lieux, **rendez-vous alors au 413**. Ou vous pouvez sortir et aller à leur rencontre, **rendez-vous dans ce cas au 435**.

182

Vous vous éloignez, et reprenez votre route vers le Sud. Vous franchissez de nombreux cours d'eau et ruisseaux, cette forêt possède de nombreuses pistes et sentiers qui se rejoignent entre eux. Au bout de trois heures de marche vous finissez par déboucher dans une vaste clairière baignée de soleil, mais une odeur répugnante vous monte au nez – une odeur caractéristique de chair en décomposition – sûrement un animal mort qui ne doit pas être loin... À peine avez vous fait quelques mètres de plus que l'odeur s'amplifie jusqu'à ce que vous arriviez à voir ce qui est à l'origine de cette puanteur :
Un cerf à queue blanche est couché sur le sol, ses entrailles sont répandues partout autour, ses deux pattes arrière sont à moitié dévorées. Les loups et autres charognards ont commencé leur travail !
Vous ne prêtez pas attention aux yeux qui vous regardent depuis les arbres... Puis soudain :
— COOAAW !
Un corbeau vous fixe d'une hauteur de cinq mètres environ, puis vous en remarquez un deuxième sur sa gauche et un troisième un peu plus haut...
Vous savez que ces animaux ne sont pas dangereux si on les laisse tranquille, mais visiblement, les corbeaux vous prennent pour un voleur de viande et ne sont pas amicaux. Le premier corbeau prend son envol et se pose sur une branche face à ses deux compères. Vous vous tenez prêt à une attaque... et ils attaquent !

1er corbeau
Endurance : 4

2eme corbeau
Endurance : 4

3eme corbeau
Endurance : 4

Combat CC, AD

Les Corbeaux frappent avec un 6 et infligent 1PDS en raison de leurs griffes acérées. Ce combat se déroulera selon les règles du combat contre plusieurs adversaires en même temps, et ne tenez pas compte des paragraphes spéciaux (ni pour vous, ni pour eux), ni des PSA des armes. Choisissez votre arme et si vous êtes vainqueur, **rendez-vous au 448.**

183

Jenkins et Meyer parviennent à récupérer leurs fusils et ont juste le temps de se cacher derrière les arbres qui bordent la clairière. La lune apparaît et disparaît dans le ciel au rythme des nuages qui la voilent. Ce clair-obscur va donner un climat irréel à ce combat, et quel combat ! :

Adam « The blooder » Meyer
Endurance : 20

Jeremy « The shotgun » Jenkins
Endurance : 15

Combat CC, AD

Vous affrontez les deux hommes l'un après l'autre, et dans l'ordre que vous voulez.
Meyer frappe avec un 6 et possède un Fusil Colt revolving, sorte de fusil à barillet, le même que celui équipant les revolvers. Son fusil tire du calibre .56 (+6PDS). Il n'a eu le temps de prendre que son arme (chargée de 3 balles), les munitions sont sur sa mon-

ture, hors d'atteinte. Il possède en outre un revolver Smith et Wesson model 2, calibre.32 , six coups (+2PDS). Avec une quantité de balles à sa ceinture suffisante pour tout le combat. Il se battra au corps à corps avec un poignard (+2PDS).
Jenkins frappe avec un 8 et possède un shotgun calibre 12, avec 2 balles (+6PDS), qu'il pourra recharger 2 fois. Il possède aussi deux Colt Navy cal.36, chargé de 6 balles (+3PDS). Lui aussi possède assez de munitions pour tout le combat. Si vous aviez à l'affronter en corps à corps, il vous attendra avec une épée de cavalerie (+3PDS).
Pour toute la durée du combat déduisez 3 Points de dégâts chaque fois que vous êtes touché, en raison de votre dissimulation dans les buissons.
Tenez bien le compte des munitions durant le combat (les vôtres et celle de vos adversaires) car vous pourrez récupérer les armes que vous désirez en fin de combat.
Si par pur miracle pour sortez victorieux de ce combat de géants, **rendez-vous au 106**.

184

À peine avez vous franchi le seuil que votre ami Gary apparaît dans le couloir pour vous saluer. Vous avancez vers lui et ne perdez pas de temps :
— Gary, j'ai un gros problème !
— Que peut avoir comme problème un Sioux lakota qui nécessite mon aide ?! Demande Gary, l'air amusé.
— Petit-Nez et Corbeau-qui-Danse sont partis chassés il y a deux jours dans les forêts de l'Est, ils ne sont jamais rentrés. Au camp Cheyenne, à l'Ouest de la ville, on m'a dit qu'une bande de mercenaires sans foi ni loi s'amusaient à battre et parfois tuer des Peaux-Rouges, en ce moment dans la région.
— Oui, j'en ai entendu parler. Ils sont quatre. Ils se font appeler les Vipères. Personne ne les a jamais encore vus d'assez prêts et surtout assez longtemps pour pouvoir en donner une description.
Vous voilà déjà un peu mieux informé. Puis Gary poursuit :
— Ils viennent de la cote Est des Etats Unis, ils sont actuellement recherchés dans 5 états. Ils sont violents, méthodiques et incroyablement mauvais. La seule façon pour moi de t'aider et de soigner tes amis si tu les retrouves. Ton camp est à 6 heures de

marche d'ici et le camp de Petit-Nez à un jour de marche... Donc tu fais en sorte de me les ramener ici et je m'en occupe, si ce n'est pas déjà...
— ...Trop tard, ajoutez-vous d'un ton grave.
Gary vous propose aussi de vous donner du matériel :
• Un colt calibre .44 (+5 PDS, *psa 34*), avec 12 balles de réserve (1 objet). C'est une arme de distance.
• Une hachette (+ 2 PDS, *psa 28*), arme de corps à corps.
• Un carquois Cheyenne, vide mais pouvant accueillir 30 flèches (1 objet).
• Une fiole contenant une mixture à base d'herbes médicinales qui peut vous faire regagner 4 PE lorsque vous l'utiliserez. (1 objet)
Si vous voulez prendre ces objets ou changez une de vos armes actuelles pour une de celles-ci, notez-le sur votre feuille d'aventure et **rendez-vous au 154**.

185

Vous approchez discrètement de la petite ouverture qui fait office de fenêtre. Il n'y a pas de vitre mais un tissu orné de motifs rouges et or qui semble représenter un nuage rouge donnant une pluie dorée, tout un symbole... Vous hésiter un bref instant avant de tirer sur le rideau délicatement pour voir à l'intérieur. Vous êtes surpris de voir que le rideau ne bouge pas d'un millimètre. Vous forcez un peu en pensant qu'une planche ou autre est cachée derrière ce bout de tissu, mais rien n'y fait, il vous est tout simplement impossible de voir quoique ce soit par cette fenêtre. Vous n'avez d'autre choix que de vous présenter devant la porte. **Rendez-vous au 158**.

186

Ted vous présente un épais collier de cuir sur lequel est attaché un médaillon en os. Cet os est sculpté et représente un serpent qui ondule comme les méandres d'une rivière. Ted vous raconte que Wicasa Omani a reçu ce puissant talisman d'un guerrier Huron des Terres Canadiennes. Ce bijou possède le pouvoir de conférer à celui qui le porte une furtivité semblable à celle du serpent. Vous vous déplacerez sans bruit, vos sens seront en alerte et vos mouvements seront décuplés en agilité. Toutes les fois où vous ferez appel à sa force, ce médaillon vous enlèvera 2PS et 3PE mais vous serez une ombre, un fantôme traversant l'espace-temps... **Retournez au 281** pour y faire d'autres choix.

187

Vous pensez au rêve que vous avez fait hier soir, cette cabane, ces objets, comme si votre âme et celle du chaman avaient fusionné durant un bref instant... Peut être est-ce le vieux bonhomme qui est venu chercher votre esprit pour vous montrer quelque chose par ses yeux... Toutes ces questions trottent dans votre tête et occupent votre esprit.
Vous avez de plus en plus de mal à suivre le chemin qui s'efface et disparaît sous les herbes hautes, vous ne pouvez vous fiez qu'à votre sens de l'orientation et à l'inclinaison de la pente pour garder le cap au Nord. Au bout d'une centaine de mètres vous débouchez sur un petit chemin caillouteux qui suit la direction de l'Est. Vous arpentez ce sentier en vous demandant à quoi peut bien ressembler le sommet des Montagnes Sacrées, vous apercevez entre les cimes des arbres un gros éperon rocheux, le Pic de l'aigle. Vous ne tardez pas à entendre le grondement d'une cascade et vous apercevez les falaises qu'il va vous falloir longer pour rejoindre le sommet. **Rendez-vous au 459**.

188

Vous fermez les yeux et vous n'entendez que le crépitement du feu et le faible vent qui siffle dans vos longs cheveux noirs. Wicasa Omani commence à chanter en prononçant ces quelques paroles :
— Wakan Tanka, o' tileha...Wakan Tanka pilamaya yelo...
Gota' hè enchaîne :
— Unwanagi pi lel e nita it' okab o'ta ye...Untapi it'okab o'ta...
Larmes-du-Ciel poursuit :
— Na e kte ena òn hanska ohakap, ni itansni a'u nita ihanke yelo...
Vous sentez une douce chaleur envahir votre corps. Vos paroles sortent de votre bouche sans même que vous ne vous en rendiez compte :
— Miwicala ohini, hanepi iyuha kici, anpetu iyuha kici yelo...

Plusieurs longues minutes de prières et d'incantations se succèdent au centre de cette clairière où l'odeur des herbes magiques enivre tous vos sens.
Vous avez des visions à répétitions, des animaux tels l'aigle, l'ours ou le loup se battant avec des soldats. Des chevaux qui tombent sous les balles adverses. Une pluie diluvienne, des éclairs...
La séance de méditation se poursuit ainsi jusqu'en milieu d'après midi et Wicasa Omani met un terme à cette assemblée mystique par un puissant :
— Mitakuye Oyasin ...
Les trois chamans vous apprennent ensuite trois prières qui pourraient vous servir plus tard dans la soirée. Le coût en chamanisme et endurance risque d'être élevé car vous n'êtes encore qu'un novice, mais si vous deviez optez pour un sacrifice, vous ne seriez sûrement pas déçu par la réponse à vos incantations...
Vous vous levez tous les quatre et vous sortez de la clairière en laissant derrière vous les braises du feu d'incantation.
Vous regagnez le camp Blackfeet où vos amis Corbeau-qui-Danse et Petit-Nez vous attendent.
— Alors, tu as assisté à une séance chamanique ?
Vous ne répondez pas tout de suite, l'esprit encore embrumé par ce que vous avez vécu :
— Euh... Oui... C'est très... étrange !... Vous regardez vos mains comme pour vous persuader d'être dans cette dimension, vous touchez vos avant bras pour confirmer.
Petit-Nez demande soudainement :
— Bon il nous reste quelques heures avant la tombée de la nuit, si nous allions tirez quelques flèches, pour nous entraîner ?
Vous partez avec vos deux amis et vous essayez de faire le vide dans votre esprit. Quelques heures s'écoulent avant que la nuit ne commence à tomber. Un cri de ralliement vous ramène à la dure réalité, l'heure du combat approche. **Rendez-vous au 424.**

189

Vous perdez 2PS et 3PE. Vous tenez fermement la pierre blanche entre vos doigts et prononcez l'incantation :
— Cké makà, tchek't'èo. Tak'letwi kukuse mapi è...
Vous essayez de penser fortement à l'animal qui vous fait face, mais son esprit est assez robuste à l'image de son corps.

« Mon frère, je ne suis pas ici en ennemi, je dois rejoindre la vallée, laisses moi passer, veux tu ? »
Le sanglier dans un premier temps grogne, souffle puis se tourne et s'en va en un geste vif comme l'éclair. Même si vous savez que l'animal est déjà loin, vous pensez :
«Merci et reste méfiant, ça pourrait te sauver la vie face à d'autres hommes...». **Rendez-vous au 277.**

190

Le tronc sur lequel vous êtes assis vogue paisiblement sur le cours d'eau qui serpente entre les arbres. Vous ne tardez pas à pénétrer dans d'impressionnantes gorges, sûrement celles que les Anciens de votre camp surnomment les Gorges de l'Aigle. Dans ces gorges de nombreux oiseaux profitent de la clarté de l'eau et de la faible puissance du courant pour fondre sur les poissons qui peuplent la zone. A certaines époques de l'année, il paraît que les cris des oiseaux se répercutent contre les falaises de calcaire et l'on dit que trente oiseaux font le bruit de cents...
La rivière s'élargit au fur et à mesure que la pente s'adoucit, vous prenez quelques minutes pour réfléchir et vous ne tardez pas à prendre une décision :
Le cours d'eau va sûrement aboutir à une cascade très haute. Vous êtes à mi-chemin entre le sommet des Montagnes Sacrées et la vallée ; le seul chemin qu'a trouvé ce torrent pour rejoindre la vallée est de se jeter une cascade gigantesque – vous ne voulez pas courir le risque d'échouer si près du but. En conséquence, vous dirigez lentement votre embarcation vers la rive droite. Vous laisser filer le tronc vers son destin et vous reprenez la direction du Nord Ouest. Vous vous enfoncez dans une épaisse forêt d'érables aux couleurs jaunes orangées et vous progressez à bonne allure.
Après deux longues heures de marche éprouvante, vous apercevez le camp Blackfeet, au loin dans la vallée. La vaste plaine du Nord s'étend devant vous à perte de vue et vous apercevez les nombreuses rivières qui y serpentent. Vous ne tardez pas à marcher à nouveau sur une herbe gorgée d'eau indiquant que vous avez réussi à sortir de la montagne. Le soleil timide commence à descendre vers l'horizon. Vous ne voulez pas risquer de croiser des guerriers Blackfeet durant la nuit et vous décidez d'établir

votre camp, dissimulé entre les érables qui bordent le pied des Montagnes Sacrées. Vous ne faites pas de feu, mais vous pouvez manger quelque chose si vous possédez de la nourriture, sinon une rapide cueillette de champignons et quelques racines vous apaiseront pour la nuit (vous regagnez jusqu'à 3PE). **Vous vous réveillerez au 329.**

191

Vous quittez le pied des Montagnes Sacrées en vous enfonçant immédiatement dans une magnifique forêt d'érables. Les couleurs de cette période de l'année sont parmi les plus belles en ce qui concerne les érables : du rouge, du jaune, de l'orangé et du vert. De nombreux champignons dont certains utilisés lors des rituels chamaniques poussent ici. Vous essayez de garder le cap au Nord, ce qui n'est pas chose aisée : les cimes des arbres se touchent toutes, ce qui rend la visibilité du ciel quasi nulle et beaucoup de sentiers et chemins différents s'entrecroisent formant une véritable toile d'araignée. Vous vous fiez à votre sens de l'orientation et vous progressez en montant. Vous vous dites que tant que vos cuisses forcent, c'est que vous êtes en route vers le sommet !

Vous grimpez de plus en plus sous les érables et vous vous demandez combien de temps vous allez mettre pour atteindre le sommet, vous pensez aussi qu'une pause nocturne sera la bienvenue. Vous marchez depuis une heure et vous n'avez croisé ni homme ni animal. Juste quelques chants d'oiseaux que vous n'avez pas pu voir dans la densité du feuillage. Soudain un long cri rauque se fait entendre sur votre droite. Cela ressemble de près au cri d'un élan. Si vous voulez prendre la direction de l'endroit d'où provient ce cri, **rendez-vous au 92**. Si vous préférez poursuivre votre route, droit devant vous, **rendez-vous au 124.**

192

Comme prévu, vous n'avez pas parcouru vingt mètres qu'un courant d'air important se fait sentir dans le canyon. Un long sifflement résonne contre les rochers imposants et énormes. Vous avez l'impression que des fantômes glissent leurs paroles sur votre peau. Le soleil parvient juste à éclairer le ciel mais une pénombre inquiétante règne dans ces gorges. Vous serrez les dents et continuez votre progression. Au bout d'une soixantaine de mètres environ, vous arrivez devant une sorte d'escalier naturel composé de gros blocs empilés les uns sur les autres, mesurant 4 à 5 mètres de haut chacun. Il va vous falloir escalader ces blocs uns à uns pour atteindre le haut de cet escalier de géants. Vous commencez l'ascension du premier bloc, la roche est solide, compacte, vous attaquez le deuxième bloc sans encombre, arrivé en haut du deuxième bloc vous faites une halte pour souffler. Si vous voulez continuer votre ascension par la voie de droite, **rendez-vous au 440**. Si vous préférez continuez à monter par la gauche, **rendez-vous au 449**.

193

Plusieurs heures de marche sont nécessaires pour longer cette épaisse forêt dans laquelle peu de chemins pénètrent. Les forêts de l'Ouest sont le lieu où vous avez appris à chasser avec votre père, lorsque vous étiez enfant. Vous suiviez les cerfs, appreniez à identifier les traces laissées par les animaux comme les empreintes ou les excréments. Vous repensez à tous ces souvenirs lorsque vous entendez sur votre droite un peu en arrière, un homme sortir de la forêt en hurlant et en courant, vous ne parvenez pas à identifier ses paroles. Si vous voulez accélérer le pas pour fuir, **rendez-vous au 102**. Si vous voulez attendre pour voir de quoi l'homme a peur, **rendez-vous au 467**.

194

Choisissez bien votre arme car vous allez avoir un beau combat à livrer, l'homme est robuste, grand et très en colère. Mais vous êtes Sioux !

Danny « the anger » Ray
Endurance : 17
Combat CC, AD

Danny frappe avec un 6, possède un revolver Remington calibre .38 (+3PDS) chargé de 6 balles, et il utilisera sa ceinture en cuir (1 PDS) comme arme de corps à corps.

N'oubliez pas de garder un œil sur les paragraphes spéciaux (armes et autres). Si vous sortez vainqueur du combat **rendez vous au 132**.

195

Votre tir fait mouche. L'animal pousse un grognement long et rauque, avance de quelques pas – lourds – et s'effondre de tout son poids. Vous pouvez ajouter 1 PB à votre total car l'animal n'a pas souffert. Si vous ne portez pas de peau de cerf, vous pouvez découper la peau de ce grizzly et vous en faire une protection pour les hauteurs glaciales des ces montagnes, cette peau compte pour 1 objet. Remettez vous ensuite en route et **rendez-vous au 187**.

196

Vous avancez vers le tipi du chef de camp, la mine triste et l'air soucieux. A quelques mètres du tipi, la lourde peau de grizzly qui occulte l'entrée de la tente, s'ouvre d'un coup et un vieil homme apparaît dans l'ombre.
Vous faites face à un homme de marqués par les années. Les traits faciaux usés par les nombreux changements de lieux, au fil des saisons, au fil des années ; scarifiés aussi par les nombreuses guerres et autres combats. Cet homme respectable et respecté se nomme Tchankila-hè.
Il est le chef de ce camp Cheyenne et vous a vu naître, vous et votre père avant vous. Il s'approche avec la légèreté d'un nuage d'été, semblant flotter sur le sol tant ses pas sont doux, malgré son âge avancé :
— Bienvenue dans notre humble camp, Tatanka ! J'ai vu ton Grand-père, Tunkashila, la semaine dernière, il m'a dit que tu devais partir pour les Montagnes sacrées. Alors c'est toi que les Anciens ont choisi pour recevoir le pouvoir Chamanique. Hé, hé, hé !
Vous sentez un geste amical dans ce petit rire final.
— Tchankila-hé, je suis très heureux de te voir mais j'ai un problème. Un de tes petits-fils de camp, Petit-Nez, est parti chasser hier vers l'Est. Il est parti avec Corbeau-qui-Danse, un ami à moi. Je viens de voir Perle de rosée à l'entrée du camp, elle m'en a informé. Toi qui es sage, conseille-moi sur ce que je dois faire.

Tchankila-hè reste immobile et silencieux un court instant puis reprend :
— Viens dans ma tente, je ne vais pas te donner les réponses, tu vas les trouver tout seul... Hé, hé, hé !
Vous suivez le vieil homme dans son tipi. **Rendez-vous au 47.**

197

Vous faites face à un homme aux traits marqués. Ce chef Blackfeet est grand, robuste malgré son âge et son regard est profondément noir.
— Assieds toi mon jeune ami, vous dit le chef. Je suis Taho weka, chef de ce camp.
Vous vous exécutez et prenez place à coté de Taho weka. Vous observez furtivement l'intérieur du tipi et vous constatez que de nombreux pièges à rêves sont suspendus un peu partout, ainsi que de nombreux grelots en os. Le chef s'assoit :
— Et bien mon ami, comment t'appelles tu ?
— Tatanka, dites-vous fièrement, je viens du camp sioux au Sud des Montagnes Sacrées.
— Bien. Vois tu, Tatanka, aujourd'hui les Natifs ne sont plus ennemis mais doivent unir leurs forces pour repousser l'armée. Une grande page de notre histoire va s'écrire dans les prochaines heures. Je sais que la nation Sioux est en route pour notre camp, tous tes semblables qui ont leurs camps non loin d'ici ont répondu présents au rassemblement d'aujourd'hui. Les Cheyennes aussi se sont joints à nous...
— Mais que nous veut exactement l'armée ? Demandez-vous, dans l'espoir d'être un peu mieux renseigné.
— Et bien, le gouverneur du Dakota a décidé purement et simplement de nous «déplacer» vers un autre territoire, ce que bien entendu, nos chefs de nations ont refusé. Je veux parler de Chef Tonnerre pour les Blackfeet ; Bison Assis pour vous, les Sioux ; et Deux Lunes pour la nation Cheyenne. Et ce gentil gouverneur nous a proposé un marché : les peuples qui détiennent ces territoires, lui vendent, et en plus de l'argent de la vente, nous recevons en «cadeau» de nouveaux territoires vers l'Est.
— Ne vaut-il mieux pas accepter cette offre, plutôt que d'engager un combat qui risque de nous coûter beaucoup de morts ?

— Mmhh...Vois tu mon jeune garçon, ces terres sont à nous, à toi, à ta famille et à la mienne. Sais-tu pourquoi nos chefs ont refusé ce contrat ? Et bien pour plusieurs raisons. Ce territoire nous offre tout ce dont nous avons besoin, animaux, forêts et eau. Depuis que les animaux se sont quelque peu sédentarisés, nous n'avons plus à lever le camp à chaque automne. Le climat y est clément presque toute l'année et nos enfants y grandissent dans une harmonie parfaite. Ce territoire est sacré, beaucoup d'entre nous sont nés au pied des Montagnes Sacrées, vous avez nagé dans ses rivières, dans ses lacs. Les falaises étaient vos terrains de jeux interdits et secrets... Vous avez grandi en jeunes guerriers, les vallées qui entourent les montagnes sont notre patrimoine et nous nous devons de le défendre. Cette terre n'est pas un don de nos parents, ce sont nos enfants qui nous la prêtent...
Mais le gouverneur n'a que faire de ces explications. Il y a quelques années, un promoteur s'est octroyé, par la force, le droit de venir creuser nos montagnes et notamment les collines à l'Est. De l'or ! Ces sous-sol regorgent d'or et cette ressource rend les Blancs fous !... Ils vont jusqu'à massacrer des familles, des villages entiers pour quelques grammes d'or...
— Et bien, chef Taho Weka, si toutes ces morts sont à la gloire de l'or, je te le demande, dans quel monde vivons-nous ??
— Un monde qui change, un monde qui évolue, un monde qui se meurt... Taho Weka prononce ces dernières paroles avec une extrême lenteur.
Vous pensez à Wicasa Omani qui cueille Wichita, vous pensez à vos amis qui sont sûrement en route pour le camp Blackfeet, votre père peut être aussi...
— Chef Taho Weka, une mission importante m'attend, je dois poursuivre mon initiation chamanique.
— Est ce ta mission ou ta nation qui est le plus important ? Demande Taho Weka.
Devant une telle réponse vous ne pouvez que vous unir aux 3 nations natives et repousser l'envahisseur, **rendez-vous au 478.**

198

Une détonation se fait entendre dans votre dos, vous évitez de justesse une balle de .38 qui vous frôle les côtes. Vous roulez sous une table que vous renversez pour vous en servir d'abri. Une deu-

xième détonation se fait entendre mais venant du comptoir cette fois. Le barman a sorti un fusil à canon scié et vient de tirer sur le joueur de poker. Une décharge de plombs en pleine poitrine envoie le « carré d'as » contre le mur du saloon. Une tache rouge sombre s'écoule sous ses vêtements déchirés. Il est mort, tué net. Les trois autres joueurs de cartes ne bougent même pas, l'un d'eux dit aux autres :
— J'vous l'avais dit qu'il finirait par se faire descendre... trop grande gueule... aux cartes et dans la rue...
Vous vous relevez et regardez vers le barman. Vous vous dirigez vers celui qui vous a sûrement sauvé la vie.
Rendez-vous au 243.

199

Vous remarquez que les buissons sont moins denses dans cette partie du labyrinthe, une piste qui à l'air assez fréquentée serpente sur une trentaine de mètres, vous la suivez. Vous arrivez devant un sapin magistral, d'une hauteur d'environ quinze mètres. Vous êtes étonné de trouver cet arbre au milieu de cette forêt épineuse. Vous contournez le tronc et apercevez une clairière, dans laquelle vous trouvez une cabane en rondins. Une cabane dans ce dédale d'épines et de branches ! Vous avancez prudemment vers cette curieuse petite habitation. **Rendez-vous au 91**.

200

Vos amis vous font signe de ne pas bouger. Les chasseurs s'éloignent tranquillement vers l'Ouest. Vous avez sûrement échappé à un rude combat. Vous gagnez 1 PC. Reprenez vos chevaux et sortez du bois en **vous rendant au 97**.

201

Vous prenez une profonde inspiration, vous saisissez votre arme, vérifiez qu'elle soit chargée et vous sortez d'un bond dans la clarté du feu de bois. Harrison et Jenkins vous tournent le dos, vous vous ruez vers eux, dans une course folle.
PAAWW ! Une première balle atteint Harrison dans la nuque, vous apercevez une giclée de sang éclabousser les braises du petit feu avec un PSCHHIT révélateur. Il s'effondre de toute sa masse.

Villagomez effectue une roulade sur le coté pour essayer d'attraper sa carabine :
PAAWW ! PAAWW ! Deux balles viennent faire exploser l'avant de sa cage thoracique. Il laisse échapper un râle des plus évocateurs. Il retombe lourdement au sol, coupé dans son élan par vos deux balles meurtrières.
Tentez votre chance, si vous êtes chanceux, **rendez-vous au 183**. Si la malchance s'abat sur vous, **rendez-vous au 73**.

202

Vos vous tenez prêt à courir, vous attendez... Encore.... maintenant ! Vous sautez, esquivez deux animaux, un mâle fonce sur vous, un arrêt brutal de votre part puis un départ tout aussi brutal vous permet de laisser passer l'animal malgré lui. Un autre mâle baisse la tête en vous voyant sur sa route, il vous envoie un coup de corne qui vous fait voltiger deux mètres plus loin, vous arrivez à peine à vous relever lorsqu'un deuxième bison vous charge et vous pousse sous les sabots d'une femelle assez imposante. Vous ressentez une terrible douleur vous parcourir le dos. Vos vertèbres viennent de craquer sous les cinq cents kilos de l'animal. Dans un premier temps vous êtes paralysé de peur et vous réalisez ensuite que vos jambes ne répondent plus. Vous essayez de vous recroquevillez sur vous-même en position fœtale, mais un gros mâle vous achève en vous écrasant la tête sur son passage. Le dernier bruit que vous entendez dans tout ce vacarme est le son que produisent vos os faciaux lorsqu'ils éclatent sous le poids de l'animal. Votre aventure s'achève sur la piste des bisons...

203

Vous marchez depuis une dizaine de minutes lorsque vous percevez un grondement sourd devant vous :
la rivière !
Vous approchez doucement des berges en essayant de voir s'il y a moyen de pêcher quelque poisson. Vous remarquez qu'un arbre est tombé au-dessus de la rivière et forme un pont naturel entre les deux berges. Sur votre gauche plus en contrebas, vous remarquez une petite crique dans laquelle l'eau semble être assez calme. Enfin si les milieux aquatiques ne vous attirent pas vous

pouvez entrer dans la forêt pour trouver à manger. Si vous voulez tentez de franchir le pont naturel, **rendez-vous au 418**, si la crique en contrebas vous tente, **sautez de rocher en rocher jusqu' au 119**. Enfin pour entrer dans la magnifique forêt de sapins noirs, **rendez-vous au 309**.

204

Les soldats finissent de positionner les canons, prennent place derrière et ouvrent le feu vers la cour où sont rassemblés près de cinquante guerriers.

—BAM BAM BAM BAM BAM ...

Les mitrailleuses se mettent à cracher des flammes, projetant des volées de balles à une cadence phénoménale. Les canons étant positionnés en triangle, les soldats couvrent tous les angles. Il vous est quasiment impossible de bouger pour aller neutraliser les servants, vous seriez déchiqueté par cette puissance de feu dévastatrice. Vous assistez au spectacle le plus éprouvant de votre vie :

Les guerriers natifs courent dans tous les sens en espérant échapper aux balles, certains se couchent, d'autres foncent en hurlant vers les canons cracheurs de feu en brandissant les scalps des soldats morts.

—BAM BAM BAM BAM BAM ...

Mais l'aboutissement est toujours le même : des bras, des mains volent dans les airs, des morceaux de crâne, des membres déchiquetés. Des flots de sang giclent avec autant d'élan que l'eau d'une rivière lorsque les saumons la remontent.

Les hommes hurlent de douleur en tombant au sol, le ventre troué de balles pour certains ; ouvert et déversant les intestins pour d'autres.

—BAM BAM BAM BAM BAM...

Vous pleurez devant une telle barbarie. Les râles de vos frères ne parviennent même pas jusqu'à vos oreilles. Une sorte de scène muette se déroule devant vos yeux pleins de larmes.

Soudain les canons se taisent, d'abord un, puis deux, et enfin le troisième et dernier. Apparaissent alors d'autres natifs qui ont réussi à revenir vers la cour en entendant le vacarme produit par les mitrailleuses. Les guerriers arrivent au centre de la place mais se rendent compte que leur effort considérable n'aura pas sauvé beaucoup d'hommes. **Rendez-vous au 310.**

205

La flèche de votre ami s'enfonce dans le dos d'un soldat au niveau des poumons, il n'a pas le temps de se retourner ou d'ouvrir le feu qu'il s'effondre sur le sol dans un râle. Votre flèche perfore l'épaule droite d'un deuxième soldat qui ouvre le feu sous le coup de la surprise et de la douleur ; le troisième soldat rendu nerveux par l'attaque du camp, lâche aussi son coup. Vous avez juste le temps d'envoyer une seconde flèche au soldat blessé avant que celui ci ne se retourne ; cette fois votre coup fait mouche et vous transpercez la gorge de votre ennemi qui tombe au sol sans un cri. Le troisième soldat se retourne alors et ouvre le feu dans votre direction. Vous devez combattre cet homme selon les règles de combat classique mais à cette différence près : si vous touchez votre adversaire, ce n'est pas une, mais deux flèches qu'il recevra, la deuxième venant de votre ami, vous pourrez donc ajouter 4PDS à chaque coup que vous réussirez, par contre les dégâts que lui vous inflige, seront retranchés uniquement à *votre* endurance :

Soldat embusqué
Endurance : 18
Combat CC, AD

En raison de l'obscurité qui règne dans cette tente, des contre jours, et des nombreuses caisses empilées qui gênent la vue, vous devrez obtenir un score augmenté de 1 pour toucher votre adversaire (si vous frappiez avec un 4 à l'arc, il vous faudra obtenir un 5.)
Ce soldat vous touche s'il obtient 5. Il possède un fusil Colt revolving à barillet cal.40 (+4PDS), chargé de 5 balles, pour la longue distance et un revolver Remington cal .40 (+4PDS), chargé de 6 balles. Il attaque au corps à corps avec un piquet en fer qui traîne dans la tente (+3PDS).
Si vous parvenez à tuer ce soldat, **rendez-vous au 12.**

206

Vous regardez cinq mètres plus bas les eaux agitées de la rivière : une mauvaise réception dans l'eau, un mauvais virage dans les rapides et ça peut être fatal. Vous prenez une profonde inspiration et vous vous lancez dans le vide. Tentez votre Chance, si vous êtes chanceux **rendez-vous au 85**. Si la malchance s'abat sur vous, **rendez-vous au 421**.

207

Vous marchez depuis environ deux heures, lorsque vous entendez des chevaux venant dans votre dos. Vous vous retournez et il vous semble distinguer une dizaine de cavaliers venant dans votre direction. Vous n'arrivez pas à voir si ce sont des Indiens ou des Blancs. Si vous voulez attendre que les cavaliers se rapprochent pour voir de quoi il s'agit, **rendez-vous au 67**. Si vous voulez vous cacher derrière deux gros rochers et attendre, **rendez-vous au 295**. Enfin si vous ne voulez pas vous soucier des cavaliers et continuer votre route, **rendez-vous au 330**.

208

Vous dites à vos deux amis de se diriger vers les bouleaux, vous descendez de vos montures et attachez vos chevaux quelques mètres plus loin. Vous vous cachez derrière les arbres. Vos amis sortent leurs armes, vous faites de même. Quelques minutes plus tard un groupe de cavaliers passe à une quinzaine de mètres de vous. Ce sont des chasseurs Blackfeet, des ennemis du Nord. Ils sont six et trottent sur de magnifiques chevaux brun et blanc. Si vous souhaitez rester cachés dans le bosquet d'arbre, **rendez-vous au 200**. Si vous souhaitez attaquer les Blackfeet, **rendez-vous au 385**. Enfin si vous voulez demandez l'avis de vos amis, **rendez-vous au 406**.

209

Vous trouvez une petite branche d'environ un mètre cinquante, vous y fixez solidement votre fil et votre hameçon au bout duquel vous plantez un ver. Un de ces vers ambrés que l'on trouve sous les écorces d'épicéas. Vous envoyez votre ligne dans les eaux limpides de la rivière et vous attendez sans bouger... Soudain vous sentez une secousse, puis une autre plus accentuée, vous ferrez immédiatement votre proie et vous remontez de la rivière un beau saumon ! Félicitations vous allez manger du bon poisson ! Cru ou cuit, c'est à vous de choisir, en tout cas une fois votre repas consommé (vous pouvez regagner 3 PE), vous remettez du bois dans le feu et vous ne tardez pas à vous endormir. **Rendez-vous au 237.**

210

Vous avancez prudemment vers l'élan qui essaie de se relever quand il vous aperçoit, il retombe lourdement au sol, handicapé par une patte arrière très abîmée. Ce piège à ours lui a provoqué une blessure grave. Vous tentez de calmer l'animal mais il souffre trop et il et trop nerveux pour se laisser libérer. Vous approchez vos mains de la tête de l'élan et vous l'attrapez d'un geste vif. L'élan souffle et halète mais finit par se calmer, la tête entre vos mains. Vous savez au fond de vous que si vous libérez l'animal dans cet état il va souffrir inutilement et finira par se faire dévorer par un prédateur, vous décidez donc d'achever l'élan. Vous prenez une de vos armes (celle qui vous convient pour ce genre de besogne) et vous tuez l'animal. Sa tête tombe lourdement sur le sol et il rend son dernier souffle. Vous avez abrégé les souffrances de l'animal et cela vous rapporte 2 PB. De plus le fait d'avoir réussi à calmer l'élan avant la mort, vous permet d'ajouter 1 PS à votre total. Si vous ne possédez pas de peau de cerf, vous pouvez découper la peau de l'animal pour vous en faire une protection contre le froid, vous roulez la peau et l'attachez solidement dans votre dos, en bandoulière (compte pour 1 objet). **Rendez-vous ensuite au 333.**

211

Tentez votre agilité, si vous réussissez, votre fuite a affolé la colonie d'abeilles, qui se rue vers vous ; l'ours en vous voyant courir, se lance à votre poursuite et se fait attaquer par les abeilles qui le piquent de tous cotés. Vous avez semé une belle pagaille autour d'un peu de miel !

Si vous échouez, vous courez comme un lapin, attaqué de tous les cotés par les abeilles, vous recevez plusieurs piqûres mais elles finissent par abandonner leur attaque. Vous perdez tout de même 4 PE. Remettez vous en route et **rendez-vous au 173.**

212

Vous avancez prudemment vers l'écureuil qui se volatilise aussitôt, la voix reprend alors :

— Tu as choisi la ruse !

Vous ajoutez immédiatement 1 points à votre total de chance (même si cela fait dépasser votre total de départ).

La tête vous tourne à nouveau et **vous vous réveillez au 227**.

213

Vous commencez à progresser difficilement dans tout cet enchevêtrement d'épines, d'aiguilles et de branches basses. Vous essayer de garder le cap vers l'Ouest. Vous vous rappelez que lorsque vous étiez enfant, vous vous étiez perdu avec un ami dans cette forêt. Lorsque votre père, Cheval-blessé vous avait retrouvé, il vous avait fait dessiner dans le sable de la rivière une carte sommaire de cette forêt. Vous vous remettez en mémoire cette carte et vous la dessinez au sol avec un bâton :

Vous décidez donc de passer entre les sapins et les cèdres, en direction de l'Ouest pour vous éloignez de ce feu de camp. Vous marchez durant un quart d'heure et vous reprenez la direction du Nord. Soudain un mouvement attire votre attention dans les buissons. Vous vous baissez, restez immobile et attendez... Un loup, ou plutôt une louve sort entre deux buissons. Une belle femelle adulte, d'un gris cendré moucheté de noir. Deux louveteaux suivent leur mère. L'un d'eux regarde dans votre direction et grogne. La louve se place immédiatement entre vous et ses petits et avance vers vous, les babines retroussées. Il va vous falloir combattre :

Louve Grise
Endurance : 8
Combat CC

La louve frappe avec un 5, et ses deux rejetons vous attaqueront si elle obtient un 12. La morsure des louveteaux, vous infligera 3 PDS. Combattez et si vous êtes vainqueur, **rendez-vous au 150**.

214

Vous armez une autre flèche qui fend l'air en direction du deuxième mexicain. Il plonge pour éviter le tir mais reçoit la flèche dans l'épaule. Un cri de douleur déchire la tranquillité de la forêt. PAAWW ! PAAWW ! Tuco vient de faire feu dans votre direction, tentez votre agilité, si vous réussissez, vous pouvez entamer le combat ci dessous, si vous échouez, vous perdez 4 PE et vous engagez le combat ci dessous :

Tuco (blessé)
Endurance : 16
Combat CC, AD

Tuco frappe avec un 7 en raison de son épaule transpercée.
Il possède un Remington New model cal. 44 (+4PDS), 4 coups (car il a déjà tiré deux balles), avec 6 balles de réserve, et se battra au corps à corps avec un couteau à lame recourbée (+2PDS), mais devra obtenir un 8 pour frapper. Si vous venez à bout de Tuco, **rendez-vous au 394**.

215

Vous quittez John-deux-loups avec un poids sur le cœur mais vous ne pouvez pas vous permettre d'attendre plus longtemps, vous ne voulez pas décevoir le conseil des Anciens. Vous prenez la direction du Nord, avec pour toile de fond, les superbes Montagnes Sacrées.

Le pic de l'Aigle, la dent de l'Ours, le col des Chèvres blanches tout ces lieux résonnent dans votre esprit, tous ces lieux défendus aux jeunes guerriers en raison de leur dangerosité, ces lieux que vous allez affrontez, seul !
Vous marchez depuis deux heures quand un grondement sourd se fait entendre dans la plaine, du coin de l'œil vous apercevez un bouquet de peupliers. Vous approchez furtivement de l'un de ces arbres, vous vous collez contre l'un des troncs et vous essayer de voir ce qui est à l'origine de ce bruit.
Vous voyez en premier lieu un épais nuage de poussière, puis vous distinguez dans la plaine, un bison, puis deux, dix, cents !!!
Les bisons redescendent des zones montagneuses pour passer l'hiver ici, abrités par les forêts. Les troupeaux ont envahi la grande étendue herbeuse et leur nombre est impressionnant, ils vont mettre un jour ou deux à se répartir sur toute la zone ; en attendant, traverser les troupeaux en pleine course serait une pure folie, surtout à pied. Si vous voulez choisir une autre destination pour le moment, **rendez-vous au 66.** Si vous voulez prendre le risque de traverser le troupeau de bisons pour regagner les Montagnes Sacrées, **rendez-vous au 81.**

216

Ce vertige vous assaille et vous tourner la tête. Vous fermez les yeux pour faire le vide dans votre esprit mais rien n'y fait. Vous êtes obligé de vous abaisser et de marcher à quatre pattes pour arriver à rejoindre le bout de la corniche. Votre peur gagne en intensité car vous vous demandez comment va se poursuivre l'ascension si une telle situation se représente. Retranchez 1PB de votre total, **rendez-vous ensuite au 430**.

217

— Excusez moi, demandez vous poliment à la jeune fille qui est à vos cotés, mais pourquoi cet homme s'acharne sur ce Huron ?
— Je crois que ce trappeur chasse le castor pour vendre les peaux. Il a épuisé deux rivières de la région Ouest et a dû trouver une rivière plus au Nord. Malheureusement, cette rivière est une rivière sacrée des Hurons. L'indien lui a demandé de trouver une autre rivière, plus loin. Alors le trappeur l'a frappé et traîné sur

son cheval jusqu'ici pour montrer à tous qui commande... une belle démonstration de haine et de méchanceté...
— Ah je comprends, reprenez-vous, et personne ne bouge ?
— Et bien, nous sommes pour la plupart des éleveurs, des cultivateurs et on ne veut pas d'ennuis avec ce genre d'hommes...

Vous comprenez que cette ville est gangrenée par la terreur et la loi du plus fort.
Si vous décidez d'intervenir, **rendez-vous au 307**.
Si vous voulez attendre de voir jusqu'où va aller le trappeur, **rendez-vous au 325**.

218

Vous sortez votre arme, vous faites le vide dans votre tête quelques secondes et vous bondissez sur Harrison. Un coup de crosse dans la tempe le cloue au sol.
PAAWW !
Une balle dans la nuque. Vous exécutez une roulade vers le centre de la clairière,
PEEWW ! PEEWW !
Villagomez vient de vous tirer dessus.
Vous ripostez en tirant deux fois.
PAAWW ! PAAWW !
Une balle le manque, l'autre l'atteint dans la région des poumons, il tire un coup de feu en l'air et s'effondre en produisant un « Rahhhh » glauque et étranglé. Le sang dans les poumons...
Jenkins s'est retourné et voit son ami mourir sous ses yeux. Meyer vous ajuste de son coté.
PEEWW !
PAAOOW !
Les deux Vipères tirent en croisé vers vous. Tentez votre agilité. Si vous réussissez, **rendez-vous au 169**. Si vous échouez, **rendez-vous au 5**.

219

Vous avancez prudemment en passant sous les énormes formations de calcaire qui semblent attendre une victime à transpercer. Vous progressez dans cette galerie qui monte de plus en plus. Vous pensez à ce qui vous attend dehors, trouver le chemin menant à la cabane du chaman, et rencontrer le vieil homme face à face... Vous ne savez pas trop comment vous allez sortir de ces cavernes et vos émotions s'entremêlent dans votre esprit. Vous pensez faire demi-tour et abandonner, l'instant suivant vous vous voyez déjà posséder le pouvoir et le savoir du chaman. Vous traversez la galerie et vous arrivez à un croisement. Un couloir rocheux descend sur la gauche – il rejoint peut être le chemin précédent, pensez-vous – et un autre chemin continue à monter. Si vous changez d'avis et que désormais vous souhaitiez redescendre, **rendez-vous au 442**. Si vous voulez continuez la montée, **rendez-vous au 3**.

220

Vous vous sentez infiniment petit au milieu des ces immenses séquoias, ils sont espacés d'une dizaine de mètres chacun, mais ils doivent mesurer dans les vingt mètres de haut. Un petit homme dans une forêt de géants, pensez-vous. Le chemin fait un brusque virage à droite et il vous semble apercevoir une masse brune entre deux troncs. Vous arrêtez votre marche et vous restez immobile en essayant de distinguer si cette masse ne serait pas un grizzly. La silhouette disparaît hors de votre vue. Un bruit de course attire votre attention sur la droite, vous tournez la tête et vous voyez un énorme sanglier vous foncer dessus, vous n'avez pas le temps de fuir, il vous faut le combattre.

Sanglier solitaire
Endurance : 15
Combat CC

Le sanglier frappe avec un 5 et vous inflige 2PDS à chaque fois qu'il vous atteint. De plus s'il obtient un double 3, il vous mordra férocement avec ses deux défenses, vous infligeant 4PDS.

Si vous avez raison de cet animal impitoyable**, rendez-vous au 305.**

221

Vous arrivez aux portes de Murray city à midi, exactement, car vous entendez le clocher qui sonne douze coups. Murray city est une ville tout ce qu'il y a de plus typique du dix-neuvième siècle. Une rue principale, poussiéreuse, malgré les forêts verdoyantes et arborées de la région et malgré les plaines herbeuses où paissent de nombreux animaux. A croire que toutes les villes de ce siècle attirent la poussière... De nombreux commerçants se trouvent à Murray. Des armuriers, des barbiers, des saloons, une prison, une banque, une église catholique, Murray city est une ville qui compte environ deux cents habitants, d'après ce que vous lisez sur le panneau à l'entrée de la ville. Un cavalier arrive en trottant dans votre direction :

— Oh là ! Bonjour jeune sioux ! Tu n'es pas venu chercher d'embrouilles au moins hein ?

— Non, répondez vous, juste un ami à voir et un repas à prendre...

— Okay, tiens c'est mon jour de bonté ! Le cavalier vous donne deux pommes et un pain de maïs. (1 objet, récupère 4 PE). Bonne journée, jeune homme !

— Merci, lancez-vous en levant une pomme vers lui.

Un geste de gentillesse si rare pour être apprécié.

Vous savez que n'êtes pas le bienvenu ici. Non pas que les habitants aient quelque chose en particulier contre vous, ni même contre votre peuple, mais de nombreux bandits et hors-la-loi se terrent ici. Des braconniers aussi. Ces derniers exterminent les animaux que vous vous efforcer de chasser avec respect et honneur. Quant au sheriff, William Brown, il est corrompu autant qu'il est sournois. Son dernier acte « héroïque » est d'avoir fait pendre un jeune Cheyenne qui s'était battu avec un cow-boy dans un saloon. Le sheriff décida : le Cheyenne avait tort, le cow-boy avait raison... Toute la ville le craint, lui et ses huit cavaliers tout de noir vêtus.

Vous entrez dans Murray et ce qui vous frappe en premier lieu, c'est le nombre massif de gens réunis autour de la fontaine centrale. Voulez-vous approchez du groupe de gens, **rendez-vous dans ce cas au 437**.

Si vous préférez faire profil bas et vous diriger vers le saloon pour y demander de l'aide, **rendez-vous au 121**.

Enfin si vous voulez rendre visite à votre ami le docteur, Gary Nichols, **rendez-vous au 386.**

222

Vous marchez pendant 3 heures, en regardant attentivement sur votre gauche, vous essayer d'apercevoir un signe, une trace de la disparition de vos amis. Vous essayez aussi de ne pas trop attirer l'attention d'éventuels chasseurs ou trappeurs. Vous avez maintes fois chassé dans cette forêt sombre et épaisse. La végétation est composée de bouleaux qui bordent la rivière traversant cette forêt, de sapins aux aiguilles vertes foncées, et de quelques cèdres. Vous connaissait l'existence d'un labyrinthe à l'Ouest de cet endroit, un labyrinthe composé de buissons divers et très hauts. Ce qui rend l'orientation très difficile. Vous apercevez enfin la rivière devant vous à quelques centaines de mètres. Epuisé par cette longue marche, vous commencez à avoir faim. Si vous voulez vous contentez de quelques baies et racines, **rendez-vous au 423**.Si vous préférez vous enfoncez un peu dans la forêt pour y chasser quelque chose de plus consistant, **rendez-vous au 393**.

223

Vous déambulez un long moment dans les couloirs aux multiples courbes, la pente s'adoucit et vous commencez à remonter. Vous apercevez au bout de la galerie dans laquelle vous êtes, une ouverture qui donne sur une autre galerie orientée droite-gauche. Vous avancez jusqu'à cette intersection et vous examinez le sol : le chemin de droite arrive du bas, celui de gauche monte. Si vous voulez redescendre, **rendez-vous au 11.** Si vous voulez continuer à remonter, **rendez-vous au 3.**

224

Vous montez sur le dos de votre compagnon à quatre pattes en tenant fermement les rennes, Custer tente désespérément de vous envoyer des coups d'épée, sans succès. Vous bondissez sur votre ennemi et vous chutez tous les deux du coté droit du cheval. Vous perdez 4 PE en touchant durement le sol, rendu pourtant souple par la pluie ; si cette chute ne vous tue pas, le combat final vous attend :

Lieutenant-colonel George A. Custer

Endurance : 28
Combat CC

Le colonel vous atteint s'il obtient 7. Il se bat avec sa fidèle épée de cavalerie (+4PDS) et se battra jusqu'à la mort. De votre coté, il vous faut un 4 pour toucher Custer, et vous frappez avec le couteau de chasse de Corbeau-qui-Danse (+2PDS). Deux particularités pour ce combat :
- Si vous obtenez plus de 8 lors de votre assaut, le couteau de votre ami, inflige non pas 2PDS mais 4.
- Vous pouvez transformer vos points de Bravoure et de Chamanisme en Points d'endurance à ajouter à votre total d'endurance, 1 PB/PS pour 1 PE.
Si vous triomphez de ce vaillant combattant **rendez-vous au 315.**

225

Vous entendez deux balles siffler juste à coté de vous, un SCHTOK précise que l'une d'elle a trouvé un arbre sur sa trajectoire. Vous devez engager le combat contre les deux Vipères restantes :

Carlos «The Knife» Villagomez
Endurance : 12
Combat CC, AD

Jeremy « The shotgun » Jenkins
Endurance : 15
Combat CC, AD

Villagomez frappe avec un 6 et possède une carabine Winchester calibre.40 (+4PDS) avec assez de munitions pour tout le combat. En outre il possède un Colt Frontier calibre .38 (+3PDS) et des munitions pour tout le combat. S'il venait à combattre au corps à corps il le ferait avec un couteau à la lame recourbée, typique des égorgeurs (+3PDS).

Jenkins possède un shotgun calibre 12, avec 2 balles (+5PDS), qu'il pourra recharger 2 fois. Il possède aussi deux Colt Navy cal.36, chargé de 6 balles (+3PDS). Lui aussi possède assez de munitions pour tout le combat. Si vous aviez à l'affronter en corps à corps, il vous attendra avec une épée de cavalerie (+3PDS).

Tenez bien le compte des munitions durant le combat (les vôtres et celle de vos adversaires) car vous pourrez récupérer les armes que vous désirez en fin de combat.
Si vous êtes vainqueur de ce rude combat, **rendez-vous au 106.**

226

Vous avancez tantôt debout en terrain semi dégagé, tantôt à quatre pattes tant les buissons sont serrés les uns aux autres. Vous commencez à perdre toute notion d'orientation. Au bout d'une demi-heure vous voyez un ruisseau partir sur la droite, si vous voulez suivre ce ruisseau, **rendez-vous au 476**. Si vous voulez continuez sur le même sentier, **rendez-vous au 463.**

227

Vous revenez à vous doucement, Tchankila-hè est toujours assis en face de vous, immobile.
– Alors, Tatanka, tu as vu quelque chose ?
– Euh... oui, répondez vous, je crois !
– Bien, tu sais donc ce que tu dois faire ?
– Et bien, trouver le Vieux Chaman et recevoir l'enseignement Chamanique...
– Oui, tu n'as donc pas de doutes à avoir... C'est toi qui a été choisi par les Anciens, ils ne sont donc pas trompés... Tu te poses toujours la question de savoir si tu dois aider tes amis ou bien partir immédiatement pour les Montagnes Sacrées ?
– Oui, répondez-vous d'un ton hésitant.
– Et bien va aider tes amis, suis ton instinct fraternel... Le Vieux Chaman sera toujours dans ses Montagnes, tu le trouveras... Pars mon garçon et... sois prudent.

Vous remerciez chaleureusement Tchankila-hè et prenez congé, en sortant vous entendez du fond du tipi :
– Hé, hé, hé !

Ce vieux bonhomme finit toujours ses phrases par un petit rire, d'ailleurs son nom veut dire en Cheyenne « homme-qui-rit »... **Rendez-vous au 417**.

228

Vous ne voulez pas vous attirez d'ennui avec la loi alors vous répondez l'air innocent :
— Je ne connais aucun Pat Smith ...
Le chef des cavaliers vous fixe du regard sans sourciller. Vous ne baissez pas les yeux et le fixez aussi.
Devant l'insistance et la noirceur de votre regard, le cavalier finit par baisser les yeux et dit :
— C'est un barbier de Maiden city, ça ne te dit toujours rien ?!
— Non, reprenez-vous, vous savez, je ne suis qu'un Sioux qui ne sort pas beaucoup de sa région...Vous lancez cette dernière phrase avec un ton ironique.
—Très bien. Alors continue comme ça. Sur ces mots, il tire sur les rennes de son cheval, qui fait demi-tour. Les autres cavaliers emboîtent le pas de leur chef. Vous les voyez s'éloignez dans un épais nuage de poussière et d'herbes. **Rendez-vous au 112**.

229

A peine avez vous fait un mouvement que le grizzly vous envoie un coup de griffe magistral qui vous ôte 2 PE. Vous devez combattre le monstre. **Rendez-vous au 6**

230

Vous faites le vide dans votre esprit. Vous fermez les yeux et ne pensez plus à rien. Vous sentez la puissance bénéfique du totem vous envahir progressivement et lentement, vous entendez les oiseaux chanter, ces douces mélodies que vous n'aviez même pas remarquées depuis votre entrée dans ce labyrinthe. Vous êtes apaisé. Vous êtes sur le point d'ouvrir les yeux lorsqu'une image apparaît devant vos yeux :
Vos amis, Corbeau-qui-Danse et Petit-Nez ne sont pas morts, vous les voyez blessés, attendant de l'aide. Vous le saviez ! Ils sont toujours en vie. Du moins cette vision vous le fait ressentir. Vous ouvrez les yeux à nouveau et regardez la tête du grizzly une der-

nière fois, le remerciez intérieurement et vous reprenez la route devant vous. Vous ajoutez 1PS à votre total actuel. **Rendez-vous maintenant au 68.**

231

Vous restez suspendu dans les airs un court instant avant de retomber lourdement de l'autre coté du torrent. Par chance, aucune pierre ni racine saillante ne vient vous blesser. Vous pouvez ajoutez 2PB à votre total. Vous remontez quelques mètres entre les sapins pour reprendre le sentier. Après deux longues heures de marche éprouvante, vous apercevez le camp Blackfeet au loin, dans la vallée. La vaste plaine du Nord s'étend devant vous à perte de vue et vous apercevez les nombreuses rivières qui serpentent dans toute la vallée. Vous ne tardez pas à retrouver une herbe humide sur le sol, gorgée d'eau qui indique que vous avez réussi à sortir de la montagne. Le soleil timide commence à descendre vers l'horizon. Vous ne voulez pas risquer de croiser des guerriers Blackfeet durant la nuit et vous décidez d'établir votre camp, dissimulé entre les érables qui bordent le pied des Montagnes Sacrées. Vous ne faites pas de feu, mais vous pouvez manger quelque chose si vous possédez de la nourriture ; sinon une rapide cueillette de champignons et quelques racines vous apaiseront pour la nuit (vous regagnez jusqu'à 3PE). **Vous vous réveillerez au 329**.

232

Vous marchez une bonne heure en regardant tout autour de vous, cherchant un indice, une trace, n'importe quoi qui puisse vous mettre sur la piste de vos amis. Vous apercevez enfin la première des trois clairières de chasse. **Rendez-vous au 304**.

233

Vous pouvez ajoutez 2PB à votre total. Vous remontez quelques mètres entre les séquoias pour reprendre la route. Après deux longues heures de marche éprouvante, vous apercevez le camp Blackfeet au loin, dans la vallée. La vaste plaine du Nord s'étend devant vous à perte de vue et vous apercevez les nombreuses rivières qui serpentent dans toute la vallée. Vous ne tardez pas à retrouver une herbe humide sur le sol, gorgé d'eau, qui indique

que vous avez réussi à sortir de la montagne. Le soleil timide commence à descendre vers l'horizon. Vous ne voulez pas risquer de croiser des guerriers Blackfeet durant la nuit, et vous décidez d'établir votre camp, dissimulé entre les érables qui bordent le pied des Montagnes Sacrées. Vous ne faites pas de feu, mais vous pouvez manger quelque chose si vous possédez de la nourriture, sinon une rapide cueillette de champignons et quelques racines vous apaiseront pour la nuit (vous regagnez jusqu'à 3PE). **Vous vous réveillerez au 329.**

234

Qu'allez-vous répondre ? :
– Je vous corrigerais bien, toi et tes petits amis, mais vous n'êtes que quatre...! Ce serait déloyal pour vous ! **Rendez-vous au 135**.
– Je suis désolé de vous avoir importuné, je pars immédiatement. **Rendez-vous au 429.**
– Si tu as quelque chose contre moi en particulier tu te lèves et on règle ça comme des hommes, si tu t'en sens capable bien sûr !... **Rendez-vous alors au 338.**

235

Vous progressez tant bien que mal en vous arrêtant de temps à autre pour laisser reposer la jambe de Petit-Nez. Vous dites à vos deux amis que le Docteur Nichols pourra les soigner sans problème. Vous marchez dans une partie de la forêt où les bouleaux sont majoritaires et très serrés. Les rayons du soleil ont du mal à passer entre les feuilles bien que le soleil soit presque au zénith. Vous apercevez plus loin un dégagement, une sorte de petit lac qui est alimenté, d'un coté par la rivière que vous suivez depuis un moment et qui débouche de l'autre coté sur une rivière qui descend vers le Sud-Est. Arrivé à proximité de l'eau vous remarquez un canoë, couché sur le coté droit. Il n'y a personne autour.
Si vous avez attaqué le clan des Vipères, **rendez-vous au 308**.
Si ce n'est pas le cas, **rendez-vous au 397**.

236

Vous fixez le cow-boy d'un regard noir et insistant, il ne vous quitte pas des yeux et lance :

— Et tu vas les baisser les yeux ! Sinon je te les crève !
Lancez deux dés et ajoutez 6, si le résultat est supérieur ou égal à votre total de bravoure, **rendez vous au 194.**
Si le résultat est inferieur à votre total de bravoure, **rendez vous alors au 468.**

237

Deuxième Jour :

Une belle journée s'annonce pour vous, vous avez bien dormi et votre instinct vous dit qu'aujourd'hui est un grand jour ! Vous marchez quelques centaines de mètres, vous prélevez et mangez quelques fruits sauvages aux couleurs chatoyantes, et vous entrez dans un petit bois de sapins. Une douce odeur de résine vous enivre, et les rayons de soleil qui filtrent à travers les aiguilles des arbres, donnent à ce sous-bois une dimension presque surnaturelle. Lorsque vous en ressortez, vous dominez la vallée où est établi votre camp Sioux. En contrebas vous apercevez des rochers escarpés, entre lesquels sillonnent des sentiers sûrement crées par les chasseurs au fil du temps. Malheureusement vous voyez l'énorme troupeau de bisons encore en trop grand nombre dans la vallée au Nord de votre camp. Vous ne pouvez pas regagner les Montagnes Sacrées ce matin. **Rendez vous au 159**.

238

Vous êtes patient, tapi dans votre buisson et vous ne quittez pas des yeux les quatre hommes. Plusieurs fois, Carlos est passé à quelques mètres de vous sans vous voir ni même vous entendre. Les chevaux sont attachés à des bouleaux à quelques mètres de leur camp. La nuit est tombée depuis quelques minutes, le ciel toujours nuageux va sûrement vous aider à vous dissimuler dans l'obscurité totale. Vous avez observé les quatre assassins durant une heure environ : leurs gestes, réflexes, habitudes. Vous voulez savoir qui vous allez tuer, car pour la première fois de votre vie vous allez tuer des hommes par pure vengeance, au nom de vos amis blessés ou morts, au nom de tous vos frères Indiens, amis ou ennemis, tombés sous le joug cruels de ces bandits.
Le chef du gang s'appelle Adam Meyer, un homme craint de ses hommes. Un homme assez grand, svelte. Une tête d'ange, un vi-

sage à la peau claire. Pas de pilosité faciale seulement une cicatrice sur la joue droite. Son foulard rouge noué autour du cou lui donne une allure fière. Un vrai salaud pure souche.
Le second c'est le Mexicain, Carlos Villagomez. Un gabarit moyen, assez sec. Un visage mat, barbe sale et toujours un cigarillo au coin des lèvres. Il ne le fume même pas il s'amuse à le faire passer d'un coté à l'autre de sa bouche. Un nez aquilin, aux arêtes saillantes. Et des yeux profondément noirs. Sans âme. Le plus cruel des quatre, pensez-vous...
Le troisième du clan s'appelle Jeremy Jenkins. Rondouillard, les cheveux roux, bouclés. Une paire de lunettes aux montures blanches vissées sur son gros nez. Le plus stupide des quatre à voir comment ses compagnons se moquent de lui. Mais aussi le plus fou, d'après les récits que vous écoutez depuis un petit moment.
Le quatrième et dernier membre des Vipères répond au nom de Harrison, Randall Harrison. Un homme grand, épais, tout en muscles. Une grosse moustache grise trône au dessus de ses lèvres. Le plus âgé des quatre. Le plus silencieux aussi. La seule fois qu'il a parlé ce fut pour dire à Jenkins : « ferme la, crétin ! ».

Les quatre assassins sont assis en cercle autour d'un feu de camp, ils font griller un jeune cerf à queue blanche. L'odeur de la viande grillée vous donne faim.
Mais avant le repas il faudrait attaquer ces salauds.
Deux des quatre hommes vous tournent le dos. Vous avez réfléchi à plusieurs solutions pour attaquer :
- Vous pouvez sortir arme à feu en main, en courant et criant votre cri de guerre, dans l'espoir de les surprendre et de tuer les quatre hommes sans qu'ils n'aient le temps de réagir, **rendez-vous alors au 201.**
- Vous pouvez grimper dans un arbre et décocher une flèche, si vous possédez un arc et suffisamment de flèches pour tirer au moins quatre fois, à l'un des quatre hommes, **rendez-vous alors au 477.**
- Vous pouvez utiliser une arme à feu, tout en restant caché à distance raisonnable et en bougeant sans cesse entre les buissons et les arbres, **rendez-vous dans ce cas au 359.**

- Enfin vous pouvez imiter le hurlement du loup, en vous déplaçant de buissons en buissons, de manière à faire disperser le groupe et ainsi les tuer séparément, plus facilement, **rendez-vous dans ce dernier cas au 144.**

239

Vous attendez qu'Harrison vous dépasse et vous sortez dans son dos. Debout derrière lui, vous serrez fermement les poings et lui assénez un coup sur la nuque d'une violence inouïe. Il perd connaissance et tombe avec un bruit sourd. Vous ne perdez pas un instant et vous l'étranglez dans son inconscience. Vous avancez sur l'herbe humide vers Villagomez, qui cherche encore le loup...Vous repérez une branche de cèdre à mi-hauteur, vous y grimpez et vous hululez comme une chouette. Le mexicain s'arrête de marcher, vous l'entendez maugréer :
— Poutain, ouné chouetté à la con mainténant...
Il passe devant votre arbre quelques secondes plus tard, vous attendez qu'il soit à portée et vous vous laissez tomber lourdement sur lui. PAAOOW ! Le coup de fusil part tout seul. Vous lui envoyez un coup de coude sur la pomme d'Adam qui lui coupe la respiration. Il vous faut faire vite. Vous entendez Meyer demander à voix basse :
— Putain, Carlos qu'est ce que tu fous ?
Vous achevez villagomez de deux coups de crosse sur la tempe.
Vous vous enfoncez dans les buissons, dans l'ombre totale. Meyer ne tarde pas à arriver et découvre le corps de Carlos. C'est l'occasion rêvée de le tuer. Vous montez votre bras en direction de la tête de Meyer. Vous accrochez une branche qui fait un léger bruit. Le chef des Vipères n'hésite pas une seconde et ouvre le feu. **Tentez votre chance**, si vous êtes chanceux, **rendez-vous au 176**.Si vous êtes malchanceux, **rendez-vous au 5**.

240

Vous approchez du pianiste que vous saluez d'un bref mouvement de tête :
— Bonjour je suis à la recherche de deux amis, je ne sais pas s'ils sont passés par là, c'est un Sioux et un Cheyenne, des chasseurs...
— Rien vu, rien entendu, rien à dire ! Vous répond le pianiste d'un ton à la fois sec et ironique.

— Sûrement le son du piano qui couvre tout ?! Plaisantez-vous.
— Ouais ! Sûrement ça. Le pianiste vous fait un signe discret pour que vous approchiez. Ce que vous faites.
En chuchotant il ajoute :
— Par contre le vieux Scott assis au fond de la salle, lui il sait peut être quelque chose...
Vous remerciez le pianiste visiblement apeuré de quelque chose et vous vous dirigez vers le vieil homme, **rendez-vous au 345**.

241

Votre flèche frôle Meyer qui se couche aussitôt sur le sol. Villagomez se retourne vers son chef :
—Adam, pourquoi tou té couches ?!
—Couchez vous aussi, crétins, j'ai failli en prendre une.
Vous ne laissez pas le temps à Carlos de se coucher au sol. SHHIIUU ! Une flèche en plein milieu de la poitrine. Carlos tombe, blessé. Vous changez encore d'abri. Un buisson vous couvre. A genoux vous êtes invisible.
Vous entendez Carlos :
— Ahhh ! Yé souis blessé... Merde, yé saigne dé partout. Jenkins vient m'aider salopard...
Jenkins accourt à demi baissé, vers son ami. SHHIIUU ! Une flèche atteint l'épaule de jeremy Jenkins qui s'effondre à quelques mètres de Carlos. Blessé.
Vous devez engager le combat contre les Trois Vipères qui restent :

Adam « The blooder » Meyer
Endurance : 12
Combat CC, AD

Jeremy « The shotgun » Jenkins
Endurance : 8 (il est blessé)
Combat CC, AD

Carlos «The Knife» Villagomez
Endurance : 6 (il est blessé)
Combat CC, AD

Vous affrontez vos ennemis l'un après l'autre et dans l'ordre que vous voulez.
Meyer frappe avec un 6 et possède un Fusil Colt revolving, sorte de fusil à barillet, le même que celui équipant les revolvers. Son fusil tire du calibre .56 (+6PDS). Il n'a eu le temps de prendre que son arme, les munitions sont sur sa monture, hors d'atteinte. Il possède en outre un revolver Smith et Wesson model 2, calibre.32, six coups (+3PDS). Avec une quantité de balles à sa ceinture suffisante pour tout le combat. Il se battra au corps à corps avec un poignard (+2PDS).
Jenkins frappe avec un 8 et possède un shotgun calibre 12, avec 2 balles (+6PDS), qu'il pourra recharger 2 fois. Il possède aussi deux Colt Navy cal.36, chargé de 6 balles (+3PDS). Lui aussi possède assez de munitions pour tout le combat. Si vous aviez à l'affronter en corps à corps, il vous attendra avec une épée de cavalerie (+3PDS).
Villagomez frappe avec un 6 et possède une carabine Winchester calibre.40 (+4PDS) avec assez de munitions pour tout le combat. En outre il possède un Colt Frontier calibre .38 (+3PDS) et des munitions pour tout le combat .S'il venait à combattre au corps à corps il le ferait avec un couteau à la lame recourbée, typique des égorgeurs (+3PDS).

Si vous triomphez de vos adversaires, **rendez-vous au 106.**

242

Vous chutez et atterrissez sur de la mousse, vous tombez ensuite à genoux mais vous arrivez à éviter une blessure. Fier de vous, vous reprenez la direction de la bifurcation et du sentier qui part en contrebas, **rendez-vous au 396**.

243

– De toutes façons c'était un sale con ! Vous lance le barman.
– Je suis désolé, je ne voulais pas créer de problèmes dans votre saloon, je voulais juste un renseignement mais la politesse ne devait pas faire partie de ses principes...
Le barman vous répond :

— Brad Kilmister était une grande gueule, dans la vie, dans la rue et aux cartes, ça devait lui arriver un jour ou l'autre... Si ce n'était pas toi, je l'aurais refroidi ou le sheriff Brown l'aurait descendu. Si tu cherches des renseignements, demande au vieux Scott, au fond de la salle, il sait tout sur tout le monde...
Le barman vous ponctue sa phrase d'un clin d'œil amical. Vous lui rendait la pareille et vous vous retournez pour apercevoir un vieux bonhomme, portant un pantalon bleu en toile et une chemise en coton, usagée, assis au fond du saloon. Vous avancez vers le vieil homme quand un chasseur assis deux tables devant lui vous dit :
— N'écoute pas le vieux Scott il est fou !
Vous souriez poliment au chasseur et vous vous asseyez en face du vieux Scott. **Rendez-vous au 345**.

244

Vous vous faufilez de ruelle en ruelle et parvenez à sortir de la ville sans attirer de soupçons. Vous décidez de vous remettre en route pour la forêt de l'Est. Vous faites une halte près d'une fontaine à quelques centaines de mètres de la ville, vous pouvez nettoyer vos blessures si vous avez été blessé (vous regagnez alors 2 PE).**Rendez-vous au 278.**

245

Vos tirs arrivent à tuer trois chasseurs qui tombent de leurs chevaux. Vous devez engagez un combat dantesque un peu particulier :

1er chasseur Blackfeet
Endurance : 13

2e chasseur Blackfeet
Endurance : 12
Combat CC, AD pour tout le groupe.

Les 2 chasseurs ont besoin d'un 6 pour frapper. Vous pouvez déduire 2PD qui vous serez infligés pour toute la durée du combat, en raison de vos abris à vous et à vos amis.

Ce premier groupe de chasseur est celui contre lequel vous allez concentrez vos attaques. Le combat se déroule comme un combat classique contre plusieurs adversaires. Les chasseurs possèdent un arc avec vingt flèches (+3PDS), un Colt Navy cal.36 (+3PDS) six coups avec 20 balles de réserve et un couteau pour le corps à corps (+2PDS). Si vous battez vos ennemis vous ne pourrez pas récupérer leurs armes, c'est la coutume chez les natifs : un ennemi mort doit reposer avec ses armes à ses côtés. Dès que vous avez battu un adversaire, tirez un dé, si vous obtenez 1, 2, 3 vous perdrez 3 PE car vous êtes obligé de surveiller vos amis blessés. Si vous obtenez 4, 5, 6 vous ne perdrez rien, vos amis se défendent sans problème.
Vos amis se battront contre deux groupes de deux chasseurs.

Si vous remportez le combat, considérez que vos amis ont réussi. **Rendez-vous alors au 97**. Si vous perdez le combat vos amis mourront avec vous. Consultez alors le paragraphe 18.

246

Votre ennemi est dans votre ligne de mire, il se déplace de droite à gauche en s'abritant comme il le peut. Soudain vous avez l'opportunité unique de réussir un coup fatal. Vous pressez la détente de votre arme. BBAAOOOUUM ! Le recul de l'arme vous déboîte presque l'épaule. Votre ennemi reçoit le projectile au niveau de la hanche. La cuisse gauche est à demi arrachée par la puissance du calibre .56 ; à la place de la hanche se tient un amas de chairs qui pendent et une épaisse flaque de sang s'étend déjà sous votre adversaire. Vous avez remporté le combat grâce à ce tir. Ajoutez 1 PB à votre total actuel. Retournez maintenant au paragraphe d'où vous venez.

247

Votre ennemi ne se doute pas que votre arme est chargée non pas d'une balle mais d'une cartouche de chevrotine. Neuf plombs reliés entre eux par du fil de laiton. Votre ennemi entre et sort de votre ligne de mire. Vous avez le doigt sur la détente. Soudain, votre adversaire s'arrête et vous vise. C'est le moment idéal pour tirer. BBOOOMMM ! Une puissante détonation assourdissante résonne. La violence de l'impact est loin de ce que vous imaginiez. La chaîne de plombs frappe votre adversaire au niveau du thorax juste en dessous de la tête. L'arme de votre ennemi vole dans les airs, il s'effondre sans un cri, sans un son. L'impact lui a séparé la tête du corps, et entre ses deux épaules reste un trou béant. Les clavicules sont pulvérisées, la colonne vertébrale sectionnée, déchirée au niveau des cervicales basses. Votre ennemi n'a pas souffert, vous pouvez en être sûr. Vous ajoutez 1 PB à votre total actuel. Retournez maintenant au paragraphe d'où vous venez.

248

Vous examinez attentivement l'imposant rocher, sorte de bloc en forme de cheminée qui doit être ici depuis des siècles et vous remarquez que plusieurs prises sont accessibles pour un grimpeur moyen, ceci ne devrait pas vous poser trop de problème. Une petite plateforme se trouve à mi-course – vous pourriez y faire une pause – le haut du bloc ne devrait pas être trop difficile à atteindre ensuite. Le seul souci majeur auquel vous êtes confronté est ce que vous allez découvrir une fois en haut... Vous pouvez toujours revenir sur vos pas, **rendez-vous alors au 354**. Ou alors tentez l'escalade sans plus tarder, et **rendez-vous au 107**.

249

Vous sortez doucement la tête pour tenter de distinguer un quelconque signe de vie dans la cabane, lorsque vous parvenez à voir quelque chose, vous vous immobilisez net :
Un fusil à canon scié est pointé vers votre visage. Un homme se tient debout dans la cabane. D'une main il ouvre la fenêtre. Vous n'avez d'autre choix que de lever les mains en l'air et de vous redresser.
— Alors petit voyou, tu comptais attaquer le Vieux Morrison ?
— Non, dites vous, je voulais voir si la cabane était habitée, c'est tout !
— Alors frappe à la porte comme tout le monde, ha, ha !
Il baisse son arme et vous invite à entrer. **Rendez-vous au 372**.

250

Vous atteignez le rocher et vous plongez derrière pour vous y abriter. Vous avez du mal à supporter le bruit que font les bisons tant leur charge est dantesque. Le sol tremble sous vos pieds. Vous réfléchissez quelques instants, pendant que les animaux changent la direction de leur course, ils tournent comme un seul et même animal vers la gauche, ce qui vous laisse une option de repli sur le chemin que vous venez d'emprunter. Il vous faut décider ce que vous voulez faire :
- Continuer la traversée périlleuse de la plaine sur encore environ 50 mètres, **rendez-vous au 202.**
- Rebrousser chemin, maintenant que les bisons ont laissé une marge de manœuvre raisonnable et vous diriger vers le lac du Nord Ouest en **vous rendant au 312.**

251

A peine avez vous prononcé votre phrase que les réponses fusent :
— Cherche des plumes, tu les retrouveras !
— Suis l'odeur !
— Ferme ta gueule et retourne sous tes peaux de vache !
Et une voix plus lointaine, plus étouffée se fait entendre :
— Approche jeune guerrier...
Un vieux bonhomme, portant un pantalon bleu en toile et une chemise en coton, usagée, est assis au fond du saloon et vous invite à le rejoindre. Vous avancez vers le vieux bonhomme quand un chasseur assis deux tables devant lui vous dit :
— N'écoute pas le vieux Scott il est fou !
Vous souriez poliment au chasseur et vous vous asseyez en face du vieux Scott. **Rendez-vous au 345.**

252

Vous êtes dans un lieu sombre, des centaines de bougies émettent de faibles lueurs tout autour de vous. Vous voyez des ombres danser sur les murs de ce qui semble être une caverne... Vous êtes en train d'halluciner, sûrement les herbes du Vieux Cheyenne... Vous entendez des cris d'aigle, des grognements d'ours, vous avez l'impression étrange que tous les animaux de la forêt sont à vos côtés, sans les voir...Vous êtes à la fois apeuré et excité de vivre ce

que vous êtes en train de vivre... Soudain, un visage fantomatique s'approche de vous, juste un visage spectral, semblant être constitué de brume... Un visage de vieil Indien semble se former...
Vous entendez vaguement, comme un murmure long et froid :
— Les Montagnes Sacrées t'attendent, méfie toi des pièges sur ta route. Quelques fois les chemins les plus courts sont les plus risqués... Ecoute ton cœur en toutes circonstances, c'est cette âme invisible qui guidera tes pas...
Cette voix et ce visage se dissipent de la même manière qu'ils se sont matérialisés.
Si votre total de Chamanisme est égal à zéro **rendez-vous au 227**.
Si vous avez déjà gagné des points de Chamanisme (PS) **rendez-vous alors au 317**.

253

Une forte poussée vous oblige à nager en travers du courant, en dérivant de plusieurs mètres en aval par rapport à votre point d'entrée dans l'eau, après quelques efforts vous parvenez à vous hissez sur la berge opposée, vous remontez la rivière sur quelques mètres, rassemblez votre équipement et vous prenez la direction du Nord. Vous marchez une bonne heure en regardant tout autour de vous, cherchant un indice, une trace, n'importe quoi qui puisse vous mettre sur la piste de vos amis. Vous apercevez enfin la première des trois clairières de chasse. **Rendez-vous au 304**.

254

— Et si je ne pars pas ? Répondez-vous à l'homme barbu.
— Ecoute gamin, je ne veux pas d'histoire, ni avec toi ni avec ton peuple. Ce bâtard a essayé de violer ma petite fille la semaine dernière à Murray city. Je lui ai tendu un piège et comme en plus d'être pervers il est idiot, il s'est jeté dedans la tête la première.
Le présumé violeur se défend en clamant :
— NON, il ment, je vous jure que c'est pas moi...
Le barbu s'approche de lui et lui envoie un coup de poing dans la mâchoire qui le projette au sol.
Vous lancez un regard à l'homme au sol. Il rit. Le barbu reprend :
— Tu vois en plus il rit, cet homme est dément, c'est un danger pour nous tous.

Vous ne voulez pas en savoir plus sur cette sordide histoire, vous décidez donc de laisser les deux hommes entre eux. **Rendez-vous au 102.**

255

Vous montez les trois marches qui conduisent à la porte d'entrée. Un collier de cuir où sont pendues des griffes d'ours se balance sous une des poutres de l'auvent. Vous remarquez également tous un tas de pièges entreposés derrière un tonneau sur votre gauche. Vous arrivez devant la porte et frappez trois coups. Attente. Pas de réponse. Vous frappez de nouveau et une voix étouffée se fait entendre :
– Entrez... **Rendez-vous au 372.**

256

Vous courez tant bien que mal vers le rocher mais deux autres bisons vous trouvent sur leur passage ; vous évitez de justesse le coup de corne de l'un mais vous n'évitez pas le coup d'épaule de son compagnon. Vous virevoltez sur vous même et vous tombez à nouveau sur le sol. Vous perdez 4 PE. **Rendez-vous au 250.**

257

Le loup sent votre peur, il pousse un hurlement en levant la tête vers le ciel et bondit sur vous tous crocs dehors. Un rude combat vous attend :

Vieux loup solitaire
Endurance 10
Combat CC

Le vieux loup a besoin d'un 8 pour attaquer, par contre s'il obtient un double 1 ou un double 6, il vous mordra deux fois de suite et vous infligera +2PDS.
En raison de la dangerosité des lieux, vous devez obtenir un 5 pour frapper et non pas un 4 comme d'habitude. Par contre si vous obtenez un douze n'importe quand durant le combat (lorsque vous lancez les dés pour vous uniquement), le combat est fini, vous avez déséquilibré le loup qui chute le long de la pente et meurt au fond du canyon.

Si vous sortez vainqueur de ce combat de funambules, **rendez-vous au 300**.

258

Soudain un cri de guerre massif se fait entendre derrière vous :
– HOKA HEY ! Le cri de guerre des Natifs !
Vous faites volte-face et vous apercevez les 124 guerriers arriver en courant, brandissant haches, fusils, et arcs. Une pluie diluvienne s'abat maintenant sur tout le campement. L'heure du combat a sonné et c'est ici que tout va se jouer. Vous rejoignez les guerriers et vous envahissez les allées du camp militaire comme un cours d'eau sorti de son lit se répand entre les arbres. Deux soldats sortent d'une tente sur votre gauche, deux autres soldats s'agenouillent et vous mettent en joue, vous et vos amis. Si vous souhaitez concentrer vos tirs vers les deux soldats agenouillés, **rendez-vous au 462.** Si vous préférez courir vers les deux soldats surpris devant la tente, **rendez-vous au 296.**

259

Vous faites tourner le couteau entre vos mains pour évaluer son poids, son équilibre. Un très beau couteau de chasse, lame parfaitement tranchante en acier bleuté, encoche dentée sur le dessus. La garde en acier bleuté elle aussi, est finement travaillée et ciselée avec une précision d'orfèvre. Le manche est en sapin, orné de gravures en forme de spirale et se finit par un pommeau en os sur lequel est sertie une pierre noire et brillante. Cette arme est d'une rare beauté et vous ne connaissez aucun forgeron de la région capable de réaliser un œuvre aussi parfaite. Ce couteau infligera à vos ennemis 3PDS (contre 2PDS traditionnels pour un couteau classique). De plus si vous obtenez **n'importe quel double** lors d'un combat contre un humain ou un animal, vous consulterez le paragraphe spécial associé, en l'occurrence le 26. **Retournez maintenant au 281** pour faire un autre choix.

260

CHAPITRE DEUX : EN QUETE DE CHAMANISME

Sixième jour :

Le soleil ne s'est pas encore bien levé que vos yeux s'ouvrent. Un sentiment d'excitation mêlé à une peur impalpable vous anime ce matin. Vous vous levez sans faire de bruit et vous apercevez à travers la fenêtre, vos amis dehors en train de discuter. Vous les rejoignez et demandez :
— Déjà debout ? Vous repartez aux camps ?
— Non, on a parlé à Bobby Seger qui possède des écuries, il nous a donné trois montures, répond Corbeau-qui-Danse.
— Donné ? Reprenez-vous étonné. Petit-Nez poursuit :
— Oui, notre seul engagement étant de lui fabriquer un arc traditionnel Sioux et de lui donner des leçons de chasse ...
— Mais trois montures...Vous partez aujourd'hui vous aussi ? Demandez-vous à vos deux amis.
— Oui, on part... avec toi jusqu'aux Montagnes Sacrées. On te doit bien ça.
Vous regardez vos amis sans un mot. Leur geste vous conforte et vous savez que vous ne chevaucherez pas quatre heures seul, l’esprit tourmenté par ce qui vous attend la-haut.
Vous entrez à nouveau dans la chambre où vous dormiez, récupérez votre équipement (armes et objets) et vous sortez sur la terrasse au plancher de bois. Vos amis sont déjà sur leurs chevaux, ils vont ont laissé un magnifique cheval noir. Vous le montez et vous tirez sur les rennes pour vous diriger vers la rue principale.
Le bruit des sabots de vos trois montures résonne dans Murray city qui se réveille à peine. Vous arrivez dans la rue principale et vous ne voyez pas âme qui vive, quelques cheminées fument, un chien aboie quelques bâtiments plus à l'Ouest. Vous prenez la direction de l'Est pour sortir de la ville.
Vous franchissez les dernières bâtisses de Murray city et vous talonnez vos montures pour les lancer au galop.
— Direction les Montagnes Sacrées, lancez-vous à vos deux amis.
Vous vous éloignez de la ville avec un bruit synchronisé de sabots au galop, vous croisez deux cavaliers qui rentrent sûrement d'une chasse nocturne. Vous prenez la direction de la forêt de l'Est. Vous pensez longer la lisière Est pour pouvoir rejoindre la rivière plus au Nord. De là, traverser au seul endroit praticable, un passage à gué situé quelques kilomètres à l'Ouest de la cascade pour enfin chevaucher plein Nord jusqu'au pied des Montagnes Sacrées d'où partent plusieurs chemins.

Le soleil est complètement levé maintenant, sa douce lumière rosée donne à ces plaines une allure de rêve tant les herbes et autres végétations paraissent pastels... Vous galopez maintenant depuis une bonne heure et vous décidez de faire une pause, en ralentissant l'allure pour ne pas essouffler vos chevaux.
— Dis-moi, Tatanka, demande soudain Petit-Nez, sais-tu exactement à quoi t'attendre avec le Vieux Chaman ?
— ...Et bien... non pas vraiment... répondez-vous autant inquiet que gêné. Je ne sais qu'une seule chose : il doit m'enseigner le pouvoir chamanique afin que je l'utilise pour tous les miens et que je le transmette à mon tour dans mes vieux jours.
— Et as tu une idée de ce qu'est cet enseignement ? Reprend Corbeau-qui-Danse.
— Tunkashila, mon grand père m'a juste parlé d'épreuves physiques, psychiques et de l'autre Monde... Rien de plus...
Vos deux amis vous regardent en souriant et Petit-Nez ajoute :
— Tu en seras capable et digne, je le sens...
Vous repartez au galop vers le ch'Nord et vous voyez se profiler au loin les hautes Montagnes Sacrées. Le pic de l'Aigle, la Dent de l'Ours et le col des Chèvres Blanches, des lieux qui vous rappellent nombre de souvenirs. Vous avez chassé, pêché et grimpé dans ces montagnes. Vous connaissez la dangerosité de leurs roches et de leurs cavernes sombres et humides.
Vous savez aussi que franchir ces montagnes ne sera pas chose aisée, mais votre enseignement commencera au pied de celles-ci. Votre grand père vous l'a dit, vous ***devez*** passer par les montagnes, le Vieux Chaman habite dans une cabane pas loin du sommet, et ce sera à vous de trouver où exactement. Vous devrez longer les crêtes pour trouver la petite habitation. L'altitude, le froid et les éventuelles mauvaises rencontres ne vont pas vous rendre la tâche facile...
Au bout de deux heures vous arrivez enfin en vue de la rivière qui descend des Montagnes Sacrées. Vous changez de direction pour l'Est où vous franchirez le cours d'eau par le passage à gué.
Corbeau-qui-Danse regarde vers la cascade à l'Ouest où lui et Petit-Nez ont failli laisser leur vie.
Il déclame haut et fort :

— La cascade ne nous a pas tués ! On est des Sioux, on a vaincu les eaux ! Lorsque je serais guéri, je reviendrais plonger ici pour le plaisir !
Petit-Nez ajoute :
— Et moi je compterais tes fractures !
Vous galopez plein Ouest lorsque vous apercevez au loin des cavaliers galopant dans votre direction. Souhaitez vous attendre de les croiser, **rendez-vous dans ce cas au 416 ?** Ou préférez vous vous cacher dans un bouquet de bouleaux sur votre gauche, **rendez-vous alors au 208 ?**

261

L'ours commence à gratter contre l'arbre dans l'espoir de manger du miel : il se fait piquer à plusieurs reprises, vu le nombre de sursauts qu'il fait ! Vous regardez la scène un moment, amusé, puis l'ours finit par détruire la ruche et manger tout le miel. Il disparaît derrière les cèdres, suivi par les abeilles mécontentes. Vous pouvez reprendre votre route **en vous rendant au 173.**

262

Vous approchez doucement de ce qui semble être un feu de camp, apparemment il n'y a personne aux alentours... Vous regardez les couvertures posées sur le sol et les quelques objets dispersés çà et là dans l'herbe. Vous comprenez que ce sont des chasseurs et qu'ils sont au nombre de trois. Vous décidez de ne pas vous attardez dans le coin, la prudence est de rigueur... **Rendez-vous au 173.**

263

Comment comptez-vous redescendre de cet imposant rocher haut de huit mètres ? Vous cherchez un arbre qui pourrait vous amortir en cas de saut, mais il n'y a quasiment que des buissons et ils se trouvent huit mètres plus bas... Si vous possédez une corde c'est le moment ou jamais, **rendez-vous au 292**. Sinon vous allez devoir tenter la descente à reculons et au jugé, **rendez-vous au 327.**

264

Vous dormez depuis un bon moment lorsqu'un bruit dans l'eau vous sort du sommeil. Un animal, un homme, vous ne parvenez pas à distinguer de quoi il s'agit sans être allé voir. Vous prenez à la hâte vos armes et vous vous cachez entre deux buissons. Quelques instants plus tard vous discernez sans mal ce qui était à l'origine du bruit. Deux hommes, armés de carabines, viennent de traverser la rivière en profitant de la nuit. Vous pensez qu'il doit s'agir de voleurs fuyant Murray City qui cherchent à regagner les forêts pour s'y faire oublier. Si vous possédez une arme de Distance et que vous souhaitiez en faire usage, **rendez-vous au 276**. Si vous souhaitez rester caché dans l'ombre, **rendez-vous au 142**.

265

Vous continuez et persévérez vers l'Est, mais au bout d'une centaine de mètres un vide vertigineux s'offre à vous. Avec tout le courage du monde, vous vous agenouillez, de peur de tomber de cette falaise. L'à-pic est impressionnant : vous dominez tout le coté Est de la vallée, vous apercevez les Forêts de l'Est et plusieurs kilomètres au loin, la voie ferrée qui dessert Dickinson city, Murray city et Maiden city plus au Sud. En tout cas, pour vous, la route s'arrête ici et vous êtes contraint de rebrousser chemin. **Rendez-vous au 354.**

266

Vous continuez votre marche au cœur du canyon et vous ne rencontrez ni animal, ni danger naturel. Au bout du canyon le chemin tourne à gauche et grimpe à flanc de paroi en faisant des lacets interminables. Vous savez de connaissance que ce chemin sinueux conduit directement au sommet des falaises du Nord et vous évite une difficile «promenade» dans les cavernes, auxquelles conduisent les chemins Nord et Nord-Ouest. Vous entamez donc une lente mais sécurisante progression sur ce sentier de montagne. Tout le chemin est bordé par la paroi d'un coté et par une haie naturelle d'arbustes bas de l'autre. Ce sentier est le passage de nombreux animaux comme les chèvres, les cerfs et même les loups. Vous montez depuis une demi-heure et vous ne pouvez pas vous empêcher de penser au rêve que vous avez fait hier soir, cette cabane, ces objets, comme si votre âme et celle du chaman avaient fusionné durant un bref instant... Peut être est-ce le vieux bonhomme qui est venu chercher votre esprit pour vous montrer quelque chose par ses yeux... Toutes ces questions trottent dans votre tête et occupent votre esprit. Vous faites une pause au bout d'une heure de marche, le chemin s'élargit en même temps que la pente se renforce. Les lacets sont terminés mais la côte qui s'offre à vous est un véritable mur. Vous serrez les dents et vous reprenez votre marche. Cette ascension est d'autant plus dangereuse qu'elle combine deux éléments naturels mortels : un vent puissant et un sol instable composé de pierres roulantes. Vous grimpez pendant un bon quart d'heure et soudain l'impensable se produit. **Rendez-vous au 298**.

267

Vous avancez à pas de velours en prenant soin de n'écraser aucune branche morte et vous voyez finalement ce qui est à l'origine du bourdonnement :

Une ruche d'abeilles, nichée au creux d'un séquoia, à une hauteur d'environ deux mètres. Vous pensez bien vous éloigner, mais un petit détail vous frappe l'esprit. En principe, là où il y a des abeilles, il y a du miel, et qui aime le miel ? Les ours !

Vous voyez du coin de l'œil une masse sombre et brune se déplacer entre les troncs de cèdres. L'ours ne vous pas vu, du moins pas encore. Si vous voulez partir en courant vers le Nord en passant près du séquoia, **rendez-vous dans ce cas au 211**.Vous pouvez aussi ne pas bouger et attendre de voir les réactions de l'ours, **rendez-vous alors au 261**. En dernier choix vous pouvez bonnement et simplement attaquer l'ours, **rendez-vous alors au 479**.

268

Tapi dans un haut buisson de sauge, vous distinguez finalement les hommes à l'origine des voix entendues plus tôt. Deux solides mexicains à en juger par leur accent. Ils se rapprochent des chevaux tout en continuant de parler et s'arrêtent finalement à quelques mètres de votre position.

– Yé té dis ké si on resté ouné your de plous dans cet endroit dé malheur, on va créver dé froid !

— Yé lé sais Tuco, mais cetté forêt nous protège dou sheriff et dé ses hommes.
— Yé lé emmerdé ses hommes ! Chico si on part pas cé soir, yé part tout seul avec la moitié dou magot.
Chico est assez grand, svelte, le teint mat comme bon nombres de ses camarades du Sud, un nez rond et une moustache épaisse qui lui retombe sur les joues. Son « compañero », Tuco, est plus petit, plus enrobé. Une moue toute ronde avec une barbe de trois jours, noire et sale, des yeux bleus. Il mâchouille un cigarillo brun. Il a l'air plus nerveux que Chico. Apparemment les deux hommes ont braqué une banque et sont en cavale. Vous pouvez rebrousser chemin si vous ne voulez rien tenter contre ces deux Mexicains, **rendez-vous pour cela au 54.** Si vous voulez absolument suivre l'itinéraire que vous aviez prévu, il vous reste trois choix possibles :
Engager un combat contre les deux hommes, **rendez-vous au 465.**
Tenter un dialogue amical, **rendez-vous au 395.**
Utiliser une pierre noire si vous en possédez une, **rendez-vous dans ce dernier cas au 82.**

269

Vous vous engagez entre les troncs de sapins sur un sentier dont l'épaisseur de neige est considérable. Vous vous enfoncez jusqu'à la moitié des mollets et votre progression est des plus ardues. Vous parcourez une centaine de mètres, en tombant plusieurs fois dans la neige poudreuse, lorsque vous décidez de faire une pause pour vous reposer. De l'endroit où vous vous trouvez, vous distinguez le chemin en contrebas qui fait des lacets entre les arbres. Vous entendez aussi au loin un bruit d'eau assez massif, peut être une cascade qui sort de la montagne. Vous reprenez votre souffle et vous continuez votre marche. Quelques dizaines de minutes plus tard, vous arrivez enfin devant l'origine du bruit : une cascade haute d'environ 20 mètres et large de 5, tombe à pic en sortant de la roche au dessus de vous. Le sentier que vous suiviez passe sous cette cascade qui forme une arche d'eau naturelle. La roche au dessus du sentier devrait vous protéger des tonnes d'eau qui se déversent des entrailles des Montagnes Sacrées. Vous pouvez passer sous cette cascade, ou plutôt derrière, **en**

vous rendant au 411. Vous pouvez aussi revenir sur vos pas et emprunter le chemin Ouest, **rendez-vous alors au 472**, ou le chemin Nord Est **en vous rendant au 52.**

270

Vous approchez doucement du groupe de pêcheurs et vous voyez que ce sont des Blackfeet. Cette tribu et la vôtre sont ennemies bien que cela fait des mois que vous ne vous êtes plus fait la guerre ni même rencontrés, à part au pied des Montagnes Sacrées lorsque vos amis étaient encore avec vous, hier.
Si vous souhaitez approchez d'avantage pour engager une conversation et pour demander le chemin le plus court pour le sommet, **rendez-vous au 362**. Si vous préférez revenir sur vos pas et reprendre la route vers le sommet en vous fiant à votre instinct, **rendez-vous au 96**.

271

Vous prenez une profonde inspiration en arrivant en bordure du labyrinthe des Hauts Buissons. Ce labyrinthe doit son nom aux buissons épineux et hauts de trois mètres qui en sont quasiment la seule flore en termes d'arbres et arbustes. Une hauteur quasi constante, aucun repère à vue, hormis le ciel... Votre progression va être difficile mais pas impossible. Vous décidez de passer une heure à chercher un passage un peu plus large pour pouvoir pénétrer sans vous blesser tout de suite ! Vous arrivez finalement à découvrir plus au Nord, un espace plus large entre deux buissons et vous vous engagez dans cet épais labyrinthe. Vous arrivez, après quelques heures de marche solitaire, dans une clairière calme et rassurante. Vous remarquez de gros buissons qui forment un cercle. Vous êtes épuisé par cette longue marche et vous commencez à avoir faim. Vous pensez que dormir à l'abri entre ces buissons serait une bonne initiative. Si vous voulez vous contenter de quelques baies et racines, **rendez-vous au 155**.Si vous préférez chasser quelque chose de plus consistant dans la forêt, **rendez-vous au 88**.

272

Vous ne parvenez pas à ajustez mortellement les deux hommes, un combat classique va donc éclater entre vous et les deux Vipères restantes :

Adam « The blooder » Meyer
Endurance : 20
Combat CC, AD

Jeremy « The shotgun » Jenkins
Endurance : 15
Combat CC, AD

Vous affrontez les deux hommes l'un après l'autre, et dans l'ordre que vous voulez.

Meyer frappe avec un 6 et possède un Fusil Colt revolving, sorte de fusil à barillet, le même que celui équipant les revolvers. Son fusil tire du calibre .56 (+6PDS). Il n'a eu le temps de prendre que son arme (chargée de 3 balles), les munitions sont sur sa monture, hors d'atteinte. Il possède en outre un revolver Smith et Wesson model 2, calibre.32 , six coups (+2PDS). Avec une quantité de balles à sa ceinture suffisante pour tout le combat. Il se battra au corps à corps avec un poignard (+2PDS).

Jenkins frappe avec un 8 et possède un shotgun calibre 12, avec 2 balles (+6PDS), qu'il pourra recharger 2 fois. Il possède aussi deux Colt Navy cal.36, chargé de 6 balles (+3PDS). Lui aussi possède assez de munitions pour tout le combat. Si vous aviez à l'affronter en corps à corps, il vous attendra avec une épée de cavalerie (+3PDS).

Pour toute la durée du combat déduisez 3 Points de dégâts chaque fois que vous êtes touché, en raison de votre dissimulation dans les buissons.

Tenez bien le compte des munitions durant le combat (les vôtres et celle de vos adversaires) car vous pourrez récupérer les armes que vous désirez en fin de combat.

Si par pur miracle pour sortez victorieux de ce combat de géants, **rendez-vous au 106**.

273

Vous sentez que vos cuisses reprennent de l'énergie au fur et à mesure que vous avancez sur le sentier. Vous entendez le grondement sourd de la rivière au loin : vous vous rapprochez de l'eau. Soudain un craquement bref vous fait sursauter. Vous regardez sur votre gauche vers le haut de la pente et vous voyez un grizzly énorme qui vient de faire tomber un jeune arbre. Apparemment il ne vous a ni vu ni senti. Vous pensez immédiatement à partir sans déranger l'animal qui ne vous veut aucun mal, mais vous pensez aussi que sa fourrure pourrait peut être s'avérer utile sur les hauteurs glaciales de ces montagnes. Si vous voulez vous enfuir vers la rivière en espérant qu'il ne vous voit pas, **rendez-vous au 332**. Si vous préférez revenir sur vos pas et emprunter le sentier qui monte vers le Nord, **rendez-vous au 187**. Vous pouvez tout simplement courir vers le grizzly et l'attaquer dans un combat au corps à corps, **rendez-vous au 145**. Si vous possédez un arme de Distance vous pouvez tenter un tir unique pour tuer cet énorme mâle, **rendez-vous dans ce cas au 291**.

274

Sur le rocher, couché au sol et caché par des arbustes bas, se tiennent trois guerriers Blackfeet. Ils surveillent toute la vallée et ne semblent pas vous avoir vu. Vous esquissez un geste de recul lorsqu'une main vous plaque au sol et vous entendez :

— Pas un mot, mon frère !

Vous vous retournez vers celui qui vous a parlé et vous voyez un quatrième guerrier. Le visage tendu, la mine grave. Il arbore deux peintures de guerre sur le visage : un trait rouge part de sa paupière gauche et descend diagonalement vers son oreille droite. Deux traits bleus, obliques sont peints sur sa gorge.

Le guerrier rampe vers les autres Blackfeet et ces derniers se retournent vers vous. L'un d'eux vous sourit et vous dit à voix basse :

— Frère Sioux, aujourd'hui une ombre de tristesse et de désespoir plane sur notre peuple... Les Blackfeet, les Sioux et les Cheyennes vont vivre dans quelques heures, les moments les plus sombres de leur histoire...

Vous n'êtes pas certain de suivre ce que vous raconte le Blackfeet, et vous demandez :

— J'ai peur de ne pas bien comprendre, c'est bien l'armée que j'ai aperçue depuis les montagnes ?
— Oui, vous répond un autre guerrier, et l'armée et ici pour nous, TOUS !
— Nous occupions nos années à nous faire la guerre entre tribus avec pour seul objectif d'avoir des troupeaux de bisons toujours plus grands, et bien aujourd'hui nous allons devoir unir nos forces contres les hommes blancs...
— Que nous veulent-ils ? Demandez-vous inquiet.
— Ce qu'ils veulent ?! Ils ne nous veulent plus sur LEUR territoire ! Ce territoire où j'ai grandi, et mon père et mon grand-père avant moi... Leur territoire... Le dernier Blackfeet vous dit cette phrase d'un ton qui en dit long sur ce qu'il va arriver dans les prochaines heures...
— Comment t'appelles-tu ? Moi, je suis Ours Rouge.
— Tatanka ! Dites-vous fièrement.
— Alors, Tatanka, écoute ce que nous savons :
«Il y a quelques mois le gouverneur du Dakota du Nord s'est réuni avec le chef Blackfeet Chef Tonnerre, le chef Sioux Bison Assis, et le chef Cheyenne Deux Lunes et il leur a soumis la requête suivante : vendez moi vos territoires respectifs autour de la chaîne de montagne High grey (nos Montagnes sacrées), et nous vous donneront en plus de l'argent, des territoires deux fois plus grands vers l'Est. Bien entendu les 3 chefs ont refusé d'un commun accord, ils ne voulaient pas céder aux Blancs les Montagnes Sacrées, les animaux qui subviennent à tous nos besoins et les nombreux lieux interdits accessibles uniquement à nos chamans. Le gouverneur n'a rien dit ce jour là. Quelques jours plus tard, 3 mandatés par l'état du Dakota sont arrivés devant les tipis des trois chefs respectifs avec une lettre signée du gouverneur, qui leur demandait de quitter les lieux dans les plus brefs délais, sous peine d'expulsion par la force, militaire si nécessaire... Les 3 chefs ont tous ri, sauf le notre, Chef tonnerre qui a purement et simplement scalpé l'homme au mandat...»
— Aujourd'hui, il y a près de 400 hommes entraînés à la guerre qui se positionnent dans la vallée et qui menacent de massacrer, les Blackfeet, les Sioux et les Cheyennes, dans les heures à venir. Je sais qu'une grande force Sioux est en train de contourner les Montagnes Sacrées par le Sud-Ouest, et les Cheyennes les ont

rejoints en cours de route. Nous attendons de l'aide des autres tribus Blackfeet qui devraient arriver dans quelques heures. Les militaires n'attaqueront pas aujourd'hui, notre chaman dit que ce sera demain, ce qui nous laisse la nuit pour les prendre par surprise et les réduire à la retraite. Au fait, je ne t'ai pas précisé, mais le régiment que tu vois se disperser et monter le camp dans la plaine est le 7e régiment de cavalerie, mené par le colonel Custer...

Custer... Ce nom vous fait frémir de la tête aux pieds... Ce lieutenant-colonel s'est illustré bien des fois face à d'autres natifs, notamment le massacre de Polowan river, où son 7è régiment de cavalerie massacra hommes, femmes et enfants dans un camp Comanche. Il est un fin stratège mais son orgueil démesuré risque de lui jouer des tours un jour ou l'autre...

Les quatre guerriers Blackfeet reculent doucement vers le bord du rocher et vous invitent à les suivre. Vous descendez tous de l'éperon rocheux et vous filez dans la plaine comme souffle le vent. Vingt minutes plus tard, vous arrivez au camp Blackfeet. Tous les autres habitants du camp vous saluent comme si les rancunes entres tribus avaient été lavées en un jour...Vous êtes conduit vers le chef de camp et vous pénétrez dans son tipi. **Rendez-vous au 197.**

275

Une balle vous effleure la joue, vous blessant singulièrement à l'oreille. Vous perdez immédiatement 1 PE et vous déduisez 1PB de votre total. La deuxième balle siffle au dessus de votre tête. Vous êtes découvert ! Vous avez le temps de riposter encore une fois avant d'engager le combat. Lancez un dé si vous obtenez de 1 à 3, **rendez-vous au 272**. Si vous obtenez 4,5 ou 6, **rendez-vous au 33**.

276

Dans quel but tirer sur ces deux hommes ? Vous ne les connaissez pas, vous ne savez pas exactement où ils vont ni d'où ils viennent. Après tout, peut être faites-vous une erreur...

Voulez-vous utiliser une arme à feu ou votre arc ?

Si vous optez pour un pistolet ou une carabine, **rendez-vous au 377**.

Si vous optez pour la méthode Sioux, sortez une flèche de votre carquois et **rendez-vous au 77.**
Enfin si vous vous changez d'avis et que vous ne souhaitiez plus les attaquer, **rendez-vous au 142**.

277

Vous traversez l'arcade de pierre et vous reprenez votre route en suivant le sentier qui descend maintenant en forte pente. Le bruit de la cascade s'atténue de plus en plus au fur et à mesure que vous descendez sur ce chemin. Le manteau de neige s'estompe lui aussi un peu plus à chaque pas.
Vous arrivez dans une zone bien dégagée de toutes branches hautes et la forte pente du terrain vous permet d'apercevoir la vallée au loin, ceci vous donne du baume au cœur et vous redoublez de courage pour accélérer le pas. Vous arpentez ce sentier mi-pierre mi-neige durant une bonne heure sous un ciel qui se dégage de plus en plus, vous enjambez de nombreux petits arbres couchés sur le chemin, vestiges d'un orage passé qui a dû être très violent.
Les timides rayons de soleil réchauffent un peu votre corps et votre âme. La vaste plaine du Nord s'étend devant vous à perte de vue et vous apercevez les nombreuses rivières qui serpentent dans toute la vallée. Vous ne tardez pas à retrouver une herbe humide sur le sol gorgé d'eau qui indique que vous avez réussi à sortir de la montagne. Le soleil timide commence à descendre vers l'horizon et vous ne voulez pas risquer de croiser des guerriers Blackfeet durant la nuit. Vous décidez d'établir votre camp, dissimulé entre les érables qui bordent le pied des Montagnes Sacrées. Vous ne faites pas de feu, mais vous pouvez manger quelque chose si vous possédez de la nourriture ; sinon une rapide cueillette de champignons et quelques racines vous apaiseront pour la nuit (vous regagnez jusqu'à 3PE). **Vous vous réveillerez au 329**.

278

Vous arrivez en lisière de la forêt après deux heures de marche sur la piste herbeuse et caillouteuse qui relie la ville à la forêt de l'Est. Vous ne voyez plus Murray city vers le Sud-Est et c'est tant mieux :

Vous n'avez jamais aimé cette ville. Repaire de bandits et hors-la-loi, les habitants vivent dans la crainte de William Brown, sheriff corrompu jusqu' à la mœlle. Il fait régner dans cette ville un climat d'angoisse et de peur permanente. Les habitants n'osent même pas partir de la ville de peur d'être rattrapés et abattus par la garde rapprochée de Brown. Vous devez décider par quel endroit vous voulez commencer vos recherches :
Remonter la lisière Est et entrer dans la forêt vers la rivière au Nord, ce qui est une piste sûre mais plus longue, **rendez-vous au 222**.
Le Sud de la forêt, ce qui conduit à la piste la plus courte et la plus risquée, **rendez-vous dans ce cas au 110**.
Ou pénétrer dans la forêt par l'Ouest, qui est certainement la voie la plus sûre, mais vous devrez affronter le labyrinthe de hauts buissons, **rendez-vous au 271**.

279

Vous êtes attentif comme un loup surveillant une proie. Le moindre signe suspect, le moindre mouvement dans les branches peut être synonyme de danger pour vous. Vous avancez dans cet épais bois de sapins, vous traversez plusieurs ruisseaux, vous entendez des écureuils croquer dans des pignes mais vous ne rencontrez ni homme, ni autre animal. Au bout d'un long moment vous rejoignez un sentier en provenance de l'Est qui s'oriente vers le Nord. **Rendez-vous au 382.**

280

Vous gagnez 1 PC et vous tirez :
Une balle atteint l'animal dans le flanc droit, au niveau du poumon. Déduisez une balle de l'arme que vous utilisez. Vous savez que cette blessure ne tue pas l'animal sur le coup mais le tue sur quelques mètres, sans aucune échappatoire. Effectivement, le cerf fait un bond, puis deux et s'effondre dans les buissons. Vous approchez pour évaluer votre prise. C'est un jeune qui pèse dans les 10 kilos. Vous traînez l'animal jusqu'au bord de l'eau, vous le videz, vous préparez un feu de bois et vous faites griller une bonne partie de l'animal. Ce repas vous ajoute 4 PE. Vous pouvez

garder deux morceaux, les plus grillés que vous faites fumer dans un épais tapis de cèdre. Ces repas peuvent être pris à tout moment (sauf au cours d'un combat), ils vous redonneront 3 PE chacun (notez tout ça sur votre feuille d'aventure).Vous vous couchez les yeux rivés vers un ciel sombre et sans étoiles. **Rendez-vous au 69.**

281

Une main à la poigne terrifiante vous extirpe de ce bain mortel. Vous essayez d'ouvrir les yeux mais vos cils sont gelés. Vous sentez juste que quelqu'un vous porte sur ses épaules. Vous entendez les pas de cet homme dans la neige, puis le son change et ce sont des pas sur du bois. On vous assoit sur un lit, on vous fait boire un verre d'alcool et on vous couche. Ted vient de vous sauver la vie. Une deuxième fois. Quelques heures plus tard vous vous réveillez dans le lit de Wicasa Omani. À l'endroit même de votre réveil ce matin. Ted est occupé à sculpter un morceau de bois.
— Merci, dites vous d'une voix faible.
— Pas d'quoi novice !
— Vous saviez que j'allais me noyer ?
— Non. Mais j'ai lu dans tes yeux que tu ne renoncerais pas quitte à y perdre ta vie. Donc lorsque tu es sorti de la cabane je t'ai laissé t'éloigner puis j'ai attendu ; au moment où tu as perdu connaissance je t'ai sorti de cette mare un peu fraîche !
Vous frottez vos yeux avec le revers de vos mains et vous constatez que vous avez complètement recouvré la vue. Vous vous asseyez un court instant puis vous vous levez et marchez vers Ted.
— Merci encore, dites-vous en lui serrant les épaules entre vos mains et en le fixant dans les yeux.
— Attends novice, le meilleur moment arrive !
Sur ces mots il arrête sa sculpture, va poser ses outils et l'objet sur une des nombreuses étagères de la cabane et revient vers vous. Il s'assoit face à vous et vous invite à faire de même.
— Alors, ton test de force mentale est réussi. Je te félicite mon garçon. Maintenant tu vas devoir choisir plusieurs objets ainsi que les armes qui t'accompagneront dans la dernière partie de ta quête.
Wicasa Omani m'a laissé un cadeau pour toi. Un cadeau un peu spécial...

— Un cadeau ? Reprenez-vous étonné.
— Oui, enfin une sorte de cadeau...J'ai ici quelques objets et armes appartenant à Wicasa lui-même. Voici la liste :

- Un couteau de chasse (arme CC), manche en sapin, gravé de symboles mystiques dont vous ne comprenez pas le sens.
- Un tomahawk (arme CC), hachette de chef, autrefois enterrée de façon symbolique lorsque deux tribus cessaient de se battre.
- Un arc (arme AD) et son carquois en peau de cerf, orné de perles, d'os et de plumes. Vous comptez 15 flèches avec empennage en plumes d'aigle.
- Un calumet dont le fourneau représente une tête d'aigle et dont le manche est gravé en forme de plume.
- Un collier sur lequel est attachée une pierre bleu turquoise.
- Un collier sur lequel est attaché un os sculpté en forme de serpent.
- Une flûte en os.

Ces objets possèdent tous des propriétés spécifiques. Je ne peux pas t'en dire plus.
Wicasa m'a aussi laissé ce cadeau dont je t'ai parlé, ce présent un peu spécial pour te féliciter d'avoir réussi ton épreuve mentale.
Ted se lève et va chercher un petit sac de cuir. Il l'ouvre délicatement et dépose quatre pierres sur la table. Elles sont de couleur noire, blanche, rouge et jaune. Elles ont toutes la même taille et sont polies.
— Ces pierres remplissent chacune un rôle précis pourvu qu'on utilise les bonnes incantations. Sur ces paroles Ted ajoute :
— Pour poursuivre ta quête tu vas devoir choisir **4** objets de la première liste et **2** des quatre pierres posées devant toi. Voilà mon garçon, ton destin t'appartient, regardes, réfléchis et choisis ton équipement (Ted vous conseille vivement de vous équiper de l'arc et d'une des deux armes de corps à corps...)

Réfléchissez bien avec le peu d'informations que vous avez en votre possession et choisissez les objets comme vous l'a indiqué Ted. Chaque objet vous conduit à un paragraphe donné où vous aurez une description détaillée, du pouvoir et de l'utilisation de cet objet.
Notez bien le numéro de ce paragraphe.

- Un couteau de chasse (arme cc), **rendez-vous au 259.**
- Un tomahawk (arme cc), **rendez-vous au 123.**
- Un arc (arme AD), son carquois et ses 15 flèches, **rendez-vous au 101.**
- Un calumet, **rendez-vous au 113.**
- Un collier sur lequel est attaché une pierre bleue turquoise, **rendez-vous au 438.**
- Un collier sur lequel est attaché un os sculpté en forme de serpent, **rendez-vous au 186.**
- Une flûte en os, **rendez-vous au 115.**
- La pierre noire, **rendez-vous au 368.**
- La pierre blanche, **rendez-vous au 431.**
- La pierre rouge, **rendez-vous au 319.**
- La pierre jaune, **rendez-vous au 336.**

Une fois vos 4 objets et deux pierres choisis, **rendez-vous au 109.**

282

Vous fixez le rocher des yeux et en un éclair vous faites un saut sur le coté droit, vers un autre bloc. Votre réception est instable et vous chutez sur le sol en vous blessant au genou. Cet accident vous coûte 2PE. L'énorme bloc de pierre vient s'écraser contre le bloc où vous étiez quelques secondes auparavant. Des pierres sont projetées partout autour mais aucune ne vous atteint. Sonné, secoué par ce spectacle et par ce à quoi vous avez échappé vous gravissez le dernier bloc et vous vous remettez en route dans le Gorges du Grand Vent. **Rendez-vous au 266.**

283

Vous avancez prudemment dans l'allée et vous scrutez le moindre mouvement de toile, la moindre présence qui trahirait un soldat. Vous êtes soudain rejoints par les trois autres membres du groupe d'éclaireurs dont vous faites partie : Loup-Agile, Trois pierres et Otaktay. Ils s'approchent de vous et vous remarquez qu'Otaktay a le visage couvert de sang :

— Ca va ? Lui demandez-vous instantanément.

— Oui, ne t'inquiète pas mon frère, un soldat qui avait juste la gorge qui saignait beaucoup...
Loup-Agile prend la parole :
— Il faudrait trouver les tentes des gradés ; si on trouve et qu'on tue les gradés, Custer se sentira faible et si on tue le colonel Custer, les troupes prendront la fuite...
— Oui mais on a aucune idée sur la position de la tente qui abrite les officiels... Reprend Trois-Pierres.
— Vous pensez vraiment que les gradés sont encore dans leurs tentes ? Demandez-vous. Je pense qu'ils sont déjà dans les allées à combattre notre groupe...
— Alors assez parlé et à vos couteaux mes amis ! Corbeau-qui-Danse n'en peux plus, et toute la fureur combative de votre ami vient d'exploser dans cette phrase. Vous vous élancez tous les cinq dans le prolongement de cette allée. Vous entendez toujours le vacarme des armes militaires et les cris de guerre de tous les natifs encore debout. Soudain deux soldats font irruption devant vous et ouvrent le feu. Vous plongez chacun derrière les tentes et vous vous retrouvez avec Otaktay. Vous devez combattre un soldat, vos trois amis s'occupant du deuxième.

Soldat de cavalerie
Endurance : 15
Combat AD

Le soldat vous touche avec un 6 et possède une carabine Colt cal.45-60 (+6PDS) chargée de 5 balles, deux revolvers Remington cal.38 (+3PDS) chargé chacun de 6 balles. Le soldat ne pourra pas recharger du fait que vous soyez deux contre lui. Vous pouvez augmenter de 3 points votre lancer de dés qui détermine qui frappe le premier, en raison de la présence d'Otaktay à vos côtés. Si vous sortez vainqueur de ce combat, **rendez-vous au 457.**

284

Vous vous dirigez au son des eaux de la rivière, le bruit s'amplifie au fur et à mesure de votre route. Vous arrivez bientôt à un virage qui reprend la direction du Nord et qui suit la rive droite de la rivière. La pente est sacrément prononcée mais avec un peu d'adresse vous devriez ressortir plus haut sans problème...

Vous vous lancez donc sur cette pente aussi difficile que glissante, toujours à cause de cette mousse spongieuse, gorgée d'eau. Vous apercevez au bout de quelques dizaines de mètres, sur votre droite, un groupe d'hommes, natifs, en train de pêcher. Vous n'arrivez pas bien à distinguer s'ils sont amis ou ennemis car les cascades fréquentes dans la rivière génèrent un mur de brume d'eau. Si vous souhaitez vous approchez pour voir de quoi il retourne, **rendez-vous au 270.** Si vous préférez rester sur votre sentier et continuer à monter, **rendez-vous au 96**.

285

La nuit risque d'être froide car le vent se lève de plus en plus, vous vous hâtez de préparer un abri pour votre feu avec des grosses pierres recouvertes d'une magnifiques mousse verte, vous allumez un beau brasier dont l'odeur de résine parfume agréablement toute la zone. Vous restez assis quelques minutes devant les flammes et commencez à être hypnotisé par la danse qu'elles vous offrent ; le rouge, l'orange, le jaune et les flashes bleutés vous assaillent et vous plongent dans une étrange torpeur. Vous essayez de lutter contre cette fatigue, il n'est que 16h, mais rien n'y fait, vous sentez inexorablement le sommeil vous faire baisser les paupières. Vous vous allongez sur le coté et vous vous endormez profondément. **Rendez-vous au 313**.

286

Quatrième Jour :

Vous vous réveillez avec un vent frais qui augure une journée toute en grisaille. Le ciel est couvert – peut être un peu de pluie pour aujourd'hui. Vous avalez quelques fruits sauvages et vous vous enfoncez dans la forêt. Votre progression est ralentie par les buissons épineux qui bordent la rivière, sortes d'acacias bas aux épines plus longues. Vous savez que vos amis, s'ils chassaient lorsqu'ils ont été blessés ou attaqués, chassent toujours au même endroit, une des trois clairières au cœur de la forêt : une vaste étendue herbeuse où bon nombre d'animaux viennent manger tranquillement. Plusieurs arbres offrent des abris sûrs pour les chasseurs, pour peu qu'un arc soit utilisé, on peut rester embusqué des heures durant. Cela fait une bonne demi-heure que vous longez la rivière et vous arrivez à une bifurcation. Un chemin s'enfonce vers l'Ouest. Un autre sentier continue de remonter la rivière en la longeant vers le Nord.

Si vous souhaitez partir vers l'Ouest, au cœur de la forêt, où vous serez sûrement plus abrité des éventuels bandits mais où votre chemin sera quelque peu rallongé, **rendez-vous au 213**. Si vous préférez longer la rivière pour arriver plus vite à la clairière, mais en étant plus à découvert, **rendez-vous au 348.**

287

Vous perdez 2PS et 2 PE.

Vous saisissez le collier sur lequel se balance la pierre turquoise, vous la serrez fermement entre vos doigts et vous prononcez l'incantation :

— Cké makà, lek t'è io. Tak'letwi hoka hè mapi è...

Vous fermez les yeux et vous répétez dans votre tête cette incantation plusieurs fois en visualisant un paisible cours d'eau.

Vous n'ouvrez les yeux que lorsque de longues minutes se sont écoulées.

Le spectacle qui s'offre à vous est merveilleux :

Le fougueux torrent de montagne est devenu une rivière paisible à l'ondulation reposante. Le bruit envahissant des flots est devenu un doux son continu de source. Cette pierre Navajo est décidément très puissante... Vous ne perdez pas une seule seconde et vous poussez le tronc jusqu'à l'eau. Vous l'enjambez en ayant pris soin de ramasser une longue branche pour vous servir de gouvernail et de rame. Vous commencez la descente de la rivière. **Rendez-vous au 190.**

288

Vous poussez doucement la porte d'entrée et vous pénétrez dans la cabane. Une table basse occupe le centre de la pièce. Dans l'angle à droite de la porte d'entrée se tient un lit fait de branches, de mousse et d'une peau de bison. Une cheminée, très grande pour une si petite habitation, siège fièrement dans le mur qui fait face à l'entrée. Tout un tas d'objets, rituels, cérémoniels et autres sont éparpillés sur le sol ou posés sur les différents reposoirs creusés dans des demi-troncs d'arbre. Une fenêtre sur votre gauche, fermée par un rideau en peau et ornée de motifs, et une deuxième, plus grande dans le mur à votre droite. Vous remarquez qu'un calumet est posé en évidence sur la table basse. De nombreuses herbes sont déposées en petits tas juste à coté. Mais le Vieux Chaman n'est pas au rendez-vous, après tant d'heures de marche, tant de dangers affrontés et tant de questionnement, l'homme qui doit tout vous enseigner n'est pas là... Vous avancez au centre de la pièce avec un profond sentiment de tristesse. Vous pouvez prendre la flûte en os qui traîne sur le lit et si le cœur vous en dit, jouer une mélodie, **rendez-vous au 35**. Vous pouvez ressortir de la cabane et aller voir si le chaman n'est pas vers la cascade non loin d'ici, **rendez-vous dans ce cas au 56**. Vous pouvez aussi vous asseoir et fumer le calumet en priant le Grand Esprit, **rendez-vous dans ce dernier cas au 172.**

289

Vous gardez l'équilibre et vous évitez une chute au sol. Au bout d'une centaine de mètres, le chemin se sépare en deux itinéraires. Un sentier continue vers le Nord Est, il s'enfonce dans un bois de séquoias et disparaît aussi loin que porte votre vue ; l'autre chemin, se dirigeant vers le Nord, n'est quasiment pas recouvert de neige, car de grands sapins aux longues branches l'ont protégé des flocons.

Si vous voulez continuez votre route sur le sentier neigeux, **rendez-vous au 220**.
Si vous préférez marcher sur de la terre, **rendez-vous au 390.**

290

Le courant devient vraiment très fort, votre canoë heurte un rocher à l'avant, Corbeau-qui-Danse réussit à ne pas passer par dessus bord mais vous n'avez pas cette chance.
Vous vous retrouvez dans une eau agitée et froide. Vous nagez de toutes vos forces pour rejoindre les berges mais vous perdez un objet de votre équipement (au choix, rayez-le de votre feuille d'aventure). **Rendez-vous ensuite au 125.**

291

Vous pouvez tenter de tuer cet animal d'un seul coup en plein poumon. Vous préparez votre arme de distance et vous vous abaissez. Vous marchez accroupi entre les arbres en prenant soin de ne pas avoir le vent dans le dos. Vous êtes à une dizaine de mètres de l'animal lorsqu'il décide de se redresser sur ses pattes antérieures et commence à se frotter le dos contre un tronc. C'est le moment de tirer. Tentez votre agilité en déduisant 2 points du résultat obtenu aux dés en raison de votre furtivité et de votre avantage sur l'animal. Si vous réussissez **rendez-vous au 195**. Si vous échouez **vous devez combattre au 145**.

292

Vous faites un nœud bien solide à la corde que vous entourez autour d'un rocher assez massif. Il vous reste environ 7 mètres de corde pour descendre à flanc de paroi. Vous tenez fermement la corde et vous entamez une descente lente et prudente. Vous stabilisez en arrivant à la plateforme et vous repartez quelques instants plus tard. Vous arrivez à environ deux mètres du sol, lorsque vous sentez que vous n'avez plus de corde. Vous la lâchez en espérant de ne pas vous blesser lors de la réception. Tentez votre chance, si vous êtes chanceux, **rendez-vous au 242.** Si vous êtes malchanceux, **rendez-vous au 94.**

293

Vous lancez votre monture au galop à la poursuite de l'homme qui a sauvagement tué votre ami, votre frère. Vous remarquez que des dizaines de soldats éclopés, partent en chevauchant dans toutes les directions, hagards, perdus et en déroute. Mais votre objectif, lui, est bien devant vous à quelques centaines de mètres au Nord. La pluie s'arrête petit à petit et les nuages se dissipent. Une lune jaune et douce montre enfin son visage. Vous ne distinguez pas bien où se trouve Custer mais vous entendez le galop de son cheval et les bruits de succion dans le sol détrempé. Vous talonnez votre cheval, une belle monture au crin noir et au poil caramel et vous approchez doucement du colonel qui cherche sûrement à rejoindre un poste militaire de la région pour y trouver refuge. Votre cheval est beaucoup plus puissant que le sien et

en quelques minutes vous êtes sur ses fers, il se retourne en entendant un cavalier dans son dos et change de visage lorsqu'il s'aperçoit qu'un guerrier natif le poursuit, et quel guerrier :
Votre visage est couvert de boue, votre tunique beige est tachée à maints endroits par le sang de vos ennemis. Vous avez reçu de nombreuses blessures, mais vous êtes toujours là, et plus déterminé que jamais. Vos longs cheveux noirs flottent derrière votre nuque et ondulent au rythme du galop. Vous tenez les rennes d'une main et vous brandissez le couteau de votre frère d'arme mort. Vous hurlez :
– COORBEAU !
Custer voit foncer sur lui un guerrier à l'allure spectrale, au dessus duquel plane une ombre noire à tête de corbeau. Votre ami vient vous prêter main forte une dernière fois en se matérialisant sous la forme d'un corbeau géant et vaporeux au dessus de vous. Custer se retourne pour regarder devant lui et talonne son cheval de plus belle. Vous le rattrapez en quelques secondes. Arrivé à son niveau, vous avez deux possibilités :
Sauter sur le colonel pour le désarçonner et tomber au sol avec lui, **rendez-vous pour ce cas au 224.**
Planter votre couteau dans la cuisse de son cheval et attendre la chute de l'homme et de l'animal pour passer au combat, **rendez-vous au 167.**

294

Une horrible sensation d'étouffer vous prend d'assaut durant quelques minutes. Vous essayez de garder votre calme et la sensation s'estompe peu à peu. Vous voyez une multitude de visages grimaçants en costume de toile bleu. Des détonations semblent vous déchirer les tympans. Vous voyez des Blackfeet scalper des soldats avec une violence inouïe. Des gerbes de sang partent dans tous les sens. Et soudain vous êtes seul, seul face à des dizaines de soldats. Il n'y a plus un seul son. Vous vous retournez et vous voyez vos amis et semblables charger vers les soldats : ils hurlent en brandissant tomahawk et lances. Vous regardez à nouveau vers les soldats et vous voyez deux soldats en train de diriger une arme nouvelle vers la ligne d'attaquants natifs, une sorte de fusil avec six canons jumelés. Une grosse plaque de bronze sur le coté de l'arme indique «Gatling Gun 1842. cal.4-70». Et soudain, l'impensable... L'arme commence à tourner et crache des gerbes de flammes en projetant des balles à une cadence phénoménale. Les projectiles vous traversent sans vous blesser, mais lorsque vous regardez vos amis, ils se font déchiqueter les uns après les autres. Des cris, du sang, des lambeaux de chair, des membres. Une véritable folie meurtrière. Vous revenez à vous en pensant sans arrêt à ce «canon cracheur de feu». Retenez bien ce mot. Notez ce nombre sur votre feuille d'aventure : 4.70 .Vous sortez du tipi tout dégoulinant de sueur ; l'air frais et vif de l'automne vous fait le plus grand bien. **Rendez-vous au 400.**

295

Quelques instants plus tard, neuf cavaliers portant Stetson noirs pour la plupart, pantalons, cache-poussière, et chemises noires, arrivent sur la piste. La garde rapprochée du Sheriff de Murray city. Des hommes impitoyables, méchants et sournois. L'un deux dit :

— Hell ! Pas de trace de ces chiens galeux.

Un autre répond :

— A mon avis ils sont déjà loin...

Les cavaliers prennent la direction du Nord en soulevant un épais nuage de poussière et d'herbe.

Vous pensez que ces hommes sont à la recherche des deux hommes de cette nuit. **Rendez-vous au 112.**

296

Vous partez en courant vers les deux soldats qui ne comprennent pas bien ce que font des guerriers natifs dans leur camp militaire. Avant qu'ils n'aient trouvé la réponse, vous sautez sur le soldat le plus proche et vous lui décochez un coup de poing magistral. Tentez votre agilité, si vous réussissez, il est sonné et perd 2 PE, de plus vous portez le premier coup en lançant les dés (vous sautez l'étape du lancer de dés pour savoir qui frappe le premier), si vous échouez le soldat se relève aussitôt et vous saute dessus en brandissant une baïonnette :

Soldat
Endurance: 12
Combat CC

Le soldat vous touche avec un 6 et possède une baïonnette (+2 PDS). Aucun de vous deux ne pourra passer en combat à distance. C'est un combat à mort entre vous deux. Si vous triomphez de votre adversaire, **rendez-vous au 388.**

297

Vous commencez l'escalade de la paroi, vous assurez vos prises et vous progressez doucement et difficilement. Par chance de temps en temps un arbre qui a poussé à flanc de paroi vous offre un instant de répit pour reposer vos membres mis à rude épreuve. Vous voyez la cascade sur votre droite et vous pensez que si vous faites une seule erreur vous aurez intérêt à vous jetez coté gauche au risque de vous casser les os, plutôt que de finir dans les eaux mortelles de cette rivière. Vous reprenez votre escalade, après une pause contre un pin noir. Vous faites une belle progression d'une dizaine de mètres mais vous êtes bloqué. Impossible de reculer et la seule façon pour vous d'avancer est de tenter un saut sur une corniche vers la cascade. Testez votre agilité, si vous réussissez, **rendez-vous au 93**. Si vous échouez, tentez votre chance, et si vous réussissez cette fois **rendez-vous au 61**. Si vous échouez de nouveau, **rendez-vous au 341.**

298

Un grognement se fait entendre sur votre droite. Vous tournez la tête et vous apercevez un énorme loup gris cendré, un vieux mâle solitaire pensez-vous. Il grogne dangereusement en vous regardant et montres des crocs menaçants. Engager un combat sur ce terrain, avec une pente aussi forte et avec ce vent serait une folie furieuse... Vous espérez que le loup n'attaque pas. Si votre total de bravoure est inferieur à 12, **rendez-vous au 257**. S'il est supérieur à 12, **rendez-vous au 15.**

299

Vous progressez prudemment entre les sapins sombres. Quelques bouleaux à l'écorce noire et blanche réapparaissent entre les sapins, signe que vous approchez du pied des Montagnes Sacrées et de la végétation des plaines. Vous repensez à la signification des traces peintes sur le tronc d'arbre, un trait horizontal, deux traits

verticaux et un cercle bleu qui entoure le tout... Vous ne cherchez pas bien longtemps car ce que vous apercevez à une trentaine de mètres finit d'éclairer votre esprit.
Deux chevaux sont attachés aux arbres, ils remuent paisiblement leurs longues queues souples. Vous percevez des voix, un plus loin vers la gauche, mais sans entendre ce qu'il se dit. Vous vous baissez et avancez à pas de loup vers un buisson où vous vous dissimulez. **Rendez-vous au 268.**

300

Une voie orientée Est-Ouest, large d'un mètre cinquante, s'offre maintenant à vous. Le sol recommence à être couvert d'herbes de montagne, et quelques sapins noirs font leur apparition par ci, par là. Vous progressez sur cette voie sans encombre durant trois heures, et vous sentez la fin de journée approcher à grand pas. La luminosité baisse, la température avec... Il va falloir trouver un abri pour la nuit, car le sommet et la cabane du Chaman ne doivent plus être très loin mais vous ne pouvez pas continuer votre ascension de nuit ; demain matin vous allez trouver cette cabane et peut être le chaman...Vous arrachez quelques branches de sapins dont les aiguilles nombreuses et serrées vous donnent un excellent matelas. Du bois mort ramassé ça et là sera un bon départ pour un feu de camp. Vous ne tardez pas à trouver d'innombrables champignons et une bonne quantité de salade sauvage. Une fois votre repas pris (vous regagnez 4 PE), vous remerciez le Grand Esprit pour tous ces présents, vous remettez un gros morceau de bois dans les braises et vous ne tardez pas à vous endormir. Si vous avez une peau d'animal vous pouvez vous en servir de couverture, la nuit risque d'être glaciale à cette altitude. Vous fermez les yeux en fixant les étoiles, la douce odeur du feu de bois dans le nez et les lueurs rouges-orangées qui dansent devant vos yeux, dans ce sous-bois. **Rendez-vous au 78.**

301

Vous êtes surpris par l'extrême froid qui se répand dans tout votre corps. Vos membres s'engourdissent à une allure impressionnante et vous avez du mal à nager. Le courant vous transporte comme une brindille et vous heurtez plusieurs fois des rochers. Vous parvenez néanmoins à regagner la rive. Vous êtes transi de froid et cette baignade vous a coûté 7PE. Vos n'avez d'autres choix que de vous frayer un chemin de fortune entre les séquoias, en gardant le Nord Ouest comme direction. **Rendez-vous au 233.**

302

Vos tirs arrivent juste à blesser trois chasseurs qui tombent de leurs chevaux. Vous devez engager un combat dantesque un peu particulier :

1er chasseur Blackfeet
Endurance : 13

2e chasseur Blackfeet
Endurance : 12

3e chasseur Blackfeet
Endurance : 3 (il est blessé).
Combat CC, AD pour tout le groupe.

Les 2 chasseurs valides ont besoin d'un 6 pour frapper, le chasseur blessé frappe avec un 9.Vous pouvez déduire 2PD qui vous seraient infligés pour toute la durée du combat, en raison de vos abris à vous et à vos amis.
Ce premier groupe de chasseurs est celui contre lequel vous allez concentrez vos attaques. Le combat se déroule comme un combat classique contre plusieurs adversaires. Les chasseurs possèdent un arc avec vingt flèches (+3PDS), un Colt Navy cal.36 (+3PDS) six coups avec 20 balles de réserve et un couteau pour le corps à corps (+2PDS). Si vous battez vos ennemis vous ne pourrez pas récupérer leurs armes car ce sont des Blackfeet et leurs armes appartiennent à une tribu ennemie.
Dès que vous avez battu un adversaire, tirez un dé, si vous obtenez 1, 2, 3 vous perdrez 1 PE car vous êtes obligé de surveiller vos amis blessés. Si vous obtenez 4, 5, 6 vous ne perdrez rien, vos amis se défendent sans problème.
Vos amis se battront contre deux groupes de trois chasseurs.

Si vous remportez le combat, considérez que vos amis ont réussi. **Rendez vous alors au 97**. Si vous perdez le combat vos amis mourront avec vous, consultez alors le paragraphe 18.

303

Les bisons vous ont causé quelques courbatures douloureuses et lancinantes et vous avez du mal à supporter le trot du cheval. Heureusement pour vous, les Montagnes Sacrées ne sont plus qu'à quelques heures. Vous savez que trois chemins existent pour en atteindre le sommet. Ces trois chemins vous conduiront à la route des crêtes qui longe toute l'arête principale de ces montagnes. Vous devrez marcher le long de cette arête, à une altitude assez importante, pour tenter de trouver le chemin unique qui conduit au sommet, un étroit passage, entre des roches saillantes et acérées. Vous essayez d'imaginer le visage du Vieux Chaman, vous pensez aux épreuves qu'il vous réserve et vous sentez un petit sentiment d'excitation mêlé à un brin de peur envahir lentement votre esprit. Soudain Petit-Nez vous sort de vos pensées :
— Alors tu vas devenir chaman !
— Je vais surtout recevoir l'enseignement du Vieux Chaman, et si je suis assez robuste, physiquement et spirituellement je pourrais à mon tour enseigner ce savoir aux autres.
— Mais ton grand-père ne t'a vraiment rien dit au sujet des épreuves du Vieux Chaman ? La question de Petit-Nez vous confirme que tout ceci l'intrigue au plus haut point. Vos réponses de ce matin n'ont pas rassasié sa curiosité. Vous vous décidez à lui donner un peu plus de renseignements sur ce qui vous attend, du moins ce que vous savez :
— Le Vieux Chaman va me faire passer une série d'épreuves. Il faudra aussi que je réponde à ses questions pour qu'il puisse fouiller au fond de mon âme. Ensuite je suppose qu'il va m'enseigner des prières de guérison, de communication et il m'enseignera aussi le pouvoir des plantes.
Votre ami Corbeau-qui-Danse écoute vos paroles, amusé de voir Petit-Nez boire vos mots. Corbeau-qui-Danse est Sioux lui aussi et connaît toutes ces histoires de Chamans, d'homme médecine et de communication avec les autres dimensions. Petit-Nez est un Cheyenne, dont les Chamans restent très secrets, ils sont considé-

rés comme des hommes mi-vivants, mi-morts par leur tribu. Vous voulez continuer à émerveiller Petit-Nez alors vous ajoutez :
— ...et ensuite, tu sais je ce que je vais faire, Petit-Nez ?
— Non, répond-il en toute innocence.
— Je vais voler comme l'aigle pour rejoindre mon camp !...
Petit-Nez reste sans voix, puis son visage change d'expression et il éclate de rire en comprenant votre plaisanterie.
Après quelques heures de galop, vous voyez enfin la base des Montagnes Sacrées à quelques centaines de mètres devant vous.
— On est arrivés, dites vous à vos amis. Je vais passer la soirée dans ces bois et je partirais au lever de soleil.
Vos amis arrêtent leurs chevaux, vous descendez, rassemblez le reste d'équipement qui se trouve dans les sacoches en cuir brun pendant sur les cuisses du cheval, et vous regardez vos amis. Corbeau-qui-Danse vous dévisage sans un mot. Petit-Nez l'imite. Tous les deux lèvent les yeux vers l'imposante masse rocheuse que forment les Montagnes Sacrées. Vous vous retournez vers elles et subissez l'écrasement devant un tel spectacle. Vous avez un mal fou à imaginer un Vieil homme seul vivant là-haut. Pourtant c'est cet homme que vous devez trouver, c'est cet homme qui doit tout vous enseigner, c'est cet homme le but ultime de votre voyage.
Petit-Nez soupire sans même vous regarder :
— Sois prudent surtout et fais confiance à ton âme...
Corbeau-qui-Danse ajoute :
— Töke Wanka Tanka `kin yècicapi ni...
Petit-Nez tire sur les rennes de son cheval et sans dire un mot, vous lance un regard que vous voyez larmoyant et part au galop quelques mètres plus loin, vous tournant le dos. Corbeau-qui-Danse et vous échangez un regard. Vous sentez une larme couler sur votre joue et vous voyez Corbeau-qui-Danse serrer les mâchoires pour ne pas pleurer. Vous lui tendez les rennes de votre cheval, il tire sur les celles de sa monture et rejoint Petit-Nez. Ils regardent une dernière fois les Montagnes Sacrées et sans se retournervers vous, partent au galop vers le Sud Ouest. En quelques minutes vous ne voyez, ni n'entendez plus vos amis. Vous êtes seul face aux montagnes, seul face à votre destin. Vous repensez aux visages de vos amis regardant les Montagnes Sacrées comme s'ils avaient peur qu'elles vous arrachent à eux pour

toujours...Vous répétez les derniers mots de Corbeau-qui-Danse comme une prière :
— Töke Wanka Tanka `kin yècicapi ni...
Ce qui signifie dans votre langue : Que le Grand Esprit soit à tes côtés...
Rendez-vous maintenant au 160.

304

Vous avancez à pas de loup et vous vous collez contre le tronc d'un cèdre. Vous observez attentivement la clairière, les arbres, les branches. Vous essayez de distinguer où vos amis auraient pu se cacher. Vous voudriez appeler mais vous pensez qu'attirer le Clan des Vipères ne soit pas une si bonne idée. Soudain un cavalier apparaît entre deux sapins sombres. Vous vous agenouillez derrière un gros buisson. Un deuxième cavalier sort du même endroit. Un autre arrive en face de votre position. Enfin un dernier sort à quelques mètres de vous. Ils descendent tous les quatre de leurs montures, les attachent à des arbres et se réunissent au centre de la clairière. **Rendez-vous au 461.**

305

Vous reprenez votre route en espérant ne pas rencontrer d'autres animaux sauvages aussi coriaces. Vous marchez d'un pas alerte sur le sentier qui se découvre de neige au fur et à mesure que vous approchez du bas de la montagne. Il vous aura fallu quatre longues heures de marche lorsque vous arrivez enfin au pied des Montagnes Sacrées. La vaste plaine du Nord s'étend devant vous à perte de vue, vous apercevez les nombreuses rivières qui serpentent dans toute la vallée. Vous ne tardez pas à retrouver une herbe humide sur le sol, gorgée d'eau qui indique que vous avez réussi à sortir de la montagne. Le soleil timide commence à descendre vers l'horizon. Vous ne voulez pas risquer de croiser des guerriers Blackfeet durant la nuit, et vous décidez d'établir votre camp, dissimulé entre les érables qui bordent le pied des Montagnes Sacrées. Vous ne faites pas de feu, mais vous pouvez manger quelque chose si vous possédez de la nourriture ; sinon une rapide cueillette de champignons et quelques racines vous apaiseront pour la nuit (vous regagnez jusqu'à 3PE). **Vous vous réveillerez au 329**.

306

Vous perdez l'équilibre et vous tombez lourdement au sol. Le manteau de neige amortit quelque peu la chute mais vous perdez tout de même 2PE. Vous vous redressez en quelques secondes et vous reprenez votre route. Au bout d'une centaine de mètres, le chemin se sépare en deux itinéraires. Un sentier continue vers le Nord Est, il s'enfonce dans un bois de séquoias et disparaît aussi loin que porte votre vue ; l'autre chemin se dirige vers le Nord et n'est quasiment pas recouvert de neige, car de grands sapins aux longues branches l'ont protégé des flocons.

Si vous voulez continuez votre route sur le sentier neigeux, **rendez-vous au 220**.

Si vous préférez marcher sur de la terre, **rendez-vous au 390.**

307

Vous vous élancez vers le trappeur et vous lui décochez un formidable coup de poing dans la mâchoire, il ne tombe pas. Il crache du sang, se retourne et vous regarde avec deux yeux d'un bleu aussi froid que les eaux de la Rivière du Loup.

Il vous faut agir vite :

Si vous voulez en finir avec cet homme, au risque d'avoir une vingtaine de villageois sur le dos, **rendez-vous alors au 450.**

Si vous préférez tenter un dialogue avec cet homme, **rendez-vous au 469**.

Enfin si vous préférez vous excusez, **rendez vous au 323.**

308

Corbeau-qui-Danse dit à Petit-Nez :

— On va emprunter ce canoë. On descend la rivière et on file à Murray city. Le courant n'est jamais trop fort, il faudra juste qu'on accoste avant les rapides qui précèdent la cascade de l'Est.

Vous pensez que c'est une bonne idée étant donné l'état de la cuisse de Petit-Nez, moins il marche, mieux il se portera.

Vous approchez doucement du canoë, un chasseur n'est peut être pas loin... Vous montez à bord tous les trois et vous vous éloignez rapidement de la berge pour regagner la rivière qui s'enfonce dans la forêt. **Rendez-vous au 180**.

309

Vous avancez de quelques mètres dans cette magnifique forêt lorsque vous remarquez au pied d'un arbre une dizaine de gros champignons, ils sont comestibles et vous décidez de vous arrêter ici pour la nuit. Après avoir fait un beau feu de camp et avoir bien mangé vous ne tardez pas à vous endormir. **Réveillez-vous au 51**.

310

Vous regagnez le centre de la cour et vous entendez une explosion un peu plus loin sur votre gauche, puis une autre loin devant vous. Des lumières orangées embrasent soudain le ciel noir, défiguré par la pluie torrentielle qui tombe toujours sur le campement.

Un des guerriers hurle ces mots :

— Mes amis, les tentes sautent les unes après les autres, on a trouvé leur réserve de dynamite et on tue les hommes trente par trente ! La victoire est proche !

Pour achever notre mission, nous devons tuer tous les blessés ou agonisants et les faire brûler en même temps que le reste du camp. Custer doit se terrer dans une des innombrables tentes, mais il finira par sortir de son trou...

— Vous avez vu où étaient les chevaux des soldats ? demandez-vous aux guerriers.

— On en a vu une centaine là-bas (il désigne le Nord Est) et un bon nombre par là (il pointe cette fois le Sud)...

— Il me faut un cheval et soixante autres pour les hommes encore valides ; les gradés et le colonel Custer ne sont pas ici. Ce camp est celui des soldats de ligne. Les officiers spécialisés, les tireurs d'élite, les gradés et le colonel sont ailleurs, et je pense savoir où...

— Tu en es sûr ? vous demande un guerrier Cheyenne.

— Tu penses vraiment que si quatre cents soldats s'étaient réveillés en pleine nuit, attaqués par cent vingt neuf guerriers peaux-rouges, nous serions en train de discuter, ici ??

On n'a eu que la partie facile... Le plus dur reste à faire... Crois moi ! Et vous adressant à tous les hommes présents devant vous, vous ajoutez :

— Mes amis, la bataille a été rude, beaucoup de nos frères ont déjà rejoints le Grand Esprit, et c'est justement pour leur mémoire que nous devons terminer ce pour quoi nous somme ici : repousser Custer et ses troupes, et leur faire assez mal pour être tranquille pendant des années...
Le guerrier qui dit avoir aperçu les chevaux hurle alors :
— HOKA HEY ! Et il part en courant suivi par tous les hommes présents ici, vous y compris. **Rendez-vous au 433.**

311

Septième jour :

Vous vous réveillez aux premières lueurs de l'aube, le ciel est très dégagé et il n'y a pas un souffle d'air, une bonne nouvelle...Vous rassemblez votre équipement et vous sortez de la forêt de sapins. Après avoir cueilli et mangé quelques baies acidulées (vous récupérez jusqu'à 2PE), vous regardez de nouveau les imposantes Montagnes Sacrées. Vous allez devoir choisir un itinéraire parmi les trois susceptibles de vous conduire jusqu'à la crête :
- Le sentier du Nord Ouest qui est le plus panoramique, avec un passage assez vertigineux sur les bords des falaises. Si ce sentier vous attire, **marchez jusqu'au 141.**
- Le sentier du Nord qui est le plus long mais aussi le moins risqué. S'il vous semble judicieux de l'emprunter, **avancez jusqu'au 191.**
- Le sentier Nord Est qui est le plus court pour atteindre le sommet mais aussi le plus risqué, avec un passage plus que dangereux dans les « Gorges du Grand Vent ». Si ce dernier chemin vous paraît le bon, **suivez la piste jusqu'au 95.**

312

Vous arrivez au lac après 6 longues heures de marche, votre estomac commence à vous rappeler que vous n'avez rien avalé depuis ce matin. Le lac est clair et limpide, bordé d'épicéas sombres, aux longues branches tombantes. Deux rivières arrivent des Montagnes Sacrées et se diffusent dans le lac :
Celle au Nord est assez agitée, chargée en pierre de montagne et reconnue poissonneuse, l'autre rivière plus à l'Est est calme et claire ; enfin une rivière repart du lac et s'enfonce dans la forêt,

au Sud. Vous pensez que trouver quelque chose à se mettre sous la dent serait une bonne chose, si voulez vous essayer de chercher du coté de la rivière Nord, **rendez-vous alors au 157**, si la rivière à l'Est vous tente plus, **rendez-vous au 116**, enfin si c'est la rivière Sud qui vous attire, **rendez-vous au 152**.

313

Vous êtes dans une cabane, petite et simple. Vous êtes adossé au mur qui fait face à la porte d'entrée. De nombreux objets tels que des pièges à rêves, des plumes et des osselets sont posés sur la table basse centrale. Un lit fabriqué avec des branches en guise de structure et de la mousse recouverte d'une peau de bison pour tout matelas, est placé dans un des angles de la cabane. Une cheminée diffuse une lueur orangée dans toute la pièce. Soudain vous observez un vieux bonhomme, de dos qui regarde par la fenêtre. Il possède de longs cheveux blancs comme la neige, qui lui descendent jusqu'aux reins, il tient un bâton orné de perles et de plumes dans la main droite et appuie sa main gauche contre le mur. Vous sentez que vous approchez de ce vieil homme sans même marcher, vous glissez sur le sol, flottez même. Vous arrivez à quelques centimètres de son dos et vous traversez le vieil homme pour entrer dans son corps. Vous voyez désormais par ses yeux... Et vous voyez un homme se diriger vers votre cabane... Vous ne contrôlez rien, votre corps se met à bouger tout seul. Vous vous dirigez vers la table. Un flash blanc aveuglant vous parvient. Vous êtes maintenant face à la table. Vous préparez un mélange d'herbes tout en récitant des prières dont vous ne comprenez pas le sens. Vous déposez un calumet sur la table et un nouveau flash vous aveugle.

Vous courez dans la forêt, vous serpentez entre les troncs d'arbres et vous apercevez une rivière, puis un peu plus loin une cascade. Nouveau flash blanc. Vous êtes maintenant ballotté par les eaux tumultueuses. Nouveau flash aveuglant.

Vous vous réveillez d'un bond. Vous transpirez abondamment et vous comprenez que vous avez rêvé. Vous n'avez dormi que quelques minutes, pourtant vous êtes fatigué comme au milieu de la nuit. Vous vous levez et vous vous mettez en quête de nourriture. Vous ne tardez pas à trouver des champignons délicieux ainsi que des fruits sauvages. Vous avalez votre repas (ajoutez 3

PE à votre total) et vous vous endormez rapidement. **Rendez-vous au 311.**

314

Vous prélevez délicatement quatre grosses larves blanches, et vous en portez une à vos lèvres. Vous mâchez avec une mine de dégoût lorsque la larve explose dans votre bouche et libère un jus épais et amer. Un haut-le-cœur vous assaille immédiatement mais vous dominez votre nausée. Vous mangez les 3 autres larves et vous marquez un temps d'arrêt. Ces larves sont très nourrissantes comme tout ce qui appartient au monde des insectes. Vous regagnez 4PE et 1PB pour votre courage. **Rendez-vous maintenant au 98**.

315

Custer tombe à genoux lors de votre dernier coup de couteau. Il vous regarde et vous dit d'une voix chancelante :
— Putain de peau-rouge... Vous êtes vraiment une bande de sauvages entêtés ! Vous voulez pas les lâcher vos putains de territoires...
— Non, répondez-vous, haletant mais calme. On ne veut pas les lâcher et vous avez perdu... Et maintenant, toi, je vais te faire un petit cadeau... Je vais te faire voir ce qu'est un vrai sauvage.
Vous envoyez un coup de pied dans la poitrine du colonel qui se retrouve allongé sur le dos. Il se tient le bas ventre, où ses blessures sont les plus profondes.
Vous poursuivez d'une voix encore plus calme et posée, maintenant que vous avez retrouvé votre souffle :
— Je vais te scalper avec le couteau de l'homme que tu as tué en traître, en tirant trois balles dans son dos. Et une fois que ton scalp ornera mon cheval, je vais t'arracher le cœur...
— Tu es vraiment un sau...
SCHLIING !
Le colonel Custer hurle à s'en déchirer la gorge tant la douleur de la lame découpant son cuir chevelu est intenable. Il commence à s'évanouir mais après deux gifles, revient à lui. Vous poursuivez alors lentement le travail du scalp. La lame est partie du front et remonte le crâne pour finir au niveau de la nuque. Une coulée de

sang où flottent des cheveux se répand sur les joues du colonel qui pleure maintenant comme un bébé.
Vous posez la toison encore chaude et saignante de Custer sur le pommeau de la selle de votre cheval et vous revenez vers lui.
Vous le regardez une dernière fois dans les yeux et vous lui dites :
— Cette terre ne te mérite pas, ces herbes ne méritent pas d'être souillées par ton sang impur, meurt en souffrant comme tous les innocents que tu as massacrés. En prononçant ce dernier mot, vous plantez votre couteau jusqu'à sa garde dans la poitrine de Custer. Vous tournez ensuite la lame et vous découpez la chair de bas en haut. Vous enfoncez votre main dans sa cage thoracique défoncée et vous sentez battre son cœur sous vos doigts. Un mouvement brutal et rapide, et vous arrachez le cœur du colonel. Il regarde la lune, les yeux figés. Vous souriez tout en tenant le cœur chaud de Custer entre vos doigts et vous remontez sur votre cheval. Sans vous retourner, vous talonnez votre monture vers le camp Blackfeet.
Rendez-vous au 480.

316

Vous fermez les yeux et respirez profondément. Vous tentez de faire le vide dans votre esprit pour que ce vertige inopportun se calme. Vous entendez un aigle lancer un cri depuis les hauteurs, son cri vous parvient comme un guide salvateur et vous retrouvez votre calme. Vous ouvrez les yeux de nouveau et vous arrivez jusqu'à la fin de la corniche. Ajoutez 1 PB et 1 PC à vos totaux actuels et **rendez-vous ensuite au 430**.

317

Vous voyez maintenant plusieurs animaux en face de vous, ils sont assis, immobiles et vous fixent attentivement ; vous reculez vivement car certains sont dangereux. Ils ne bougent pas.
Une voix s'élève alors dans la grotte :
— Jeune novice, tu vas devoir choisir maintenant un animal totem. Regarde bien ces animaux et fais un pas vers celui que tu as choisi...
En face de vous se tient un ours brun ; sur votre gauche, un coyote est assis et sur votre droite un écureuil vous regarde attentivement. Si vous avancez vers l'ours, **rendez-vous au 371**.

Si vous avancez vers le coyote, **rendez-vous au 383**.
Enfin si vous préférez avancer vers l'écureuil, **rendez-vous au 212**.

318

Troisième Jour :

Vous vous réveillez de bonne heure, après avoir mangé quelques fruits et une racine au goût sucré, vous vous remettez en route avec vos deux amis en tête.
Petit-Nez est un Cheyenne que vous avez connu lorsque vous aviez une dizaine d'années. Vous chassiez avec votre grand-père et vous aviez croisé la route de Tchankila-hè qui chassait aussi avec son petit fils de camp. Vous avez fait la connaissance du vieux Cheyenne et de Petit-nez le même jour. Puis au fil des mois vous vous retrouviez tous les deux pour pêcher près du lac au Nord, où vous vous amusiez à pister les chèvres de montagnes, à l'Est des Montagnes Sacrées. C'est devenu depuis ce jour un ami fidèle et loyal.
Corbeau-qui-Danse est né un an après vous. Votre mère l'a élevé pendant plusieurs mois car sa mère était très affaiblie, à cette époque. Vous le considérez un peu comme un frère de sang, bien que vous ne soyez que frères de camp. Vous avez parcouru les forêts de la région, nagé dans les plus belles rivières, vous aviez même visité une partie des Mines d'or, au Nord-Est, et vous aviez tenté de saboter une galerie pour ralentir les chantiers de John Mac Brain. Votre père vous avez fait une leçon de morale dont vous vous souvenez encore !
Et ces deux amis, ces deux frères sont peut être morts aujourd'hui, à cause des ces guerres d'usure interminables entre Blancs et Peaux-Rouges. Vous essayez de vous enlever ces images de l'esprit et accélérez le pas. Vous arrivez bientôt en vue de la forêt de l'Est. Devant vous, la ville de Murray City se profile dans la douce lueur du soleil levant. Murray City où tant d'hommes blancs haïssent les Sioux. Si vous souhaitez prendre la direction du Nord-Est vers les forêts de l'Est, et peut être chercher longtemps sans succès, **rendez-vous au 207**. Si vous préférez courageusement chercher de l'aide ou des renseignements en ville, **rendez-vous au 221**.

319

La première chose qui vous surprend lorsque Ted vous donne la pierre, c'est son poids. Anormalement lourde pour un caillou de si petite taille. Mais si cette pierre est petite, elle n'en demeure pas moins grande par le pouvoir : si vous invoquez la puissance de la pierre, il vous en coûtera 2PS et 3PE mais vous ne vous perdrez jamais, elle indique toujours la bonne direction à prendre et celle à éviter. Vous remerciez Ted d'un signe de tête. **Retournez au 281** pour y faire d'autres choix.

320

Vous vous enfoncez de plus en plus dans l'épaisseur de la forêt, le bruit assourdissant de la rivière a complètement disparu et vous progressez à bonne allure vers le Nord. Une myriade d'insectes en tous genres vole dans l'air et les rayons du soleil filtrant à travers les branches vous donnent l'impression qu'une pluie d'étoiles tombe dans ce sous bois... Une odeur agréable de résine et de champignon flotte dans l'air... Vous débouchez finalement sur une pente plus prononcée que celle que vous empruntiez et le chemin s'élargit dans le même temps. Vous remarquez des traces de lacération contre un tronc de pin noir, un ours a sûrement affûté ses griffes ; il doit être de taille imposante au vu des scarifications de l'arbre ! Vous passez devant ce tronc torturé et vous avancez sur une cinquantaine de mètres. Le chemin bifurque vers l'Est ou continue à monter tout droit vers le Nord. Si vous voulez continuer à grimper vers le Nord, **rendez-vous au 187**. Si vous voulez un peu vous reposer et marcher à flanc de pente vers l'Est, **rendez vous au 273**.

321

Un mâle énorme parvient à encorner la cuisse droite de votre cheval qui perd l'équilibre et tombe dans un hennissement de douleur. Vous perdez 2 PE. Tentez votre chance, si vous êtes chanceux **rendez-vous au 43**. Sinon **rendez-vous au 134.**

322

Cette forêt est décidément très épaisse. Les sapins laissent place aux cèdres, serrés les uns aux autres. Vous regardez le peu de ciel

que vous pouvez apercevoir entre les branches et vous voyez que le temps ne s'améliore pas. Des nuages sombres cachent le soleil depuis ce matin...
Vous arrivez bientôt en vue d'un cours d'eau : un affluent de la rivière principale qui traverse cette forêt. Vous la longez sur quelques mètres vers l'Est, pour essayer de trouver un passage à gué, lorsque soudain, un hennissement de cheval se fait entendre à quelques mètres devant vous. Si voulez vous cacher dans un buisson, **rendez-vous au 181**. Si vous préférez attendre le cavalier, **rendez-vous au 45.**

323

— Je rêve ! Hurle le trappeur,
— Un autre emplumé qui veut défendre son ami et qui me frappe en plus !
— Je suis désolé, ajoutez-vous l'air gêné, je ne voulais pas vous frapper, je... voulais que vous arrêtiez...
— Tu es désolé, sale fils de pute !
Le trappeur s'approche alors de vous, vous agrippe par les deux épaules et vous regarde fixement, puis il vous crie au visage :
— JE VAIS TE TUER SALE CHEYENNE !
— Je suis sioux, pas Cheyenne, dites-vous effacé...
Les gens autour de vous rient en voyant que ce trappeur est aussi stupide que méchant. Mais lui ne rit pas, du tout.
Rendez-vous au 87.

324

Vous arpentez cette galerie montante et vous remarquez que la phosphorescence des parois s'amenuise au fur et à mesure de votre progression. Vous espérez pouvoir sortir de ces cavernes sans être contraint de vous déplacer dans le noir total. Au bout d'une cinquantaine de mètres, un gargouillis de votre estomac vous rappelle que vous n'avez rien mangé depuis ce matin, vous regardez attentivement autour de vous mais votre espoir de trouver un repas dans ces cavernes est très faible. Pourtant, contre une paroi vous apercevez une myriade de larves blanches, larves de scarabée ou autre insecte. Si vous désirez en prendre quelques unes pour estompez votre faim, **rendez-vous au 314**. Si ces larves vous dégoûtent, vous perdez 2PE et vous continuez votre chemin. **Rendez-vous au 98**.

325

Au bout de quelques minutes le trappeur s'arrête de frapper le Huron, il se tourne vers la foule et déclame :
— Un huron qui veut m'interdire de chasser le castor ! Non mais je rêve ! Je suis chasseur de castor depuis 10 ans et lui vient me parler de rivière sacrée, d'animal sacré, et tout le reste !!! Ah ah ah !
Voilà ce que je fais de tes animaux sacrés !
Le trappeur jette alors sa toque sur le visage du Huron, qui ne bouge plus. Sûrement évanoui, pensez-vous.
Le trappeur dégaine alors un revolver Smith et Wesson et tire à deux reprises dans la toque. Le corps du huron est agité par deux sursauts puis plus rien. L'indien est mort, sous vos yeux et vous n'avez même pas tenté de l'aider. Vous perdez 3 PB. Vous pouvez maintenant vous diriger vers le saloon, **rendez-vous alors au 121**, ou rendre visite à votre ami le docteur Gary Nichols, **rendez-vous alors au 386**.

326

Vous vous séparez de l'un de ces objets (rayez le de votre feuille d'aventure), visiblement le vieux Morrison regarde son nouvel objet avec les yeux d'un gamin émerveillé.
— Bon ! Et maintenant ! Dites vous exaspéré,
— Mes amis... les Vipères... vous parlez ou vous ne savez rien ?!
— Les Vipères ont attaqué tes amis, un Sioux et un Cheyenne. Je posais des pièges à oiseau en bordure Ouest du labyrinthe. J'ai assisté à la scène, caché dans les arbustes. Je n'ai pas pu intervenir car je commence vraiment à être vieux et fatigué.
— Mes amis... Ils sont morts ?
— Ils ont pris la fuite tant bien que mal, ils ont disparu dans les buissons. Le Sioux était blessé et le Cheyenne plus encore. Les Vipères ne les ont pas suivis. Mais ces bâtards rôdent toujours dans cette forêt.
— Merci, il faut que je fasse vite. Auriez-vous un chemin à me conseiller pour sortir de ce labyrinthe par le Nord, je crois savoir où mes amis se sont cachés...

— Oui, j'ai un chemin et je peux aussi te donner des armes si tu en veux.
Le vieil homme se lève enfin de son fauteuil à bascule et va ouvrir un placard au fond de la pièce. Il revient vers vous et pose sur la table :

- Un fusil à double canon scié (8PE de dégâts, *psa 226*) mais qui ne contient que 2 balles plus deux autres que vous donne le vieil homme. Arme de distance.
- 5 Flèches avec pointe acier (5 PE de dégâts, 1 objet)
- De la préparation de racine pillée et séchée qui vous redonnera 4 PE lorsque vous l'utiliserez (1 objet).

Vous pouvez prendre ce que vous voulez en n'oubliant pas de faire les modifications sur votre feuille d'aventure.
Il vous indique ensuite le chemin le plus court pour sortir du labyrinthe par le Nord.
Vous remerciez ce vieux bonhomme décidément énigmatique et vous quittez la cabane. **Rendez-vous au 356**.

327

Vous commencez à descendre en cherchant les prises du bout des pieds, ce qui n'est pas chose évidente ; vous progressez très difficilement et deux mètres plus bas, un courant d'air violent vient vous plaquer contre la paroi, votre nez heurte la roche et se met à saigner ; vous perdez 4PE. Sous le coup de la douleur vous avez bien du mal à garder votre sérénité et vous commencez à accélérer le mouvement. Erreur ! Vous manquez la prise sous votre pied gauche et vous dévissez. Une chute de six mètres qui vous paraît interminable...Vous vous écroulez lourdement sur le sol entre pierres, mousse, et branchages morts. Vous êtes à la limite de la perte de connaissance tant la douleur du choc est violente et généralisée à tout votre corps. Vous perdez 6 PE pour cette chute phénoménale. Si cela ne vous tue pas, vous vous remettez sur pieds en boitant et vous reprenez la direction de la bifurcation et du sentier qui part en contrebas, **rendez-vous au 396**.

328

Vous faites arrêter vos quatre frères d'arme et vous vous asseyez au pied d'un saule, près de la rivière. Les quatre autres guerriers vous regardent l'air surpris puis changent de visage lorsque résonnent les premières mesures du chant de la pluie. Bientôt vos mains se mettent à trembler et vos oreilles bourdonnent. Vous répétez cette prière durant quelques longues minutes et vous finissez par perdre connaissance.
Corbeau-qui-Danse vous gifle pour vous faire revenir à vous ; vous reprenez conscience et vous sentez une chaleur intense s'écouler de votre nez : vous saignez. La Transe était telle que vos vaisseaux sanguins se sont fissurés. Mais une chose plus importante vous fait retrouver le sourire : vous entendez gronder le tonnerre à quelques kilomètres de là. Dans quelques minutes, un orage va s'abattre sur le campement militaire.
Vous vous remettez sur pieds, aidé par vos compagnons et vous reprenez le chemin qui vous conduit aux abords du campement. Quelques instants plus tard, vous êtes tous les cinq agenouillés derrière d'épais buissons aux longues épines et vous pouvez observer les rondes des patrouilles de garde. Le camp est divisé en plusieurs allées composées de tentes plus ou moins grandes. Une grosse logistique a été déployée et l'armée est bien décidée à vous anéantir, même si les combats doivent durer une semaine... Vous commencez à sentir des gouttes de pluie sur vos bras.
Vous chuchotez à vos quatre camarades :
— Dès que la pluie sera assez forte on va se séparer, je pars avec Corbeau-qui-Danse vers le Nord ; Loup-Agile, Trois-Pierres et Otaktay vous pourrez éliminer les quatre soldats qui gardent l'entrée Sud. On se retrouve derrière cette tente là-bas (vous désignez une grande tente isolée, un peu plus loin).
— Mitakuye Oyasin... Vous répond Trois-Pierres.
— Mitakuye Oyasin...
Un éclair déchire le ciel suivi de près par un grondement terrifiant. Quelques instants plus tard, une forte pluie s'abat sur la région : c'est le moment ou jamais de passer à l'attaque. **Rendez-vous au 340.**

329

<u>Dixième jour :</u>

Votre réveil n'est pas forcément celui auquel vous vous attendiez. Vous ouvrez les paupières dès les premières lueurs de l'aube et vous avalez à la hâte quelques racines sucrées (regagnez jusqu'à 3PE). Vous rassemblez votre équipement et vous reprenez votre route en direction de la vallée.
Vous sortez de la magnifique forêt d'érables qui vous a servi d'abri durant la nuit, mais la vision qui s'offre à vous dans la vallée ne vous réjouis guère :
Vous distinguez des colonnes entières d'hommes, formant des lignes et des carrés dans la plaine au lieu dit «la croisée des chemins», entre les deux forêts du Nord et la route pour l'ancienne mine d'or. Il y a peut être 500 ou 600 hommes et un tel déploiement ne signifie qu'une chose : l'armée américaine est dans le Dakota du Nord pour une bonne raison et semble s'être déplacée en masse... Vous ne percevez pas ce signe comme une bonne augure... Vous vous remettez en route en pensant continuellement au Vieux Chaman, seul en train de cueillir Wichita, l'herbe sacrée... Il a beau être puissant, il sera un insignifiant brin d'herbe face à la tempête militaire. Vous descendez les pentes des Montagnes Sacrées en vous cachant entre les arbres, un réflexe naturel pour vous protéger de la vue des soldats, au loin... Vous achevez votre descente et vous remarquez un gros éperon rocheux à une centaine de mètres devant vous, il vous semble judicieux d'y aller afin d'examiner un peu mieux votre itinéraire.
Vous courez vers le promontoire de calcaire en espérant ne pas recevoir une flèche Blackfeet en plein dos. Vous courez à en perdre haleine et vous arrivez essoufflé au pied du rocher. Quelques instants de repos et vous entamez l'ascension de ce roc, haut d'environ 10 mètres. Une fois en haut, ce que vous voyez manque presque de vous faire tomber à la renverse.
Rendez-vous au 274.

330

Vous marchez dos aux cavaliers, et vous entendez les galops de chevaux se rapprocher de vous, à une vingtaine de mètres derrière vous, vous entendez un coup de feu. Vous stoppez net votre marche et vous vous retournez. Neuf cavaliers portant Stetson noirs pour la plupart, pantalons, cache-poussière et chemises

noires vous encerclent rapidement. La garde rapprochée du Sheriff de Murray city. Des hommes impitoyables, méchants et sournois. L'un deux vous toise d'un air rieur :
— Oh, peau-rouge ! Qu'est ce que tu fous à tourner autour de la ville comme ça ?!
Un deuxième cavalier reprend :
— Il a perdu sa route, peut être que tu veux qu'on te ramène chez ta maman ?!
— Vos gueules ! Dit l'un des cavaliers, sûrement le chef de la bande pensez-vous...
— Dis moi, l'indien, le nom de Pat Smith ça te dit quelque chose ?
Si ce nom vous est familier (ou si vous connaissez cet homme), **rendez-vous au 59**, si vous n'avez jamais entendu parler de cet homme, **rendez-vous au 228**.

331

Vous mettez le cerf mulet dans votre ligne de mire, vous prenez une profonde inspiration, vous vous calez contre un tronc de bouleau et pressez la détente.
Une balle atteint l'animal dans le flanc droit, au niveau du poumon. Déduisez une balle de l'arme que vous utilisez. Vous savez que cette blessure ne tue pas l'animal sur le coup mais le tue sur quelques mètres, sans aucune échappatoire. Effectivement, le cerf fait un bond, puis deux et s'effondre dans les buissons. Vous approchez pour évaluer votre prise. C'est un jeune qui pèse dans les trente kilos. Vous traînez l'animal jusqu'au bord de l'eau, vous le videz, vous préparez un feu de bois et vous faites griller une bonne partie de l'animal. Ce repas vous ajoute 4 PE. Vous pouvez garder deux morceaux, les plus grillés que vous faites fumer dans un épais tapis de cèdre. Ces repas peuvent être pris à tout moment (sauf au cours d'un combat), ils vous redonneront 3 PE chacun (notez tout ça sur votre feuille d'aventure).Vous vous couchez les yeux rivés vers un ciel sombre et sans étoiles. **Rendez-vous au 286.**

332

Vous partez en courant vers l'Est sans vous retourner en espérant que l'ours n'ait pas la mauvaise idée de vous poursuivre. Tentez votre chance, si vous êtes chanceux, l'ours ne remarque même pas votre présence et vous pouvez continuer **votre route au 284**. Si vous êtes malchanceux, il vous voit et vous prend en chasse, **rendez-vous alors au 145**.

333

La route qui se dessine devant vous fait d'innombrables lacets qui vous donnent le tournis. Vous arpentez un chemin caillouteux, puis vos pieds s'enfoncent dans la mousse humide et spongieuse qui témoigne que l'eau est en perpétuel écoulement sur cette face Nord des Montagnes Sacrées. Vous mettez environ une heure pour sortir de l'épaisse forêt d'érables et vous débouchez sous les falaises du Nord. Le fait de devoir longer ces falaises ne vous réjouit guère en raison des nombreux éboulements de pierres qui peuvent être mortels... Vous lancez un regard vers le haut comme pour vous rassurer et vous vous remettez en route. **Rendez-vous au 14**.

334

Vous progressez difficilement entre les troncs car le sol est givré et glissant, vous vous appuyez sur divers arbres tout en scrutant la paroi à la recherche du moindre chemin, du moindre sentier pouvant vous conduire au sommet. Soudain votre pied dérape sur une plaque de givre et vous chutez lourdement sur le sol. En tombant vous cassez deux branches en essayant de vous rattraper, un craquement résonnant se fait entendre dans le sous bois. Vous voyez alors bouger quelque chose dans les buissons. Vous vous tenez prêt à une éventuelle attaque animale et en un éclair, un cerf à queue blanche sort des buissons et vous fonce dessus. Vous esquivez son attaque par un déplacement rapide latéral, tentez votre chance, si vous êtes chanceux, **rendez-vous au 2**. Si la malchance s'abat sur vous, **rendez-vous au 86.**

335

Vous ne voulez pas trop rester sous les falaises car un objet de type gros rocher pourrait bien remplacer un cerf, et pourrait vous écraser comme un rien. Vous décidez donc de quittez le sentier qui longe le bas des falaises et vous pénétrez de nouveau dans la forêt. Vous avancez d'un pas plus rassuré mais vous savez que le chemin en sera rallongé. Vous marchez durant près de deux heures dans ce sous bois, certes sublime, mais fatiguant à cause des dénivelés constant du sol. Vous finissez par sortir sur un sentier qui reprend la route du Nord et qui vous conduit au pied des falaises. Ce sentier monte directement sur la plateforme où se trouve la grotte Lumière, nom que votre grand-père a donné à ce lieu en raison des nombreux vers luisants qui en tapissent les parois. Vous redoublez d'effort pour grimper sur le sentier qui conduit à la grotte, trois cents mètres de dénivelé sur un chemin long de deux cents ! Déduisez 2PE de votre total actuel. Une vraie côte bien physique ! Vous arrivez devant l'entrée de la caverne et vous soufflez quelques instants en profitant du panorama qui s'offre à vous et qui dévoile toute la vallée. **Rendez-vous au 128.**

336

Cette pierre est jaune comme un soleil au zénith. Vous croyez rêver mais elle est belle et bien chaude lorsque vous la tenez entre vos doigts. Ted vous explique que cet étrange objet minéral possède deux pouvoirs :

Celui de vous protéger du froid tant que vous la portez autour du cou et celui de télékinésie, c'est à dire, le pouvoir de déplacer des petits objets par la seule force mentale. Pour ce dernier pouvoir, il vous en coûtera 2PS et 3PE chaque fois que vous voudrez l'utiliser. **Retournez au 281** pour y faire d'autres choix.

337

Vous traversez doucement cette vaste cavité en prenant soin de regarder le plafond, une vieille méfiance quant à ces sublimes formations de calcaire qui pendent au dessus de vous comme autant de pointes prêtes à vous transpercer. Vous ressentez une étrange impression. Un sentiment de solitude mais aussi un sentiment de réel bonheur. Vous êtes seul, à plus de 3 jours de marche de votre camp, et vous êtes dans les entrailles des Montagnes Sacrées. Au cœur même de la Terre. Soudain la tête vous tourne et vous n'y voyez plus très bien. Vous vous asseyez quelques instants sur le sol froid et humide. Vous ne voyez plus devant vous, comme si vos yeux étaient aveugles. Soudain un

flash blanc vous apparaît. Vous nagez dans une puissante rivière souterraine qui vous transporte comme un vulgaire fétu de paille. Vous êtes sous l'eau, puis vous émergez de nouveau pour replonger... Nouveau flash blanc. Vous voyez une lueur intense au bout de cette rivière. Nouveau flash blanc. Vous n'êtes plus dans l'eau mais face à une falaise imposante d'où jaillit une cascade d'eau gigantesque. Vous voyez un homme être projeté hors de l'eau à la sortie de la cascade et tomber dans le vide. Vous revenez à vous tout sonné par cette vision...
Vous pouvez continuez vers la prochaine galerie au bout de la caverne, **rendez-vous alors au 10**, si cette vision vous fait changer d'itinéraire vous pouvez revenir au début de la caverne et emprunter l'autre voie, **rendez-vous alors au 58.**

338

L'homme relève la tête et vous toise d'un air moqueur, puis vous lance :
— Ooh ! Monsieur est un rebelle ?! Et tu veux régler ça comment, au pistolet ou aux poings ? Je me sens en veine aujourd'hui, dit-il en regardant de nouveau ses cartes.
Si vous optez pour un duel dans la rue principale, très risqué face à ce genre d'individu, **rendez-vous au 451**.
Si vous préférez en finir immédiatement en le prenant par surprise, **rendez-vous au 147**.

339

Vous n'avez pas parcouru 50 mètres que le sentier se divise en trois chemins, l'un part tout droit vers le Nord, l'autre part vers le Nord Est, et le dernier sentier descend en forte pente vers l'Ouest. Si vous en jugez par votre sens de l'orientation les 3 chemins conduiraient respectivement :
à l'ancienne mine d'or, pour le sentier Nord Est,
aux plaines, et donc à la forêt de Dickinson City, pour le sentier orienté Nord,
enfin, le sentier descendant vers l'Ouest doit vous conduire à la forêt proche de camp Blackfeet.
Si vous souhaitez continuer votre route vers le Nord, **rendez-vous au 269.**

Si vous souhaitez poursuivre vers le Nord Est, **rendez-vous au 52.**
Si le sentier qui descend plein Ouest vous inspire confiance, **rendez-vous au 472.**
Enfin si vous possédez une pierre rouge et que vous souhaitiez en faire usage, **rendez-vous au 126.**

340

Vous prenez la direction du Nord avec votre ami Corbeau-qui-Danse et vous vous cachez derrière un bosquet de pins. Deux soldats patrouillent et vous discernez à peine leurs paroles :
— Putain de pluie ! Il nous manquait que ça dans cet état de sauvages.
— De quoi tu te plains ? Une solde de merde, un état de merde et une future guerre de merde, est-ce que je me plains, moi ?!
— J'espère au moins que leurs femmes savent baiser... Au moins ça...
Vous regardez votre ami et sans un mot vous sentez que la haine monte en vous deux.
— Corbeau, ne laisse pas ton esprit tomber dans la haine... Reste clairvoyant et laisse Wakan Tanka guider ton corps...
— Ouais, je vais essayer mais je ne suis pas sûr du tout là...
Les deux soldats regardent vers le ciel et se dirigent vers un gros peuplier pour s'y abriter. Vous voyez Corbeau-qui-Danse prendre son arc et sortir une flèche de son carquois.
— Il faudrait qu'on s'approche, il ne faut pas qu'on les rate...
Si vous souhaitez laissez votre ami ici et ramper jusqu'au prochain arbre pour vous approcher, **rendez-vous au 452.**
Si vous voulez tentez un tir de puis votre position, **rendez-vous au 140.**

341

Vous prenez appui sur vos deux pieds et vous vous préparez à sauter vers la corniche. Les rebords en sont tranchants comme des lames. Vous hurlez de douleur lorsque vous sentez les roches déchirer vos chairs. Vous déduisez 3 PE de votre total. Vous résistez à la douleur et vos genoux percutent violemment le dessous de cette corniche. Un éclair de souffrance vous parcours le dos. Vous êtes à deux doigts de lâcher prise. Lancez un dé, si vous faites un score au moins égal à 4, **rendez-vous au 23**. Le cas échéant, **rendez-vous au 434.**

342

Vous entrez dans cette forêt composée de sapins, de pins noirs et de séquoias. Etant jeune, vous veniez y chasser le lapin et le cerf mulet. Une fois, votre père vous avait appris à suivre les traces de pas des cerfs, vous étiez tellement occupé à regarder le sol que vous n'aviez pas pu tirer sur le lièvre qui vous était passé entre les jambes en venant dans votre dos. Votre père avait éclaté de rire et avait raconté votre exploit à tout le camp.
Vous avancez maintenant entre les rochers, les buissons et les arbustes épineux lorsque vous entendez des hommes parler d'une voix forte, une dispute semble-t-il... Vous êtes à une dizaine de mètres de l'endroit d'où proviennent les voix. Que voulez vous faire ?
Si vous voulez approcher furtivement de ces hommes pour en savoir plus, **rendez-vous alors au 138**. Si vous voulez grimper dans un arbre pour essayer de voir la scène, **rendez-vous au 53** .Enfin si vous voulez éviter les ennuis éventuels, prenez vos distances en **vous rendant au 182**.

343

Vous tendez la corde de votre arc et lâchez la flèche dans la direction de Tuco, malheureusement, le cheval bouge à ce moment là et reçoit la flèche en plein flanc. Il pousse un hennissement de douleur, et se couche aussitôt. Vous perdez 2PB. PAAWW ! PAAWW ! Tuco vient de faire feu dans votre direction, tentez votre agilité, si vous réussissez, vous pouvez entamer le combat ci-dessous, si vous échouez, vous perdez 4 PE et vous engagez le combat ci-dessous :

Tuco
Endurance : 18
Combat CC, AD

Tuco frappe avec un 6.
Il possède un Remington New model cal. 44 (+4PDS), 4 coups (car il a déjà tiré deux balles), avec 6 balles de réserve, et se battra

au corps à corps avec un couteau à lame recourbée (+2PDS), mais devra obtenir un 8 pour frapper. Si vous venez à bout de Tuco, **rendez-vous au 394.**

344

Vous puisez en vous toute la volonté nécessaire pour vous extirper de cette torpeur hallucinatoire et vous parvenez à retrouver vos esprits... Vous vous levez d'un bond et sortez du tipi.
Vous regardez le ciel qui est d'un bleu azur parfait. Aucun nuage ne vient obscurcir le soleil, aucun souffle d'air ne vient chanter à vos oreilles. **Rendez-vous au 400.**

345

— Je recherche des amis, pouvez-vous m'aider ?
— Qui sont tes amis, jeune guerrier ? demande le Vieux Scott.
— Des amis qui sont partis chasser dans les forêts de l'Est il y a maintenant deux jours et qui ne sont toujours pas rentrés. Je m'inquiète car avec le gibier qu'il y a en ce moment, deux jours, c'est plus qu'il ne leur faut pour avoir de la viande pour tout le camp !
— ...Je suis un vieux bonhomme fatigué, usé par le temps. J'ai travaillé dur toute ma vie. La culture, l'élevage. Et un jour ma femme est morte. Je me suis alors rendu compte que je n'avais fait dans ma vie que des choses futiles. Je ne me suis pas ou peu occupé de ma femme, de mes enfants. J'ai pris ce deuil très à cœur et je suis parti.
— Je suis désolé pour votre épouse, coupez-vous, mais je n'ai pas trop le temps...
— Tais-toi et laisse-moi finir ! Interrompt le vieux Scott.
— Je suis parti, je te disais donc, dans les Montagnes Sacrées où j'ai chassé et pêché pour survivre. Et un jour j'ai rencontré un Sioux, qui m'a appris quelque chose de très important :
— Ce que tu peux faire de bien aujourd'hui pour tes proches fais-le, le reste attendra... Depuis ce jour, j'ai donc décidé d'aider les gens dès que je le pouvais, alors pour tes amis je suppose qu'ils sont deux ? Un Sioux et un Cheyenne ?
Vous hochez de la tête en signe d'affirmation.

— Tes amis sont tombés dans une embuscade au cœur de la forêt de l'Est. Une embuscade tendue par des mercenaires qui se font appeler les Vipères. Ils viennent de la cote Est des Etats unis et sont actuellement recherchés dans 5 états. Ils sont violents, méthodiques et incroyablement cruels. Leur objectif est simple, semer la terreur dans tous les Etats où ils passent.
— Vous les avez vus ...morts ? demandez-vous inquiet.
— Non ils ont réussi à s'enfuir. Ils avaient la chance de connaître cette forêt par cœur. Les Vipères n'ont pas pu les suivre. Mais tes amis sont blessés. Il faut faire vite.
— Merci beaucoup ! Je ne sais pas comment vous remercier. Votre ton est soudain plus rassuré de savoir vos deux amis blessés et pas morts.
— Ne me remercie pas, je te rends ce que l'on m'a donné il y a quelques années... Passe de temps en temps boire un verre avec moi et nous discuterons encore.
Vous vous levez et ne traînez pas dans le saloon. Vous saluez le Vieux Scott en sortant et vous vous dirigez vers la sortie de la ville. Ajoutez 1 PB à votre total actuel pour avoir osé demander haut et fort de l'aide. **Rendez-vous au 244.**

346

PAAWW !
Une vive douleur vous prend le mollet. Vous comprenez qu'une balle vous a trouvé sur son chemin. Vous perdez 4 PE, une balle de calibre 44 ça fait mal... Vous entendez les deux hommes rire, en bas dans la ruelle. Vous pouvez attaquer les ennemis à distance si vous le désirez, sinon vous attendez qu'ils montent à l'échelle et se retrouvent sur le premier toit – vous êtes déjà sur le deuxième – et vous engagerez un combat au corps à corps. C'est à vous de choisir.

Jack «The pick » Johnson
Endurance : 15
Combat CC, AD

Kyle « of Destiny » Bennet
Endurance : 16
Combat CC, AD

Les deux hommes ne sont pas des tireurs émérites. Kyle est très mauvais à distance et il lui faut un 8 pour vous toucher. Un 7 suffit à Jack pour vous atteindre

Si vous décider d'attaquer les hommes à distance, depuis les toits, il vous suffira d'obtenir 3 avec l'arc, 4 avec un revolver ou 5 avec le fusil cal .50, pour toucher les deux hommes.

Jack possède une carabine Remington, calibre 45-60 5 coups (+5PDS), deux revolvers Colt calibre 38 (+3PDS), chargés chacun de 6 balles, et combat au corps à corps à mains nues (1 PDS).

Kyle possède un Colt calibre 44.(+4 PDS) chargé de 5 balles (car une vous a atteint le mollet !), un fusil Browning cal .40, chargé de 5 balles (+4PDS), un Colt Navy calibre 38 (+3PDS, 6 balles).

Si vous survivez à ces deux brutes, **rendez-vous au 31**.

347

Vous avalez votre salive discrètement, en priant le Grand Esprit qu'une goutte de sueur ne trahisse pas votre mensonge :

— Monsieur, je suis désolé, mais je vous assure que le seul Pat Smith que je connaisse est barbier à Maiden city, je m'occupais des chevaux de Bill Coggan, qui tenait le Drugstore juste en face.

Vous regardez les cavaliers un à un dans les yeux et vous ajoutez :

— Je vous jure que je ne le connais que de nom, ce Pat Smith. Mais pourquoi est-ce si important ?

Un cavalier à la barbe noire comme du charbon et portant des lunettes fines aux montures argentées vous répond :

— Parce qu'il est sec comme un ruisseau d'Arizona ! Il a aidé un ami à lui en s'enfuir de la prison de Murray, cette nuit, et son copain a dû trouver normal de le zigouiller en guise de remerciement. Il est allongé près de la rivière, à une demi-heure de cheval plus à l'Ouest. Ce sont les corbeaux qui nous ont mis sur la piste. Toute la nuit, on a cherché ces deux bâtards.

Le chef des cavaliers ajoute :

— Et comme ce fils de pute qui s'est enfuit est un sacré chien galeux, on voulait le retrouver avant qu'il n'atteigne le territoire canadien, au Nord.

Le cavalier descend le canon de sa Winchester et vous salue d'un geste de Stetson, sans dire un mot, il tire sur les rennes de sa monture et reprend sa route vers le nord. Les huit autres cavaliers, sans un mot, lui emboîtent le pas et s'éloignent dans un épais nuage de poussière et d'herbes. Vous l'avez échappé belle ! **Rendez vous au 112**.

348

Vous progressez tant bien que mal entre les buissons épineux, les arbustes bas et les méandres de la rivière. Ce cours d'eau ne doit pas excéder cinq mètres de large, et sa profondeur est de deux mètres maximum. C'est une rivière de sous-bois, à l'eau claire et rafraîchissante qui descend tout droit des Montagnes Sacrées. De nombreux animaux suivent cette piste pour y boire en toute quiétude. Après avoir fait plusieurs virages dans la forêt, vous marchez maintenant plein Nord. Vous ralentissez soudain le pas car vous sentez une odeur de feu de bois. Le vent souffle en venant du Nord, donc face à vous et votre nez ne vous trompe pas. Vous pensez immédiatement à vos amis que vous imaginez autour d'un feu de camp, blessés et attendant du secours, mais vous vous ravisez en songeant que ce feu peut aussi bien signaler la position de bandits, hors-la-loi ou autres mauvaises rencontres. Si vous souhaitez continuer dans la direction d'où vient l'odeur, **rendez-vous au 262**. Si vous préférez bifurquer pour reprendre vers l'Ouest, **rendez-vous au 104.**

349

Vous vous agenouillez, vous sortez doucement votre arme et mettez l'écureuil dans votre ligne de mire, vous tirez... et vous manquez royalement l'animal qui s'enfuit en sautant de branche en branche. La fuite éperdue de l'écureuil donne le signal d'alarme à un autre animal, que vous n'aviez même pas vu : un cerf mulet fait un bond à travers les troncs gris foncé des sapins ; vous n'avez pas le temps de tirer une deuxième fois, l'animal a disparu dans la forêt... Vous venez de laisser échapper deux repas potentiels pour ce soir ! Un peu déçu, vous reprenez votre route vers la rivière. **Rendez-vous au 203**.

350

Vous descendez la rivière sur quelques dizaines de mètres et ne tardez pas à trouver une sorte de bassin dans laquelle le poisson aime se cacher des prédateurs. Vous prenez appui avec votre jambe gauche sur un rocher, vous sortez une flèche de votre carquois et vous tirez sur la corde pour la tendre... Vous ne tardez pas à voir des reflets argentés sous l'eau, soudain un poisson plus vaillant que les autres s'approche de la surface pour voir quel est cet étrange animal qui est debout et immobile depuis de si longues minutes...

PFFIIIUUU ! Votre flèche fend l'air et l'eau avec un doux bruit de plume. Le saumon n'a pas le temps de comprendre ce qu'il lui arrive que vous avez déjà récupéré votre flèche et le poisson.

Un beau saumon pour le repas de ce soir, quelle bonne idée ! Vous faites un feu, faites griller votre poisson (vous regagnez 3PE), et une fois ce repas avalé, vous ne tardez pas à vous endormir. **Rendez-vous au 237**.

351

Vous dégainez votre arme (choisissez celle de votre choix pour déduire les munitions correspondantes). Le Cheyenne vous fait signe de ne pas tirer avant lui. Il se redresse d'un coup et décoche une flèche à l'un des deux hommes. Celui-ci la reçoit en pleine gorge. Il s'effondre en produisant un horrible gargouillis. Vous tirez sur le deuxième homme que vous blessez à l'épaule. Le guerrier parvient à décocher une autre flèche avant une riposte ennemie, le deuxième cow-boy prend la flèche dans la poitrine et tombe lourdement au sol. Le Cheyenne se dirige vers les deux hommes, vous le suivez sans mot dire. Arrivé au niveau du cow-boy blessé à la poitrine, le Cheyenne s'agenouille à ses cotés et lui murmure quelque chose à l'oreille. Le cow-boy lui répond :

— T'es de la merde, et j'ai rien d'autre à te dire...

Sur ces mots, le Cheyenne sort son couteau de chasse et d'un geste rapide comme l'éclair, scalpe purement et simplement le cow-boy qui pousse un hurlement de douleur avant de s'évanouir. Un regard échangé entre le guerrier et vous, vaut tous les commentaires. L'indien a agi en homme, les deux lâches sont morts.

Rendez-vous au 182.

352

Vous n'avez pas fait trois enjambées dans l'allée centrale que vous apercevez à travers la pluie de plus en plus forte, sept soldats arrivant vers vous en courant. Vous faites signe à votre ami qui plonge derrière une tente et vous faites la même chose de votre côté. Par chance, les soldats passent devant vous sans vous voir, trop occupés à se regrouper pour défendre leur camp. Vous les laissez s'éloigner et vous repartez en courant dans l'allée. Vous passez devant plusieurs tentes vides d'hommes et la dernière attire votre attention. Une grosse croix rouge sur un fond blanc est peinte sur la toile d'entrée. La tente médicale. Corbeau-qui-Danse vous lance un regard et vous partez vous cacher sur les cotés de la tente.

— Tu penses qu'on devrait jeter un œil dedans ? demande votre ami.

— Je... Je ne sais pas... Si on élimine les docteurs, les blessés seront de futurs morts et ça, ça nous arrange, mais...

— Mais je pense qu'ils doivent être nombreux dedans, et à deux c'est pas dit qu'on y arrive... ponctue Corbeau-qui-Danse.

Vous essayez furtivement d'épier l'intérieur de la tente par la jonction cousue entre deux pans de toile. Il vous semble apercevoir à la lueur des lampes à pétrole, quatre docteurs et neuf soldats. Deux ont leurs fusils braqués vers l'entrée de la tente, les sept autres s'affairent à aider les médecins à préparer instruments chirurgicaux, pansements et alcool. Treize soldats c'est beaucoup trop, mais laisser ces soldats vivants pourrait causer la mort de bon nombre de vos semblables. Si vous possédez une pierre jaune, **rendez-vous au 117**. Sinon il vaut mieux vous diriger vers l'autre allée, pour l'instant, **rendez-vous alors au 283.**

353

Vous fixez la chute du rocher attentivement et vous restez prêt pour une esquive rapide. Vous tentez un saut vers un bloc voisin du vôtre mais vous glissez en prenant votre appui, vous arrivez néanmoins à sauter sur le bloc. Le dangereux rocher explose littéralement en percutant la paroi et des pierres de toutes tailles volent dans les airs. Vous êtes blessé par trois d'entre elles, ce qui vous coûte 5 PE. Sonné, sanguinolent vous grimpez sur le dernier bloc et vous vous remettez en route dans les Gorges du Grand Vent. **Rendez-vous au 266**.

354

Vous vous engagez sur la piste caillouteuse qui longe toute la falaise. Vous sentez le vent glacial dans votre dos et vous avez l'impression qu'à chaque rafale vous allez être soulevé du sol. Vous avancez en pensant à ce qui va vous attendre plus haut, la cabane, le chaman, les épreuves... Tout en songeant à ceci, vous arrivez devant une bifurcation. Un sentier herbeux monte au plus près de la paroi et disparaît entre les arbres. Un autre sentier jalonné de gros rochers –éboulis vestiges de l'hiver – descend en s'éloignant de la paroi et passe en contrebas de la piste sur laquelle vous vous trouvez actuellement.

Si vous désirez rester sur cette piste, **rendez-vous au 148**.

Si vous voulez essayer la piste qui monte, parallèlement à la paroi, **rendez-vous au 74.**

Enfin si vous souhaitez emprunter le sentier qui part en contrebas, **rendez-vous au 396**.

355

Vous épaulez votre arme et vous commencez à tirer sur les quatre cavaliers, un nuage de fumée se répand sur votre frêle embarcation, les détonations s'enchaînent à un rythme effréné de part et d'autre. Lancez deux dés et retranchez le score obtenu de votre total d'endurance, ce sont les dégâts occasionnés par les balles qui vous blessent. Vous déduisez aussi 5 balles de votre stock de munitions, c'est le nombre de balles que vous avez tiré.

Tirez à nouveau un dé si vous faites 4, 5, ou 6 **rendez-vous au 367.** Sinon **rendez-vous au 180**.

356

Vous arrivez bientôt en vue d'un dégagement, le sentier s'élargit et vous débouchez sur une piste large de quelques mètres. Des sapins et des cèdres recommencent à peupler la forêt. Vous avez réussi à vous sortir de ce labyrinthe. Vous ne voulez plus perdre de temps et vous vous dirigez vers l'endroit où vous pensez trouver vos amis : les clairières du Nord.

Vous traversez la rivière par un passage à gué naturel, formé par un tronc de séquoia tombé entre les deux rives.
Vous marchez une bonne heure en regardant tout autour de vous, cherchant un indice, une trace, n'importe quoi qui puisse vous mettre sur la piste de vos amis. Vous apercevez enfin la première des trois clairières de chasse. **Rendez-vous au 304**.

357

Vous vous efforcez de garder la tête hors de l'eau, mais le courant est si fort et les méandres de la rivière si nombreux que vous êtes ballotté comme un brin d'herbe, par deux fois vous avalez de l'eau, vous perdez 2 PE mais vous regagnez finalement la berge opposée. Vous remontez la rivière sur quelques mètres, rassemblez votre équipement et vous prenez la direction du Nord. Vous marchez une bonne heure en regardant tout autour de vous, cherchant un indice, une trace, n'importe quoi qui puisse vous mettre sur la piste de vos amis. Vous apercevez enfin la première des trois clairières de chasse. **Rendez-vous au 304**.

358

Le redoutable félin gît à vos pieds, il vous aura fallu un grand courage pour affronter ce puissant adversaire. Si vous ne possédez pas de peau de cerf, il serait peut être judicieux de découper la peau du cougar pour vous protéger du froid des hauteurs des Montagnes Sacrées. Si vous voulez prendre cette peau, comptez 1 objet de plus dans votre équipement (veillez à ne pas dépassez 9 objets). Vous pouvez ensuite reprendre votre route vers le Nord en **vous rendant au 333**.

359

Vous prenez soin de vous déplacer vers la droite avec la plus extrême des discrétions, un seul bruit, un seul craquement de branches et vous êtes découvert. Vous pensez qu'en vous appuyant contre ce bouleau, derrière cet arbuste, vous serez invisible pour le premier coup de feu. Les quatre hommes sont de profil. Deux à gauche et deux à droite, séparés par le feu de camp, parlant et vidant quelques bouteilles de whisky.

Vous sortez votre arme et mettez Harrison dans votre ligne de mire, le plus costaud des quatre et le plus silencieux, implicitement le plus dangereux, pensez-vous.
PAAWW !
Une détonation fait déchire le silence de la nuit. La tête de Harrison reçoit la balle au niveau de la tempe : l'œil droit estpulvérisé et une partie du nez éclate dans une gerbe de fragements osseux. Son sang gicle sur le visage de Jenkins assis à ses cotés. Vous faites une roulade sur votre droite et vous vous cachez derrière un tronc de sapin. Vous vous allongez à plat ventre et vous avancez de quelques centimètres pour observer la scène :
Les trois Vipères sont couchés sur le sol, immobiles, cherchant à identifier la provenance du coup de feu. Vous entendez chuchoter Jenkins :
– Adam ! A-DAM ! C'était quoi ce bordel, putain... Randall n'a plus de visage...
– On dirait que quelqu'un veut nous faire la peau. Ne bougez pas, je vais essayer de ramper jusqu'à mon cheval, pour récupérer mon fusil...
– Yé té couvre, Vas-y, yé régardé partout...
Vous voyez Villagomez qui vise les buissons où vous étiez quelques secondes plus tôt, à quelques mètres près il vise le bon endroit... Vous êtes dans un angle mort pour Jenkins, vous ne voyez pas Meyer, et le mexicain est pile de profil gauche par rapport à vous.
Si vous voulez tirer sur Villagomez immédiatement, **rendez-vous au 474**. Si vous préférez attendre de savoir où est Meyer, re**ndez-vous au 27**.

360

L'écureuil se retourne vers vous et fouette l'air avec sa queue panachée en regardant tour à tour sur sa gauche et vers vous. Il semble vous montrer une direction. **Rendez-vous au 168**.

361

Vous mettez le cerf mulet dans votre ligne de mire, vous prenez une profonde inspiration, vous vous calez contre un tronc de bouleau et au moment où vous alliez décocher votre flèche, un jeune faon apparaît entre les buissons. Si vous préférez tirer sur un animal plus petit, **rendez-vous au 381**. Si vous optez pour le cerf mulet adulte, **rendez-vous au 425**.

362

Vous approchez calmement des Blackfeet mais sans vous cacher, justement pour qu'ils ne croient pas à une tentative d'attaque. L'un des trois pêcheurs se retourne et pose sa canne à pêche. En un éclair il s'empare de son arc, prend un flèche dans son carquois et vous met en joue. Vous continuez à avancer vers les trois Blackfeet qui sont maintenant tous tournés vers vous, vous montrez bien vos mains aux Blackfeet et vous leur lancez :
— Mes amis, je viens en paix ! Je suis en route pour le sommet mais je ne me suis jamais aventuré de ce coté de la montagne, pourriez vous m'aider ?
— Un Sioux qui demandant de l'aide aux Blackfeet ? ironise l'un d'eux.
— Bientôt nous feront nos Pow-wow ensemble, ajoute un deuxième.
Le troisième, qui tient toujours son arc pointé vers vous dit :
— Tu veux aller au sommet pour y faire quoi ?
Si vous voulez dire la vérité sur l'objet de votre quête, **rendez-vous au 90**. Si vous préférez mentir et dire que vous voulez retrouver un ami disparu dans ces montagnes, r**endez-vous au 146**.

363

Vous lui envoyez un coup de genou magistral dans le dos : il tombe à genoux puis vous le frappez d'un coup de crosse sur la nuque : il perd connaissance. Il s'effondre dans la poussière.
— Je ne veux pas tuer cet homme, je serais alors aussi bête et cruel que lui. Je veux juste vous montrer que chaque homme décide de sa vie, de sa conduite et des ses actes. Je pouvais le tuer aussi facilement que je casse une brindille entre mes doigts. Mais je n'ai aucun intérêt. Lui a encore sa vie devant lui pour changer...
Plus personne ne parle. Vous approchez d'un gamin et vous vous agenouillez devant lui :
— Toi, mon petit, vas prendre un seau, remplis le à cette fontaine et occupe toi d'eux.
Et vous retournant vers le père de l'enfant, vous dites :

— Et vous, assurez vous que ce trappeur s'excuse auprès du Huron.
Cette leçon publique vous permet d'ajouter 2 PB et 1 PS.

Vous traversez la foule, sans mal, une aura de force fait s'écarter les gens sur votre passage. Vous pouvez garder le revolver du trappeur, Cal.36 (4 PE, *psa 32*) avec 6 balles dans le barillet. Vous pouvez choisir d'aller maintenant au saloon, **rendez-vous au 121**, ou bien de rende visite à votre ami le docteur Gary Nichols, **rendez vous alors au 386**.

364

Vous continuez votre progression en pensant à vos amis, sont-ils encore en vie, sont-ils seulement blessés ? Vous n'avez qu'une hâte : être fixé sur leur sort.
Cette forêt ne sera pas leur dernière demeure et si c'est le cas, s'ils ont été tués par des hommes, leur mort ne restera pas impunie. Vous traquerez les assassins et vous leur servirez une mort à la Sioux...
Un gros séquoia vous barre soudain la route, il est couché sur la piste, complètement déraciné. Vous devez donc vous enfoncer dans les buissons. À droite, quelques arbustes à fleurs se dressent fièrement et laissent entrevoir un possible chemin caillouteux. À gauche, vous remarquez qu'en passant entre deux gros rochers couverts de mousse, une piste, ou plutôt une sente, s'enfonce vers les sapins. Si vous optez pour la droite, **rendez-vous au 173**. Si vous optez pour la gauche, **rendez-vous au 175.**

365

Vous ne bougez plus et vous baissez la tête en signe de soumission. Le grizzly colle sa gueule contre votre poitrine et vous sent. Il grogne sourdement, puis se retourne. Si vous voulez profiter de cette occasion pour sortir une arme, si vous en possédez une, et attaquer le Grizzly, **rendez-vous au 229**. Si vous voulez fuir en sautant dans la rivière en contrebas, **rendez-vous au 16**. Enfin si vous ne voulez rien tenter contre cet animal respectable, **rendez-vous au 161.**

366

Vous fermez les yeux et vous essayez de ressentir les vibrations, bonnes ou mauvaises, de ce serpent de pierre. Au bout de quelques instants, une sensation bizarre envahit tout votre être. Vous avez une image devant les yeux, l'image d'un vieux bonhomme aux cheveux blancs, qui marche dans la forêt en tenant un bâton recourbé à son extrémité. Il parle une langue que vous ne connaissez pas. Le vieux bonhomme s'arrête et tourne la tête vers vous. Au lieu d'un visage humain, il possède un visage de serpent et une petite langue fourchue entre et sort frénétiquement de sa bouche. Vous ouvrez les yeux un peu effrayé... Vous ne comprenez pas bien le sens de ces images. Ajoutez 1PS à votre total actuel. Vous reprenez votre marche et vous pouvez **vous rendre au 223.**

367

Vous voyez un des cavaliers tomber à terre, vous avez réussi à blesser ou tuer un des membres du Clan des Vipères. Corbeau-qui-Danse vous regarde en souriant :

— Un de moins...

Vous clignez des yeux en signe d'affirmation. Les détonations de vos ennemis sont de plus en plus distantes et finissent par cesser. Petit-Nez allongé dans le canoë s'agite :

— Ma jambe me lance ! Ca commence vraiment à faire long depuis 5 jours...

Vous ne tardez pas à vous enfoncer dans la forêt, votre canoë glissant à fière allure sur les eaux calmes de la rivière. **Rendez-vous au 180**.

368

La pierre que vous donne Ted n'excède pas la taille d'un œuf de caille. Elle est noire, brillante et froide. Ted vous explique que cette pierre confère un pouvoir de télépathie à celui qui sait l'invoquer. Grâce à ce minéral, vous pourrez lire dans les pensées d'un être humain et, si votre concentration est assez grande, vous pourrez lui imposer votre volonté. Cette invocation vous coûtera 2PS et 3PE. **Retournez au 281** pour y faire d'autres choix.

369

Neuvième jour :

Vous ouvrez les paupières et vous regardez autour de vous. Vous êtes couché sur un semblant de lit fait de branches et recouvert d'une épaisse peau de bison (vous regagnez 6 PE pour cette nuit réparatrice et bienfaitrice). Vous essayez de reprendre le contrôle de votre esprit... Vos souvenirs sont diffus... Cette cabane, cette cheminée, cette table basse et ... oui... ce calumet... Vos souvenirs reviennent. Vous avez fumé le calumet et vous avez sombré dans le néant. Une vision, plus forte, plus précise que toutes celles que vous avez eues jusqu' à présent. Vous vous asseyez au bord de ce lit de fortune et vous remarquez qu'il y a un feu dans la cheminée, vous auriez juré qu'avant votre vision, la cabane était froide, aussi froide que la roche au dehors... Vous remarquez aussi que la neige tombe à l'extérieur. Soudain, la porte d'entrée s'ouvre brutalement et un homme à la carrure impressionnante pénètre dans la cabane.

— ' jour, jeune novice !

Vous ne savez pas trop quelle réaction avoir face à cet inconnu aux bras chargés. Il dépose le tas de bois près de la cheminée et allume sa pipe. Il en tire une bouffée de fumée d'un blanc épais à l'odeur de sucre.

— 'suis Ted «the Tree» Chapman. J'suis un vieil ami de Wicasa Omani. Tu gisais inconscient sur le sol, alors je t'ai couché et j'ai allumé du feu pour qu'on s'réchauffe un peu dans c'te glacière ! Wicasa Omani m'a parlé de toi il y a quelques jours, de ton voyage, de ta quête. Et il m'a chargé d'une mission :

venir te rencontrer ici même dans sa cabane et te guider vers lui. Il est très occupé en cette saison, c'est le mois le plus important de l'année car il doit cueillir une herbe de guérison appelée Wichita, qui ne pousse que durant quinze jours et dans un endroit secret de la région. Il est donc parti il y a deux jours.

— Je suis censé le retrouver ? demandez-vous inquiet.

— Euh, en fait il ne m'a pas dit où il est parti, comme j'te l'ai dit, l'endroit est secret. Mais Wicasa Omani est un homme énigmatique qui m'a laissé plusieurs indications et messages à ton attention.

Vous vous levez du lit et vous avancez vers la fenêtre. La neige tombe à gros flocons à l'extérieur.
— Tatanka, tu dois savoir deux choses importantes. La première est que tu as le choix entre trois chemins pour retrouver le Chaman. Pas uniquement des chemins réels mais des voies spirituelles à suivre. Je m'explique :
tu vas devoir redescendre la face Nord des Montagnes Sacrées. Ensuite libre à toi de chercher Wicasa Omani dans la partie Nord de la région, tes choix, tes actes et tes paroles entrent dans l'initiation à ton apprentissage chamanique. Le Vieux Chaman lira dans tes pensées et verras ce que tu vois tout au long de ton parcours jusqu'à lui. Tu peux donc te présenter devant Wicasa Omani avec un parcours semé de combats, et de force, tu peux aussi utiliser ta logique et ton bon sens, en dernier lieu tu peux choisir d'ores et déjà la voie de la sagesse en utilisant ton âme et ton cœur pour avancer vers ton destin. Peu importe la voie que tu choisiras, au bout du chemin, il sera là pour t'enseigner le reste.
Vous restez sans voix devant cette étrange déclaration.
— Saches aussi que je dois te débarrasser de tout ton équipement. Tu repars avec l'équipement du novice.
Vous donnez tous vos objets à Ted (vous ne conservez que votre amulette de bison – celle de votre naissance – et votre pierre à feu, si vous les possédez encore et vous rayez le reste de votre feuille d'aventure.)
— Je garde mes armes ? demandez-vous innocent.
— Oui et non ! Tu peux garder ton couteau de chasse si tu l'as encore en ta possession. Pour le reste je te proposerais des armes, un équipement «spécial» et tu devras choisir les objets qui te paraissent utiles à ton voyage.
Vous enlevez ceintures de munitions, carquois et tout ce que vous possédez comme arme (rayez tout de votre feuille d'aventure).
Ted s'éloigne de vous et ouvre une trappe dans le sol, il descend par une sorte d'escalier de pierre et revient quelques instants plus tard les bras chargé d'objets, d'armes et de vêtements. Puis il sourit, vous regarde et vous lance d'un ton rieur :
— Et maintenant mon jeune ami, tu va devoir affronter ta première épreuve. Le test de ta force mentale. Tu vas devoir sortir de la cabane, marcher vers la cascade à l'Est. Une fois arrivé devant la retenue d'eau, enlève tes vêtements et plonge dans le bassin.

Reste-y jusqu'à ta dernière limite et reviens me voir, tout sera prêt...
— Jusqu'à ma dernière limite...je vais surtout mourir de froid ; il neige dehors, vous êtes au courant ?!
— Si tu veux connaître certaines choses, commence par connaître ton corps et la force de ton esprit... Va mon garçon et plonge...
Ted se retourne et vous le voyez disparaître à nouveau par la trappe dans le sol.
Vous tournez les talons et vous sortez de la cabane. **Rendez-vous au 137.**

370

Cinquième Jour :

Une chaleur douce et bienfaisante vous réveille. Les rayons du soleil filtrent à travers les aiguilles des arbres au dessus de votre tête.
Vous vous levez, et cherchez quelque chose à manger : ces fruits sucrés feront l'affaire. Vous regagnez 5 PE.
Vous vous mettez en route pour la prochaine clairière. Vous traversez un petit bois composé de cèdres et, fait étrange, vous remarquez que la majorité des autres arbres de ce coin sont des érables ; la couleur de leurs feuilles, jaune, orange, rouge et dorée donne à cette partie de la forêt un ton chaud des plus reposant.
Vous croisez deux cerfs à queue blanche puis plus loin, vous faites fuir un élan magnifique d'au moins cinq cents kilos. Vous débouchez enfin sur une seconde clairière bien plus large que celle de la veille.
Vous avancez prudemment entre les arbres lorsque vous entendez un hululement. Une chouette ? En plein jour ?...
Vous vous abaissez et répondez par le même hululement. Votre réponse a pour retour un croassement de corbeau. Vous imitez immédiatement le cri.
— On est là ! entendez-vous d'une voix faible.
Vous vous précipitez en direction de la voix.
Vous stoppez net votre course en arrivant à proximité d'un groupe de rochers calcaires. Votre ami, Corbeau-qui-Danse se tient là devant vous, appuyé contre la pierre. Vous remarquez un bandeau noué sur sa cuisse, taché d'une couleur brunâtre.

Vous vous jetez sur votre ami pour l'aider. Il s'écroule dans vos bras, épuisé.
Vous le traînez à l'abri derrière les rochers et vous voyez Petit-Nez allongé au sol qui vous regarde en souriant.
— Mes amis je vous retrouve enfin ! Vous sentez un sanglot monter dans votre gorge. Vous le retenez pour ne pas pleurer.
— On savait que... tu viendrais... Vous dit Petit-Nez d'une voix effacée. On l'a toujours su...
— Qu'est ce qu'il vous est arrivé ? Depuis cinq jours vous je vous cherche.
Corbeau-qui-Danse mange un fruit sauvage et commence :
— On est partis chassé le jour de ton départ. Les bisons venaient d'arriver et ont fait fuir cerfs, élans et bouquetins vers les forêts de l'Est. On chassait en bordure de la forêt, au Nord Ouest, juste avant la cascade. On avait repéré un troupeau de cerfs à queues blanches avec un mâle qui devait faire cent vingt kilos. Petit-Nez était à une dizaine de mètres sur ma gauche. On entendu une détonation. Petit-Nez s'est effondré. Je me suis couché sur le sol et je cherchais désespérément à savoir d'où était venue la balle. Et là j'ai vu sortir quatre hommes qui étaient cachés par des gros rochers, tous vêtus de blancs. Ils riaient aux éclats. J'ai alors compris qu'ils allaient nous tuer si je ne faisais rien pour nous sortir de là.
Petit-Nez ajoute :
— J'étais sonné... la balle est ressortie mais... elle m'a cassé l'os de la cuisse.
Corbeau-qui-Danse reprend :
— J'étais seul, ils étaient quatre. Il fallait vraiment que je trouve une solution rapidement. J'ai donc rampé doucement vers Petit-Nez, j'ai vu qu'il était juste blessé et je lui ai dit que quatre hommes allaient nous tuer si on restait ici.
Petit-Nez poursuit :
— Et là j'ai eu une très bonne idée... J'ai dit à Corbeau... On saute !
Vous demandez :
— Vous vouliez sautez dans la rivière ? Depuis la cascade ?!!
Petit-Nez continue :
— Oui ! Mais c'était une très bonne idée... On a plongé... Un saut de dix mètres... Corbeau a atterri dans l'eau juste à coté d'un ro-

cher affleurant, il s'est ouvert la cuisse... Je souris mais c'est pas drôle !
— En attendant, poursuit Corbeau-qui-Danse, les quatre hommes ne nous ont pas suivi.
Vous ajoutez :
— Vous avez eu une sacrée chance d'échapper à ces brutes sanguinaires. J'ai appris qu'ils sillonnent les Etats-Unis pour y semer une terreur qui portera leur nom : Le clan des Vipères ! Et vous demandez :
— Mais comment êtes vous arrivé ici ?
Corbeau-qui-Danse vous répond :
— On a suivi le courant de la rivière, on s'est laissé porter et on est arrivé à une quinzaine de mètres de cet endroit. J'ai pu soigner ma cuisse avec du miel que j'ai trouvé là-bas (il vous désigne un endroit avec son index). Puis j'ai appliqué le miel sur la blessure de Petit-Nez et je lui ai fait un bandage de fortune avec mon bandeau.
— Bon, mes amis il faut que je vous accompagne jusqu' à Murray city. Je pense que c'est l'endroit le plus proche pour des soins. Nos deux camps sont à 10 heures et 1 jour de marche d'ici. Il faut qu'on parte rapidement.
Vos amis acquiescent. Vous aidez Corbeau-qui-Danse à fabriquer une attelle que vous placez sur la jambe de votre ami. Corbeau-qui-Danse récupère son arc ainsi que celui de Petit-Nez et vous vous dirigez tous les trois vers l'Est. **Rendez-vous au 235.**

371

Vous avancez prudemment vers l'ours brun qui se volatilise aussitôt, la voix reprend alors :
— Tu as choisi la puissance !
Vous ajoutez immédiatement 4 points à votre total d'endurance (même si cela fait dépasser votre total de départ).
La tête vous tourne à nouveau et **vous vous réveillez au 227**.

372

Vous ouvrez doucement la porte et vous avancez d'un pas.
Une certaine obscurité règne dans cette cabane, une odeur douce de sapin consumé adoucit l'atmosphère de la pièce. Vous ne le remarquez pas tout de suite, mais dès que vos yeux s'habituent à

la faible lumière, vous distinguez un homme d'une soixantaine d'années assis sur un rocking-chair, tenant un fusil à canon scié sur les genoux.
— Que veux-tu jeune Sioux ?
— Je suis à la recherche de mes deux amis... et je suis un peu perdu aussi, avouez-vous, gêné...
— Ha ha ha ! Perdu dans mon labyrinthe ! C'est normal, personne ne s'aventure ici, il faut une grosse habitude des lieux pour s'y retrouver, d'ailleurs personne ne vient jamais me déranger, et c'est tant mieux.
Vous enchaînez sans attendre :
— Mes amis sont partis chasser il y a trois jours, ils ne sont jamais rentrés au camp. On m'a informé que des hors-la-loi passaient leur temps à semer la terreur dans la région...
— Oui, les Vipères ! C'est le nom qu'ils se donnent en tout cas. Sûrement pour impressionner les gens faibles d'esprit. Je les ai vus il y a trois jours, ils traînaient en bordure de forêt côté Ouest...
— Et c'est tout, vous n'avez rien vu d'autre ?
— Si.
— Quoi ?? demandez-vous d'un ton agacé.
— J'ai vu... J'ai vu que tu avais quelques trucs sur toi qui pourraient m'intéresser !
Visiblement le Vieux Morrison ne parlera que contre récompense. Vous détestez ce genre de personnage matérialiste. Si vous possédez une dent de grizzly en amulette, une plume d'aigle, un chapeau de cow boy ou une étoile de sheriff et que vous souhaitiez donner un de ces objets au vieil homme **rendez-vous au 326**. Si vous ne possédez pas de tels objets ou que vous ne souhaitiez pas lui donner quoique ce soit, **rendez-vous au 460.**

373

Une obscurité phénoménale règne sous cette tente, vos deux flèches effleurent les bras des soldats qui se retournent sans une hésitation et ouvrent le feu à l'aveuglette. Ce combat va être un peu particulier : Vous allez combattre un soldat et votre ami va à combattre un autre. Si après le 5è assaut vous n'avez pas réduit l'endurance de votre vis à vis à 5 ou moins, le troisième soldat fait le tour de la tente et vous attaque dans le dos, **rendez-vous alors au 129.**

Soldat embusqué
Endurance : 17
Combat AD

Ce soldat vous touche s'il obtient 5. Il possède un fusil Colt revolving à barillet cal.40 (+4PDS), chargé de 5 balles, pour la distance ainsi qu'un revolver Remington cal .40 (+4PDS), chargé de 6 balles. Il attaque au corps à corps avec un piquet en fer qui traîne dans la tente (+3PDS).
Si vous tuez cet adversaire en moins de 6 assauts, le troisième soldat prendra la fuite dans les allées du campement et **vous vous rendrez au 12.**

374

Vous sortez de la caverne et vous êtes ébloui par tant de clarté soudaine. La fin de l'après-midi approche mais le soleil vous oblige à cligner des yeux. Vous avez finalement trouvé la sortie de ce labyrinthe souterrain et vous êtes enfin à l'air libre. Vos yeux s'habituent à la lumière ambiante. Un petit sentier pierreux bordé des quelques buissons épineux part en direction de l'Est. Il semble longer un petit bois de cèdres. Vous décidez de suivre ce chemin qui devrait vous conduire vers le sommet ; vous regardez sur votre gauche tout en marchant et vous êtes ébahis par cette barre rocheuse qui semble vous écraser de tout son gigantisme, le sommet des Montagnes Sacrées ne doit plus être très loin. Après quelques lacets sur le sentier vous débouchez sur une nouvelle piste. **Rendez-vous au 300.**

375

Vous arrivez à Murray city lorsque le clocher sonne 15 heures. De nombreux fermiers travaillent dans les champs sur votre gauche. Ils labourent la terre pour la préparer à l'hiver.
Vous croisez un cavalier solitaire qui vous salue et vous lance à tous les trois :

— Oh là ! Trois indiens ici ? Vous n'êtes pas au Nord ? Les bisons sont arrivés, ils ont pris possession de leur territoire hivernal, je pars en repérage pour la chasse du mois prochain.
— Ils sont calmés, demandez-vous ?
— Oui, ils se sont répartis, certains ont même fait tomber des cerfs près de la cascade au Nord Ouest de la forêt de l'Est. Une hécatombe, y'a plus qu'à pêcher... du cerf ! Allez les rouges, j'me taille, j'vais galoper toute la nuit. Yaaa !
Il éperonne sa monture et s'en va au grand galop.
Les bisons sont calmés...Vous savez ce que cela signifie : demain vous devrez quittez vos amis, Murray city, et partir pour Les Montagnes sacrées.
La rue principale se profile bientôt devant vous. Vous entrez dans Murray city et vous ne tardez pas à rejoindre votre ami le docteur Gary Nichols.
Vous montez les marches de bois qui conduisent à son domicile et vous frappez trois coups, puis un coup, puis trois coups de nouveau. Une voix à l'intérieur lance :
— Entre, Tatanka !
Le docteur Nichols est en train de soigner un jeune homme, blessé au ventre semble-t-il.
— Asseyez-vous, je finis avec ce chasseur imprudent et je m'occupe de vous. Puis il ajoute,
— Vous voyez, ce jeune homme est parti chasser les bisons au Nord, seul comme vous le faites, les Natifs. Non loin du lac au Nord Ouest, il s'est fait attaqué par un ours qui lui a ouvert le ventre d'un coup de griffe. Une chance pour lui qu'une diligence passe par là une heure plus tard. Les voyageurs me l'ont emmené hier...
Vous vous approchez du jeune chasseur, laissant vos amis se reposer dans les confortables fauteuils en cuir du docteur. Vous regardez le jeune homme qui vous sourit. Un homme d'une vingtaine d'années, pâle et affaibli. Des longs cheveux bruns, un pantalon couleur sable et une chemise noire, ouverte sur le pansement que lui refait le docteur.
— Alors tu voulais chasser le bison ? demandez-vous d'un ton amical.

— Oui... Je voulais... ramener une peau... pour m'en faire un manteau... et avec la viande, ma famille... aurait pu manger... pendant de nombreux... jours...
— Une cause noble ! ajoutez-vous en regardant fièrement le jeune homme. Tu voulais donc chasser comme nous autres, les natifs d'Amérique... Alors si un grizzly t'a attaqué et que tu es toujours vivant permets moi de faire ce qu'il est coutume de faire dans mon peuple. La prochaine fois que tu rencontres des Sioux ou des Cheyennes, tu te présenteras comme « Coup-de-Griffe », et tu leur expliqueras d'où te vient ce surnom...
Le docteur vous regarde du coin de l'œil et vous sourit en faisant un clin d'œil. Le jeune homme vous demande :
— Mais... je peux porter un prénom indien ?
J'en ai le droit ?
— Oui, tu le mérites...
Une lueur de fierté renaît dans les yeux du jeune homme. Vous retournez voir vos amis et les invitez dans une salle jouxtant la salle de soins.
Quelques minutes plus tard, Gary vous rejoint avec un sourire non dissimulé :
— Tu voulais faire plaisir au gamin fallait pas faire autrement !!! Alors que vous est-il arrivé ?
Vous expliquez, pour vos amis, l'histoire des Vipères. Le docteur Nichols soigne Petit-Nez en lui faisant une bonne immobilisation du fémur, il remet Corbeau-qui-Danse sur pattes et s'occupe de vos éventuelles blessures. **Votre total d'Endurance retrouve son total initial.**
Vous remerciez chaleureusement votre ami et vous quittez les lieux.
— Au revoir mes amis et soyez prudents...
Vous descendez les escaliers et vous vous retrouvez dans la ruelle. Votre ami le docteur Nichols vous a préparé une pièce pour passer la nuit. Vous vous y rendez tous les trois sans plus attendre.
Vous pénétrez dans une vaste pièce. Cette grande pièce est en fait composée d'une cheminée en pierres blanches, typiques de la région, sur laquelle est suspendu un arc Apache, vestige de l'époque où le docteur exerçait en Arizona.
Les murs sont teintés en ocre et rouge, couleurs qui confèrent à cette pièce une certaine chaleur visuelle. Quatre lits couverts de

chaudes couvertures en laine et une table usée avec quatre chaises composent l'essentiel du mobilier du lieu. Vous mangez quelques provisions posées sur la table par la femme du docteur et vous vous allongez sur le lit. La première nuit dans un vrai lit depuis votre départ, **votre total de chance retrouve son total initial**. Vous ne tardez pas à vous endormir. **Rendez-vous au 260.**

376

Vous sortez votre arme et vous tirez sur le plus gros des deux serpents, vous le tuez instantanément. Le deuxième serpent prend la fuite aussitôt. Vous continuez votre route de moins en moins rassuré. **Rendez-vous au 356.**

377

Vous ajustez le premier des deux hommes et faites feu en visant la tête. Il s'effondre dans un nuage de sang rendu noir par l'obscurité. Le deuxième homme se couche aussitôt sur le sol et tire dans votre direction sans parvenir à vous toucher. Il fait quelques roulades sur le coté. Vous ne le voyez plus mais vous ne voulez pas sortir des buissons qui vous offrent un abri sûr et sombre. Vous entendez l'homme s'enfuir en courant. Lorsque vous sortez des buissons, il a disparu. Vous approchez du cadavre et le retournez de la pointe du pied :

Pat Smith !

Un barbier de Maiden city, ville du sud de la région. Que faisait-il là ? Où allait-il ? Vous ne le saurez jamais. Et vous ne comprendrez jamais pourquoi vous avez tiré ce soir

là... Vous perdez 2 PB. Vous retournez vous coucher sous le grand saule pleureur et vous vous rendormez.

Rendez-vous au 318.

378

Vous vous mettez en quête de trouver quelque chose à manger car vous avez vraiment faim. Vous pouvez pêcher si vous possédez un hameçon et du fil, rendez-vous, **dans ce cas au 209**. Si vous voulez pêcher à l'arc et que vous en possédez un avec des flèches, **rendez-vous alors au 350**. Enfin si vous ne possédez ni l'un ni l'autre de ces objets, vous devrez vous contentez de manger quelques racines de pin et quelques champignons (vous pouvez regagner 2 PE). Un fois votre repas pris, vous restez là assis parmi les arbres et repensez à votre futur voyage, vous remettez du bois dans le feu et **fermez l'œil jusqu' au 237**.

379

Vous sentez le goût du sang dans votre bouche, ce qui ne vous plaît pas du tout, mais en gardant votre calme vous dites à l'homme visiblement très excité :
— Je peux savoir pourquoi vous m'avez frappé ?
— Parce que tu es dans MA ville ! Et j'ai horreur que des gars dans ton genre viennent fouiner ici...vous répond-il d'un ton sec.
— Justement je comptais partir, changer de région. J'en ai marre de devoir parler à des hommes comme vous... dites-vous d'un ton ironique.
Visiblement l'homme n'a pas du tout le sens de l'humour et il vous reprend :
— Je pense que t'en as pas eu assez dans la gueule, je vais devoir te mettre un branlée !
Vous restez indifférent à ses menaces et vous le regardez droit dans les yeux, d'un regard fixe et insistant.

Si vous possédez un couteau et que vous souhaitiez l'utiliser, notez le numéro de ce paragraphe et **consultez le paragraphe 26**.
Si vous possédez une hachette et que vous souhaitiez l'utiliser, notez le numéro de ce paragraphe et **consultez le paragraphe 28**.
Si vous voulez essayer de partir, en passant devant lui sans le regarder, **rendez-vous au 468**.
Si vous voulez partir tout en continuant à le fixer des yeux, **rendez-vous au 236**.

380

Vous approchez doucement de cet étrange objet brillant. Vous êtes arrivé à quelques mètres d'un arbre lorsque vous voyez enfin d'ou provient cet éclat :
Un totem en bois, d'une hauteur de trois mètres environ, se dresse fièrement entre deux sapins aux aiguilles vert foncé. Il

représente une tête d'ours avec un corps écaillé. Sûrement un hommage aux grizzlys pêcheurs qui rôdent dans cette forêt. Vous pouvez vous recueillir un moment devant ce totem, **rendez-vous alors au 230**.Si vous préférez reprendre votre route sans plus tarder, **rendez-vous au 68.**

381

Ajouter 1 PS à votre total actuel.
Une flèche atteint l'animal dans le flanc droit, au niveau du poumon. Vous savez que cette blessure ne tue pas l'animal sur le coup mais le tue sur quelques mètres, sans aucune échappatoire. Effectivement, le faon fait un bond, puis deux et s'effondre dans les buissons. Le cerf adulte disparaît en quelques sauts. Vous approchez pour évaluer votre prise. C'est un jeune qui pèse dans les dix kilos. Vous récupérez votre flèche, vous traînez l'animal jusqu'au bord de l'eau, vous le videz, vous préparez un feu de bois et vous faites griller une bonne partie de l'animal. Ce repas vous ajoute 4 PE. Vous pouvez garder deux morceaux, les plus grillés que vous faites fumer dans un épais tapis de cèdre. Ces repas peuvent être pris à tout moment (sauf au cours d'un combat), ils vous redonneront 4 PE chacun (notez ça sur votre feuille d'aventure). Vous vous couchez les yeux rivés vers un ciel sombre et sans étoiles. **Rendez-vous au 69.**

382

Vous reprenez votre route vers le Nord. Un sentier commence à se dessiner sur le sol, une piste de chasseur et une piste de gibier...
Vous entendez au loin un bourdonnement sourd. Si vous voulez continuer sur cette voie, **rendez-vous au 267**, si vous voulez bifurquer vers l'Ouest une nouvelle fois, **rendez-vous au 104**.

383

Vous avancez prudemment vers le coyote qui se volatilise aussitôt, la voix reprend alors :
— Tu as choisi la ruse !
Vous ajoutez immédiatement 1 point à votre total de chance (même si cela fait dépasser votre total de départ).
La tête vous tourne à nouveau et **vous vous réveillez au 227**.

384

Vous tirez deux fois sur les chevaux, pour les blesser, ce sera plus judicieux. Les balles atteignent un cheval dans la cuisse gauche et l'autre dans la fesse droite. Les chevaux hennissent de douleur, de peur et se débattent comme des fous, ils se cabrent, tirent sur les cordes qui les retiennent prisonniers des arbres et finissent par les casser, vous entendez Meyer hurler de douleur sous les coups de sabots qu'il reçoit sur tout le corps. Des bruits d'os cassés se mélangent aux hennissements et à la folie des chevaux. Ils s'enfuient en courant pour les uns et en boitant pour les blessés. Bryan ne bouge plus. Il est mort, piétiné par ses propres chevaux. Villagomez et Jenkins tirent dans votre direction, **rendez-vous au 225**.

385

Vos amis vous incitent au calme, mais vous ne les écoutez pas. Vous pointez votre arme (celle que vous voulez) vers le premier chasseur du groupe. Vos amis positionnent une flèche sur leur arc et tendent les cordes.
Tirez un dé, si vous obtenez un score inferieur ou égal à 3, **rendez-vous au 302**. Si vous obtenez plus de trois, **rendez-vous au 245**.

386

Vous dépassez le groupe de gens réunis autour de la fontaine centrale, puis vous tournez à gauche, dans une rue perpendiculaire à la rue principale. Une belle bâtisse couleur ocre rouge vous indique que vous êtes chez votre ami. Vous montez les escaliers extérieurs qui donnent sur une terrasse au plancher de bois. Vous approchez de la porte et vous frappez trois coups, puis un coup, puis trois. Une voix se fait entendre :
– Entre, Tatanka !
Rendez-vous au 184.

387

Le cavalier reprend :

— Tu as l'air d'un sale menteur de merde ! Et j'ai horreur des menteurs de merde ! Je reformule ma question, est-ce que toi connaître Pat Smith ?
Et il pointe le canon de sa Winchester vers votre tête. Si vous persistez à dire que vous ne le connaissez que de nom, **rendez-vous au 347**. Si vous voulez avouer la vérité, **rendez-vous au 4**.

388

Vous regardez autour de vous et vous entendez des cris ; des coups de feu partent de tous les cotés et les allées sont bientôt envahies par une épaisse fumée blanche à l'odeur forte. Des hurlements de soldats vous parviennent aux oreilles et lorsque vous vous retournez pour voir l'origine de ces cris, vous apercevez deux Blackfeet en train d'arracher le cuir chevelu de deux soldats avec la lame de leurs couteaux. Les soldats se tordent de douleur et finissent par perdre connaissance. Les Blackfeet tendent les scalps sanguinolents bien hauts et repartent dans les allées du campement en criant. Vous n'avez que très peu de temps pour agir avant qu'une autre vague de soldats n'apparaisse. Vous pouvez prendre l'allée sur votre gauche qui semble mener à une grande et longue tente, **rendez-vous alors au 407.** Vous pouvez vous engager dans l'allée qui vous fait face, **rendez-vous au 352.** Vous pouvez enfin partir vers l'allée sur votre droite **en vous rendant au 283.**

389

Une épaisse végétation se dresse devant vous telles des griffes d'ours ou des serres d'aigle prêtes à vous ralentir dans votre périple. Vous rampez, marchez courbé, durant une demie heure, finalement, vous arrivez en vue d'une clairière où se dresse fièrement un totem. Vous approchez de ce dernier et remarquez qu'une tête de corbeau est sculptée tout en haut. Un totem représentant un corbeau, ici au milieu de nulle part ? Vous pouvez vous recueillir un moment devant ce corbeau de bois, **rendez-vous alors au 401**. Si vous voulez passer votre route et poursuivre votre recherche, **avancez jusqu' au 133**.

390

Vous êtes heureux de marcher à nouveau sur un chemin de terre. Quelques traces de neige subsistent par endroits mais pas de présence de tapis neigeux épais et dangereux. Cet hiver promet d'être long et rude si les flocons tombent déjà en début d'automne. Vous progressez entre les sapins jusqu'à un nouveau croisement qui mérite une attention particulière. Un rocher, haut de deux mètres et large d'autant fait office d'aiguillage au milieu du chemin. Sur le sentier de droite un tas de cailloux est posé en plein milieu. C'est un message d'autres Natifs ; ce type de monticule est souvent rencontré près des rivières, pour indiquer aux autres pêcheurs que l'endroit est poissonneux. Vous en déduisez qu'il doit y avoir du gibier en abondance dans la partie droite de la forêt.

Sur l'autre chemin, celui qui part à gauche, vous remarquez qu'une trace rouge a été peinte sur un des troncs. Une trace horizontale, avec deux traces verticales juste à coté. Un cercle bleu entoure les trois traits. Vous pensez à un code Blackfeet, mais vous ne connaissez pas bien leur codage.

Il vous faut choisir une voie :

Le sentier de droite avec le monticule de pierres, **rendez-vous au 54.**

Le sentier de gauche avec les traces peintes, **rendez-vous au 299.**

391

Vous attendez quelques instants qui semblent une éternité. Les gouttes d'eau qui frappent sur vos visages semblent peser des tonnes, tant la fatigue se fait sentir. Vous ne parlez pas, vous savez tous que ce dernier assaut est celui dont dépend votre triomphe ou votre agonie... Il n'y a que le bruit incessant de la pluie et ce sol qui tremble sous l'approche des cents hommes de Custer. Soudain à quelques centaines de mètres vous apercevez une ligne de silhouettes arriver au galop vers vous. Vous patientez encore quelques secondes et vous hurlez tous d'une seule et même voix :

– HOKA HEY ! Mitakuye Oyasin !

Vous lancez vos montures au galop. Les chevaux répondent bien et sont très rapides ; tant mieux, le choc n'en sera que plus vio-

lent. Des coups de feu partent déjà du camp adverse, vous entendez siffler les balles autour de vous, vos frères d'armes répondent par une volée de flèches qui à défaut d'être précise, blesse autant les hommes que les chevaux adverses. Des cavaliers tombent de leurs montures et se font broyer les os sous les sabots. D'autres volent dans les airs lorsque leurs chevaux reçoivent une flèche dans un flanc et s'affaissent brusquement.
PEEW ! PEEW ! Custer vous envoie des salves de carabine.
ZIIUU ! ZIIUU ! Pas cette fois-ci, les balles passent à coté... Vous voyez tomber des natifs ; des cris de guerre, de douleur. Tout se mélange dans ce chaos...
Et soudain c'est la collision, votre groupe percute de plein fouet le groupe de cavalerie. Cris, hennissements, acier des lames qui se croisent dans un hurlement métallique.
Le combat se resserre, vous sautez de votre cheval et envoyez deux flèches vers un soldat, vous le touchez à la poitrine et au bas-ventre. Il hurle et s'effondre. Une douleur vous parcours soudain le dos : un soldat vient de vous entailler les reins avec son épée. Vous perdez 4 PE. Vous esquivez une deuxième attaque et vous sautez sur le soldat en brandissant votre couteau. Deux coups au visage et ses joues ne sont plus qu' ouvertures béantes et sanguinolentes. Le soldat pousse un cri de terreur lorsque vous lui plantez votre couteau dans la gorge. Il tombe à genoux, puis s'écroule. Vous regardez autour de vous et vous voyez des hommes blancs et rouges se taillader, se percer, s'entretuer, dans un flot de sang et une vague de cris. Tout à coup, Corbeau-qui-Danse arrive vers vous en courant et s'arrête net. Il avance encore de deux pas puis est agité d'un sursaut, il vous regarde les yeux fixes. Il tombe face contre terre et vous reconnaissez le colonel Custer qui retire péniblement la lame de son épée du dos de votre ami. Il attrape les rennes un cheval, l'enfourche et sonne la retraite avec son clairon.
Les soldats prennent la fuite !
Mais votre ami est sur le sol immobile... Vous approchez de Corbeau-qui-Danse, les yeux plein de larmes et vous le retournez pour voir son visage :
— Corbeau ! Corbeau, mon frère ! Ça va aller, on va rentrer au camp et les chamans vont te guérir...

— Je... Je pense... que ma route... s'arrête ici. C'est un clairon que... j'entends ?
— Oui, ce maudit Custer sonne la retraite, ils ont perdu, on peut rentrer chez nous. Corbeau ? Votre ami revient à lui.
— Quelle musique... agréable, cette... défaite ! J'ai mal, Tatanka... Mon dos. Je ne peux plus... bouger...
— Corbeau reste avec moi, j'ai encore besoin de toi pour aller chasser le cerf, dans les Montagnes Sacrées. Corbeau ? CORBEAU !!!
Votre ami reste les yeux figés vers le ciel et son âme s'envole déjà vers le Grand Aigle Sacré. Une envie de vomir vous assaille instantanément, vous éclatez en sanglots et ramassez le couteau de chasse de votre ami (rayez toutes les autres armes de votre feuille d'aventure). Vous prenez une poignée de boue que vous étalez sur votre visage. Un cheval passe à votre portée, errant parmi les morts. Vous l'enfourchez et vous vous lancez à la poursuite du colonel Custer. Maintenant c'est vous ou lui. **Rendez-vous au 293.**

392

Vous parvenez à visualiser les mouvements de votre adversaire comme s'il se déplaçait avec une lenteur extrême. Il laisse entrevoir sa tête une fraction de seconde, c'est plus de temps qu'il n'en faut pour que vous lui décochiez un flèche meurtrière. L'empennage en plume produit un son strident, semblable au cri de l'aigle, tandis que la flèche fonce à vive allure vers le visage de votre ennemi.
SCHHHOUM ! La pointe en acier pénètre sans effort dans le crâne de votre ennemi. Il vous fixe, les yeux figés, puis révulsés, tombe à genoux, son corps parcouru d'innombrables sursauts et finit par s'écraser sur le sol avec un bruit sourd. Une écume épaisse sort de sa bouche, et sa peau vire au violet : l'effet des poisons... Votre ennemi est mort. **Retournez maintenant au paragraphe d'où vous venez**.

393

À peine avez vous fait quelques mètres dans la forêt qu'un bref mouvement attire votre attention parmi les buissons. Un cerf

mulet est en train de manger tranquillement. Pour l'instant, il ne vous a ni vu, ni senti.
Si vous possédez une arme à feu et que vous souhaitiez vous en servir, **rendez-vous au 331.**
Si vous préférez utiliser votre arc, **rendez-vous au 62**.

394

Vous marchez d'un pas alerte sur le sentier qui se découvre de neige au fur et à mesure que vous approchez du bas de la montagne. Il vous aura fallu 4 longues heures de marche lorsque vous arrivez enfin au pied des Montagnes Sacrées. La vaste plaine du Nord s'étend devant vous à perte de vue, vous apercevez les nombreuses rivières qui serpentent dans toute la vallée. Vous ne tardez pas à retrouver une herbe humide sur le sol, gorgée d'eau qui indique que vous avez réussi à sortir de la montagne. Le soleil timide commence à descendre vers l'horizon. Vous ne voulez pas risquer de croiser des guerriers Blackfeet durant la nuit, et vous décidez d'établir votre camp, dissimulé entre les érables qui bordent le pied des Montagnes Sacrées. Vous ne faites pas de feu, mais vous pouvez manger quelque chose si vous possédez de la nourriture, sinon une rapide cueillette de champignons et quelques racines vous apaiseront pour la nuit (vous regagnez jusqu'à 3PE). **Vous vous réveillerez au 329**.

395

Vous avancez à découvert vers les deux hommes. Les deux mexicains portent immédiatement la main au revolver.
— Ohh ! Calmos Muchachos ! Je ne fais que passer, je dois rejoindre la vallée. Je viens en ami ! Dites-vous le ton haut.
— Oun peau-rougé qui vient en ami, mmh... vous lance Chico en dégainant son arme.
— Yé crois pas qué tou va arriver vivant dans la vallée, amigo ! Tuco dégaine aussi son arme et la braque dans votre direction.
Vous n'aurez pas le temps de décocher la moindre flèche avant de vous être fait trouer la peau par ces deux bandits. Il vous reste la possibilité de plonger derrière un tronc de sapin pour engager un combat, **rendez-vous dans ce cas au 447.** Vous pouvez aussi tenter d'utiliser la pierre noire si vous en possédez une, **rendez-vous alors au 82.**

396

Ce sentier ne vous dit rien qui vaille. Une succession de rochers massifs entassés par une main géante vous oblige à ralentir vos pas et rester concentré sur vos mouvements. Cet éboulis givré, recouvert de mousse et instable vous donne des sueurs froides. Vous réussissez à franchir cet obstacle sans trop de dommages et vous continuez sur la piste. Vous n'avez pas parcouru 30 mètres qu'un autre rocher, assez particulier, se trouve en bordure de chemin :

cette pierre haute d'environ votre taille et large d'un mètre semble représenter un champignon. Il n'a pas l'air d'avoir été sculpté mais plutôt façonné par le vent, les pluies et le gel. Comme si la Montagne rendait un hommage à ceux qui poussent sur ses pentes...Vous esquissez un sourire devant cette formation rocheuse originale et vous continuez votre route.

La végétation semble se modifier au fur et à mesure que vous avancez, les sapins, déjà peu présents à cette altitude, sont peu à peu remplacés par des arbustes et buissons épineux à grosses baies rouges. Les herbes de prairie sont désormais de la mousse givrée, et du lichen jaune soleil pousse en masse sur les rochers. Au bout de quelques minutes, le chemin tourne brutalement vers la droite et vous arrivez face à un petit tunnel qui passe, d'après votre sens de l'orientation, sous la piste principale de l'Ouest. Vous avancez de quelques pas, prêt à voir un surgir un animal sauvage à l'autre bout du tunnel, mais rien d'hostile ne se passe. Vous avancez prudemment dans le tunnel, dont la longueur n'excède pas 15 mètres et vous débouchez sur une étrange mais bienfaitrice image... **Rendez-vous au 475.**

397

Vous approchez doucement du canoë, Corbeau-qui-Danse pense que vous devriez tous les trois prendre cette embarcation pour descendre la rivière jusqu'à la cascade Est.

Vous répondez par l'affirmative, une idée judicieuse pour limiter les souffrances de Petit-Nez. Vous êtes à une trentaine de mètres de la berge lorsque vous entendez le hennissement d'un cheval dans votre dos. Vous faites volte face et vous reconnaissez sans mal la silhouette blanche d'un homme avec un foulard rouge. Le

chef des Vipères. Les Trois autres sortent de la forêt comme des ombres fantomatiques. Le chef du clan porte la main à sa carabine, épaule et tire dans votre direction. PEEWW !
Vous vous couchez tous les trois dans le canoë. La balle siffle au dessus de votre tête. Corbeau-qui-Danse continue de ramer, tant bien que mal.
Si vous avez une arme de distance, avec suffisamment de balles et que vous souhaitiez riposter, **rendez-vous au 355**.
Si vous préférez aider Corbeau-qui-Danse à ramer, **rendez-vous au 139.**

398

Corbeau-qui-Danse entaille la toile beige de la tente et crée une ouverture de presque deux mètres de haut. Vous vous faufilez tous les deux dans la tente et vous examinez la situation : de nombreuses caisses sont empilées partout sous la tente, sur l'une d'elle il vous semble lire à la lueur d'un éclair «Gun Powder»...
De la poudre à canon, l'autre nom de la poudre noire ! Une tente remplie de caisses de poudre. Vous regardez votre ami et en vous approchant et vous lui dites doucement :
— T'as vu ce que contiennent ces caisses ? Je pense qu'on peut faire un beau feu de joie avec tout ça...
— Je vais faire une petite ouverture dans une des caisses et répandre de la poudre partout comme une grosse mèche...
— Vas-y, je surveille les soldats, ajoutez-vous en vous relevant et en guettant l'entrée de la tente. Les soldats n'ont pas bougé d'un millimètre.
Corbeau-qui-Danse attend un coup de tonnerre pour éventrer la caisse de poudre. Soudain, un éclair illumine l'intérieur de la tente et l'allée devant les soldats, les ombres portées des soldats leur donnent tout à coup une allure de fantômes. Puis quelques secondes plus tard, un violent et assourdissant coup de tonnerre fait trembler le sol. Votre ami plante sa lame dans une caisse et fait sauter une latte de bois. Les soldats ne bougent pas.
Vous regardez vers Corbeau-qui-Danse et vous le voyez le sourire aux lèvres en train de disperser la poudre noire en une longue traînée devant toutes les caisses. Il attend quatre autres coups de tonnerre pour percer quatre autres caisses. Puis vous regardant il chuchote :

— Viens Tatanka, c'est le moment de sortir et courir !
Vous jetez un coup d'œil furtif au dehors et vous repassez par l'ouverture dans la toile de tente. Corbeau-qui-Danse vous emboîte le pas et sort sa pierre à feu. Il frotte celle ci sur la lame de son couteau et la poudre s'enflamme instantanément. Vous partez en courant comme deux faons poursuivis par un ours. Au bout de quelques secondes, une explosion fracassante se fait entendre dans votre dos. Une lueur jaune orangée teinte le campement et une forte odeur caractéristique de poudre se répand dans toutes les allées. Vous avez juste le temps de vous retourner pour apercevoir des débris retomber lourdement aux alentours de la tente qui vient d'être pulvérisée. Vous gagnez 3 PB et 2 PC. Vous pouvez **vous rendre au 457.**

399

Vous plongez sur le coté en effectuant une roulade, vous restez plaqué au sol et vous dégainez votre arme en une fraction de seconde. Juste assez rapidement pour voir un cougar sortir de derrière les buissons qui bordent le sentier sur lequel vous marchiez. Vous n'avez pas le temps de mettre le félin en ligne de mire avec une arme à feu, qu'il fonce déjà sur vous. Vous vous redressez d'un bond prêt à vous défendre. Le cougar pousse un feulement en vous voyant devant lui, sa queue se balance de droite à gauche en mouvements souples et arrêtés, il se déplace d'un coté à l'autre du sentier prêt à attaquer. Ajoutez 1PB à votre total pour votre courage, et attaquez ce prédateur :

Cougar
Endurance : 7
Combat corps à corps

Le cougar frappe avec un 6 et vous infligera 2 PDS s'il obtient 3, 6, 9, 12 aux dés.
Si vous réussissez à tuer cet animal, **rendez-vous au 358.**

400

Tout à coup une voix familière vous interpelle :
— Tatanka !

Vous faites volte-face et à votre plus grande surprise vous apercevez Corbeau-qui-Danse et Petit-Nez arriver vers vous à grands pas. Petit-Nez traîne encore le pied mais parvient à rattraper Corbeau-qui-Danse.
— Mes amis, j'aurais préféré vous revoir en d'autres circonstances...
— Oui, autour d'un immense feu de camp, à chanter, danser et jouer de la flûte toute une nuit... Ajoute Corbeau-qui-Danse à demi-mots.
— Bon, on n'est pas encore tous morts ! dit Petit-Nez sur le ton de la plaisanterie.
— C'est vrai, mais je suis ici pour éviter les morts... Cette voix dans votre dos vous est aussi familière. Vous pivotez et vous faites face à votre ami le docteur Nichols, de Murray city.
— Gary, mais que fais tu ici ? demandez-vous à la fois surpris et heureux de revoir votre ami à vos côtés.
— Et bien, la ville n'est plus trop sûre en ce moment. Je me suis fait attaquer deux fois en quelques jours, donc j'ai pris ma valise et je suis parti vers le camp Cheyenne. Repos de courte durée car aujourd'hui tous les Cheyennes du camp sont ici... Je me joins donc à votre cause pour apporter ma modeste science.
Vous vous dirigez tous vers le centre du camp où un orateur est en train de rallier les hommes. Vous remarquez également la présence de Tchankila-hè, chef du camp Cheyenne ainsi que Nuage-Rouge, chef de votre camp.
— Mes amis ! Mes frères ! Aujourd'hui le Grand Esprit, Wakan Tanka, nous envoie un défi exceptionnel. Celui que tout guerrier rêve de relever une fois dans sa vie mais aussi celui qui peut nous tuer.
L'Esprit Blanc (nom donné au chef d'état américain) ne nous veut plus sur le territoire de nos ancêtres. Il veut prendre l'or dans le ventre de notre Mère la Terre. Et pour ça, il nous fera tuer jusqu' au dernier.
Alors souhaitez-vous baisser les bras et laisser massacrer vos femmes, vos enfants ?
Une bonne partie de l'assemblée répond en chœur :
— NOON !
Souhaitez-vous laisser L'Esprit Blanc salir la mémoire sacrée de nos ancêtres ?

– NOON !
Et nos traditions ? Je vous le demande à tous ? Êtes-vous prêts pour le combat de ce soir ? Êtes-vous prêts pour le combat d'une vie ??
– OUUIII !!! HHAAAAA ! Tous les guerriers Blackfeet, Cheyennes et Sioux présents autour du totem central, hurlent d'une seule et même voix. ils tapent ensuite des pieds comme un seul et même homme, jusqu'à faire trembler le sol. Les trois nations réunies entament alors une danse rituelle autour de l'idole de bois, et chaque tribu, à tour de rôle entonne son chant de guerre...
Cette force massive vous motive et vous effraie à la fois.
Tout à coup une main vous tape sur l'épaule. Vous vous retournez et vous voyez un vieil homme très ridé vous regarder et sourire.
– Jeune Sioux, suis moi, il faut que tu saches quelque chose... Le vieil homme n'attend pas une seconde de plus et s'éloigne de vous. Une chose vous surprend tout de même, vous jureriez que le vieil homme n'a pas ouvert la bouche pour parler. Pourtant, vous avez entendu sa voix distinctement dans la cohue... Vous suivez le vieil homme et vous sortez du camp. Sans dire un mot, vous vous dirigez tous les deux vers un petit bosquet de bouleaux et vous y entrez. Les arbres sont très peu espacés et finissent par s'ouvrir sur une clairière circulaire. Ce que vous voyez au milieu de la clairière vous fait reculer d'un pas. **Rendez-vous au 178.**

401

Vous faites le vide dans votre esprit. Vous fermez les yeux et ne pensez plus à rien. Vous sentez la puissance bénéfique du totem vous envahir progressivement et lentement, vous entendez les oiseaux chanter – chants que vous n'aviez même pas remarqués depuis votre entrée dans ce labyrinthe. Vous êtes apaisé. Vous êtes sur le point d'ouvrir les yeux lorsqu'une image se matérialise :
Vos amis, Corbeau-qui-Danse et Petit-Nez ne sont pas morts, vous les voyez blessés, attendant de l'aide. Vous le saviez ! Ils sont toujours en vie. Du moins cette vision vous le fait ressentir. Vous ouvrez les yeux, regardez le corbeau de bois une dernière fois, le remerciez intérieurement et vous reprenez la route devant vous.

Vous ajoutez 1PS à votre total actuel. **Rendez-vous maintenant au 133.**

402

Vous dispersez votre groupe et vous rejoignez la forêt avoisinante au galop. Arrivés en lisière, vous essayez de vous cacher derrière les arbres pour attendre le passage de Custer et ses hommes. La pluie dans le feuillage fait un bruit assourdissant et presque hypnotique. L'eau ruisselle sur tout votre corps et vous sentez de longs filets d'eau froide couler le long de votre dos, sous votre tunique. Soudain des silhouettes brunes arrivent sur votre gauche ; une lignée de cavaliers menée de front par le colonel Custer. Au moment où vous fermez les yeux pour prier une dernière fois, vous entendez un de vos frères d'armes crier :

— Regardez ! Vous tournez la tête vers la forêt que vous montre le guerrier, et ce que vous voyez est tout simplement un signe du Grand Esprit :

Une vingtaine de bisons, quatre grizzlys, treize loups et un nombre incalculables de cerfs, d'élans et de cougars chargent sur le coté droit de ce qu'il reste du 7è régiment de Custer. Les soldats aperçoivent les animaux au dernier moment et n'ont pas le temps de changer de direction en bloc. Vous vous lancez tous à l'assaut en suivant les forces profondes de la forêt. Les premiers bisons à percuter les chevaux font un véritable carnage, les soldats tirent de manière désordonnée devant un tel déferlement de faits inouïs. Un gros mâle encorne un cheval qui hennit de douleur et projette l'homme qui le monte loin en arrière. Vous voyez le cavalier voler dans les airs et finir brusquement sa chute sur les cornes d'une femelle énorme qui lui brise le dos en le reprenant au vol. L'homme se casse en deux et meurt sur le coup. Les grizzlys ne font pas de détail non plus, deux se font blesser par les balles des soldats mais les deux autres envoient un déluge de griffes et de crocs qui réduisent, en quelques secondes, trois chevaux et leurs cavaliers en charpie. Lorsque vous apercevez les gueules des grizzlys, elles sont recouvertes d'amas de chair et de sang. Les loups aussi s'en donnent à cœur joie, sautant sur les chevaux tout crocs dehors, ils mordent les soldats les tirent au sol. Les soldats essaient de riposter à grand coups de baïonnettes – des cris animaux viennent rappeler que les soldats sont des

hommes entraînés au combat – et vous voyez certains loups éventrés, agoniser en haletant, le ventre ouvert par une lame. Vous vous jetez sur le premier soldat qui passe à votre portée. Des coups de poings pleuvent dans les tous les sens, mais vous réussissez à planter votre couteau dans la poitrine du soldat qui meurt en quelques secondes. Vous vous retournez soudain sentant une présence dans votre dos, c'est votre ami Corbeau-qui-Danse qui est dos à vous et se bat contre un autre soldat. Il l'élimine et part en courant vers un autre, un officier à en juger par sa tenue. Mais votre ami parcourt quelques mètres quand une détonation le stoppe brutalement.
PEEWW !
Il reçoit une balle entre les deux omoplates.
PEEWW ! PEEWW !
Deux autres balles dans la région des reins. Vous voyez du coin de l'œil le colonel Custer ranger sa carabine dans son étui. Il sonne la retraite avec un clairon avant de partir au galop vers le Nord.
Vous approchez de Corbeau-qui-Danse, les yeux pleins de larmes et vous le retournez pour voir son visage :
— Corbeau ! Corbeau, mon frère ! Ca va aller, on va rentrer au camp et les chamans vont te guérir...
— Je...Je pense...que ma route...s'arrête ici. C'est un clairon que... j'entends ?
— Oui, ce maudit Custer sonne la retraite, ils ont perdu, on peut rentrer chez nous. Corbeau ?
— Quelle musique... agréable, cette... défaite ! J'ai mal, Tatanka... Mon dos. Je ne peux plus... bouger...
— Corbeau reste avec moi, j'ai encore besoin de toi pour aller chasser le cerf, dans les Montagnes Sacrées. Corbeau ? CORBEAU !!!
Votre ami reste les yeux figés vers le ciel et son âme s'envole déjà vers le Grand Aigle Sacré. Une envie de vomir monte de votre estomac vers votre bouche, vous éclatez en sanglots et ramassez le couteau de chasse de votre ami. (Rayez toutes les armes de votre feuille d'aventure.) Vous prenez une poignée de boue que vous étalez sur votre visage. Un cheval passe à votre portée, errant parmi les morts. Vous l'enfourchez et vous vous lancez à la poursuite du colonel Custer. **Rendez-vous au 293.**

403

Par chance la température de l'eau, est à cette époque de l'année, encore supportable...Par contre le choc de votre tête sur un rocher affleurant ne l'est pas. Vous ne comprenez pas bien ce qui vous arrive car votre vue se trouble, vous êtes ballotté dans tous les sens, et cette horrible sensation d'étouffer, qui vous serre la gorge... Vous êtes en train de vous noyez... Votre corps sera sûrement retrouvé par des chasseurs, échoué sur une berge de cette rivière. À moins qu'un ours ne vous dévore... Peu importe votre quête s'achève ici.

404

Votre esprit courageux prend le dessus sur votre peur, et vous ne pensez plus à ces « signes » prémonitoires. Vous êtes un guerrier, un homme et un Sioux de surcroît ! Le Conseil des Anciens vous a fait confiance, vous vous montrerez digne de cette confiance. Vous ajoutez 1PB à votre total actuel et vous **reprenez votre route jusqu' au 156.**

405

Vous reculez d'un geste vif en essayant de rester le plus souple possible dans vos mouvements. Vous apercevez Tuco qui s'est abaissé lui aussi et cherche autour de lui pour pouvoir faire feu.

— Coño ! Yé vé té saigner comme oun puerco !

Vous distinguez mal votre ennemi mais il semble qu'il soit en train de détacher l'un des chevaux, il pense sûrement filer sous couverture d'un feu nourri de son revolver.

Vous pouvez tirez une flèche dans sa direction, au jugé, **rendez-vous au 343.**

Vous pouvez aussi utiliser une pierre blanche, si vous en possédez une, **rendez-vous au 454**.

Enfin vous pouvez laisser partir le mexicain et son magot, **rendez-vous au 394**.

406

Corbeau-qui-Danse vous chuchote :

— Ils sont six, on est trois et blessés pour nous deux... On devrait les laisser partir.

Petit-Nez ajoute :

– Et puis ennemis ou pas, les Blackfeet ne nous ont plus attaqués depuis des mois.
Vous écoutez les paroles sages de vos amis. Vous voyez les Blackfeet s'éloigner vers l'Ouest. Vous gagnez 1 PC. **Rendez-vous au 97**.

407

Vous avancez prudemment de la longue tente. Vous sentez que Corbeau-qui-Danse est très nerveux et vous lui faites signe de se calmer. Vous vous collez contre l'épaisse toile beige de la tente militaire et vous scrutez à l'intérieur pour essayer d'apercevoir quelque chose d'intéressant. Un rapide coup d'œil vous permet d'entrevoir trois soldats qui se tiennent debout leurs fusils braqués vers l'entrée Sud de la tente. Ils sont cachés derrière des caisses – de munitions vous semble-t-il. Vous chuchotez à votre ami :
– Ils sont trois, armés de fusils mais de dos et la tente est remplie de caisses... Tu en penses quoi ?
– J'en pense qu'on découpe la toile d'un coup de couteau, on entre et on les transperce de flèches ! Voilà ce que j'en pense !
Vous ne vous attendiez pas à une réponse aussi directe de votre ami, mais il n'a peut être pas tort. Vous pouvez effectivement tenter une attaque surprise, en profitant du bruit, de la pluie et de la panique généralisée, **rendez-vous dans ce cas au 79**, ou bien tenter une approche plus sournoise en vous faufilant jusqu'aux soldats pour tentez de les égorger pendant que votre ami vous couvre, **rendez-vous alors au 398.**

408

Une balle atteint l'animal dans le flanc droit, au niveau du poumon. Déduisez une balle de l'arme que vous utilisez. Vous savez que cette blessure ne tue pas l'animal sur le coup mais le tue sur quelques mètres, sans aucune échappatoire. Effectivement, le cerf fait un bond, puis deux et s'effondre dans les buissons. Vous approchez pour évaluer votre prise. C'est un adulte qui pèse dans les quarante kilos. Vous traînez l'animal jusqu'au bord de l'eau, vous le videz, vous préparez un feu de bois et vous faites griller une bonne partie de l'animal et vous jetez honteusement le reste. Ce repas vous ajoute 3 PE. Vous pouvez garder deux morceaux, les plus grillés que vous faites fumer dans un épais tapis de cèdre. Ces repas peuvent être pris à tout moment (sauf au cours d'un combat), ils vous redonneront 3 PE chacun (notez ça sur votre feuille d'aventure).Vous vous couchez les yeux rivés vers un ciel sombre et sans étoiles. **Rendez-vous au 69.**

409

Le sanglier grogne en vous fonçant dessus, tête baissée, les défenses prêtes à vous tailler en pièce. Vous attendez le dernier moment en espérant pouvoir éviter le monstre. Mais celui-ci fait un bond vers vous et vous percute de plein fouet. Ses défenses vous entaillent profondément le bras, ce qui vous ôte immédiatement 6 PE. Vous devez engager un combat où tout votre courage sera sollicité pour vaincre cet animal :

Sanglier solitaire
Endurance : 10
Combat CC.

Le sanglier frappe avec un 8 en raison des poisons qui commencent à faire effet. Il inflige 3PDS avec ses défenses chaque fois qu'il vous atteint.
Toutefois, si au cours du combat, le sanglier obtient un double 6, à n'importe quel lancer de dés, **rendez-vous immédiatement au 80.**
Si vous sortez vainqueur de ce combat éprouvant, ajoutez 4PB à votre total et **rendez-vous au 277.**

410

Vous attrapez délicatement l'araignée et vous lui coupez la tête. Vous remarquez que son abdomen et rempli de minuscules œufs. Vous fermez les yeux et mâchez l'animal. Un jus épais au goût fort emplit votre bouche. Vous regagnez 4 PE grâce aux substances nutritives que contient cette araignée. Vous reprenez la route dans la galerie. **Rendez-vous au 60**.

411

Vous vous engagez sur la corniche de pierre et vous avancez prudemment : la cascade est d'une puissance terrifiante et vous lut-

tez pour ne pas vous boucher les oreilles. Vous faites de tout petits pas car la pierre est très glissante ; mousses, gel et lichens divers. Soudain vous stoppez net, effrayé par ce que vous voyez devant vous :
Un énorme sanglier avec deux défenses monstrueuses se tient à quelques mètres de vous. Vous savez que si cet animal se met en tête de charger, vous ne pourrez quasiment rien faire pour l'éviter et avec cette cascade à coté, l'issue de la rencontre serait sûrement dramatique.
Vous gardez votre calme et vous réfléchissez aux solutions qui s'offrent à vous :
- Saisir doucement votre arc et tenter un tir unique pour terrasser le fauve, **rendez-vous au 446.**
- Attaquer le sanglier en lui fonçant dessus dans l'espoir qu'il prenne peur, **rendez-vous au 80.**
- Utiliser une pierre blanche si vous en possédez une, **rendez-vous alors au 189.**

412

Vous n'en revenez toujours pas de ce que Ted vous a dit, le Chaman qui s'en va sans vous attendre, les visions qui vous perturbent l'esprit plus qu'elles ne vous l'éclaircissent, Ted qui vous subtilise votre équipement et qui veut vous envoyer vous baigner, aujourd'hui, sous la neige ! Vous commencez à vous demander si le Conseil des Anciens ne s'est pas trompé à votre sujet. Après réflexion vous n'êtes peut être pas le nouveau Chaman pressenti. Vous avancez à grand pas vers le Nord. Au bout de 200 mètres environ, une faille dans les roches du sommet pourrait vous permettre de redescendre vers le bas des Montagnes Sacrées. Vous vous engagez sur l'étroit sentier qui descend à pic entre les roches. Le givre de la nuit est encore bien présent surtout sur le versant Nord. Vous manquez de glisser plusieurs fois mais votre équilibre prend le dessus à chaque fois. Vous arrivez devant une corniche qui surplombe toute la vallée Nord, du moins pour ce que vous en apercevez entre les flocons de plus en plus gros. Vous pouvez prendre le sentier qui part sur la droite et qui passe entre deux sapins noirs, **rendez-vous dans ce cas au 21.** Vous pouvez aussi prendre le sentier de gauche qui descend en slalomant entre des petits rochers enneigés, **rendez-vous dans ce cas au 415.**

413

Vous voyez les deux hommes remonter sur leurs chevaux et disparaître le long de la rivière. Vous vous sentez honteux de n'avoir rien fait pour mettre fin aux agissements lucratifs de ces deux braconniers. Vous perdez 1 PB. **Rendez-vous au 364.**

414

Vous mettez le cerf mulet dans votre ligne de mire, vous prenez une profonde inspiration, vous vous calez contre un tronc de bouleau et au moment où vous alliez tirer, un jeune faon apparaît entre les buissons. Si vous préférez tirer sur un animal plus petit, **rendez-vous au 280**. Si vous optez pour tirer sur le cerf adulte, **rendez-vous au 408**.

415

Vous descendez prudemment sur quelques mètres ; le sol, bien que recouvert de neige, est très glissant et les rochers qui parsèment le chemin sont des dangers de tous les instants. Soudain, alors que vous regardiez devant vous, vous entendez un craquement sur votre droite, vous levez la tête pour apercevoir avec horreur un énorme rocher foncer sur vous à vive allure. Vous n'avez pas le temps d'esquiver, vous glissez sur le sol et vous tombez à plat ventre. Vous ne sentez pas de douleur particulière lorsque la pierre lourde de plusieurs tonnes vous aplatit au sol. Vous auriez peut être dû suivre une voie plus sage, plus sereine... Le Conseil des Anciens s'est peut être trompé à votre encontre, vous n'étiez peut être pas encore prêt à devenir Chaman... Votre quête s'achève ici.

416

Vous n'avez pas bien longtemps à attendre avant de distinguer clairement la nature des cavaliers vous faisant face : un groupe de chasseurs Blackfeet, une tribu ennemie de la vôtre. Ils sont six sur de magnifiques chevaux brun et blanc. Tous armés lourdement. Vous déglutissez trois fois avant de leur faire face. Les cavaliers ralentissent tous en arrivant à votre niveau et commen-

cent à vous encercler. Un des cavaliers s'approche de vous et vous toisant d'un regard hautain vous lance :
— On peut savoir ce que trois Sioux font sur notre territoire ?!
Vous savez que le Blackfeet vous provoque car leur territoire se trouve au Nord des Montagnes Sacrées et ils ne doivent pas passer au Sud, ni vous au Nord.
Qu'allez-vous répondre ?
— Nous sommes sur NOTRE territoire, alors je vous retourne la question ! **Rendez-vous au 111.**
— On ne veut pas se battre, on doit rejoindre notre camp. **Rendez-vous au 13.**

417

Vous sortez du camp Cheyenne en saluant tous vos amis et alliés et vous prenez la piste qui conduit à la rivière à l'Est du camp ; vous la franchissez sans mal et vous longez la rive gauche en direction de l'Est. Vous marchez pendant près de quatre heures le long des saules pleureurs et des bouleaux noirs, gris et blancs qui bordent cette sublime rivière. Vous apercevez un monticule de pierre au bord de l'eau et vous reconnaissez le symbole de remerciement des Cheyennes. Ils disposent un petit tas de pierres près d'un endroit poissonneux et prient longuement pour remercier la rivière. En approchant d'un peu plus près vous remarquez non loin du tas, une pierre allongée, d'une vingtaine de centimètres environ, pointue et effilée comme une aiguille. Vous pouvez abandonner votre arme de corps à corps pour cette nouvelle arme (notez pierre, 2 PDS, *psa 24*). Vous reprenez la piste bordant le cours d'eau et vous apercevez au loin les forêts de l'Est où vos amis sont peut être en danger, voire pire... Demain matin vous partirez à leur recherche, vous décidez de faire une halte pour la nuit. Vous trouvez un bouquet de saules le long de la rive gauche,vous ramassez quelques fruits sur des arbustes bordant les eaux calmes et limpides de la rivière, vous mangez et vous ne tardez pas à fermer l'œil. **Rendez-vous au 264.**

418

Vous prenez soin de tester le tronc en sautant dessus une ou deux fois avant de vous engager sur le pont. Vous prenez votre courage à deux mains et commencez à avancer vers l'autre berge. Vous avez à peine fait deux mètres qu'un craquement se fait entendre sous vos pieds. Vous stoppez net. Que faire ? Rebrousser chemin, continuer à avancer, dans tous les cas ce n'est pas en restant ici que la solution viendra. Si vous trouvez plus prudent de rebrousser chemin, vous pouvez redescendre vers la crique en **vous rendant au 119**. Si vous décidez coûte que coûte de franchir ce pont, **rendez-vous au 57.**

419

Vous fermez les yeux un bref instant en repensant à vos prières et invocations. Soudain un chemin se dessine dans votre esprit, un chemin étroit, sinueux et bordé d'arbustes épineux. Un flash blanc. Une pierre en bordure de chemin qui a la forme d'un champignon, un gros champignon pétrifié. Un flash blanc. Vous ouvrez les yeux et retournez à la réalité. Vous pouvez revenir à la bifurcation, **rendez-vous alors au 354**, ou bien empruntez la piste vers l'Est si vous ne l'avez pas déjà explorée, **rendez-vous dans ce cas au** 7.

420

Vous perdez 2PS et 3PE. Vous tenez fermement la pierre blanche entre vos doigts. Vous fixez l'animal du regard et vous prononcez l'incantation :
— Cké makà, tchek't'èo. Tak'letwi hehaka mapi è...
Vous pensez fort dans votre esprit :
« Je ne te veux pas de mal, mon frère... Je dois juste passer...»
Vous patientez quelques instants et vous avez l'impression qu'une voix parle dans votre tête :
« Moi non plus je ne veux pas te blesser... Je défends juste ma famille... et mon territoire...»
Vous avez l'impression que cette voix est une auto suggestion de votre esprit mais vous voyez le cerf reculer et incliner la tête vers le bas. Vous avancez doucement vers l'animal qui ne bouge pas, arrivé à sa hauteur, tenant toujours la pierre entre vos doigts vous regardez l'animal et vous pensez :
« Merci...»
En retour, le cerf tend sa gueule et vous souffle doucement sur le visage, puis il se tourne et repart tranquillement entre les arbres.

Un peu désemparé devant l'immense pouvoir de la connaissance chamanique, vous reprenez votre route, animé d'un courage immense. **Rendez-vous au 305.**

421

Vous plongez dans l'eau de la rivière et la première chose qui vous surprend c'est sa température ! Anormalement froide pour un début d'automne. Vous perdez immédiatement 2 PE. Vous slalomez entre les rochers, vous nagez tant bien que mal, en vous efforçant de maintenir votre tête hors de l'eau mais plusieurs fois vous avalez de l'eau, vous perdez à nouveau 2 PE. Vous arrivez malgré tout dans une zone plus calme et vous gagnez l'une des rives pour vous mettre au soleil afin de vous réchauffer. **Rendez-vous au 378**.

422

Vous arrivez à quelques mètres de la traverse principale du campement et huit soldats discutent paisiblement devant un jeune peuplier :
— Tu te rends compte, ces foutus peaux-rouges veulent pas lâcher leurs putains de mines d'or...
— On va les tailler en pièce, tout ça parce qu'ils ne sont pas assez intelligents pour prendre les dollars et partir...
— Mouais, enfin, mine d'or ou pas, moi avec leurs trucs sacrés ils me foutent les jetons ces gens là...
— Le seul truc sacré que tu vas rencontrer c'est les seins bien fermes des jeunes femmes, ha ha ha !
— Et oui, mon vieux, deux beaux seins rouges, HA, HA, HA !
Vous vous regardez l'un l'autre et vous serrez les dents. Le combat semble inévitable contre eux, mais vous aimeriez en tuez un maximum sur les huit.
Otaktay vous dit à voix basse :
— Je sais tirer deux flèches à la fois, mon père m'avait appris ça pour les oiseaux... Ça ne ferait plus que six soldats pour quatre.
— En étant rapide je pense pouvoir en éliminer deux aussi, mais je ne garantis pas qu'il ne tire pas un coup de carabine avant, donc pour la discrétion...
— Non, dites vous, il faut qu'on sépare le groupe. Je vais partir à gauche avec Corbeau-qui-Danse, je pense qu'ils viendront voir

dans ces buissons là-bas... Dès qu'ils se séparent tirez dans leur dos.
Vous laissez vos trois amis derrière les lauriers qui les abritent et vous vous éloignez de quelques mètres avec Corbeau-qui-Danse.
— Tu comptes t'y prendre comment pour les faire venir ? Demande votre ami, inquiet.
— Ce n'est pas moi qui vais les faire venir, mais toi !
— Moi ?? Mais...
— Tu as toujours eu la voix la plus aiguë de nous deux, aujourd'hui elle va nous sauver la vie... Tu as entendu comme ces soldats rêvent de nos femmes, et bien tu vas pousser quelques petits cris comme quand... enfin tu vois ce que je veux dire ?!
— Tu veux que j'imite les femmes pendant qu'elles...?
— Oui ! Et je te garantis qu'ils vont se déplacer...
Corbeau-qui-Danse n'arrive pas à trouver son sérieux malgré le dramatique de la situation, puis tout à coup :
— Ahh ! Mmhh ! AAHH ! Hèkta hè ! Hèkta hè !
— Tais-toi, putain de peau rouge, je me faire dégrader, ajoutez-vous d'une voix claire.
Les huit soldats se tournent vers les buissons où vous vous trouvez. L'un d'eux dit :
— Hell ! Y'a déjà un des gars en train de s'en envoyer une... Putain il l'a trouvé où celle la !...
Quatre soldats approchent dangereusement de votre position. Quatre lueurs argentées transpercent l'obscurité de la nuit. Trois soldats restés près du peuplier devant les tentes, reçoivent les flèches de vos compagnons en pleine tête et des gerbes de sang s'envolent dans les airs sans un bruit. Le quatrième soldat dégaine son revolver et tire vers vos amis. Les quatre soldats proches de vous se retournent vers leurs camarades et vous profitez de cet instant pour tirer.
Une première flèche transperce la poitrine d'un des hommes, il râle quelques instants en portant les mains à la flèche mais s'écroule, inconscient. La flèche de votre ami vient se planter dans la mâchoire d'un deuxième homme lui perforant littéralement le visage de droite à gauche. Vous n'avez que le temps de vous abriter avant une riposte ennemie. Vous devez combattre chacun un adversaire.

Soldat de garde
Endurance 18
Combat CC, AD

Le soldat frappe avec un 5. Il possède un fusil Remington cal.56 qu'il ne pourra utiliser qu'une fois (+8PDS), deux revolvers Starr cal.38 (+3PDS) avec assez de balles pour tout le combat. Si vous veniez au corps à corps il vous frapperait avec un long couteau effilé (+2 PDS).
Si vous sortez vainqueur de cet affrontement considérez que vos amis ont éliminé aussi les autres soldats. **Rendez-vous au 258.**

423

Vous ne tardez pas à trouver quelques baies revigorantes. Une cueillette diverse mais efficace à laquelle vous ajoutez même une poignée de champignons que vous faites griller sur un petit feu de bois. Vous décidez de vous reposer ici pour la nuit ; chercher vos amis dans l'obscurité ne serait pas très judicieux. Vous regagnez 2 PE et vous vous endormez plus tard dans la soirée, sous un ciel plutôt sombre et sans étoiles. **Rendez-vous au 286**.

424

Taho Weka est au centre du camp. De nombreux guerriers Blackfeet sont proches de lui et des dizaines d'autres guerriers, Sioux, Cheyenne et quelques Comanches sont éparpillés entre les tipis. Tout le monde est calme et attentif à ce que va dire le chef du camp.
— Mes amis, mes frères ! Je suis Taho Weka chef de ce camp Blackfeet. L'heure est venue pour nous de faire comprendre aux soldats du 7è régiment que nous ne cèderont pas nos terres. Le colonel Custer doit apprendre ce que le mot sacré signifie...
J'ai déjà deux volontaires de mon camp pour partir en éclaireurs, il faudrait encore quelques hommes.
Silence au sein du camp. Soudain votre ami Corbeau-qui-Danse avance vers Taho Weka. Un guerrier Cheyenne l'imite. Taho Weka patiente quelques instants puis s'adresse à tous les hommes :
— Mes frères, le groupe d'éclaireurs va permettre aux 124 autres guerriers de pouvoir lancer un assaut surprise, autant meurtrier que rapide. Aussi, le dernier homme qui rejoindra le groupe de-

vra avoir un grand courage, car vous serez livrés à vous même tout près des lignes ennemies. Corbeau-qui-Danse vous regarde et esquisse un sourire suivi d'un clin d'œil. Vous reconnaissez bien l'humour enfantin de votre ami, qui même en de pareilles circonstances, tout proche de la mort, vous invite à le rejoindre, une sorte de défi entre vous deux. Vous avancez vers Taho Weka et vous rendez son clin d'œil à Corbeau-qui-Danse.
Les trois chefs de tribus se regroupent alors et parlent entre eux quelques minutes. Puis s'approchant de votre groupe ils vous chuchotent :
— Braves guerriers, votre objectif est simple. Vous approchez au plus près du campement militaire. Vous observez au mieux les dispositions des hommes, le nombre, les tentes vides, les dortoirs, vous faites un repérage pour trouver le meilleur angle d'attaque. Lorsque vous serez fin prêts, vous lancerez l'attaque. Les 124 guerriers seront postés autour du campement. Dès que les premiers soldats du 7è régiment tomberont, ils donneront l'assaut en tuant un maximum d'hommes par surprise. Il faut que nous prenions ce camp en quelques minutes, si les soldats ont le temps de s'organiser, aucun d'entre nous ne reviendra ici...
Je souhaite que Wanka Tanka soit à vos cotés...

Les femmes du village vous donnent de l'équipement que vous pouvez prendre si vous le désirez :
- Un couteau Blackfeet, 2 PDS. Arme CC
- Un revolver Smith et Wesson cal.38, six coups avec 24 balles, 3 PDS. Arme AD
- Un arc Blackfeet, un carquois et vingt flèches, 4 PDS. Arme AD.
- Trois doses de racines revigorantes, qui vous redonneront 5 PE chacune ; vous pouvez les manger n'importe quand, sauf au cours d'un combat et les trois d'un coup si vous le désirez.

Vous prenez la tête du groupe d'éclaireurs et vous sortez du camp Blackfeet, vous courez à toute allure dans la plaine vers le campement militaire. Les soldats se sont déplacés durant l'après midi et ont finalement monté le camp au Sud de la forêt, proche du camp Blackfeet. Plusieurs possibilités s'offrent à vous :
vous pouvez longer la rivière et approcher par l'Est, **rendez-vous au 164.**

Vous pouvez aussi vous enfoncer dans la forêt pour attaquer par le Nord, **rendez-vous alors au 63.**

425

Une flèche atteint l'animal dans le flanc droit, au niveau du poumon. Vous savez que cette blessure ne tue pas l'animal sur le coup mais le tue sur quelques mètres, sans aucune échappatoire. Effectivement, le faon fait un bond, puis deux et s'effondre dans les buissons. Le cerf adulte disparaît en quelques bonds. Vous approchez pour évaluer votre prise. C'est un adulte qui pèse dans les quarante kilos. Vous récupérez votre flèche, vous traînez l'animal jusqu'au bord de l'eau, vous le videz, vous préparez un feu de bois et vous faites griller une bonne partie de l'animal puis vous jetez honteusement le reste. Ce repas vous ajoute 3 PE. Vous pouvez garder deux morceaux, les plus grillés que vous faites fumer dans un épais tapis de cèdre. Ces repas peuvent être pris à tout moment (sauf au cours d'un combat), ils vous redonneront 3 PE chacun (notez ça sur votre feuille d'aventure). Vous vous couchez les yeux rivés vers un ciel sombre et sans étoiles. **Rendez-vous au 69.**

426

Vous avez choisi la voie du sage.

Vous avancez avec de grosses difficultés, le tapis neigeux est épais – il doit neiger depuis cette nuit – et les flocons qui tombent de plus en plus nombreux réduisent votre visibilité. Le vent glacial vous engourdit les membres, mais vous progressez tout de même dans cette effroyable tempête d'automne. Vous apercevez enfin la cascade et la retenue d'eau. Vous avancez vers les bords du bassin. Vous estimez la profondeur à deux ou trois mètres environ, le courant est faible, et les flocons tombent sur l'eau avec la douceur d'une plume. Vous ôtez vos vêtements et vous perdez immédiatement 2PE. Le froid vous glace le sang et vous commencez à trembler de tout votre être.

Si vous voulez entrez progressivement dans l'eau, **rendez-vous au 84**.

Si vous voulez plongez d'un trait, **rendez-vous au 436.**

427

Vous sortez votre arme et vous mettez l'aigle en joue, vous tirez et le rapace tombe à pic au fond du canyon. La chèvre apeurée par votre posture et votre arme, charge et vous envoie un formidable coup de corne qui vous enlève 2PE, dans son élan elle glisse sur une pierre roulante et tombe vers le fond du canyon. Vous regardez tristement le chevreau qui bêle pour appeler sa mère. Vous perdez 2PB pour ce geste non réfléchi qui à entraîné la mort de deux animaux. Vous franchissez les derniers blocs qui forment cet escalier géant naturel et vous reprenez votre route dans les Gorges du Grand Vent. **Rendez-vous au 266**.

428

Vous avez perdu à votre propre jeu, vous vouliez aider un ennemi, c'est tout en votre honneur. Vous vouliez faire réagir cet abruti d'Allan Philips, belle preuve de foi, mais certaines personnes ne comprennent que la violence pour seule loi. Phillips dégaine son revolver :

— Et maintenant on va jouer à MON jeu !

Vous devez combattre Allan phillips :

Allan « the purple » Phillips
Endurance : 14
Combat CC, AD

Le trappeur frappe avec un 5 et combat avec un Colt Navy calibre .36, (+3PDS), six coups, il dispose de 12 balles (1 objet). Il se battra au corps à corps avec un magnifique mais redoutable couteau de chasse Blackfeet (+2PDS).

Si vous réduisez l'endurance du trappeur à 3 ou moins **rendez-vous au 48**.

Si vous tuez le trappeur, vous pouvez récupérer armes et/ou munitions et vous rendre au saloon, **rendez-vous au 121**. Si vous préférez rendre visite à votre ami, le docteur Nichols, **rendez-vous au 386.**

429

Vous tournez le dos à la table de poker et vous commencez à vous diriger vers le comptoir quand vous entendez un déclic dans votre dos. Lancez deux dés, si vous obtenez moins de 5, **rendez-vous au 170**. Si vous obtenez 5 ou plus, **rendez-vous au 198**.

430

Vous êtes rassuré de ne plus marcher sur du calcaire friable et glissant mais sur une bonne terre bien ferme. Vous vous enfoncez de nouveau dans un sous-bois où les arbres sont de plus en plus clairsemés. Vous faites fuir trois écureuils gris qui s'empressent de grimper dans les pins noirs composants cette forêt. Vous les voyez sauter de branche en branche comme s'ils vous accompagnaient sur le chemin mais en restant à une certaine distance de sécurité. Leur jeu vous amuse un bon moment. Au bout d'une bonne demi-heure de marche à flanc de montagne vous remarquez un petit sentier qui monte vers le Nord et qui conduit à ce qui semble être l'entrée d'une grotte. **Rendez-vous au 128**.

431

Cette pierre est d'un blanc éclatant, elle brille comme neige au soleil et d'ailleurs elle est aussi froide que de la glace. Cet objet étrange vous donne un pouvoir immense, celui de communiquer avec les animaux. Ils comprendront vos pensées et vous lirez les leurs. Avec une âme pure, vous pourrez vous en faire des alliés potentiels... Cette invocation coûtera 2PS et 3PE. **Retournez au 281** pour y faire d'autres choix.

432

Vous effectuez une roulade mais un peu tard pour éviter complètement l'accident. Une douleur atroce vous parcours la cuisse droite, quelque chose d'apparemment mou mais lourd vient de vous plaquer face au sol et a failli vous casser la jambe. Vous perdez immédiatement 3 PE. Vous vous retournez tant bien que mal et vous comprenez la scène. Un cerf à queue blanche gît sur le sol. Il a du glisser depuis les hauteurs sur un sentier instable, perte d'équilibre, impossible à rattraper et chute mortelle pour l'animal. Si vous ne possédez pas de peau de cerf, vous pouvez découper celle de cet animal pour vous faire une protection contre le froid des hauteurs glaciales du sommet. Ajoutez là alors à la liste d'objets, sans dépasser 9 objets au total. Vous pouvez ensuite **reprendre votre route au 335**.

433

Vous sortez tous du campement en achevant quelques soldats agonisant au passage et vous vous dirigez vers les chevaux. Effectivement près de soixante dix chevaux sont tranquillement attachés à des arbres et s'abritent comme ils le peuvent de cette pluie forte et froide. Vous détachez les animaux et vous les enfourchez, à cru. Un guerrier s'approche de vous et questionne :
— Et maintenant, c'est par où ?
Vous fermez les yeux et demandez l'aide à Wakan Tanka, le Grand Esprit, de vous donner un indice, une simple petite image de l'endroit où peut se trouver l'arrière garde. Soudain, une sensation d'étouffement vous étreint la poitrine. Vous apercevez une centaine d'hommes en train d'enfourcher des chevaux, des hommes portant pantalon bleu et veste noire à bandes jaunes. Ces hommes sont dirigés par un officier aux cheveux longs, habillé en bleu foncé, portant un chapeau à deux étoiles et brandissant un étendard rouge et bleu où s'entrecroisent deux épées de cavalerie. Custer ! Ils sont en train de se préparer à donner l'assaut...Vous perdez 1 PE pour cette vision. Vous n'avez pas longtemps à attendre pour savoir d'où va arriver l'attaque, malgré la bruit omniprésent de la pluie, vous sentez le sol trembler à l'approche de la charge de cavalerie du 7è régiment du colonel Georges Armstrong Custer...
Deux options s'offrent à vous et à tous vos amis :
Foncer vers les soldats dès qu'ils seront en vue, **rendez-vous au 391.**
Se séparer, s'éloigner vers la forêt et charger lorsqu'ils passeront à portée, **rendez-vous alors au 402.**

434

Vous sentez vos doigts glisser sur la roche tranchante, le sang coule sur vos poignets, vous restez suspendu au rebord de pierre et vous essayez de vous décaler vers la droite dans l'espoir de trouver un appui pour vos pieds qui vous permettrait de vous hisser sur la corniche. Vous vous déplacez d'une largeur d'épaules

lorsque le rebord s'effrite sous vos mains. Vous partez en arrière vers la cascade. Vous essayez de vous retournez pour vous mettre en position verticale, les pieds prêts en entrer dans l'eau. Vous pénétrez dans l'incroyable écume et vous priez pour ne pas heurter un rocher. PLOOUUF !
Vous entrez dans l'eau avec une vitesse fulgurante. Vous essayez de regagner la surface mais le courant vous emporte où il veut. Vous êtes ballotté comme une branche. Vous arrivez à reprendre votre souffle entre deux descentes sous l'eau, mais un gros rocher vient vous barrer la route. Vous sentez les os de vos jambes éclater dans vos chairs et vous perdez connaissance. Vous n'êtes plus conscient lorsque vos poumons se remplissent d'eau. Votre aventure se termine dans les eaux mortelles des Montagnes Sacrées. La montagne vous a avalé, elle ne vous recrachera jamais...

435

— Oh la ! Lancez-vous d'un ton amical. Vous avancez vers les deux hommes.
Le plus âgé des deux cavaliers porte la main à sa carabine. Vous le remarquez mais faites comme si vous n'aviez rien vu. Vous poursuivez :
— Alors on chasse ?
— Oui, on chasse, pourquoi ? répond le plus jeune.
— Je demande c'est tout, car moi aussi je chasse.
— Et tu chasses quoi, toi ??
— Les renards !
Les deux hommes se regardent hébétés. Ils ne savent pas si vous vous moquez d'eux ou si vous êtes sérieux.
— Les renards ?! Et tu en as vu, aujourd'hui ?
— Non. Tous disparus. Tous morts. Une maladie sûrement. Ou alors les braconniers. Il en traîne dans le coin en ce moment...
Là les deux hommes comprennent à quoi vous faites allusion.
— Tu cherches les ennuis ? demande le plus jeune.
— Non, pas du tout, dites vous ironique.
— Alors barre toi d'ici, vous lance le plus vieux.
— Non, c'est vous qui allez partir d'ici, de la région même !
Les deux hommes se regardent et éclatent de rire, puis le jeune se retourne vers vous et lance :
— Tu es quoi ? Sheriff ? Propriétaire de cette forêt ?!

— Non. Je suis simplement un fantôme qui traverse cette forêt. Un fantôme humain. Avec une ombre de renard...

Vous devez combattre ces deux hommes :

Ian « Grey eyes » O'connel
Endurance : 14
Combat CC, AD

John « the ripper » Brunswick
Endurance : 12
Combat CC, AD.

Combattez ces ennemis l'un après l'autre.
Ian frappe avec un 6 et possède un fusil Remington cal .40 (+4PDS) avec 5 balles, un pistolet Derringer cal .32 (+ 3 PDS) 2 coups, et combat au corps à corps avec une hachette (+2PDS).
John frappe avec un 5 et possède deux Colt Peacemaker cal 44 (+4PDS) avec 6 balles chacun ; John combat au corps à corps avec un couteau de chasse (+2PDS).
Comme dans tous les combats gardez un œil sur les paragraphes spéciaux (un exploit est vite arrivé aux dés...).

Si vous parvenez à régler le compte de ces deux braconniers, vous pouvez récupérer les armes que vous voulez (en modifiant votre feuille d'aventure), vous ajoutez 1 PB à votre total actuel et **vous vous rendez au 364**.

436

Vous entrez dans l'eau et vous ne sentez pas immédiatement les effets du froid, mieux, la température de l'eau étant plus haute que celle de l'air ambiant, elle vous paraît presque chaude. Pourtant, votre poitrine commence à serrer, vous avez du mal à respirer et à garder vos membres actifs pour nager. Vous perdez 3 PE. Votre tête commence à tourner, vous luttez de toutes vos forces pour ne pas perdre connaissance, vous tremblez, votre respiration se fait haletante, puis saccadée. Vos tempes claquent contre votre crâne, vous pensez à chaque instant que vous allez finir votre vie, ici, dans ce bassin glacial des Montagnes Sacrées. La peur, la panique, l'angoisse montent en vous à la vitesse de l'éclair. Vous sentez que vos forces vous abandonnent mais vous voulez lutter, pour votre peuple, pour votre camp, vos amis et votre famille. Pour ceux qui ont cru en vous, pour votre propre personne. Vous voulez être fier, fier de porter le titre de Chaman, fier de ne pas avoir déçu le Conseil des Anciens, les Sages de votre peuple. Mais le froid est plus fort et vous perdez connaissance. Vous sentez votre corps s'enfoncer dans l'eau... **Rendez-vous au 281**.

437

Vous essayez de vous frayer un chemin parmi les gens collés les uns aux autres. Lorsque vous arrivez enfin à voir la raison de cet attroupement, vous comprenez les cris et rires des gens :
Un trappeur, habits de cuir sombre, bottes doublées en peau de castor et toque à queue de renard argenté est en train de se battre avec un indien de la tribu des Hurons, une tribu ennemie de la vôtre. Le Huron est à terre, il saigne abondamment d'une arcade sourcilière, il est recroquevillé en position fœtale et encaisse les coups de pieds du trappeur. Le huron finit par ne plus bouger. Le rictus sur le visage du trappeur laisse exprimer la haine de cet homme envers les peuples natifs.
Si vous voulez intervenir pour porter secours à cet ennemi mais néanmoins natif, **rendez-vous au 307**.
Si vous voulez attendre pour voir la suite des évènements, **rendez-vous au 325**.
Enfin si vous voulez demandez à la jeune fille à coté de vous pourquoi ce trappeur est en train de rosser cet homme, **rendez-vous au 217**.

438

Vous examinez longuement le collier sur lequel se balance une magnifique pierre turquoise d'Arizona. Ted vous apprend que ce médaillon a été offert à Wicasa Omani il y a de nombreuses années, par un puissant chaman Navajo. L'idole minérale est entrelacée de minces lanières de cuir et fixée sur un cerceau en os. Cette pierre possède un pouvoir bien particulier, celui de calmer la plus puissante des rivières ou le plus violent des torrents. Une incantation devant un cours d'eau en furie, en tenant cette pierre bien fort entre ses doigts, ralentira le courant en quelques secondes. Cette invocation vous coûtera 2PS et 3PE. C'est peut être grâce à ce talisman que votre vie sera sauve... **Retournez au 281** pour y faire d'autres choix.

439

SHHIIUU !
Une flèche vient se loger dans la gorge au foulard rouge du Chef des Vipères. Un gargouillis écœurant vient confirmer que Meyer est en train de mourir. Villagomez se retourne et voit son chef se tenir la gorge en titubant. Il accourt vers lui pour l'aider.
SSHHIUU !
Cette fois-ci la flèche vient trouver le front du mexicain. Il vole en arrière, sous la violence du choc. Il s'écrase au sol. Mort sur le coup. Jenkins se couche. Vous l'entendez appeler :
— Adam ? Carlos ? *Rascals*, répondez !
Vous longez les arbres et buissons de la clairière avec la souplesse d'une biche. Vous apercevez enfin Jenkins qui vise partout et nulle part avec son fusil. Il a peur, vous le ressentez. Vous approchez doucement dans son dos. Arrivé à deux mètres environ vous lancez un :
— Bouge et tu es mort !
Jenkins lâche son arme immédiatement. Il met les mains sur sa tête et vous demande d'une voix hésitante et craintive :
— Je peux me relever, me retourner ?
— Oui, tout doucement...
Jenkins se relève et vous voyez sa main gauche se diriger vers sa ceinture. Lancez deux dés si vous obtenez un score inferieur à 4, **rendez-vous au 114**. Sinon **rendez-vous au 143**.

440

Vous grimpez sur les blocs suivants avec une agilité déconcertante, arrivé au pied de l'avant dernier bloc vous entendez un craquement inquiétant. Vous levez les yeux vers le ciel et vous voyez un énorme bloc de roche se décrocher de la paroi et tomber à vive allure vers vous. Vous pouvez essayer de grimper sur le bloc supérieur en espérant trouver un meilleur abri, **rendez-vous alors au 179**. Vous pouvez simplement attendre que le rocher arrive assez près pour tentez une esquive au dernier moment, **rendez-vous alors au 108**.

441

Le courant est d'une force terrifiante et vous avez du mal à garder votre équilibre sur cette embarcation de fortune. Vous regrettez de ne pas avoir essayé de sauter sur l'autre rive pour rejoindre le sentier... Une longue ligne droite vous laisse un moment de répit, mais vous apercevez déjà une série de virages, où bon nombres de rochers affleurent la surface de l'eau, il va être vraiment difficile de manier un tronc sur un tel cours d'eau. Vous vous préparez à entrer dans des rapides.
Tentez votre agilité, si vous échouez vous perdez 2PE, vous êtes obligés de lâcher la branche pour vous cramponner au tronc et vous vous blessez à l'avant bras, si vous réussissez, vous perdez tout de même la branche mais sans aucun autre dégât.
Vous passez un premier groupe de rochers, le tronc passe à quelques centimètres d'un gros rocher saillant, vous êtes ballotté dans tous les sens mais vous parvenez à rester accroché au tronc. Une deuxième série de rochers approche à vitesse élevée, tentez cette fois votre chance, si vous échouez vous perdez 3PE, votre mollet droit a percuté une pierre et vous vous êtes blessé. Si vous réussissez, vous finissez à peine cette deuxième série qu'une petite cascade ajoute encore un danger à cette descente infernale. Vous pensez que votre dernière heure est arrivée lorsque le tronc quitte l'eau pour sauter vers le torrent, deux mètres plus bas... Un grand PLOOUF témoigne de la réception du tronc dans l'eau. Tentez votre agilité, si vous échouez, vous ne parvenez pas à rester cramponné au tronc et vous finissez dans le torrent, **rendez-vous alors au 301.** Si vous réussissez, vous continuez votre voyage aquatique à dos d'arbre, **rendez-vous au 190.**

442

Vous entamez une descente douce dans cette galerie sombre et humide. Malheureusement au bout d'une trentaine de mètres, la mousse phosphorescente disparaît complètement et l'obscurité totale vous oblige à faire demi-tour. **Rendez-vous au 3.**

443

Vous évitez de justesse les deux balles qui vous frôlent la tête. Le tireur, Jenkins ou Meyer, a visé juste, mais pas assez pour vous tuer. Vous apercevez Jenkins derrière un buisson – la clarté envoyée par la lune fait briller ses lunettes. Vous ajustez, au jugé, la mire vers l'éclat argenté.
PAAWW !
Une détonation de votre arme, suivie d'un bruit sourd dans le buisson qui abritait Jenkins, suffit à vous rassurer. Le troisième homme des Vipères est mort.
Vous devez désormais engager un combat classique avec le chef du Clan des Vipères :

Adam « The blooder » Meyer
Endurance : 12
Combat CC, AD

Meyer frappe avec un 6 et possède un Fusil Colt revolving, sorte de fusil à barillet, le même que celui équipant les revolvers. Son fusil tire du calibre .56 (+6PDS). Il n'a eu le temps de prendre que son arme, les munitions sont sur sa monture, hors d'atteinte. Il possède en outre un revolver Smith et Wesson model 2, calibre.32, six coups (+3PDS). Avec une quantité de balles à sa ceinture suffisante pour tout le combat. Il se battra au corps à corps avec un poignard (+2PDS).

Si vous sortez vainqueur de ce combat de chef, **rendez-vous au 106**.

444

Vous ne pensiez pas manger du grizzly ce soir ! Quoiqu' il en soit vous vous dépêchez de couper les parties de viande qui vous intéressent, vous gardez bien évidemment le cœur, sans quoi votre âme et celle de l'animal ne pourraient pas communier, et vous transportez les restes du grizzly, à quelques centaines de mètres de votre position. Vous cherchez çà et là du bois mort pour faire un feu et vous décidez d'établir votre campement pour la nuit. Vous faites griller quelques morceaux de viande de choix (ce qui vous fait gagner 3 PE), vous vous délectez de ce mets précieux, et vous ne tardez pas à vous endormir sous une lune éclatante. **Rendez-vous au 237**.

445

Vous n'avez pas fait trois mètres qu'un rugissement se fait entendre dans votre dos. Vous faites volte-face, la main prête à sortir une arme mais hélas, il est déjà trop tard. Un cougar énorme semble vous avoir choisi pour repas, en un bond puissant il est sur vous toutes griffes dehors. Un violent coup de griffe vous entaille un bras (déduisez 4PE de votre total) et le poids de l'animal vous fait tomber au sol. Vous parvenez à assener deux coups de poing puissants sur la face de l'animal. Il pousse un feulement de douleur et tente de vous griffer, d'un coup de pied vous repoussez le cougar qui se redresse et se met en position de défense, prêt à bondir. Vous devez engager un combat au corps à corps contre ce redoutable prédateur :

Cougar
Endurance : 7
Combat corps à corps

Le cougar frappe avec un 6 et vous infligera 2 PDS s'il obtient 3, 6, 9, 12 aux dés.
Si vous parvenez à vous débarrasser de cet adversaire, **rendez-vous au 358.**

446

Vous sortez doucement, sans mouvement brusque, une flèche de son carquois et vous épaulez le sanglier. Vous espérez fortement que le poison dont est enduite la pointe de la flèche, fera son travail dans les plus bref délais...Vous visez la tête de l'animal et vous lâchez la corde. Malgré le bruit assourdissant de l'eau et la résonance due à l'alcôve naturelle, la flèche fend l'air en produisant un son ressemblant au cri de l'aigle qui fond sur sa proie. Le sanglier reçoit la flèche entre les deux yeux. Il sursaute, marque un temps d'arrêt et charge !
Tentez votre chance et votre agilité, si vous réussissez les deux tests, **rendez vous au 29**. Si vous ne réussissez qu'un seul test,

rendez vous au 409. Enfin si vous n'êtes ni agile, ni chanceux, **rendez vous au 80**.

447

En un geste éclair vous plongez derrière un gros tronc de sapin. PAAWW ! PAAWW ! Tentez votre agilité, si vous réussissez, vous pouvez engager le combat ci-dessous, si vous échouez, déduisez 6PE de votre total et engagez le combat ci-dessous :

Chico
Endurance : 20
Combat CC, AD

Tuco
Endurance 18
Combat CC, AD

Vous combattez ces deux adversaires dans l'ordre qui vous convient.
Chico frappe avec un 6, Tuco avec un 7.
Chico possède un revolver Colt cal.44 (+4PDS), six coups avec des munitions pour tout le combat. Tuco possède un revolver Remington cal.44 (+4PDS), six coups avec 6 balles de réserve. Il se battra au corps à corps avec un couteau à lame recourbée (+2PDS). Mais il lui faudra un 8 pour vous toucher avec cette arme.
Si vous sortez victorieux de ce combat pimenté, **rendez-vous au 394**.

448

Vous vous remettez en route en vous enfonçant de nouveau dans la forêt et en laissant la clairière derrière vous. Vous pensez que votre voyage initiatique prend du retard et vous vous demandez si ces bisons qui vous barrent la route, et maintenant ces corbeaux qui vous en veulent ne sont pas des signes prémonitoires de votre échec, ou pire d'un danger à venir... Tout se mélange dans votre esprit... Lancez deux dés, si le résultat est inferieur ou égal à votre total actuel de bravoure, **vous vous rendrez au 404**. Si le résultat obtenu est supérieur, **rendez-vous au 100.**

449

Vous continuez votre escalade et quelle n'est pas votre surprise en vous hissant sur l'avant dernier bloc de tomber nez à nez avec une chèvre des montagnes. Animal sauvage et peureux de renommée, cette femelle ne vous laissera pas passer car elle protège son chevreau. Elle baisse la tête et gratte son sabot contre le sol. Un cri perçant résonne dans le canyon, vous levez les yeux et vous voyez planer l'ombre d'un aigle. Il décrit de grands cercles et décide subitement de fondre sur vous ou sur la chèvre qui vous fait face. Que voulez-vous faire ?
Vous pouvez sortir une arme de distance et tenter de tuer l'aigle, **rendez-vous alors au 427**.
Vous pouvez attendre de voir si l'aigle n'en veut pas uniquement au chevreau, **rendez-vous alors au 89**.

450

Vous ne laissez aucun répit au trappeur. Vous vous ruez sur lui comme un bison charge un loup.
Vous devez combattre Alan Phillips :

Alan « the purple » Phillips
Endurance : 14
Combat : CC, AD

Le trappeur frappe avec un 5 et combat avec un Colt Navy calibre .36, (+3PDS), six coups, il dispose de 12 balles (1 objet). Il se battra au corps à corps avec un magnifique mais redoutable couteau de chasse Blackfeet (+2PDS).
Si vous réduisez l'endurance du trappeur à 3 ou moins, **rendez-vous au 48**.
Si vous tuez le trappeur, vous pouvez récupérez les armes et/ou munitions que vous souhaitez (modifiez votre feuille d'aventure) et choisissez l**e saloon au 121** ou le cabinet de **votre ami le docteur Nichols au 386**, comme nouvelles destinations.

451

Brad Kilmister se lève en vous regardant droit dans les yeux, esquisse un petit sourire en coin et se dirige vers la sortie du saloon. Vous lui emboîtez le pas. Arrivé dans la rue principale, Brad vient vous parler :

— Dis-moi, petit prétentieux, je suppose que tu ne connais même pas les règles d'un duel ?

— Je connais des règles, mais celle d'un stupide duel, non ! répondez vous, ironique.

— Ah ah ah ! Pauvre enfant. Je vais donc t'expliquer. On va compter dix pas. On se positionne face à face et on attend. Le premier qui dégaine et atteint l'autre a gagné.

— C'est tout ? demandez-vous amusé.

— Je pense que tu ne finiras pas la journée, réponds Brad, visiblement agacé par votre ironie constante.

Vous comptez chacun dix pas et vous vous retournez, face à face. La foule commence à se rassembler autour de vous, vous restez concentré sur les yeux de votre adversaire. Vous faites le vide dans votre esprit... dix secondes... personne ne bouge... vingt... soudain vous pressentez un bref mouvement de votre adversaire. Lancez deux dés et ajoutez 3 au résultat obtenu. Si votre score atteint ou dépasse 9, **rendez-vous au 41**. Si votre score reste en dessous de 9, **rendez-vous alors au 151.**

452

Vous rampez en profitant de la forte pluie pour couvrir le bruit de vos déplacements et vous vous abritez derrière un buisson de genévrier. Vous apercevez Corbeau-qui-Danse tendre la corde de son arc et regarder dans votre direction. Vous faites la même chose et vous lâchez tous les deux vos flèches comme un seul et même tireur. La flèche de votre ami vient frapper la tempe gauche du soldat le plus éloigné de vous. Une gerbe de sang s'échappe par l'autre tempe lorsque la pointe d'acier ressort du crâne du soldat qui s'effondre sur le sol.

Dans le même temps, votre flèche frappe la nuque du deuxième soldat, ressort par la gorge en produisant un SCHRACK significatif et vient se ficher dans le visage de l'autre soldat, juste sous l'œil gauche. Les deux gardes gisent au sol.

Apparemment aucun signe d'affolement dans le camp, votre présence est toujours inconnue. Vous vous empressez de sortir de vos abris et vous tirez les deux corps derrière
les troncs. Vous avancez à pas de loup vers la grande tente où vous devez rejoindre les trois autres éclaireurs. Soudain une détonation se fait entendre quelques dizaines de mètres plus au Sud. Les soldats de faction ont réussi à répliquer à l'attaque de vos compagnons. **Rendez-vous au 258.**

453

Vous traversez la grande salle principale de saloon, montez deux petites marches qui vous emmènent devant le comptoir. Le barman vous toise d'un air méchant :
– J'ai plus rien à boire ! vous lance-t-il.
– Je ne veux pas boire , dites-vous, juste un renseignement.
– Je n'ai pas de renseignement à te donner.
– Bon, je comprends merci quand même. Votre dernière phrase a dû faire mouche dans l'esprit du barman.
– Le vieux bonhomme assis là-bas au fond du saloon, lui il sait plein de choses. Va le voir, qui sait ...
Vous vous retournez et apercevez un vieux bonhomme assis au fond du saloon, portant un pantalon bleu en toile et une chemise en coton, usagée. Vous avancez vers le vieil homme quand un chasseur assis deux tables devant lui vous dit :
– N'écoute pas le vieux Scott il est fou !
Vous souriez poliment au chasseur et vous vous asseyez en face du vieux Scott. **Rendez-vous au 345.**

454

Vous perdez 2PS et 3PE. Vous prononcez l'incantation en tenant fermement la pierre blanche entre vos doigts :
– Cké makà, tchek't'èo. Tak'letwi sunkawakan mapi è...
Le cheval près de Tuco souffle longuement et s'agite, le mexicain lui dit :
– Coño de caballo !
Vous tentez une communication avec l'animal :
« Mon frère... Dès qu'il t'a libéré de ta corde, dresse-toi et frappe cet homme, il ne mérite pas ton aide...»

Vous restez le regard fixé sur Tuco qui déroule rapidement la corde qui relie le cheval au tronc. Dans un mouvement rapide le cheval se dresse sur ses pattes postérieures et envoie deux coups de sabot sur le crâne de Tuco qui s'effondre sans un mot. Le cheval donne à nouveau un coup de sabot sur la poitrine du mexicain. Un craquement brutal achève votre ennemi commun. Vous avancez l'arme au poing et vous constatez que Tuco ne bouge plus. Vous libérez l'autre cheval et donnez une claque amicale aux deux animaux qui s'enfuient dans le sous-bois. Vous gagnez 1 PB.
Rendez-vous au 394.

455

PAAWW !
La balle vous effleure le mollet et va se loger dans le mur de bois au fond de l'impasse avec un « SCHTOK » retentissant. Vous pouvez attaquer les ennemis à distance si vous le désirez, sinon vous attendez qu'ils montent à l'échelle et se retrouvent sur le premier toit – vous êtes déjà sur le deuxième – et vous engagerez un combat au corps à corps. C'est à vous de choisir.

Jack «The pick » Johnson
Endurance: 15
Combat CC, AD

Kyle « o'Destiny » Bennet
Endurance : 16
Combat CC, AD

Les deux hommes frappent avec un 7, car ce ne sont pas des tireurs émérites. De plus Kyle est très mauvais en longue distance et il lui faut un 8 pour vous toucher.
Et si vous décider d'attaquer les hommes à distance, depuis les toits, il vous suffira d'obtenir 3 avec l'arc, 4 avec un revolver ou 5 avec le fusil cal .50, pour toucher les deux hommes.
Jack possède une carabine Remington, calibre 45-60 5 coups (+5PDS), deux revolvers Colt calibre 38 (+3PDS), chargés chacun de 6 balles, et combat au corps à corps à mains nues (1 PDS).

Kyle possède un fusil Browning cal .40, chargé de 5 balles (+4PDS), un Colt calibre 44.(+4 PDS) chargé de 5 balles, (car une a atteint le mur !), un Colt Navy calibre 38 (+3PDS) (6 balles) .
Si vous survivez à ces deux brutes, **rendez-vous au 31**.

456

— Je suis Tatanka, je viens du village Sioux en bas dans la vallée. Je viens pour l'apprentissage... Votre appel reste sans réponse devant cette porte de bois.
— Chaman, vous êtes là ? demandez-vous d'une voix plus haute.
Toujours aucune réponse. Vous décidez d'ouvrir la porte et d'entrer dans la cabane. **Rendez-vous au 288.**

457

Vous faites le point sur le chemin parcouru depuis l'entrée du camp et sur les soldats que vous même ou vos amis ont tué. Vous n'avez toujours pas aperçu gradés, ni le colonel Custer lui même. Vous avancez vers le centre du camp où une cinquantaine de natifs finissent de scalper les derniers soldats blessés dans un vacarme mêlant détonations, hurlements et flots de sang. Vous profitez de cette légère accalmie pour réfléchir à toute vitesse :
— On a réussi à pénétrer dans leur camp, on a attaqué par surprise et on a fait de nombreux morts, mais quand même... Où sont passés les quatre cents hommes d'armes de ce maudit 7è régiment de Custer ? Quatre cents !...
Lorsque ce nombre résonne dans votre esprit, vous mesurez le geste inconsidéré d'avoir pris d'assaut ce campement militaire. Cent vingt quatre hommes contre sept cents autres... Faut-il être fou ? Devant vous des morts, du sang, des natifs brandissant des scalps d'hommes encore agonisant et répandant leur liquide rouge et poisseux sur cette terre sacrée. Tout semble se dérouler sous vos yeux au ralenti...
Mais la dure réalité vous sort de votre torpeur. Vous voyez dix soldats mettre en place des sortes de canons un peu partout dans les allées. Si le nom « canon cracheur de feu » vous dit quelque chose vous avez sûrement noté un numéro de calibre associé, enlevez le point séparant les chiffres et rendez-vous au paragraphe correspondant à ce numéro. Si ce nom vous est parfaitement inconnu, **rendez-vous sans tarder au 204.**

458

Vous arrivez à quelques mètres de la traverse principale du campement et huit soldats discutent paisiblement devant un jeune peuplier :
— Tu te rends compte, ces foutus peaux-rouges veulent pas lâcher leurs putains de mines d'or...
— On va les tailler en pièce, tout ça parce qu'ils ne sont pas assez intelligents pour prendre les dollars et partir...
— Mouais, enfin, mines d'or ou pas, moi avec leurs trucs sacrés ils me foutent les jetons ces gens là...
Vous fermez les yeux et vous pensez à tous les animaux de la forêt : loups, ours, cerfs et sangliers. Vous les visualisez dans votre esprit jusqu'à les voir clairement en face de vous. Vos mains commencent à trembler et vous sentez que vos veines gonflent dans vos avant bras. Soudain un hurlement de loup, au loin, vous fait perdre connaissance. Trois-Pierres vous rattrape avant que vous ne touchiez le sol et Corbeau-qui-Danse vous gifle pour vous faire reprendre vos esprits. Vous revenez à vous en sentant une chaleur courir sous vos narines : la transe a été si forte que votre nez saigne abondamment. Mais votre prière a été entendue et vous commencez à entrevoir dans l'obscurité des arbres et des buissons, deux loups, un grizzly énorme, trois cerfs majestueux et une belle femelle sanglier.
— Nous sommes là, frère humain...
Vous entendez leurs pensées... Le sanglier s'approche de vous et vous toise de ses deux yeux méchants :
— J'ai une vengeance personnelle à prendre contre les assassins de ma famille. Les soldats ont tué le père des mes petits et tous mes enfants.
— Chargez, blessez les, tuez les et je vous promets que nous anéantiront ces barbares, pensez-vous très fort en espérant que les animaux aussi puissent lire votre esprit.
— Merci ! répond le grizzly avant de s'élancer au pas de course vers les huit soldats. Tous ses camarades à quatre pattes l'imitent et vous assistez à la plus belle chose qui vous a été donnée de voir : la femelle sanglier fonce sur le soldat le plus éloigné qui, surpris, n'a pas le temps de mettre l'animal en joue. Le sanglier percute l'homme au niveau de la cuisse et le fait voler dans les

airs. Un cerf arrive juste après et plante ses bois dans la poitrine de ce dernier qui hurle de douleur. Les deux loups foncent sur les deux soldats armés de fusil :
BBOOOMM !
BBOOOMM !
Les deux soldats manquent allègrement leurs cibles et les deux loups leur sautent à la gorge. Vous entendez des bruits de combat entres les hommes et les animaux puis soudain vous voyez des gerbes de sang s'envoler dans les airs. Un loup vient d'arracher la gorge de son adversaire et l'autre lui a dévoré une partie du visage. Les deux soldats hurlent de douleur. Le grizzly, quant à lui, dans toute sa puissance se contente d'envoyer deux coups de griffe dévastateurs qui lacèrent la poitrine d'un soldat et entaille profondément le visage d'un autre. Vous et vos quatre amis sortez des buissons en courant pour achever les blessés. Les animaux repartent dans la forêt et vous les remerciez chaleureusement par la pensée. **Rendez-vous au 258.**

459

Vous remarquez que les arbres sont de plus en plus dispersés et la végétation change au fil de votre ascension. Vous devez vous engager sur un étroit chemin qui est en fait la corniche surplombant la série de falaises qui vous conduiront au sommet. Vous vérifiez les attaches de tout votre équipement et armes et vous commencez à marcher prudemment le long de la corniche. Le point de vue est sublime. Vous voyez nettement le Pic de l'aigle au-dessus de votre tête vers la gauche et vous dominez toute la vallée où serpentent les rivières et torrents qui descendent des Montagnes Sacrées. Garder votre équilibre sur cette corniche n'est pas chose aisée, les falaises de calcaires descendent à pic sur presque 400m et les courants d'air ascendants viennent vous déstabiliser de temps en temps. Vous pensez que par jour de grand vent, marcher sur cette corniche serait une pure folie. Vous progressez néanmoins à un bon rythme et il ne vous reste qu'une seule portion de corniche avant de regagner la forêt. Soudain une étrange sensation vous met mal à l'aise. Vous êtes pris d'un vertige que vous ne parvenez pas à contrôler immédiatement. Si votre total de peur et inferieur à 10, **rendez-vous au 316**. S'il est supérieur, **rendez-vous au 216.**

460

— Je ne vois pas pourquoi je vous donnerais quoique ce soit ! lancez-vous d'un ton sec.
— Tant pis je ne t'aiderais pas...
Vous sentez une colère naître en vous, vous reprenez le dessus rapidement et vous confiez au vieil homme :
— Ce n'est pas grave, vous resterez toute votre vie un homme aigri, acariâtre et mauvais !
L'homme vous regarde sans prononcer un mot. Puis il se ravise et dit :
— C'est bon, t'as finis ta morale ?! J'essayais juste de te prendre un petit objet c'est tout ! Qui ne tente rien, n'a rien !
— Bon ! Et maintenant ! dites-vous exaspéré, mes amis ! Les Vipères ! Vous parlez ou vous ne savez rien ?!
— Les Vipères ont attaqué tes amis, un Sioux et un Cheyenne. Je posais des pièges à oiseau en bordure Ouest du labyrinthe. J'ai assisté à la scène, caché dans les arbustes. Je n'ai pas pu intervenir car je commence vraiment à être vieux et fatigué.
— Mes amis... Ils sont morts ?
— Ils ont pris la fuite tant bien que mal, ils ont disparu dans les buissons. Le Sioux était blessé et le Cheyenne plus encore. Les Vipères ne les ont pas suivis. Mais ces « sucker » rôdent toujours dans cette forêt.
— Merci, il faut que je fasse vite. Auriez-vous un chemin à me conseiller pour sortir de ce labyrinthe par le Nord, je crois savoir où mes amis se sont cachés...
— Oui, j'ai un chemin et je peux aussi te donner des armes si tu en veux.
Le vieil homme se lève enfin de son fauteuil à bascule et va ouvrir un placard au fond de la pièce. Il revient vers vous et pose sur la table :

- Un fusil à double canon scié (8PDS, *psa 226*) mais qui ne contient que 2 balles plus deux autres que vous donne le vieil homme. Arme AD.
- 4 Flèches avec pointe acier (4 PDS) (1 objet)
- De la préparation de racine pillée et séchée qui vous redonnera 4 PE lorsque vous l'utiliserez. (1 objet).

Vous pouvez prendre ce que vous voulez en n'oubliant pas de faire les modifications sur votre feuille d'aventure.
Il vous indique ensuite le chemin le plus court pour sortir du labyrinthe par le Nord.
Vous remerciez ce Vieux bonhomme décidément énigmatique et vous quittez la cabane.
Rendez-vous au 356.

461

Vous ne vouliez pas attirer les Vipères dans le coin mais ils sont là. EUX. Les quatre hommes sont vêtus de blanc : un chapeau de cuir blanc, chemise, gilet et pantalon blancs. Les ceintures et cartouchières sont noires. Les bottes sont blanches et un des hommes porte un foulard rouge autour du cou. Ils sont lourdement armés et n'ont pas l'air commode. Ils commencent à discuter entre eux. Vous tendez l'oreille et vous écoutez ce que raconte l'homme au foulard rouge :
— Mes amis, nous n'allons pas moisir dans cette putain de forêt toute notre vie. Il faut qu'on atteigne le territoire Canadien avant la semaine prochaine. Je ne voudrais pas me retrouver à galoper pendant les premières neiges.
Un des compagnons, teint mat, barbe noire de 3 jours, cigarillo au coin des lèvres ajoute :
— Muy bien compañeros ! Nous dévons réjoindré lé Canada. Ces chiens dé Indianos né vont pas tarder à sé rassembler pour nous traquer. Plou vité on séra parti, moins dé monde on toura !
L'homme au foulard rouge (sûrement le chef, pensez-vous) reprend :
— Carlos a raison, plus vite on se casse d'ici, moins de Peaux rouges on tuera. Ça commence à nous faire un sacré palmarès ! Randall et Jeremy vous allez chercher du bois pour ce soir. Carlos et moi on s'occupe du repas.

Vous avez un choix crucial à faire. Réfléchissez bien avant de prendre une décision.

Soit vous partez discrètement avant la tombée de la nuit à la recherche de vos deux amis et vous laissez les Vipères continuer

leurs agissements en toute impunité (avec peut être vos amis dans leur palmarès), **rendez-vous alors au 163**.
Soit vous attendez la nuit, ce qui vous oblige à retarder votre sauvetage jusqu'à demain, et vous attaquez courageusement le Clan des Vipères (vous ne pourrez fuir à aucun moment). **Rendez-vous dans ce cas au 238.**

462

Vous tendez la corde de votre arc, Corbeau-qui-Danse vous imite. Vos flèches volent vers les deux soldats en une fraction de seconde, les deux hommes ouvrent le feu. Tentez votre chance, si vous êtes chanceux, vous esquivez le tir d'un soldat, si vous jouez de malchance, un balle vous effleure la jambe vous faisant perdre 2 PE. Peu importe, vous devez combattre un soldat, votre ami s'occupe du deuxième qui est déjà caché derrière un tonneau :

Soldat
Endurance: 17
Combat AD

Le soldat vous touche avec un 7 et possède un fusil Springfield cal .40 (+4PDS) chargée de 5 balles. Il possède en outre un revolver Colt Navy cal.38 (+3 PDS) chargé de 6 balles. Il ne pourra pas recharger ses armes en raison de la faible protection que lui offre son abri.
Si vous sortez vainqueur de ce combat, **rendez-vous au 388.**

463

Vous traversez le ruisseau et vous continuez votre route péniblement sans plus aucune idée de l'endroit où vous allez. Le sentier s'élargit et vous reprenez une allure de marche convenable. Au bout d'un moment vous remarquez que la végétation devient plus sèche, un sifflement sous les buissons vous avertit d'un danger. Un serpent, pensez-vous ; vous restez sur vos gardes et ralentissez le pas, prêt à vous défendre. Soudain un crotale se dresse devant vous en position de défense, sa minuscule langue entre et sort de sa gueule à toute vitesse. Sur sa gauche un autre encore plus gros vient de surgir. Même couleur, même posture de combat. Vous pouvez tenter de tuer ces serpents, possédez vous une arme à feu ou un arc ? Si oui, **rendez-vous au 376**. Sinon une morsure d'un serpent de cette espèce vous tuerait dans l'heure, vous préférez rebrousser chemin **au 226.**

464

Vous approchez des quatre hommes occupés à jouer au poker et vous décidez de ne pas les déranger, à voir leurs habits et leurs armes ce sont sûrement des habitués des duels de rues, de fines gâchettes et surtout des hommes méchants et violents. La fourberie et la sournoiserie sont leurs maîtres mots. Vous préférez vous adresser aux prostituées.

— Mesdames, dites-vous poliment, pourriez-vous m'aider ?

La plus grande des deux répond :

— Oh oui mon beau ! On peut t'aider tant que tu payes !

L'autre ajoute :

— Un bel étalon des plaines comme toi, je voudrais bien être ta fougueuse jument !

L'un des joueurs de poker, un homme d'une trentaine d'années, chemise noire brodée de roses rouges, pantalon cuir noir, ne redresse même pas la tête et vous dit sans vous regarder :

— Dis-moi mon brave, tu as des yeux ? Tu vois donc qu'on joue aux cartes. Et les filles qui sont là nous accompagnent. Donc le mieux que tu aies à faire c'est de partir d'ici avant que je m'énerve... Et si je m'énerve, tu risques d'avoir mal...

Aucun des trois autres hommes ne bouge.

Si vous voulez vous diriger vers le barman, **rendez-vous au 453**.

Si vous voulez parlez au pianiste, **rendez-vous au 240.**

Enfin si le ton employé par le joueur de poker ne vous a pas plu et que vous vouliez répondre, **rendez-vous au 234**.

465

De votre position, vous pouvez sans mal tirer sur Chico qui vous tourne le dos, une seule flèche dans la nuque devrait le réduire au silence, il vous faudra ensuite être rapide pour tirer sur Tuco. Ensuite un combat sous forme de cache-cache risque de vous attendre...

Vous sortez une flèche du carquois, doucement, sans faire de bruit, vous tendez la corde de votre arc et vous pointez la flèche vers la tête de Chico. **Rendez-vous au 9**.

466

Vous avancez prudemment dans cet étroit passage où la luminosité baisse de plus en plus. Vous espérez y voir assez pour continuer sans quoi vous seriez contraint de rebrousser chemin. Vous avez à peine marché sur quelques mètres qu'une étrange découverte vous arrête net :
Une statue de pierre représentant un serpent se tient devant vous. Que fait-elle ici, à plusieurs mètres sous terre ? Qui l'a sculptée ? Et quel est son rôle ?
Si vous souhaitez vous agenouiller face à la statue et prier, **rendez-vous au 366**. Si vous ne souhaitez pas prêter attention à cette idole, continuez votre route et **rendez-vous au 223.**

467

L'homme accourt dans votre direction et vous dit :
— Aide-moi, il va me tuer, aide-moi, s'il te plaît !
— Qui veut vous tuer ? demandez-vous.
— Cet homme là ! Et il désigne un homme qui apparaît dans le soleil au sortir de la forêt. Un homme assez grand, longue barbe blanche, soixantaine d'années qui s'avance vers vous et lance :
— Toi le chien galeux, je vais te régler ton compte, puis vous regardant il poursuit, et toi si tu ne veux pas être éclaboussé, tu t'en vas comme si t'avais rien vu.
— NON ! L'homme apeuré s'accroche à vous comme une puce sur un chien.
Si vous voulez tenir tête à barbe blanche, **rendez-vous au 254**. Si vous préférez abandonner les deux inconnus à leur triste sort, **rendez-vous au 102**.

468

Devant votre indifférence, le cow-boy reste sans voix, vous passez devant lui comme s'il n'existait pas. Votre main gauche se tient prête à sortir une arme, au cas où...
Vous dépassez l'homme et vous ne retournez même pas la tête. Une fois à quelques mètres de lui, vous l'entendez maugréer quelque chose comme :
— Pff, c'est bien un peau-rouge, rien dans le pantalon !

— Peut être aussi que je suis plus intelligent que toi, et que si j'avais voulu tu serais mort sans savoir comment... pensez-vous dans votre esprit.
Vous gagnez 1 PB. **Rendez-vous au 244**.

469

— Alors ? commencez-vous d'un ton sec, ça fait quoi d'avoir mal ? Tu ne penses pas qu'il en a assez, lui ? Vous montrez le Huron du doigt.
— Je t'emmerde, fait le trappeur en crachant une nouvelle fois.
— Oui mais tu vois c'est pas ton jour de chance aujourd'hui, il fallait que je te rencontre... ! On va jouer à un jeu tous les deux tu veux ?
— Un jeu ? Le trappeur reste stupéfait par tant d'arrogance de la part d'un indien, mais devant la foule il ne veut pas paraître lâche et vous tuer comme ça, froidement.
Vous reprenez :
— Oui, un jeu. On va se mettre face à face et on va jouer à la main chaude.
Je t'explique les règles :
Tu places tes deux mains devant toi face vers le sol. Je place les miennes face vers le ciel exactement au-dessous des tiennes. On va attendre et d'un coup je vais retourner mais mains en contournant les tiennes pour venir frapper le dos de tes mains. Si tu m'évites, tu me cognes. Si je gagne je te cogne. Au bout de trois coups celui des deux qui tient encore debout choisira le sort de l'autre...
— Un jeu ! Avec un indien ! Ha ha ha ! Prépare tes dents !
— Je n'en doute pas, tu es très fort vu ce que tu as fait à mon ami...

Ce combat un peu particulier ce déroule comme suit :

Alan « The Purple » Phillips
Agilité : 7
Endurance : 3

Vous même
Agilité : votre total actuel
Endurance : 3

Lancez deux dés et ajoutez le total d'agilité de Phillips au résultat obtenu. Faîtes la même chose pour vous. Celui des deux qui obtient le plus haut score, frappe l'autre et lui fait perdre 1 PE.
Le premier des deux qui arrive à zéro a perdu le jeu. Si vous êtes vainqueur de ce jeu, **rendez-vous au 48**.
Si Alan « The Purple »Phillips vous bat, **rendez-vous au 428**.

470

Vous avez bien fait d'abandonner votre esprit au pouvoir des herbes dans la tente d'Ecureuil-Gris, ce canon est une machine de mort et si vous ne neutralisez pas les servants dans les minutes qui suivent, tous les guerriers présents dans cette cour vont finir en charpie. Vous criez à vos amis les plus proches :
— Aux canons ! Vite ! Il faut qu'on les empêche de s'en servir. Vous êtes rejoint par votre fidèle ami Corbeau-qui-Danse et quatre autres guerriers se joignent à vous.
— Deux hommes par canon, il faut neutraliser les soldats avant qu'ils n'ouvrent le feu ! Vite !
Vous partez avec votre ami vers un des trois canons et les quatre autres guerriers se séparent en groupes de deux, chacun courant vers un canon. Lorsque vous arrivez à une dizaine de mètres des soldats vous préparez vos armes et passez à l'attaque :

Servant de Gatling
Endurance : 20
Combat CC, AD

Le servant que vous affrontez vous atteindra s'il obtient un 7. Il possède un revolver Smith & Wesson cal.44 (+5PDS) chargé de 6 balles et possède assez de balles pour tout le combat. Au corps à corps il vous attendra avec une dague militaire (+3PDS). Si vous parvenez à tuez cet homme, considérez que tous les servants de mitrailleuses ont été tués par vos frères d'armes. **Rendez-vous alors au 310.**

471

Vous vous approchez doucement du guerrier Cheyenne, il porte deux traces rouges sur la joue droite et une longue traînée de teinture blanche en travers du visage.
Bonjour je m'appelle Renard-qui-Pleure, et toi ?
— Je suis Tatanka, je viens du camp Sioux plus à l'est.
— Je pense que je vais tuer ces deux hommes, ils ont blessé...
— Oui, je sais, ton fils...
— Veux-tu m'aider ?

Si vous vous sentez concerné par la vengeance de cet homme, **rendez-vous au 351.** Sinon vous refusez poliment et vous vous **rendez au 182.**

472

La pente est très prononcée sur ce sentier et l'épaisseur de neige étant gelée en surface, le parcours promet des moments délicats. Vous avancez en assurant chacun de vos pas, tantôt en vous appuyant contre un sapin, tantôt en vous abaissant pour ne pas perdre l'équilibre. Au bout de deux cent mètres, vous faites une pause pour ménager vos muscles. Vous réfléchissez quelques instants à la suite des évènements. Vous devez regagner le bas de la montagne, mais il vous faudra à tout prix éviter le camp Blackfeet, sous peine de connaître un mort programmée. Vous reprenez la route sur laquelle vous croisez de nombreux jeunes cerfs et un gros sanglier brun et gris qui heureusement ne vous sent pas. Au bout de deux heures vous arrivez devant un problème de taille :
un puissant torrent large de plusieurs mètres vous barre la route. Le sentier repart de l'autre coté de l'eau mais il vous faut d'abord traverser cette masse d'eau déchaînée...
Vous longez la rive gauche à la recherche d'un passage plus étroit où vous pourriez sauter et vous ne tardez pas à repérer un gros rocher qui vous ferait gagner au moins 2 mètres si vous sautiez depuis ici vers l'autre coté. Quelques mètres plus loin une autre découverte attire votre curiosité :
un tronc est couché sur la rive. Vous saisissez l'une de vos armes et approchez doucement. Vous voyez des traces de pas autour du

tronc, qui se dirigent vers la forêt. Vous pensez à un chasseur Blackfeet. Vous suivez les traces sur quelques mètres et vous ne tardez pas à comprendre la scène:
un Blackfeet gît à vos pieds, le visage et les mains crispés et bleuis par le froid. Cet homme devait chasser dans les Montagnes Sacrées lorsqu'il a été surpris par la tempête de neige. Il pensait redescendre au camp par la rivière mais il n'aura pas eu le temps et le froid l'aura tué.
Vous arrachez quelques branches basses et vous recouvrez le haut du corps du Blackfeet. Vous revenez vers le tronc, près de la rive.
Vous avez plusieurs solutions qui s'offrent à vous désormais:
- Revenir plus haut et tenter un saut depuis le rocher, **rendez-vous au 127**.
- Pousser le tronc jusqu'à l'eau et vous en servir d'embarcation de fortune pour descendre les rapides, **rendez-vous au 105.**
- Utiliser un collier avec une pierre bleue si vous le possédez, **rendez-vous dans ce cas au 287.**

473

Vous rebroussez chemin en redescendant la butte. Vous êtes pris entre deux feux, d'un coté un ennemi imbattable dans la plaine, de l'autre une ville dangereuse où votre présence n'est peut être pas la bienvenue. Vous décidez courageusement d'aller chercher des renseignements en ville, **rendez-vous au 221**.

474

PAAWW !
Une détonation assourdissante, une fumée blanche, épaisse et surtout un Carlos qui décolle du sol sous l'impact de votre balle. Atteint victorieusement au niveau du plexus. Des éclats d'os sont projetés dans les airs, du sang et un cri, long, rauque et agonisant. Villagomez retombe lourdement au sol.
Vous devez engager le combat contre les deux hommes restants :

Adam « The blooder » Meyer
Endurance: 20
Combat CC, AD
Jeremy « The shotgun » Jenkins
Endurance: 15

Combat CC, AD

Vous affrontez les deux hommes l'un après l'autre, et dans l'ordre que vous voulez.
Meyer frappe avec un 6 et possède un Fusil Colt revolving, sorte de fusil à barillet, le même que celui équipant les revolvers. Son fusil tire du calibre .56 (+6PDS). Il n'a eu le temps de prendre que son arme (chargée de 3 balles), les munitions sont sur sa monture, hors d'atteinte. Il possède en outre un revolver Smith et Wesson model 2, calibre.32, six coups (+2PDS). Avec une quantité de balles à sa ceinture suffisante pour tout le combat. Il se battra au corps à corps avec un poignard (+2PDS).
Jenkins frappe avec un 8 et possède un shotgun calibre 12, avec 2 balles (+6PDS), qu'il pourra recharger 2 fois. Il possède aussi deux Colt Navy cal.36, chargé de 6 balles (+3PDS). Lui aussi possède assez de munitions pour tout le combat. Si vous aviez à l'affronter en corps à corps, il vous attendra avec une épée de cavalerie (+3PDS).
Pour toute la durée du combat déduisez 3 Points de dégâts chaque fois que vous êtes touché, en raison de votre dissimulation dans les buissons.

Si vous survivez à cet incroyable combat, **rendez-vous au 106.**

475

La falaise que vous suivez tant bien que mal depuis votre réveil ce matin, offre un passage qui monte et s'enfonce dans le cœur de la roche. La première idée qui vous vient à l'esprit est de faire demi-tour mais un signe sur la paroi vous intrigue. Vous approchez de l'entrée du passage et vous remarquez des signes peints à même la pierre. Des signes peints ? À cette altitude ? Loin de tout ? Et dont la couleur n'aurait pas subie l'effet du froid, de l'humidité et de la nuit ? Pas de doute ces signes sont frais et l'homme qui les dessiné est venu ce matin tôt... Vous pensez au Vieux Chaman immédiatement... Vous êtes persuadé que le vieil homme vous a laissé un indice pour vous mettre sur la voie, sur ***sa*** voie... Vous achevez de vous convaincre lorsque vous comprenez le sens de la peinture :

Un homme à tête de bison se tient droit devant une Montagne qui le regarde et qui sourit... Cette peinture s'adresse à vous.
Vous vous engagez dans l'étroit et étouffant couloir de pierres. Une sensation d'écrasement vous tenaille tant les deux parois sur les côtés sont hautes, 40 peut être 50 mètres à pic et le passage dans lequel vous évoluez n'excède pas 2 mètres de large... Vous avancez en priant que les Montagnes Sacrées ne vous écrase pas... Au bout de quelques minutes le chemin tourne brutalement sur la gauche et monte en droite ligne. Une fois en haut de la côte, vous débouchez sur un plateau essentiellement pierreux. Au beau milieu de ce plateau aride et désolé, se tient une cabane. **Rendez-vous au 83.**

476

Vous suivez un sentier à demi effacé par les herbes hautes et les branches basses, soudain le ruisseau disparaît sous un rocher imposant qu'il vous est impossible d'escalader. Vous continuez un peu votre route en vous éloignant du rocher, vous ne savez plus du tout si vous avancez vers le cœur du labyrinthe ou si vous sortez vers la bordure de la forêt. Si vous voulez insister vers la gauche sur un petit chemin caillouteux et sombre, **rendez-vous au 133.** Si vous voulez persévérer devant vous, sur le sentier dégagé, **rendez-vous au 226.**

477

Vous vous déplacez avec l'agilité d'un cougar. Vous sortez une flèche de votre carquois et vous ajustez la tête d'Harrison.
SHHIIUU !
Votre flèche perfore littéralement la tempe de Randall Harrison et ressort par l'autre tempe. Il reste assis immobile. Son torse s'affaisse juste vers l'avant comme s'il dormait. Les Trois Vipères se lèvent d'un bond et dégainent leurs armes, visant les buissons et les arbres comme d'improbables ennemis de l'ombre. Vous quittez votre abri pour vous cachez derrière un gros tronc de sapin. Vous observez vos adversaires. Villagomez est celui que vous ne pouvez pas atteindre, Jenkins est un peu caché, par un arbuste, seul Meyer le chef, est en position pour recevoir une flèche. Vous tendez la corde de votre arc. Tentez votre agilité. Si vous

réussissez, **rendez-vous au 439**.Si vous échouez, **rendez-vous au 241.**

478

Vous prenez congé du chef Blackfeet et vous sortez du tipi sans dire un mot. Dehors les femmes Blackfeet courent dans tous les sens avec les enfants aux bras, s'affairant à préparer les repas pour toute la tribu avant la grande attaque de ce soir. Un guerrier Blackfeet, un de ceux que vous aviez rencontré sur le rocher quelques dizaines de minutes auparavant, avance vers vous et vous demande :
— Alors jeune Sioux, prêt pour le Grand Voyage ?
Vous hésitez un instant avant de répondre :
— Le Grand Voyage, je l'ai débuté il y a dix jours, lorsque j'ai quitté mon camp pour rencontrer le Vieux Chaman... Aujourd'hui, ce n'est pas un grand voyage que je prépare c'est le combat de ma vie... Celui que je vais livrer pour ma famille, mes amis et mes semblables...
Le guerrier sourit et vous tend un calumet. Il ajoute :
— Prends quelques instants pour aller dans mon tipi ; il vous désigne un tipi brun et rouge, orné de bandes blanches, assieds-toi près du feu et parle à Wakan Tanka.
Vous prenez le calumet qui est rempli d'herbe et vous remerciez d'un signe de tête le guerrier Blackfeet.
— Je m'appelle Tatanka et toi ?
— Ecureuil-Gris. Le guerrier tourne les talons et s'en va sur votre droite. Vous vous dirigez vers le tipi d'Ecureuil-Gris. Vous pénétrez à l'intérieur du tipi dans lequel vous ne discernez pas grand-chose tant il y a de la vapeur (les pierres brûlantes arrosées d'eau en sont la cause). Vous vous asseyez et vous embrasez l'herbe dans le fourneau du calumet. Après quelques bouffées de fumée légère, la tête commence à vous tourner. Vous avez juste le temps d'aspirer une dernière bouffée avant de poser le calumet et de tomber à la renverse. Si vous voulez résister à l'effet des herbes, **rendez-vous au 344**. Si vous voulez vous laisser aller, **rendez-vous au 294.**

479

Vous vous ruez vers l'ours qui s'avère être une femelle, une belle fourrure marron noisette, mais une belle gueule pleine de dents qui vous grogne avec hargne.
C'est votre combat, vous l'avez cherché :

Ourse brune
Endurance : 17
Combat CC, AD

Cette femelle vous portera un coup avec un 6 et n'inflige pas de PDS.
Ce combat a cette particularité suivante. Tous les deux assauts, tirez un dé, le score obtenu est le nombre de piqûres d'abeilles que vous et l'ourse avez subies. Vous répartissez les piqûres également entre vous et l'ourse. Si le chiffre est impair arrondissez au pair inferieur.
Ex : Vous obtenez 4, vous perdez 2 PE et l'ourse perd 2PE. Idem si vous faites 5.

Si vous sortez vainqueur de ce terrible et piquant combat, **rendez-vous au 173.**

480

Vous arrivez au camp Blackfeet quelques dizaines de minutes plus tard. Les blessés se font soigner dans tous les coins du camp, les femmes sont affairées à faire bouillir de l'eau, les hommes médecine administrent les soins et les chamans prient en marchant entre les guerriers.
Vous pénétrez au centre du camp et vous vous dirigez vers le totem près duquel se tiennent Taho Weka, chef de camp Blackfeet ; Tchankila'hè, chef du camp Cheyenne et Nuage Rouge, chef de votre camp. Votre cheval avance au pas vers eux et arrivé à quelques mètres vous lancez le cœur et le scalp de Custer au pied des trois chefs.
— Notre pire ennemi est mort ! déclamez-vous haut et fort. Vous descendez de votre monture et dès que vos pieds touchent le sol, vous perdez connaissance.

Onzième jour

C'est le docteur Gary Nichols qui vous réveille ce matin. Vous êtes couché dans un tipi chaleureux, une douce odeur de sauge parfume l'intérieur. Vous sentez des applications de terre argileuse sur vos blessures.
— Tatanka, mets toi sur pieds les chefs de camp veulent parler aux guerriers devant le totem central.
— J'arrive, dites-vous en essayant d'oublier les douleurs multiples dont vous souffrez.

Le totem central en bois est composé d'un empilement de tête d'aigle, tête de bison et tête de saumon. Un feu brûle quelques mètres devant. Les trois chefs sont debout et attendent patiemment que tous les guerriers et membres des camps soient regroupés. Une fois tout le monde réuni, c'est Nuage Rouge qui prend la parole :
— Mes amis, mes frères ! Aujourd'hui c'est notre jour de délivrance ! L'infâme envahisseur est défait. Nous avons gagné.
Taho Weka poursuit :
— Il y avait quatre cents hommes de cavalerie et nous étions cent vingt neuf guerriers. Seuls quelques soldats ont pu s'enfuir, les autres ont péri sous nos coups.
Tchankila'hè conclue :
— Nous étions cent vingt neuf hier soir, ce matin nous ne sommes plus que vingt trois. Cent six braves guerriers ont laissé leurs vies et leurs âmes pour que nos enfants et nos petits enfants puissent vivre sur notre terre sacrée.
Les trois chamans approchent d'un même pas et Wicasa Omani reprend :
— Nous allons prier, pour remercier leurs âmes, et nous allons danser durant deux jours et deux nuits pour que le Grand Esprit entende nos remerciements...
Larmes-du-Ciel, chaman des Cheyennes, ajoute :
— Et pour commencer cette fête nous allons offrir Custer au grand aigle sacré. Il lance alors le scalp et le cœur du colonel dans les flammes qui s'élèvent déjà vers le ciel.

Le rassemblement se dissout lentement et vous voyez votre ami Petit-Nez arriver en boitant. Il s'approche doucement de vous et vous échangez tous les deux un regard qui en dit long ; puis il vous adresse juste ces quelques mots :
— Ne sois pas triste que Corbeau soit parti, sois simplement heureux de l'avoir connu...
Vous serrez Petit-Nez contre vous sans échanger un mot.
Vous apercevez aussi une silhouette familière arriver en courant vers vous. L'homme porte un bandeau à la tête et ce n'est qu'une fois devant vous que vous le reconnaissez : Votre père, Cheval-blessé !
— Mais tu es ici depuis quand ? demandez-vous.
— Depuis hier. Je faisais partie des cent vingt neuf guerriers de cette nuit. Mais je ne me suis pas manifesté car je ne voulais pas que ton esprit soit encombré par ma présence dans la bataille. Je suis fier de toi, mon fils ! Ces mots venant de votre père vous réconfortent en quelques instants. Tu sais, cette nuit, j'ai failli mourir sous les coups d'épée d'un soldat. Un homme m'a sauvé la vie, je veux te le présenter. Il se retourne pour laisser apparaître un homme robuste qui arrive dans votre direction : Ted «the tree» Chapman. Le trappeur arrive devant vous et esquisse un sourire. Vous le regardez et vous chuchotez ces quelques paroles, qui sont lourdes de signification:
— Merci pour mon père, Ted...

Un vent léger commence à se lever sur le camp Blackfeet. Vos cheveux flottant sur vos épaules vous rappellent soudainement le jour de votre départ, lorsque vous contempliez les Montagnes Sacrées. Bien des évènements se sont produits en onze jours, vous avez gagné des amis, d'autres sont partis, les natifs sont à l'abri de l'envahisseur pour un bon moment. Et vous allez enfin pouvoir vous consacrer à votre enseignement chamanique. D'ailleurs vous cherchez Wicasa Omani et vous l'apercevez un peu plus loin. Vous partez dans sa direction, suivi par Petit-Nez, votre père et Ted. Une fois devant le vieux chaman, vous lui demandez :
— Dans combien de temps vais-je débuter mon enseignement chamanique ?

Le vieux chaman vous regarde avec des yeux pétillants et vous répond :
— On part immédiatement pour les Montagnes Sacrées, il y a une cascade dont l'eau est toujours froide et qui sera une très bonne cure pour tes blessures !
Vous vous retournez vers vos proches et vous leur dites avec un petit sourire :
— Alors on se voit au camp, dans quelques mois !...
Tchankila'hè, le chef de camp Cheyenne, vous tapote sur l'épaule et ajoute :
— Compte plutôt quelques années, hé, hé, hé...

• *FIN* •

BIOGRAPHIE des personnages rencontrés.

Tunkashila : Votre grand-père et confident. Bien des fois il a été à l'écoute de vos secrets et bien des fois il vous a confié les siens. C'est lui qui vous a appris les rudiments de la chasse et la pose de pièges. Cet homme respectable et respecté a été un grand guerrier durant bien des années. Il s'est illustré notamment pendant la bataille de County Hill, où il tua à lui seul quatorze ennemis en combat singulier. Il porte une cicatrice sous l'avant bras droit, vestige d'un coup de griffe de grizzly.

Cheval-blessé : Votre père de sang. Il vous a appris le maniement des armes, le combat à mains nues et comment tanner et fumer les peaux d'animaux. Cet homme robuste, en dépit d'une taille moyenne était un vaillant guerrier jusqu'à ce qu'un accident de chasse le fasse boiter. Le cheval sur lequel il chassait fût chargé par un vieux bison qui fit tomber votre père et son cheval. Le cheval blessé et pris de panique se releva et écrasa d'un coup de sabot le mollet de votre père. Depuis ce jour il boite – et depuis ce jour son nom est Cheval-Blessé.

Cerf-qui-Saute : Un de vos pères de camp. Il vous a initié à l'escalade et vous a appris à nager. Il vous a aussi montré comment fumer le calumet dès l'âge de quatorze ans. Votre père n'en a jamais rien su et ce secret reste entre vous et votre ami Cerf-qui-Saute. Il est toujours prêt à faire des blagues aux autres membres du clan et accepte lui-même volontiers qu'on lui en fasse.

John Deux Loups : Un membre du clan, qui a une quarantaine de printemps. Un homme solide aux yeux verts. C'est un chasseur et un pisteur exceptionnel, la forêt et les animaux n'ont plus de secrets pour lui.
Avant de faire partie de votre village, il vivait seul dans les Forêts de Dickinson, près de Dickinson City, et on raconte que pendant de nombreuses années il vivait et chassait avec deux loups argen-

tés. Il gagna son surnom d'après les rumeurs et ne voulut jamais dire la vérité à ce sujet, sûrement que ce surnom finit par lui plaire...

Grandes-Mains : Un de vos amis d'enfance avec qui vous avez relevé les pires défis. Votre passe temps favori était d'escalader les falaises de calcaires dans les Montagnes Sacrées et de plonger dans le lac. Jusqu'au jour où après un saut d'une hauteur de dix mètres votre tête heurta une branche entre deux eaux, et votre ami vous sortit de l'eau et vous sauva de la noyade. Depuis ce jour vous avez donné à votre ami son surnom de Grandes-Mains.

Corbeau-qui-Danse : Votre meilleur ami d'enfance. Cet ami franc et généreux et toujours calme, et n'agit pas s'il n'est pas sûr du résultat.
Vous avez chassé ensemble, joué, pêché et combattu lors de votre 17è année. La guerre contre les Blackfeet fût terrible mais vous en revinrent vivants tous les deux. Lorsqu'il était enfant, vers sa troisième année, un corbeau avait pris pour habitude de venir croasser devant le tipi de ses parents. L'animal était sans doute attiré par les odeurs de peaux qui séchaient devant le tipi. Cet enfant de trois ans, dansait en bougeant ses petits bras et ses petites jambes au rythme des croassements de l'oiseau. Depuis ce jour, il prit le nom de Corbeau-qui-Danse.

Petit-Nez : Votre deuxième meilleur ami d'enfance, bien qu'il soit Cheyenne vous avez toujours eu beaucoup d'affection pour cet homme. Avec Corbeau-qui-Danse vous formiez un trio insaisissable, aussi bien dans les plaines, dans les forêts que dans les Montagnes Sacrées. Un jour que vous pistiez des élans près d'une rivière, vous étiez tous les trois allongés à scruter vers les animaux lorsque soudain vous aviez senti une odeur désagréable. Seul Petit-Nez ne sentait rien. Il était couché sur une bouse de bison mais ne sentais pas l'odeur fétide qui se dégageait de lui ! Depuis ce jour vous le baptisèrent Petit-Nez...

Renard-qui-Pleure : Un guerrier farouche, qui tua de nombreux trappeurs blancs lorsque ceux-ci se mirent en quête de tuer les renards pour vendre les peaux et les queues. Un jour il voulut libérer un renard pris dans un piège et se fit mordre. Le renard parvint ensuite à se libérer et s'enfuit. Durant sept jours, toutes les nuits, un renard vint glapir près du tipi. Les hommes du camp le surnommèrent alors Renard-qui-Pleure...

Perle-de-Rosée : Une jolie jeune femme du camp Cheyenne. C'est une couturière hors pair et ses talents de cuisinière sont exceptionnels. Un soir, autour d'un feu de camp, le chef du camp, regarda la jeune femme, qui était alors âgée de douze ans, et lui dit :
—Vois tu mon enfant, à la lueur des flammes ta peau est douce et éclatante comme une perle, une perle de rosée...
Elle garda cette remarque comme surnom.

Tchankila-hè : Cet homme âgé de 82 ans était durant sa jeunesse un guerrier redoutable qui ne montrait aucune pitié pour ses ennemis. Il collectionnait les scalps de ses victimes et s'était confectionné une coiffe ornée de tous ces scalps. Lorsqu'il arrivait sur un champ de batailles les ennemis tremblait rien qu'en voyant sa coiffe.
C'est un homme qui est très proche de votre grand père et qui a vu naître votre père et vous-même.
En prenant de l'âge, il est devenu sage et a pris pour habitude de toujours ponctuer ses fins de phrases par un petit rire... Son surnom Cheyenne signifie « homme qui rit »...

John Mac Brain : Cet industriel véreux n'a pas de morale. Il travaille pour le plus offrant et ne se soucie guère du reste. Il fut le premier à venir creuser dans les collines à l'Est des Montagnes Sacrées pour y puiser de l'or
Mais c'était sans compter sur toutes les tentatives de sabotages perpétrées par les Natifs. Une fois, vous aviez participé à l'explosion d'un tunnel dont la reconstruction coûta deux mois de travail à Mac Brain et ses hommes.

Pat Smith : Un barbier comme en compte beaucoup de villes des Etats-Unis fin 19è siècle. Cet homme pèse dans les 80 kilos, est brun, cheveux courts et porte une fine moustache joliment travaillée. Il a quelques connaissances peu recommandables, comme les frères Hayes, braqueurs de banques sanguinaires.

Bill Coggan : Un propriétaire de drugstore à Maiden City, vous étiez son palefrenier durant quelques mois. Un homme très gentil qui avait trois filles ravissantes. Il travaille juste en face du Barber Shop de Pat Smith.

William Brown : Le sheriff de Murray City, craint de tous, hors-la-loi et citoyens. Même le maire de la ville n'ose pas le révoquer de peur d'être pendu pour un motif « fantôme ». Il se déplace toujours avec son équipe de huit hommes tous de noir vêtus. Il est sournois, cruel, et corrompu depuis sa naissance...Il a couvert maintes fois des actes répréhensibles car il recevait de l'argent sale en contre partie, en bref un exemple parfait de salopard.

Docteur Gary Nichols : Le bon docteur Nichols exerçait en Arizona avant de s'installer dans le Nord Dakota. Il se lia rapidement d'amitié avec les Natifs lors de partie de chasses trépidantes. C'est un homme généreux, sincère et toujours prêt à rendre service. Il s'imprègne petit à petit de philosophie native et ajoute souvent dans ses ordonnances des plantes, réputées sacrées chez les Natifs. Ce qui fait que certains Blancs le considèrent comme un mauvais Docteur...

Le vieux Scott : Cet homme très âgé a travaillé dans les champs toute sa vie, il avait des dizaines d'animaux tels que bœufs, cochons et chèvres. Il cultivait aussi de nombreux légumes. Il passa sa vie dans ses champs et oublia qu'il avait une femme et des enfants. Jusqu'au jour où les enfants grandirent et quittèrent la maison familiale. Un an plus tard sa femme mourut. Le vieux Scott se retrouva seul et très peiné. Il pensait en finir avec la vie mais une rencontre changea la donne...

Brad Kilmister : Un joueur de poker invétéré, un tireur en duel hors pair et un amateur de beaux vêtements. Il est très raffiné comme en témoignent ses divers costumes et sa coupe de cheveux très « soignée ». Un tic, bien distinct chez lui, il passe son temps à lisser ses fines et longues moustaches avec ses doigts longs et effilés. C'est aussi et par-dessus tout un homme arrogant qui ne peut pas s'empêcher de jouer au plus fort avec tout le monde...

Alan « the Purple » Phillips : cet homme est un trappeur bien connu dans toute la région. Il porte une toque terminée par une queue de renard argenté qu'il ne quitte jamais. C'est un grand chasseur qui connaît bien les forêts mais qui ne respecte pas assez les animaux et leur rythme de vie. Il a ainsi dépeuplé deux rivières du Sud de la région, en tuant systématiquement les castors qu'il voyait, pour vendre les peaux... Une vraie graine de braconnier.

Le vieux Morrisson : il vit reclus au cœur du labyrinthe des forêts de l'Ouest et personne ne sait d'où il vient. C'est un homme solitaire qui vit de pêche et de chasse. Il est craint des enfants des villes qui le surnomment « l'homme des bois ». Mais c'est surtout un homme en marge de la société qui n'accepte pas ses lois et n'obéis qu'aux siennes...

Le clan des vipères : Composé der Meyer, Jenkins, Villagomez et Harrison, ce sont des hors-la-loi particulièrement dangereux par leurs actes et leur folie commune. Chacun possède une spécialité en tant qu'assassin :
Meyer, le chef, est un véritable boucher, il tue au fusil, au couteau, rien ne lui fait peur et son bonheur est d'avoir le sang de ses victimes sur les mains ;
Villagomez est un tueur au couteau, il manie cette arme comme personne et bon nombre de ses victimes se sont retrouvées la gorge tranchée sans comprendre comment ;
Jenkins est un as du fusil à pompe, il tire à tout bout de champ en faisant un maximum de dommages collatéraux, tant que ça vole en éclats, Jenkins est heureux ;
Enfin Harrison est peut être plus vicieux que le chef, c'est un étrangleur qui prend son plaisir en sentant sa victime mourir contre lui. Un homme violent, sournois et très pervers.
Ces quatre hommes sont le pire fléau qu'à connu le Nord Dakota depuis les frères Decker.

Bobby Seger : Ce palefrenier et maréchal ferrant possède une belle écurie à Murray city. Il élève et vend des chevaux dans toute la région et à déjà réussi à posséder des chevaux européens, qu'il n'a jamais voulu vendre. C'est un amoureux des animaux et de sa région. Il est ami avec Corbeau-qui-Danse depuis quelques années.

Ted « the Tree » Chapman : c'est un trappeur chasseur qui vit seul dans les Montagnes sacrées. Il a connu de nombreux drames dans sa vie et s'est isolé de la vallée pour méditer sur son sort. C'est un homme robuste et très sensible. Il est d'une générosité exemplaire et d'un grand savoir.

Chico et Tuco : Deux bandits un brin stupides, mais assez dangereux pour s'en méfier. Ce sont plus des braqueurs, que des tueurs, mais s'il faut sortir une arme et faire parler la poudre, ils sont preneurs !
Ce sont deux solides gaillards, en provenance directe du Mexique. Chico est à ses heures perdues, un excellent guitariste.

Chef Tonnerre : Chef de la nation Blackfeet. On entend par chef de nation, l'homme sage qui prend les décisions lors de réunions avec les chefs de camps. C'est lui qui traite souvent avec le gouvernement américain. Les chefs de nation sont des hommes respectés en tant que sages, et aussi en tant que guerriers. Chef Tonnerre durant l'un des exploits en tant que guerriers, tua et scalpa dix sept hommes avant de recevoir une balle dans le genou. Son surnom vient du fait que sa voix est très grave, et rappelle le grondement du tonnerre.

Bison-Assis : Cet homme est une énigme vivante. Il peut être calme durant plusieurs jours et devenir un vrai volcan en quelques secondes. C'est un homme de grand savoir, qui chaman a une époque mais voulut revenir au combat avec ses hommes. Il est d'un sage conseil et il est toujours pensif. Son lieu de méditation favori, est une cascade dans les Black Hills, une chaîne de Montagnes plus vers le Sud. Il est souvent vu en position assise et comme sa stature est impressionnante, on lui donna le surnom de Bison-Assis.

Deux-Lunes : Cet homme est un guerrier valeureux qui fut blessé de nombreuses fois au combat, comme en témoignent les plumes rouges qui ornent sa coiffe. Mais chaque blessure qu'il a reçues, ce fut en aidant un compagnon en difficulté. Il n'est pas très grand pour un Cheyenne, mais son adresse au combat n'est plus à démontrer. Il prit le surnom Deux-Lunes, lorsque enfant, il regardait le reflet de la lune dans la rivière et dit à son père :
– Papa, mais aujourd'hui, pourquoi il y a deux lunes, une dans l'eau et l'autre dans le ciel ?
Son père trouva cela très spontané et l'appela Deux-Lunes.

Taho-Weka : Chef du camp des Blackfeet. Cet homme a souvent combattu aux cotés de votre grand père lorsque les Blackfeet et es Sioux étaient amis, ensuite lors des guerres entre tribus, ils s'évitaient. Et lors de la réunification, ils dansèrent tellement qu'ils dormirent vingt deux heures de suite. Son nom signifie « Esprit de l'arbre », personne n'a jamais su pourquoi...

Le colonel George Armstrong Custer : Cet homme est un des plus grands stratèges qu'a connu l'Amérique à cette époque. Il est bon soldat, meneur d'hommes adoré par les troupes et très ambitieux dans des domaines variés. Mais il possède néanmoins un gros défaut, penser que les natifs ne sont que des sauvages incultes, et que le sol américain est propriété de l'Etat. Il entama donc un programme de « désinfection » du sol américain et massacra des villages et camps entiers de natifs, en n'épargnant ni femme ni enfants.
Il est très violent lorsqu'il s'agit de combattre mais risque fort de trouver, un jour, quelqu'un sur sa route, qui le fasse taire à jamais...

ATTENTION la partie suivante peut dévoiler des parties de l'aventure et gâcher la surprise du lecteur qui n'a pas achevé sa quête...

Commentaires et notes d'écriture :

Voici en quelque sorte les secrets de certaines scènes, ou plutôt les sources réelles – conscientes ou non – qui m'ont influencé dans l'écriture des paragraphes suivants :

Le paragraphe 81 : La séquence de la charge des bisons

Indéniablement les nombreux visionnages du film « Danse avec les Loups » ont marqué mon esprit. En particulier cette scène où Kevin Costner chasse les bisons avec les Indiens dans un tumulte de poussière, dans un bruit assourdissant de sabots et de cris des natifs. Cette charge épique m'a donné envie de retranscrire cette ambiance par écrit. Et je me suis rendu compte – car c'était ma première aventure, mon premier essai d'auteur – combien il peut être difficile de retranscrire par écrit ce que l'on a en tête au niveau image et son. Je n'imaginais pas à quel point il est difficile de trouver des adjectifs assez explicites, assez différents entre eux pour créer une ambiance visuelle et sonore. Ce fût un beau premier défi pour moi, car ce passage intervient tôt dans l'aventure, au moins j'étais fixé sur le rôle d'un auteur !
De plus je tenais à une séquence « au cœur des bisons », pour faire ressortir la puissance de cet animal sacré chez les sioux, et le respect de sa migration saisonnière.

Le paragraphe 157 et la suite qui en découle : La séquence du face à face avec le grizzly

Cette séquence est un clin d'œil à trois films et plus particulièrement trois séquences. Je parle des films « À couteaux tirés », « Into the Wild » et « L'ours ».
Le premier pour la séquence de combat entre Hopkins et un superbe grizzly qu'il finit par clouer à l'ancienne (le monstre se dresse et vient s'empaler sur une pique lorsqu'il retombe), le deu-

xième pour l'approche du grizzly à la fin du film, lorsque le plantigrade s'approche, renifle Christopher et repart ne sentant aucune hostilité de la part de l'homme. Quant au troisième film, c'est la séquence où le grizzly grogne au visage de Tcheky Karyo que je retiens pour la démonstration de toute puissance animale face à l'insignifiance de l'homme. J'ai longtemps hésité à inclure une séquence « grognement » pour le jeu puis j'ai préféré la jouer « respect homme-animal », sans un mot, sans un bruit : à l'indienne quoi !

Le paragraphe 469 : la leçon de morale avec le trappeur

Les fans de Steven Seagal auront reconnu que cette scène est directement inspirée de son film « Terrain miné ». Je voulais montrer que Tatanka peut tuer le trappeur aussi froidement que lui-même frappe sur le Huron, mais au-delà de cette démonstration de testostérone, je voulais aussi montrer que la violence n'est pas forcément la meilleure des choses qu'un homme puisse faire. C'est banal me direz-vous, mais tellement, que beaucoup ont tendance à l'oublier…

Le paragraphe 198 : La séquence du barman tireur

Pas évident de découper une scène en actions différentes et pourtant simultanées. Je voulais rendre une ambiance de violence pure d'un côté et un calme presque irréel de l'autre. Un gars se prend une décharge de chevrotines dans la poitrine pendant que ses potes continuent leur partie de poker de l'autre. Je voyais la scène mais je n'ai pas vraiment réussi à trouver les bons mots pour faire un montage alterné si cher au cinéma mais si difficile à l'écrit ! Enfin, le mec finit quand même explosé contre le mur et c'est bien ça le plus important !

Les paragraphes 464 et 41 : le duel contre Kilmister

Cette scène était pour moi obligatoire dans une aventure à tendance western. Le duel de l'ouest sauvage est un cliché ultra-connu mais qui fait défaut si on ne l'utilise pas !

Cette séquence est bien évidemment tirée du film « Mort ou vif » de Sam Raimi, lui-même s'étant inspiré de Leone.
Je voulais réussir une sorte de duel sauvage où la tension monterait en même temps que celle des protagonistes (et donc du lecteur). Jusqu'au coup de feu fatal qui emporterait la vie de l'un ou de l'autre. Les détails de la mort du perdant ainsi que le vol des ses habits est un truc qui m'avait marqué à l'époque du film, tellement que c'est ressorti direct à l'écrit !

Séquence à partir du paragraphe 238 : l'attaque des Vipères

Pour cette séquence, j'avoue ne pas avoir compté les paragraphes. Il me fallait un maximum d'actions et de changements différents pour rendre à la lecture ce que j'avais en tête. Je suis parti sur un style très « John Woo » pour les connaisseurs, c'est-à-dire découper une même action sous plusieurs angles de manière à donner l'illusion qu'une seconde en dure quatre...
Je suis assez fier de résultat final même si par moments mon plan redevient classique. Mon idée était de montrer l'anéantissement du Clan en phases successives, rapides, violentes mais discrètes. Un mélange d'action et d'infiltration sur une très courte durée temporelle. Je cherchais à ce que le lecteur lise les paragraphes à toute vitesse comme lorsque dans un roman classique on lit une séquence de combat, de fusillade ou autre. J'espère y être parvenu pour au moins une des trois méthodes « discrètes » proposées...

Le paragraphe 106 : la fin des Vipères

Un tableau romantique. Voilà mon idée au départ, une peinture romantique dans les tons noir, bleu et rouge pour le sang. Une sorte de clair-obscur teinté de drame, chargé de peine et de haine.
Le lecteur devrait (j'espère) ressentir cette amertume que ressent Tatanka. Il vient de tuer, non par plaisir, mais conditionné par le besoin réel d'éliminer une menace qui plane sur tous ses frères.
Il erre un moment parmi les cadavres comme pour expier les fautes qu'il vient de commettre. Ce n'est pas un hymne au pardon ou à la rédemption mais une façon pour moi de déclencher au

fond du lecteur cette question : Et moi, qu'aurais-je fais et *après* comment aurais-je réagi ?

Le paragraphe 313 : Le monde des rêves

Premier essai de style pour décrire un rêve : pas facile !
Beaucoup de maladresses dans l'écriture et l'enchaînement des idées ; j'ai opté pour les phrases courtes pour rythmer l'action mais le plus dur à été de choisir des mots qui devaient sonner « vrais » tout en étant « immatériels ». Je laisse le soin à plus fort que moi pour cet exercice de style très intéressant mais délicat !...

Le paragraphe 192 : Les gorges du Grand Vent

Cette séquence est un hommage vibrant et chargé d'amour envers la puissance et la magie de la montagne. Je ne saurais dire pourquoi j'aime tant la montagne mais si je pouvais décrire la roche et la nature comme la plus belle et la plus douce des femmes, je le ferais volontiers !
C'est donc dans ce couloir rocheux et venteux que je pose une séquence directement inspirée de plusieurs films et livres traitant de la grimpe et de la rando. Pour tout dire, quelques passages – après relecture – me viennent, je pense de mon enfance, notamment celui-ci : la partie exploration de la Cordillère des Andes dans Tintin et le Temple du soleil ! Comme quoi, même les souvenirs les plus vieux, finissent par rejaillir lorsqu'on ne s'y attend pas !...
Même exemple avec le paragraphe 269 et le passage derrière la cascade, Tintin est de retour ! J'ai toujours rêvé de passer derrière une cascade !

Le paragraphe 83 : Le plateau du vieux chaman

En fait cette scène est sortie d'un autre monde. Mais vraiment d'un autre monde et d'une autre époque. J'hésitais entre décrire une cabane classique bois-pierre au milieu d'une forêt, un tipi couvert de fourrures au milieu de la neige, mais j'ai opté pour une ambiance lunaire, un truc froid et austère qui témoignerait des forces invisibles qui s'affrontent ici. En même temps je pense fortement à un vieux truc qui m'avait marqué étant jeune : dans la série animé Saint Seya, le chevalier d'or du Bélier vit dans un temple, un tour perdue au milieu des montagnes. Le plateau sur lequel est bâti le temple en question est lunaire, sinistre et hanté par les âmes des morts. Je pense que ces images y sont pour quelque chose dans le décor de la cabane du chaman...

Le paragraphe 71 : la dimension parallèle et la communication avec les éléments

Qui n'a jamais rêvé de pouvoir parler aux animaux, de pratiquer la télépathie ou de commander aux éléments ?
Je pense que pour cette séquence c'est le pur fantasme qui ressort en premier et en même temps j'avoue avoir un peu copié sur Tolkien et ses célèbres Ents. Peut être un peu de copie aussi sur l'univers de Zelda avec les légendaires fées qui parlent. En fait c'est tout un monde féerique appliqué au chamanisme qui s'étale dans cette scène ! Un pur fantasme vous dis-je !

Le paragraphe 281 : la liste des objets de Wicasa Omani

Cette liste a été critiquée dans les retours des lecteurs qui m'ont dit que le choix purement hasardeux était dommage ; sans indication de ma part sur les objets proposés, il était dur de faire un choix judicieux. C'est sûrement une erreur de ma part dans le principe du jeu mais je sais maintenant pourquoi j'ai fait cette erreur : je voulais pousser le réalisme loin en proposant au lecteur ce que Tatanka avait devant les yeux. Au seul visuel, le jeune novice devait s'orienter pour un choix difficile. J'aurais dû davantage décrire les objets et laisser filtrer quelques détails sur les applications. Mea culpa...

Le paragraphe 400 : le rassemblement des natifs

Directement inspiré du ha-ka néo-zélandais et de l'appel des troupes dans Braveheart, je pensais que cette scène pourrait mettre du baume au cœur du lecteur et le motiver pour aller au combat !
Le thème essentiel était aussi la réunion des nations ennemies qui s'unissent contre un ennemi commun. La haine entre natifs s'efface pour que s'engage la lutte contre plus dangereux et plus vicieux... Si seulement cette idée était ou avait été appliquée pour les peuples à travers l'histoire et sur tous les continents, nous aurions pu connaître certaines civilisations, massacrées et pillées pour leurs richesses et leurs savoirs...

Le paragraphe 188 : les prières des chamans

Beaucoup de phrases et/ou mots sioux sont exacts, pour le paragraphe des prières des trois chamans, le texte fractionné et récité alternativement par les trois sages est un court extrait de la (longue) fin d'une chanson du groupe finlandais Nightwish, appelée « Creeks mary Blood ». Je vous laisse le soin d'aller voir les traductions anglaises sur le site du groupe... Pour l'anecdote, l'homme qui récite ce texte sur la chanson et joue de la flûte sur le morceau s'appelle John Two-Hawks ; le personnage qui intervient au début de cette aventure à la sortie du camp sioux, porte le nom de John Deux-Loups...

Le paragraphe 458 : Les forces vives de la nature

Alors pour moi, cette charge héroïque des forces animales surgissant de la forêt profonde vers la cruauté des soldats du 7è régiment de Custer était une sorte d'expulsion de haine (la vraie première du bouquin) vis-à-vis des peuples de colons qui massacrèrent les indigènes de tous les pays. Je veux tout de même rappeler que de nombreux peuples « primitifs » vivaient proche de la nature et en parfaite harmonie avec elle. Les colonisateurs eurent souvent un regard de mépris devant ces philosophies, ces coutumes. Pourtant aujourd'hui nous revenons peu à peu vers un rapprochement de l'homme et de la nature, que ce soit en thérapie psychologique, en thérapie médicamenteuse ou en bien-être personnel.

Autre note à propos de cette scène, ce bouquin a été bouclé en Octobre 2009, Avatar de James Cameron est sorti en Décembre... La scène de charge dans le film n'est donc pas un plagiat mais disons que le thème de la nature rebelle doit plaire à beaucoup !...

Le paragraphe 204 : le massacre des Gatling

Cette séquence avait pour but avoué d'essayer un effet que j'avais vu à la fois dans un film et dans une bande-dessinée.
Dans Volte-Face de John Woo, lors d'une fusillade dantesque, un gosse porte un casque qui diffuse « Somewhere over the rainbow » tandis que les corps volent dans les tous les sens devant lui, balles et sang se mêlent sans pudeur. Cet enfant vit dans le monde de la chanson et n'entend pas les cris, détonations et souffrances de ce qui se déroule devant lui. Je voulais faire de même avec Tatanka qui voit ses frères d'armes mourir devant lui ; hormis le fait que la chanson est remplacée ici par la complainte de la mitrailleuse.
Les lignes de dialogues faisant référence à la mitraille continue de la Gatling m'est venue en lisant une Bd où un cowboy se bat contre des « outlaws » tandis que sur toutes les pages (2 ou 3 de mémoire) un long texte continu traverse les vignettes en affichant un « TAC-TAC-TAC-TAC » ; l'effet m'avait saisi, j'ai voulu reproduire ce son envahissant tout au long du paragraphe.

Le paragraphe 391 : La charge des natifs

Une charge décrite avec tout l'amour que je porte aux séquences de bataille épiques de Braveheart et Le seigneur des anneaux.
J'ai tenté de restituer l'atmosphère tendue d'avant combat, puis l'adrénaline qui monte pendant la charge et enfin l'explosion de violence au cœur du combat (je comprends pourquoi certains auteurs ou philosophes aient pu dire que l'amour est comme la guerre ; en relisant la phrase précédente et les trois étapes, je vois moi aussi un rapprochement !...)
Il est difficile de rendre cette ambiance si complexe, si dure à modérer dans le temps d'une scène. Ici point de 18 caméras dispersées partout, il faut penser à tout, du plan d'ensemble au petit détail en gros plan, et jouer en plus avec le rythme et les sons. Un

très bon exercice qui m'a plu et que je retenterais bien volontiers sur d'autres livres !...

Les paragraphes 293 et 315 : dernière expulsion de haine

La première scène est un hommage à Rambo, troisième volet, lorsque celui-ci chevauche au ralenti tandis que les hélicos russes arrosent les afghans de balles mortelles. Difficile de rendre un effet de ralenti à l'écriture, très difficile ! J'ai ajouté une apparition spectrale au dessus du héros pour ancrer un peu plus la séquence dans une ambiance magique ; c'est donc un Rambo indien que Custer voit foncer sur lui !
La deuxième séquence est ma deuxième et dernière « vraie » expulsion de haine. Je voulais voir Custer souffrir (je n'ai rien contre lui en particulier, mais il fallait que quelqu'un paye !), je voulais une lente agonie pour cet homme, ce meurtrier et à travers lui une agonie parallèle pour tous les colons qui ont massacré des centaines d'humains, femmes et enfants compris.

Les influences et origines des personnages :

Plusieurs personnages sont directement imaginés – consciemment ou non – mais certains d'entre eux ont été basés sur des physiques ou des caractères appartenant à des célébrités. En voici une petite liste :

Un des personnages les plus importants pour moi dans ce livre : **Ted Chapman**. Je me suis inspiré de Robert Redford, sa voix de doublage française, posée et calme, ses films et son interprétation dans Jeremiah Jonhson ont guidé mes idées vers lui.
Je voyais Ted en Redford et Tatanka parler à ce « maître ». Redford était pour moi une évidence, bien que j'ai hésité avec Sean Connery, mais il me semblait au final trop « aristo » pour un trappeur !

Le vieux Scott : inspiré directement par Anthony Hopkins, je pensais à un gars un peu fou, solitaire mais tout de même joueur. Le portrait craché d'Hopkins avec la cruauté inhérente à ses nombreux films en moins !

Les deux mexicains Tuco et Chico : J'ai puisé dans les westerns et je suis retombé sur ce vieux renard d'Eli Wallach ! Un regard de fouine, un sourire en coin, toujours prêt à commettre un méfait pour peu que cela lui rapporte un gros paquet de dollars ! Le prénom Tuco est « volé » sans honte à son rôle dans « le bon, la brute et le truand ».
Pour le deuxième compère, un acteur comme Terence Hill me plaisait bien ; moins sournois, plus rieur mais néanmoins espiègle. Au départ, je voulais deux bandits dont l'un serait plus tempéré que l'autre, au final les deux sont aussi vicieux que des rats !

Le joueur de poker Brad Kilmister : hommage direct à Lance Henriksen pour son rôle dans Mort ou Vif, un duelliste raffiné (trop, un poil efféminé), un mythomane vantard et têtu. Au final dans cette aventure, il peut être plus dangereux que le personnage d'origine...

Le Vieux Morrison : Seul dans sa cabane, il me faisait penser au Père Noël. J'ai pensé à Richard Attenborough pour prêter sa moue de « papy gentil » à l'ermite du labyrinthe. Je pouvais presque entendre sa voix lorsque j'écrivais ses lignes de dialogue tellement je l'avais en tête, ce bon vieux Richard !

Le clan des vipères :

Adam Meyer : Je pensais à Kevin Costner pour la classe, le calme froid mais un Costner en mode psychopathe qui pourrait tuer quiconque au moindre mot de travers. Une voix posée, réfléchie, pleine de mal et haine retenue.

Jeremy Jenkins : Un Ron Howard en plus rondouillard, frisé et un brin stupide. Il me fallait un stupide dans le clan (les Dalton de Lucky Luke ont bien Averell !) et c'est tombé sur lui !

J'imaginais le bandit faire foirer des hold-up par son manque d'exactitude au réveil, ou par sa grande attirance par la nourriture qui lui aurait valu une envie urgente en pleine banque ! enfin le bandit dangereux mais stupide.

Carlos Villagomez : Lee Van Cleef s'imposait pour cette figure de vraie « vipère ». Regard noir, impitoyable, froid et sournois. Son rôle dans le western de Leone « le bon, la brute et le truand » est un des rôles de « bad guy » qui m'a plus marqué dans ma jeunesse. Je me devais de lui rendre un hommage dans un des persos du livre. Chose faite !

Randall Harisson : J'ai cherché à qui ce mec là me faisait penser une fois que j'avais brossé son portrait, je pense aujourd'hui – avec le recul – que c'est inconsciemment à Scott Glenn, en mode Vertical Limit, que je pensais. Un mec usé, fatigué, silencieux mais très dangereux – limite instable psychologiquement.

Le docteur Gary Nichols : Je voyais un grand bonhomme, sec, ridé et très calme. Clint Eastwood allait faire ce docteur !
Voilà comment est né l'ami blanc de Tatanka, quelque part un peu de « Gran torino » pour son lien avec la communauté asiatique du quartier, ici remplacée par les natifs amérindiens.

Remerciements et note d'auteur :

Les marques citées, les noms propres et les photos et/ou illustrations sont toutes propriétés de leurs créateurs, détenteurs ou ayants-droits.
Je remercie tous les artistes dont j'ai cité les noms.
Les citations de films, livres ou jeux le sont à titre d'exemple et non à but lucratif. Il en est de même pour certains noms propres cités en annexe.
Les citations en Lakota du paragraphe 188 sont propriété exclusive du groupe de métal finlandais « Nightwish ».
Si une quelconque réclamation devait être faite, l'auteur tient à préciser que l'objet du litige serait immédiatement retiré de l'ouvrage.
Ce récit est une œuvre de pure fiction. Par conséquent toute ressemblance avec des situations réelles ou avec des personnes existantes ou ayant existé ne saurait être que fortuite.

www.ingramcontent.com/pod-product-compliance
Lightning Source LLC
LaVergne TN
LVHW091026080826
845145LV00002B/374

* 9 7 8 2 4 9 1 3 0 8 0 1 8 *